HEYNE BÜCHER

Das Buch

Victoria, ein Mädchen aus bescheidenen Verhältnissen, kann es zunächst nicht glauben, daß die allseits umworbene Caitlin gerade sie in das Ferienhaus ihrer Familie auf Martha's Vineyard einlädt. Die beiden sind zwölf Jahre alt und erleben in diesem Sommer den Beginn einer Freundschaft, die viele glückliche Momente, aber auch Treuebrüche und Verrat überdauern wird.

Als Victoria dank eines Stipendiums mit dem College beginnt, und Caitlin durch die ganze Welt reist, sehen sie sich nur noch selten – bis Victoria einen Anruf von ihrer Freundin erhält. Deren Neuigkeiten treffen sie wie ein Schlag: Caitlin lädt sie zu ihrer bevorstehenden Hochzeit mit Victorias Exfreund ein. Victoria steht vor einer schweren Entscheidung und fühlt sich zurückversetzt in die Zeit auf jener traumhaften Insel, wo aus Mädchen Sommerschwestern wurden.

Die Autorin

Judy Blume wurde 1938 geboren. Sie studierte Pädagogik an der New York University. Schon bald nach ihrem Studienabschluß begann sie zu schreiben und veröffentlichte 1969 ihr erstes Buch. Als erfolgreiche Autorin von Kinderbüchern erhielt sie zahlreiche Preise. Mit *Sommerschwestern* verfaßte sie ihren ersten Roman für Erwachsene und stand damit in den USA sogleich für Monate auf den Bestsellerlisten.

Judy Blume ist verheiratet und hat zwei erwachsene Kinder. Sie lebt auf der Insel Martha's Vineyard, Massachusetts.

Ebenfalls im Wilhelm Heyne Verlag lieferbar ist ihr Roman *Zeit der Gefühle* (01/13032).

JUDY BLUME

Sommerschwestern

Roman

Aus dem Amerikanischen von
Christine Strüh

WILHELM HEYNE VERLAG
MÜNCHEN

HEYNE
Nr. 21/54

Die Originalausgabe
SUMMER SISTERS
erschien bei Delacorte Press, New York.

Umwelthinweis:
Dieses Buch wurde auf chlor- und
säurefreiem Papier gedruckt.

Taschenbuchausgabe 3/2001

http://www.heyne.de
Printed in Denmark 2001
Umschlagillustration: Eleanor P. Labrozzi
Umschlaggestaltung: Nele Schütz Design, München
unter Verwendung des Originalumschlags
von Hauptmann & Kampa Werbeagentur, CH-Zug
Satz: Gramma GmbH, München
Druck und Bindung: Nørhaven, Viborg

ISBN 3-453-18211-1

Für Mary Weaver,
meine »Sommerschwester«

PROLOG

Sommer 1990

Eine sengende, frühsommerliche Hitze lag über der Stadt. Schon zum dritten Mal holte sich Victoria zum Lunch nur schnell einen Salat vom Koreaner um die Ecke und aß am Schreibtisch. Dabei hatte Maia, ihre Mitbewohnerin, sie schon tausendmal gewarnt, daß sie damit ihr Leben aufs Spiel setzte – was die Bakterien nicht schafften, würden die Konservierungsmittel allemal erledigen. Daran dachte Victoria, als sie auf einer Karotte herumkaute und sich Notizen für das bevorstehende Treffen mit einem neuen Klienten machte. Dieser Klient suchte eine PR-Firma, die die Dinge etwas bissiger und schärfer anging. So was war heute gefragt – Biß. Das fanden alle ganz toll.

Das Telefon klingelte. Bestimmt war es der Produzent von *Regis and Kathie Lee.* »Hier Victoria Leonard«, meldete sie sich, energisch und sehr geschäftlich.

»Vix?«

Sie war überrascht, Caitlins Stimme zu hören. War etwas passiert? Sonst rief Caitlin nämlich mit Vorliebe mitten in der Nacht an, manchmal so at, daß sie Victoria aus dem Tiefschlaf holte. Außerdem war es schon ein paar Monate her, seit sie das letzte Mal telefoniert hatten.

»Du mußt unbedingt herkommen«, hauchte Caitlin mit dem Prinzessinnenstimmchen, das sie sich in Europa angeeignet hatte, einer Mischung aus Jackie O. und Princess Di. »Ich heirate, in Lambs Haus auf Martha's Vineyard.«

»Du heiratest?«

»Ja. Und du mußt meine Brautjungfer sein. Das ist doch das mindeste, findest du nicht?«

»Kommt ein bißchen darauf an, wen du heiratest.«

»Bru«, sagte Caitlin, und plötzlich klang ihre Stimme wie früher. »Ich heirate Bru. Ich dachte, das wüßtest du.«

Victoria schluckte, zwang sich, tief durchzuatmen, aber sie spürte, wie ihr der kalte Schweiß auf der Stirn ausbrach; ihr war auf einmal flau im Magen. Sie griff zu der eisgekühlten Cola-light-Dose vor ihr auf dem Schreibtisch und preßte sie sich an die Stirn. Langsam ließ sie sie die Schläfen entlang zum Hals runterrollen und notierte dabei mechanisch Datum und Uhrzeit der Hochzeitsfeier. Während Caitlin erzählte und erzählte, kritzelte sie das Blatt voll mit Pfeilen, Mondsicheln und Dreiecken, als wäre sie wieder in der sechsten Klasse.

»Vix?« fragte Caitlin schließlich. »Bist du noch dran? Ist die Verbindung so schlecht oder was?«

»Nein, alles okay.«

»Du kommst also?«

»Ja.« Kaum hatte Vix aufgelegt, hetzte sie zur Toilette und kotzte sich die Seele aus dem Leib. Sie mußte Caitlin sofort zurückrufen und ihr sagen, daß sie das nicht tun könne – was dachte, sie sich bloß dabei? Und was hatte sie selbst sich nur dabei gedacht, zuzusagen?

Vier Wochen später stand Caitlin, die Haare vom Wind zerzaust, auf dem winzigen Flughafen von Martha's Vineyard, um Victoria abzuholen. Victoria hatte sie gleich nach der Landung von ihrem Fenster aus entdeckt, fühlte sich aber plötzlich unfähig, aufzustehen und ihr entgegenzugehen. Es war über zwei Jahre her, daß sie sich das letzte Mal gesehen hatten, drei, seit Victoria ihren College-Abschluß gemacht und sie das wirkliche Leben eingeholt hatte – mit einem festen Job und gerade mal zwei Wochen Urlaub im Jahr. Aber nicht genug Geld, um durch die Welt zu fliegen. *Hammerhart,* hätte Lamb gesagt, als sie noch klein waren.

»Fliegen Sie mit uns weiter nach Nantucket?« fragte die Stewardeß, und auf einmal wurde Victoria bewußt, daß sie der letzte Passagier an Bord war. Hastig packte sie ihre Tasche und eilte die Treppe hinunter. Als Caitlin sie in der Menge entdeckte, winkte sie heftig. Victoria ging auf sie zu und schüttelte den Kopf – Caitlin trug ein T-Shirt mit dem Aufdruck: *simplify, simplify, simplify.* Wie üblich war sie barfuß, und Victoria hätte wetten können, daß ihre Füße genauso schmutzig waren wie in jenem ersten Sommer. Caitlin hielt sie einen Moment auf Armeslänge von sich. »Himmel, Vix ... «, sagte sie, »du siehst so ... so erwachsen aus!« Sie lachten beide, dann fielen sie sich in die Arme. Caitlin roch nach Meer, Sonnenmilch und noch nach etwas anderem. Victoria schloß die Augen, atmete den vertrauten Duft ein, und für einen Moment war es, als wären sie nie getrennt gewesen. Noch immer waren sie Vixen und Cassandra, Sommerschwestern auf ewig. Alles andere war ein Versehen gewesen, ein schlechter Scherz.

TEIL EINS

»*Dancing Queen*«

1977–1980

KAPITEL 1

Sommer 1977

Victorias Welt geriet zum ersten Mal ins Wanken an dem Tag, als Caitlin Somers zu ihr an den Tisch geschlendert kam und sich lässig auf die Kante hockte. »Vix …«, sagte Caitlin, und es klang wie der Name einer wunderschönen Blume, samtweich und glatt, überhaupt nicht wie ein Abflußreiniger. Kurz nach Weihnachten war Caitlin von Aspen nach Santa Fe gezogen, und die ganze sechste Klasse der Acequia Madre Elementary School hatte sich augenblicklich in sie verliebt. Nicht nur wegen ihres Äußeren, ihrer blonden Locken, ihrer Pfirsichhaut und der tiefliegenden, fast dunkelblauen Augen. Sie war angriffslustig, hatte vor nichts Angst und ein flottes Mundwerk. Sie war die erste, die in der Klasse ungestraft das Wort »Scheiße« in den Mund nahm. Kein Lehrer, kein Erwachsener hätte gedacht, daß derartige Wörter so leicht über Caitlins rosige Lippen kamen. Und dann war da noch ihr Lächeln. Und ihr Lachen.

Vix war zu schüchtern, zu still, um auch nur Caitlins Namen auszusprechen. Sie hielt sich im Hintergrund und beobachtete, wie die anderen um den Platz neben Caitlin wetteiferten. Deshalb dachte sie auch erst, sie hätte sich verhört, als Caitlin sie fragte: »Willst du mit mir im Sommer wegfahren?«

Vix trug eine verwaschene Schlaghose und ein purpurrotes T-Shirt mit einem Saftfleck; die Haare hatte sie zu einem lockeren Pferdeschwanz zurückgebunden. Auf ihrer linken Wange war ein Strich von einem Farbstift. Als Caitlin den Mund aufmachte, hätte Vix schwören können, im Hintergrund »Dancing Queen« von Abba zu hören. Sie bekam nur wenig mit von dem, was Caitlin sagte, nur, daß es um eine Insel mitten im Meer ging. Herrje, das *Meer*! Vix war noch nie am Meer gewesen. Sie brachte kein Wort heraus, denn sie war sicher, daß Caitlin sich einen Scherz mit ihr erlaubte. Vix wartete nur darauf, daß alle anfingen zu lachen, obwohl es gerade zur Pause geklingelt hatte und die ganze Klasse aus dem Zimmer drängte.

»Vix ...« Caitlin legte den Kopf schief und lächelte. »Ich verbringe den ganzen Sommer bei meinem Vater. Vom 1. Juli bis Labor Day.«

Den ganzen Sommer. Den ganzen verfluchten Sommer! Die Musik schwoll an. *You're a teaser, you turn 'em on. Leave them burning and then you're gone* ... »Ich bin noch nie am Meer gewesen.« Unglaublich, wie dumm sich das anhörte, als kämen die Worte ohne ihr Zutun aus ihrem Mund.

»Gibt es heutzutage tatsächlich noch Menschen, die mit zwölf Jahren noch nie am Meer waren?«

fragte Caitlin. Es klang nicht höhnisch, sondern ehrlich verblüfft, als könnte sie sich das einfach nicht vorstellen.

Vix blieb nicht viel anderes übrig, als zu lächeln und mit den Achseln zu zucken. Ob Caitlin die Musik auch hörte, die sie auf Schritt und Tritt verfolgte? Von diesem Tag an würde Vix sich jedesmal, wenn sie »Dancing Queen« hörte, in die sechste Klasse zurückversetzt fühlen, an einen sonnigen Juninachmittag – den Nachmittag, als eine gute Fee den Zauberstab über ihr schwang und ihr Leben für immer veränderte.

Zu Hause fragte Vix ihre Mutter: »Wieso war ich noch nie am Meer, obwohl ich schon zwölf bin?«

Ihre Mutter, die gerade Victorias jüngsten Bruder, Nathan, badete, sah ihre Tochter an, als hätte sie den Verstand verloren. Nathan litt an Muskeldystrophie; sein Körper war klein und verkrüppelt. Zwar hatten sie in der Badewanne eine Vorrichtung angebracht, in der er sitzen konnte, aber man konnte ihn nicht allein lassen. Er war sieben Jahre alt, ein aufgewecktes Bürschchen, viel intelligenter als sein Bruder Lewis, der neun war, oder seine zehnjährige Schwester Lanie.

»Was ist denn das für eine Frage?« erwiderte Victorias Mutter. »Wir wohnen in New Mexico, Hunderte Meilen vom einen und Tausende vom anderen Ozean entfernt.«

»Ich weiß, aber es gibt 'ne Menge Leute hier, die trotzdem schon mal am Meer waren.« Eigentlich wußte Vix genau, warum sie noch nie eine solche Reise gemacht hatten, aber sie setzte sich mit trotzig vor der Brust verschränkten Armen auf den heruntergeklappten Toilettendeckel und sah Nathan zu, der seine Schiffchen im Badewasser schwimmen ließ und mit den Armen Wellen schlug.

»Das ist mein Meer«, verkündete er. Er sprach undeutlich, und viele Leute hatten Schwierigkeiten, ihn zu verstehen, aber nicht Vix.

»Außerdem warst du doch in Tulsa«, meinte ihre Mutter, als hätte das irgend etwas mit Vix' Frage zu tun.

Ja, sie war in Tulsa gewesen, ein einziges Mal, als ihre Großmutter, von deren Existenz sie bis dahin nichts gewußt hatte, im Sterben lag. »Mach die Augen auf, Darlene«, hatte ihre Mutter zu der Fremden im Krankenhausbett gesagt, »mach die Augen auf, und schau dir deine Enkelkinder an.« Vix, Lewis und Lanie standen vor ihr, Nathan schlief in seinem Wagen. Die Frau, die angeblich ihre Großmutter war, musterte die drei Kinder von oben bis unten, ohne den Kopf zu bewegen. Dann sagte sie: »Tja, Tawny, anscheinend warst du ja schwer beschäftigt.« Das war alles.

Tawny weinte nicht, als Darlene am nächsten Tag starb. Vix half, Darlenes Wohnwagen sauberzumachen, den Wohnwagen, in dem Tawny aufgewachsen war. Tawny nahm ein paar alte Fotos mit, eine ungeöffnete Flasche Scotch und ein paar Indianerkörbe, von denen sie hoffte, sie würden eventuell ein bißchen Geld einbringen. Aber wie sich herausstellte, waren sie wertlos.

Sie konnte nicht stillsitzen. In ihrem ganzen Leben hatte sie sich noch nie etwas so sehr gewünscht. Und sie war wild entschlossen, sich durchzusetzen. Egal wie – sie würde mit Caitlin Somers wegfahren.

»Hör auf zu zappeln«, sagte Tawny und warf Vix ein Handtuch zu. »Trockne lieber Nathan ab! Wir essen gleich. Ich muß Lewis noch bei den Hausaufgaben helfen.«

»Also darf ich mit?« rief Vix ihrer Mutter nach, die bereits zur Tür hinaus war und den Korridor hinuntereilte.

»Ich werde es mit deinem Vater besprechen, Victoria«, antwortete Tawny, womit sie unmißverständlich klarstellte, daß noch nichts entschieden war.

Tawny nannte ihre Tochter nie Vix wie alle anderen: Wenn ich meine Tochter nach einem Hustenmittel hätte nennen wollen, hätte ich es getan. Eigentlich hätte man von einer Frau mit dem Namen Tawny etwas mehr Flexibilität erwarten können.

Vix war einmal bei Caitlin gewesen, im vergangenen März, als Caitlin ihren zwölften Geburtstag gefeiert und die ganze Klasse zu sich nach Hause eingeladen hatte. Es gab Live-Musik und Pizzas mit zwölf verschiedenen Belägen. Das alte Haus lag hinter einer Mauer am Camino. Caitlins

Mutter Phoebe trug nachgemachte Indianersachen: einen langen Rock, Westernstiefel, Türkisketten um den Hals. Die Haare hatte sie zu einem Zopf geflochten, der ihr weit über den Rücken hing. Auch ein paar von Phoebes Freunden waren anwesend, unter anderem ihr derzeitiger Liebhaber, ein Mann mit langen, silbergrauen Haaren, einem Concha-Gürtel und handgefertigten Lederstiefeln. Eine solche Party hatte Vix noch nie erlebt, in einem solchen Haus, mit solchen Erwachsenen.

Als Geburtstagsgeschenk für Caitlin hatte sie ein Tagebuch gekauft. Es hatte einen Einband aus blauem Jeansstoff und eine Silberkette als Lesezeichen. Sie hoffte nur, daß es gut genug für Caitlins Gedanken und Gefühle war. Sie träumte davon, Caitlins Haar zu berühren, ihre von der Sonne geküßte Haut.

Sie schrieb ihren Eltern einen Brief, in dem sie alle Argumente aufzählte, die dafür sprachen, daß sie mitfuhr; Caitlins Versprechen, es werde sie keinen Penny kosten, spielte dabei keine unwesentliche Rolle.

Doch Tawny ließ sich nicht beeindrucken. Sie behauptete, Caitlin komme aus einer instabilen Familie. »Man braucht sich doch bloß ihre Mutter anzusehen ...«

»Aber wir sind ja auch gar nicht bei ihrer Mutter«, entgegnete Vix, »sondern bei ihrem Vater, und der ist sehr stabil.«

»Woher weißt du das?«

»Das weiß jeder. Er will dich anrufen. Du kannst ihn selbst fragen.«

Am Ende war es Victorias Vater, der Tawny überredete. Ihr Vater, der immer etwas überrascht dreinsah, wenn er die Haustür aufmachte und dahinter vier lärmende Kinder vorfand. Ein Mann, der so wortkarg war, daß er manchmal das ganze Wochenende nicht sprach, und wenn doch, wurde seine Stimme am Ende jedes Satzes so leise, daß immer jemand fragte: »Wie bitte? Was hast du gerade gesagt, Dad?« Aber er war nie unfreundlich.

Vix wäre ihm am liebsten um den Hals gefallen, um ihm zu zeigen, wie dankbar sie war, aber das hätte sie beide furchtbar verlegen gemacht. Also sagte sie nur: »Danke, Dad«, und er murmelte etwas Unverständliches und strich ihr kurz über den Kopf.

Bis zu diesem Augenblick war der Höhepunkt ihrer Kindheit das Wochenende gewesen, an dem ihr Vater die Dusche im Elternzimmer eingebaut hatte. Als sie angeschlossen und funktionstüchtig war, bettelten Vix, Lewis und Lanie, sie als erste ausprobieren zu dürfen. Ihr Vater hatte Vix angesehen und gesagt: »Wir machen es dem Alter nach. Vix ist als erste an der Reihe.«

Wie stolz sie an dem Tag gewesen war, wie dankbar, daß ihr Vater ihre Sonderstellung in der Familie anerkannt hatte! Die erste Tochter und das älteste Kind. Eine gelbe Dusche mit einer Glastür.

Am liebsten wäre Vix ewig unter dem warmen Wasserstrahl geblieben. Erst viel später war ihr aufgefallen, wie beengt sie wohnten in dem kleinen Haus mit den schmalen, hohen Nordfenstern, die es das ganze Jahr über kühl und dunkel machten, selbst im erbarmungslos sonnigen Santa Fe.

Darüber, wie ihre Eltern früher gelebt hatten, wußte sie so gut wie nichts. Jedesmal, wenn Vix ihrer Mutter eine persönliche Frage stellte, antwortete Tawny: »Wir waschen unsere Wäsche nicht öffentlich.«

»Ich bin aber nicht öffentlich«, gab Vix zurück. »Ich gehöre zur Familie. Ich bin deine Tochter.«

»Du weißt genug«, erwiderte Tawny. »Du weißt alles, was wichtig ist. Außerdem sollst du nicht so neugierig sein.«

Ich wäre nicht neugierig, wenn du mehr erzählen würdest, dachte Vix, wagte es aber nicht mehr laut zu sagen. Sonst würde Tawny sie wieder anschreien: »Das reicht, Victoria!« Also hielt sie lieber den Mund. Es brachte sowieso nichts.

Manchmal versuchte sie sich vorzustellen, wie Tawny an dem Tag, als sie mit der High School fertig war, in den Bus gestiegen war und Tulsa hinter sich gelassen hatte. Ihr Geld hatte allerdings nur bis Albuquerque gereicht, wo sie – dank ihrer Schreibmaschinen- und Stenokenntnisse, das betonte sie stets – bei einem jungen Anwalt einen Job gefunden hatte. Sieben Jahre später arbeitete sie noch immer für ihn, aber inzwischen war sie mit Ed Leonard aus Sioux City verlobt, einem netten und recht attraktiven jungen Mann, den sie bei einer Tanzveranstaltung in der Kirtland Air Force Base kennengelernt hatte.

Als Ed den Militärdienst beendet hatte, gaben sich die beiden vor dem Friedensrichter das Jawort. Der junge Anwalt, der mittlerweile nicht mehr so jung war, richtete in seinem Garten eine Party für sie aus. Tawny lud Darlene nicht zur Hochzeit ein; sie verriet Ed nicht einmal, daß ihre Mutter noch lebte.

Dann kamen die toten Babys, drei in fünf Jahren, Frühgeburten, die noch nicht aus eigener Kraft atmen konnten. Vix und Lanie spielten das Tote-Baby-Spiel; wie andere Kinder Abzählverse aufsagten, zählten sie die Namen auf, die Tawny und Ed für ihre Babys ausgesucht hatten: William Edward, Bonnie Karen, James Howard. Ihre Eltern hatten die Hoffnung schon beinahe aufgegeben, als Vix auf die Welt kam, und sie war stark und gesund, ein robustes Kind. Lanie und Lewis folgten. Wenig später zogen sie nach Santa Fe, wo Ed einen Job als Versicherungsvertreter annahm. Und dann wurde Nathan geboren.

Ihr Vater machte oft Witze darüber, wie er in den Club der Millionäre aufgenommen würde, wenn er in einem Jahr Versicherungen im Wert von einer Million Dollar verkaufte. Vielleicht würde er dann eine Urlaubsreise an einen exotischen Ort gewinnen, womöglich Hawaii. Er versprach, die ganze Familie mitzunehmen, und Vix träumte von diesem Urlaub, bis die Versicherungsgesellschaft Pleite machte und ihr Vater fast ein Jahr lang arbeitslos war. Zum Glück fand Tawny Arbeit bei der Gräfin, und sie gab den Job auch nicht auf, als Ed Nachtmanager beim La Fonda wurde, dem alten Hotel an der Plaza. »Selbst wenn wir beide verdienen, ist es noch schwer genug, über die Runden zu kommen«, sagte sie immer.

Die Gräfin trug Reithosen aus Veloursleder, blauen Nagellack und exotischen Schmuck. Sie besaß fünf Hunde, und kein Mensch wußte, wie alt sie wirklich war. Tawny brachte sie unter anderem zu ihren Anonyme-Alkoholiker-Treffen. In den Phasen, in denen die Gräfin wieder einmal mit dem Trinken aufhören wollte, war Tawny zu Hause unausstehlich.

Vix lag im Bett in dem Zimmer, das sie mit Lanie teilte, und träumte vom Sommer. Sie stellte sich Palmen vor, die sich in der Sonne wiegten, und konnte die langen, schwülen Nächte und den Rhythmus der Reggae-Musik förmlich spüren. Fantasy Island – oder zumindest Gilligan's Island. Sie mußte sich immer wieder kneifen, um sich zu vergewissern, daß es Wirklichkeit war, daß sie mit Caitlin Somers in die Ferien fahren würde, daß sie es sich nicht nur eingebildet hatte.

Lanie war sauer. »Das ist so ungerecht!« schimpfte sie. »Immer darfst du alles.«

Vermutlich wunderte sich auch Lanie darüber, daß Caitlin Somers, die Attraktion der Schule, ausgerechnet ihre Schwester eingeladen hatte, den Sommer mit ihr zu verbringen. Vix staunte ja selbst darüber. »Sieh es doch mal so ...«, versuchte sie Lanie zu trösten, »du hast den ganzen Sommer das Zimmer für dich allein. Deine Freundinnen können hier übernachten und so.«

»Gibst du mir deine Barbiepuppen?«

»Kommt nicht in Frage.«

»Darf ich manchmal mit ihnen spielen?«

»Na ja ... okay ... wenn du versprichst, daß du ordentlich mit ihnen umgehst. Und Barbies Traumhaus darfst du nicht anrühren.«

»Du bist echt gemein ... Das Traumhaus ist das Beste!«

»Dann eben gar nicht.«

Lanie schmollte. Sie und Vix hatten beide Tawnys dunkle Augen und hohe Wangenknochen von irgendeinem fernen Cherokee-Ahnen. Aber Lanie war die Hübscheste der Familie, mit Eds kastanienbraunen Haaren und seiner hellen Haut. »Okay ... ich faß dein Traumhaus nicht an.«

Vix war schon fast eingeschlafen, als Lanie flüsterte: »Wenn du wegfährst, verpaßt du aber deinen Geburtstag.«

»Nein, tu ich nicht. Ich bin nur nicht hier.«

Phoebe fuhr nie nach Albuquerque, nicht einmal wenn sie selbst zum Flughafen mußte, deshalb fuhr Caitlin mit Vix und ihrer Familie im Wohnmobil, das eigens für Nathans Sitz umgebaut war. Am Flughafen beugte sich Vix zu Nathan hinunter, um ihn zum Abschied zu umarmen. »Mach dir keine Sorgen«, sagte er, »ich vergeß dich nicht«, und grinste sie schief an.

»Ich vergeß dich auch nicht«, versprach Vix. Als sie sich wieder aufrichtete, bemerkte sie, daß eine Frau Nathan anstarrte. Vix war solche Blicke gewohnt, diese Mischung aus Neugier, Mitleid und Ekel. Wenn man die Leute dabei erwischte, wandten sie meist schnell die Augen ab.

Sobald die beiden Mädchen im Flugzeug saßen und sich angeschnallt hatten, holte Vix ihr Lunchpaket aus dem Rucksack. Tawny hatte zwei Mortadella-Sandwiches eingepackt, einige Fruchtsäfte, Tüten mit Salzbrezeln und Chips – als wäre sie auf einem Campingausflug. Dazwischen lag, zusammengefaltet, ein Blatt Papier, auf dem gekritzelt stand: *Falls Du das Essen im Flugzeug nicht magst. Mutter.*

Vix wußte nicht, ob sie lachen oder weinen sollte.

»Was ist das?« wollte Caitlin wissen.

»Ein Brief von meiner Mutter.«

»Jetzt schon?«

Vix nickte.

»Phoebe findet es toll, den Sommer über mal nicht Mutter sein zu müssen«, verkündete Caitlin stolz. »Sie fliegt nach Südfrankreich. Von dort schreibt sie mir 'ne Postkarte und bringt mir was Schickes zum Anziehen mit.«

Meine Mutter würde alles darum geben, einmal nach Frankreich fahren zu können, dachte

Vix. Aber die Gräfin legte großen Wert darauf, die Opernsaison in Santa Fe nicht zu verpassen. Dann würde sie riesige Partys geben, und Tawny würde alles organisieren müssen.

Das Flugzeug rollte jetzt über die Startbahn, wurde schneller und schneller und hob schließlich ab. Vix schloß die Augen, schickte ein Stoßgebet zum Himmel und umklammerte krampfhaft ihre Armlehne.

»Warte …«, sagte Caitlin. »Laß mich raten … Du sitzt zum ersten Mal in einem Flugzeug!«

»Stimmt. Und frag jetzt bloß nicht: ›Gibt es heutzutage tatsächlich noch Menschen, die mit zwölf Jahren noch nie geflogen sind?‹«

Caitlin lachte. »Du bist total anders«, sagte sie und drückte Vix' Arm. »Das gefällt mir so an dir.«

Tawny

Was hatte sie sich bloß dabei gedacht, Victoria ein Lunchpaket mitzugeben? Es war doch sonst nicht ihre Art, soviel Wirbel um ihre Kinder zu machen. Man muß sie aufs Leben vorbereiten, und das Leben ist nun mal hart und voller Enttäuschungen. Sie hätte nicht auf Ed hören sollen, sie hätte nicht zulassen dürfen, daß Victoria ausgerechnet auf eine Insel fährt, wo sie nicht mal schwimmen kann. Da erzählt er ihr, sie solle sich keine Sorgen machen. Sorgen? Sie ist viel zu müde, um sich Sorgen zu machen. Sie weiß überhaupt nicht mehr, wie es ist, nicht müde zu sein. Sie schließt die Augen und bittet Gott, auf ihre Tochter aufzupassen. Sie zu beschützen. Aber es wird nie mehr so sein wie früher. Wenn Victoria erst mal ein anderes Leben kennengelernt hat, wenn sie erst mal einen Sommer mit einem Mädchen wie Caitlin Somers verbracht hat, dann ist sie für ihre eigene Familie verloren, das ist so sicher wie das Amen in der Kirche. Sie, Tawny, weiß das – im Gegensatz zu Ed, wie es scheint.

Und jetzt zerren die anderen Kinder schon wieder an ihr rum, wollen Geld für den Kaugummiautomaten. Nur Nathan denkt noch an Victoria, das sieht man ihm an. Eigentlich wundert sich Tawny ein bißchen, daß Victoria sich einfach aus dem Staub gemacht und ihn sitzengelassen hat. Im Grunde hat sie sich immer darauf verlassen, daß Victoria in den Sommerferien aushilft. Die beiden anderen sind zu nichts zu gebrauchen, sind aus einem anderen Holz geschnitzt. Victoria ist eher wie sie selbst. Sie tut, was getan werden muß.

Ed

Tawny erwartet zuviel von dem Mädchen. Sie bürdet ihr zuviel Verantwortung auf. Schließlich ist sie noch ein Kind, gerade mal zwölf. Er war im gleichen Alter, als sein Vater starb. Drei Jahre lang hat ihn seine Mutter mit ihrer überschüssigen

Liebe fast erdrückt. »Mein kleiner Mann«, hat sie ihn immer genannt. Himmel, er war kein Mann, egal wie sehr er sich auch anstrengte. Und dann, eines Tages, verkündet sie aus heiterem Himmel, daß sie am Wochenende heiraten wird, einen Mann, den er noch nie zu Gesicht bekommen hat, von dem er noch nicht einmal gehört hat. Einen Witwer mit drei Kindern, allesamt jünger als er. Einfach so.

Sein Stiefvater haßte ihn wie die Pest: Der Junge ist doch zu absolut nichts zu gebrauchen, Maddy. Und die anderen Kinder folgten dem Beispiel ihres Vaters und machten sich einen Spaß daraus, Ed fertigzumachen.

Ist der schüchtern?

Nee, der ist nur doof.

Hast du deine Zunge verschluckt, Eddie?

Nee, der hat seinen Pimmel verschluckt!

Eine Zeitlang sprach er zu Hause kein Wort.

Seine Mutter sagte: Wir brauchen ihn, Eddie. Versuch das zu verstehen. Er hat 'nen guten Job. Er sorgt für uns, du wirst schon sehen …

In Wirklichkeit aber war sie diejenige, die für diesen Mann und seine drei Bälger und die Zwillinge sorgte, die sie sieben Monate nach der Hochzeit zur Welt brachte. Sie schuftete sich zu Tode und erlebte nicht einmal ihren fünfzigsten Geburtstag.

Nicht, daß Ed dabei zugesehen hätte. Mit achtzehn meldete er sich freiwillig zum Militär. *Geh zur Armee … lern die Welt kennen.* Das klang wie

Musik in seinen Ohren. Aber er hätte alles getan, um wegzukommen.

Alles, was er wollte, war ein anständiger Job, eine eigene Familie, Kinder, die er lieben konnte. Er wollte ein richtiger Vater sein. Auch wenn er noch nie einen erlebt hatte – er würde schon rausfinden, wie das ging. Dann lernte er Tawny kennen, eine Frau, die genau wußte, was sie wollte. Das gefiel ihm, sie war nicht so schwach und willenlos wie seine Mutter.

Jetzt … Himmel, jetzt ist alles anders. Und das hat Tawny hart gemacht. Niemand ist schuld daran. So ist es eben.

KAPITEL 2

Caitlin sagte nicht immer die Wahrheit. Manchmal ließ sie etwas aus. Auch wichtige Dinge. Zum Beispiel die Tatsache, daß sie einen Bruder hatte. Einen Bruder und einen Hund. Für seine vierzehn Jahre war der Bruder reichlich mickrig, mit einem traurigen Gesicht und ungepflegten braunen Haaren. Er sah Caitlin kein bißchen ähnlich, er wohnte nicht mal bei ihr, aber sie schwor Stein und Bein, daß sie dieselben Eltern hatten. Sie nannte ihn Sharkey, obwohl er auch mit einem Hai keine Ähnlichkeit hatte.

Caitlins Vater hatte Vix bereits gesagt, sie solle ihn Lamb nennen. »Lamb wie Lamm, ein Babyschaf«, fügte Caitlin hinzu. »Du weißt schon, määähh ...« Vielleicht waren sie allesamt auf Tiere fixiert.

»Lamb«, sagte Vix probeweise vor sich hin. Seltsames Gefühl, zu einem erwachsenen Menschen – zu jemandes Vater! – Lamb zu sagen. Er war groß und dünn, trug Birkenstock-Sandalen, Jeans mit Aufbügelflicken und ein schwarzes T-Shirt mit Brusttasche. Er hatte dasselbe breite Grinsen wie Caitlin, und als er seine Hände ausstreckte, um sie willkommen zu heißen, bemerkte Vix, daß seine Arme mit einem hellen Flaum bedeckt waren, heller als seine Haare, in denen graue Strähnen zu sehen waren, obwohl er eigentlich nicht richtig alt war. Nicht, daß sein Alter eine Bedeutung für Vix gehabt hätte. Eltern waren Eltern, da gab es nur unwesentliche Unterschiede.

Bei der Gepäckausgabe im Bostoner Logan Airport zeigte sie Lamb ihre Tasche, und er holte sie vom Band. Sie wünschte sich, sie hätte eine Reisetasche aus Segeltuch wie Caitlin anstelle des alten Koffers ihrer Mutter aus kariertem Stoff, zusammengehalten mit Klebeband, auf dem mit dickem Filzstift ihr Name geschrieben war.

Auf dem Rücksitz des verbeulten grauen Volvo-Kombi saß ein Hund, ein schwarzer Labrador mit einem bunten Tuch um den Hals. Caitlins Bruder saß vorn. »Sie wohnen beide mit Lamb in Cambridge«, erklärte ihr Caitlin noch, ehe sie, ohne nach rechts oder links zu schauen, über die Straße flitzte und damit den Fahrer eines Toyota zu einer Vollbremsung zwang. Aber Lamb schimpfte nicht, sondern schüttelte nur lächelnd den Kopf. Tawny hätte garantiert gebrüllt: »Paß gefälligst auf, wo du hinläufst, Victoria! Bist du lebensmüde? Ist dir klar, wieviel ein Begräbnis heutzutage kostet?«

»Sweetie, gute alte Sweetie!« gurrte Caitlin und küßte den Hund mitten auf die Schnauze. »Hey, Vix, das ist Sweetie ... In Hundejahren gerechnet ist sie älter als Lamb. Komm, Sweetie, du kannst Vix ruhig mal beschnüffeln«, sagte sie, und der

Hund folgte ihrer Aufforderung sofort und begann zwischen Vix' Beinen zu schnuppern. Vix spürte, daß sie rot wurde; hastig scheuchte sie den Hund weg und schlug die Beine übereinander.

Dann machte Caitlin Vix mit Sharkey bekannt. »Wehe, du behandelst sie nicht anständig!« drohte sie.

»Ich behandle alle deine Freundinnen anständig, es sei denn, sie blicken's nicht«, antwortete Sharkey.

Vix schwor sich auf der Stelle, auf keinen Fall zu den Personen zu gehören, die es nicht blickten. Worum auch immer es dabei gehen mochte.

Die Fahrt schien eine Ewigkeit zu dauern. Lamb klopfte mit den Fingern im Takt zu der Musik vom Kassettenrecorder aufs Lenkrad. »Hey Jude« sangen die Beatles. Sie fuhren über eine Brücke mit einem Schild: *Verzweifelt? Die Samariter sind für Sie da.* Darunter war eine Telefonnummer angegeben. Sollten die Leute so daran gehindert werden, aus Verzweiflung von der Brücke zu springen? Auf einmal hatte Vix fürchterliches Heimweh. Was hatte sie hier zu suchen? Sie kannte Caitlin doch überhaupt nicht.

Kurz vor Sonnenuntergang erreichten sie die Fähre – wieder etwas Neues für Vix. Sie hatte noch nie soviel Wasser auf einmal gesehen, aber Caitlin versicherte ihr, daß das nicht das Meer war. Seevögel umkreisten die Fähre, und Caitlin warnte Vix, daß sie im Flug manchmal etwas fallen ließen.

Als sie eine Dreiviertelstunde später anlegten, wurde Vix klar, daß dies nicht die Tropeninsel war, die sie in ihren Träumen heraufbeschworen hatte. Die Nachtluft war alles andere als lau, man hörte keine Reggae-Musik, und es gab Kiefern und Eichen anstelle von Palmen.

In dem Moment, als Lamb die Tür aufschloß, klingelte das Telefon. Er rannte zum Apparat und reichte den Hörer dann an Vix weiter. »Für dich, Kiddo.«

»Du solltest doch anrufen«, sagte ihre Mutter.

»Ich weiß, aber ... «

Tawny ließ Vix nicht zu Wort kommen. »Ich möchte, daß du tust, was man dir sagt, Victoria.«

»Das mach ich doch, es ist nur ... « Lamb knipste das Licht an, und Vix sah, daß sie in der Küche waren: ein alter Herd, Regale, aber keine Schränke, ein gelb gestrichener Tisch, von dem die Farbe abblätterte.

»Wie war der Flug?« fragte ihre Mutter.

Caitlin winkte, Vix solle sich beeilen. Sie deutete zum Fenster, vor dem unheimliche Schatten tanzten.

»Das Flugzeug?« fragte Vix.

»Ja, das Flugzeug«, wiederholte ihre Mutter.

Unterdessen warf sich Caitlin ein Handtuch über den Kopf und ging mit ausgestreckten Armen auf Vix zu, wie ein Zombie. Sweetie begann zu bellen, aufgeregt über Caitlins Faxen. »Das

Flugzeug war okay«, antwortete Vix. Schon jetzt kam es ihr vor, als sei seitdem eine Ewigkeit vergangen. Ihr erster Flug. Sie fragte sich, ob all die ersten Male in ihrem Leben so schnell vorbei und vergessen sein würden.

Phoebe

Sie hört Paul Simon, während sie ihre Koffer packt. *Just slip out the back, Jack. Make a new plan, Stan ...* Sie, wirbelt zur Kommode und schnappt sich einen Arm voller Unterwäsche – Spitzen-BHs mit passenden Slips, lange Seidennachthemden, Bodys. Sie läßt alles auf ihr schickes weißes Bett plumpsen, über dem ein Mylar-Spiegel hängt.

Sie ist schon immer gern gereist. Nicht wie Caity, die nie weg will, außer zu Lamb. Womöglich war es doch ein Fehler, sie ihm wegzunehmen, damals, vor vielen Jahren. Natürlich könnte Caity auch bei ihm leben, wenn sie wollte. Sie müßte es nur sagen. Das würde Phoebe nicht kränken. Wirklich nicht. Sie weiß, daß sie ganz sicher keine Supermutter ist, aber auch keine richtig schlechte. Sie und Caity kommen gut miteinander zurecht.

Sharkey dagegen ist ihr ein Buch mit sieben Siegeln. Erwachsene Männer kann sie verstehen, sie weiß, was sie wollen. Mit Sharkey aber war das etwas anderes. Vielleicht sind alle vierzehnjährigen Jungen ein bißchen sonderbar. Wenn er erst mal ein bißchen älter wäre, würde er sie bestimmt zu schätzen wissen. Er würde froh sein, eine so flotte Mutter zu haben. Beide Kinder.

Komisch, daß Caity ausgerechnet dieses Mädchen in die Sommerferien mitnehmen wollte. Ob das wohl wieder eine ihrer spontanen Ideen war? Die Freundin vom letzten Jahr hatte es genau zehn Tage ausgehalten. Nach zehn Tagen flog sie zurück, und soweit Phoebe weiß, hat Caity ihr keine Träne nachgeweint. Als der Sommer dann vorbei war, hatte sie gefragt: Was ist denn passiert? Und Caity hatte geantwortet: Sie hat's einfach nicht geblickt.

Was hat sie nicht geblickt?

Ach komm, Phoebe ... du weißt doch.

Sie wußte es nicht. Sollte Lamb doch versuchen, es zu verstehen. Zehn Monate im Jahr Mutter zu sein ist wirklich genug. Jeder Mensch braucht ein bißchen Zeit für sich selbst.

Heute abend ist sie in New York, morgen abend in Paris.

KAPITEL 3

In diesem Sommer schrieb Vix selten nach Hause. Sie log nicht direkt, aber wie Caitlin übte sie sich in der selektiven Wahrheit. Was ihre Familie nicht wußte, konnte sie auch nicht stören.

Das Haus war dunkel und unordentlich; niemand kümmerte sich darum, wieviel Sand man von draußen reinschleppte und wieviel davon auf dem Boden oder in den Betten landete. Caitlin nannte es das Psycho-Haus. Und Vix fand den Namen sehr passend. Ihr Zimmer hatte ungestrichene Holzwände, ein Doppelbett mit quietschenden Federn, verwaschene rote Laken und Kissen, die schlimmer mieften als der feuchte Schwamm, mit dem man in der Schule die Eßtische abwischte. Die Regale waren vollgestopft mit Barbiepuppen ohne Kopf, Legosteinen, unvollständigen Brettspielen, kaputten Tennisschlägern, Seesternen, ehemals von Einsiedlerkrebsen bewohnten Schneckenhäusern, Behältern mit toten Insekten und Unmengen von Steinen.

Das Badezimmer lag ein Stück den Flur hinunter, und sie benutzten es gemeinsam mit Sharkey. Wenn Vix in der Wanne mit den Klauenfüßen saß, konnte sie den über eineinhalb Kilometer langen

Tashmoo Pond sehen, von dem Boote in die Bucht hinausfuhren.

Im Wasser von Tashmoo Pond schwammen kleine braune Ablagerungen herum, die aussahen wie Kotstücke. Zwar versicherte ihr Caitlin, daß es keine waren, aber Vix war da nicht so sicher. Caitlin ging jeden Tag in ihrem purpurroten Badeanzug schwimmen. Vix' Badeanzug war blauweiß mit roten Sternen. Sie haßte ihn, aber ihre Mutter hatte gesagt, es wäre ja wohl sinnlos, einen neuen zu kaufen, wenn Vix sowieso nicht vorhabe, schwimmen zu gehen. In dem Punkt war sie Sharkey sehr ähnlich. Auch er ging weder in die Nähe des Wassers noch trug er je eine Badehose.

Und noch etwas gab es da – er und Caitlin zogen fast nie frische Sachen an. Wirklich unappetitlich war, daß Caitlin nicht einmal die Unterhose wechselte. Manchmal lief sie sogar ganz ohne Unterhose herum. Seit ihrer Ankunft hatte sie weder gebadet noch geduscht. Ihre Haare standen vor Dreck. Mittlerweile fingen sie und Sharkey schon an, schlecht zu riechen, nach ungewaschenen Füßen und nach irgend etwas anderem, das Vix nicht identifizieren konnte. Es roch jedenfalls nicht gut. Falls Lamb es überhaupt bemerkte, sagte er nichts dazu. Er war so entspannt, daß es schon erstaunlich war, wenn er gelegentlich aufrecht durch die Gegend ging.

»Er war mal 'n Hippie«, erklärte Caitlin Vix. »Er hat mit all den anderen Hippies im Norden der

Insel gewohnt. Manche von ihnen sind berühmt geworden, manche sogar reich.«

Vix stellte die Frage, die auf der Hand lag, nicht. Niemand sollte ihr vorwerfen, daß sie zu den Leuten gehörte, die es nicht blickten. Manchmal nahm Lamb sie gegen Abend zum Fischen mit. Wenn sie einen Blauling oder einen Barsch fingen, wurde er in Folie gewickelt und auf dem Grill mit Tomaten, grünen Paprika und Zwiebeln zubereitet. Anfangs weigerte sich Vix, auch nur zu probieren. Das äußerste, was sie je an Fisch gegessen hatte, war Thunfisch aus der Dose. Auch das war für Lamb kein Problem. »Wie du willst, Kiddo«, sagte er, »dann mach dir eben ein Erdnußbuttersandwich.« Auch Sharkey aß keinen Fisch. Er ernährte sich ausschließlich von Cheerios.

Doch nach einer Weile merkte Vix, daß der Fisch eigentlich ganz gut roch, und sie entdeckte, daß er auch nicht schlecht schmeckte. Nur die Gräten waren ein Problem. Sie staunte immer, wie Caitlin sie einfach aus dem Mund zog und auf dem Tellerrand aufreihte, während sie selbst oft einen ganzen Bissen in die Serviette würgen mußte.

Caitlin brachte ihr bei, Jacks zu spielen. Sie streute Babypuder auf den Boden, so daß ihre Hände mühelos über die Holzdielen im Wohnzimmer glitten; überhaupt war sie ein Wirbelwind und sprudelte nur so über vor Ideen.

Fernsehen gab es nicht. Bei Vix in Santa Fe lief

der Fernseher den ganzen Tag. Vor dem Abendessen sahen Lewis und Lanie irgendwelche alten Serien an, und Tawny verpaßte nie »Laverne and Shirley« oder »Drei Engel für Charlie«.

Das Haus auf der Insel war vollgestopft mit alten Büchern, die einen modrigen Geruch verbreiteten. An einem verregneten Tag stießen Vix und Caitlin auf zwei Bände mit dem Titel »Die ideale Ehe« und »Liebe ohne Angst«. Nachts lasen sie sich in ihrem Zimmer Passagen daraus vor, schütteten sich aus vor Lachen und waren furchtbar enttäuscht, daß die Bücher nicht illustriert waren. Caitlin sagte, *Coitus interruptus* klinge wie etwas, was man in einem französischen Restaurant bestellt.

Im Wörterbuch aus Lambs Arbeitszimmer schlugen sie *Cunnilingus, Fellatio* und *Dingleberry* nach. Letzteres war ihr Lieblingswort. *Dingleberry: ein kleiner Kotklumpen, wie er beispielsweise am Hinterteil eines Tieres hängt.* Vix sagte zu Caitlin, wenn sie nicht anfinge, saubere Unterhosen anzuziehen, würde sie ihr den Dingleberry-Award verleihen. Ein paar Tage bemühte sich Caitlin tatsächlich, dann aber gewann die Macht der Gewohnheit wieder die Oberhand.

Das erste Mal, als Caitlin mit Vix und Sweetie durch den Wald ging, auf dem geheimen Kiefernnadelweg, der zum nördlichen Strand und zum Vineyard Sound führte, hielten sie sich an den Händen, schlossen die Augen und schworen, nie normal zu werden. Phoebe hatte Caitlin erklärt, normal zu sein sei schlimmer als der Tod. Caitlin nannte es den NINO-PAKT. »Nino oder sterben!« rief sie in den Wind. »Abgemacht?«

»Abgemacht.« In diesem Augenblick war Vix der glücklichste Mensch der Welt. Sie war die Auserwählte, war aus unerfindlichen Gründen Caitlins Freundin, und ihr zuliebe hätte sie fast alles geschworen. Sie malte ihr Zeichen in den Sand – ein Herz mit einem V in der Mitte –, und Caitlin deutete einen kunstvollen Blitz um ihre Initialen an.

Caitlin war beeindruckt, wie braun Vix innerhalb weniger Wochen wurde. »Das ist das Gen von meinen indianischen Vorfahren«, erklärte Vix. »Ich bin ein Sechzehntel Cherokee, von meiner Mutter.« Sie war nicht ganz sicher, ob der Bruchteil so genau stimmte, aber sie wußte, daß sie darauf stolz sein konnte.

»Gott, das ist ja interessant! Ich wollte, ich hätte auch irgendwelche ungewöhnlichen Gene.«

»Du hast bestimmt welche«, erwiderte Vix und dachte an Phoebe und Lamb.

Wenn Caitlin hinausschwamm, sah Vix ihr nach, bis sie nur noch ein dunkler Punkt auf dem Wasser war, der herumhüpfte wie die Boje eines Krabbenfischers. »Ich kann nicht schwimmen«, vertraute Vix Sweetie an. »Also mußt du sie notfalls retten, ja?«

Sweetie schien sich keine Sorgen zu machen. Sie legte den Kopf schief, als hörte sie aufmerksam zu, aber dann rannte sie plötzlich davon, um sich irgendwo zu wälzen, gewöhnlich in etwas Totem oder Verwesendem. Was immer es auch war – auf jeden Fall stank ihr Fell danach wie alter Fisch.

Wenn Caitlin aus dem Wasser kam, schüttelte sie sich wie ein Hund und wickelte sich dann ein Handtuch um den Bauch, das im Sand schleifte wie ein langer Rock. »Hab ich dir schon erzählt, daß ich in meinem früheren Leben eine Nixe war?«

»Aber in diesem Leben bist du ein Mensch«, erinnerte Vix sie, für den Fall, daß Caitlin es vergessen hatte. »Und ich wollte, du würdest nicht so weit rausschwimmen.« Sie tröpfelte mit nassem Sand kleine Türmchen auf ihr kunstvolles Sandschloß.

»Es gefällt mir, wenn du dir Sorgen um mich machst«, sagte Caitlin.

»Irgend jemand muß es ja tun.«

Nachts in ihrem Zimmer spielten sie Nixen. Sie malten sich die Lippen knallrot und die Augen schwarz mit den Schminksachen, die sie sich auf Lambs Rechnung in Leslie's Pharmacy gekauft hatten. Der Spiegel an der Wand über dem Waschbecken im Bad war so alt wie das Haus und hatte einen diagonalen Sprung; wenn sie hineinsahen, schien eine Narbe quer über ihre Gesichter zu verlaufen.

Sie warfen sich in Positur und sangen die neuesten Songs von Abba, den Eagles und Shaun Cassidy – »Da Doo Ron Ron« –, die Oberteile ihrer

Badeanzüge mit Socken ausgestopft, um zu probieren, wie sie mit großen Brüsten aussehen würden. Von Natur aus war Caitlin noch ganz flach, aber bei Vix begannen sich schon winzige Hügelchen abzuzeichnen – ein verheißungsvoller Anfang.

Vor allem aber war Caitlin fasziniert von Vix' Schamhaaren. »Leg dich hin«, sagte sie, »ich zähle sie für dich.«

»Wozu?«

»Bist du nicht neugierig? Willst du nicht wissen, wie viele du hast?«

»Neugier war der Katze Tod«, sagte Vix.

Caitlin betrachtete sie mitleidig. »Wer nicht neugierig ist, kann ebensogut tot sein.«

Hätte das nur jemand Vix' Mutter klarmachen können! Um zu beweisen, daß sie durchaus noch am Leben war, legte Vix sich mit heruntergezogener Unterhose aufs Bett und lachte hysterisch, während Caitlin sorgfältig ein Haar nach dem anderen hochzog und laut zählte. »Sechzehn«, verkündete sie schließlich das großartige Endergebnis. »Du Glückspilz!«

»Was soll denn an sechzehn Schamhaaren so toll sein?«

»Du würdest das auch toll finden, wenn du nur das da hättest!« Caitlin zog ihre Shorts ebenfalls herunter, um Vix ihren zarten Flaum zu zeigen. Natürlich sah Vix ihn nicht zum ersten Mal.

In diesem Moment platzte Sharkey herein. Die beiden Mädchen kreischten so laut, daß er mit erschrockenem Gesicht den Rückzug antrat, aber von nun an stellten sie einen Stuhl vor ihre Schlafzimmertür – Schlösser gab es im ganzen Haus nicht.

Als ihnen die Meerjungfrauen langweilig wurden, erfanden sie ein noch besseres Spiel: Vixen und Cassandra, Sommerschwestern, die attraktivsten Mädchen auf Martha's Vineyard, vielleicht auf der ganzen Welt. Sie hatten die Macht. Diese Macht war in ihren Höschen, zwischen ihren Beinen. Sie hatten gerade entdeckt, daß ein elektrisches Prickeln durch ihren ganzen Körper fuhr, wenn sie sich dort auf eine bestimmte Weise rieben.

Hallo, Leute,
Mir geht's großartig!
Alles Liebe, Vix.

Und dann war da noch Von, der tollste Junge, den Vix je gesehen hatte. Er war ungefähr sechzehn, mit einem langen, sonnengebleichten Pferdeschwanz und muskulösen Armen. Im Ärmelaufschlag seines T-Shirts trug er immer ein Päckchen Marlboro. Seine vollen Lippen sahen so weich aus, daß Caitlin behauptete, sie würde am liebsten die ganze Nacht an ihnen saugen. Bis jetzt hatte Vix noch nie daran gedacht, an den Lippen von irgend jemand zu saugen.

Von arbeitete bei den Flying Horses, dem angeblich ältesten Karussell des Landes; es gehörte zu den nationalen Kulturgütern, von denen die Leute auf der Insel schwärmten. Er sammelte die Tickets ein und steckte die Ringe wieder in die Maschine, während das Karussell sich drehte. Vix fand, man sollte Von zum nationalen Kulturgut erklären. Jedesmal, wenn Lamb sich auf den Weg nach Oak Bluffs machte, bettelten die beiden Mädchen, mitfahren zu dürfen. Lamb steckte ihnen ein paar Dollar zu, und während er seine Erledigungen machte, fuhren die beiden Mädchen Karussell, bis ihnen so schwindlig war, daß sie sich kaum noch auf den Beinen halten konnten.

Von nannte sie *Double Trouble*. Er stöhnte, wenn er sie kommen sah, und tat so, als gingen sie ihm schrecklich auf die Nerven; Caitlin boxte ihn dann zur Strafe in den Arm. Sie ärgerte ihn furchtbar gern, zog ihn an seinem Pferdeschwanz, sprang von einem Karussellpferd aufs andere und forderte ihn geradezu heraus, sie zu bremsen. Sie brach sämtliche Regeln, aber er ließ sie trotzdem weiterfahren. Ohne Caitlin hätte er Vix bestimmt gar nicht wahrgenommen. Aber das machte ihr nichts aus. Sie war stolz, Caitlins Freundin zu sein.

Eines Abends stellte das nationale Kulturgut ihnen seinen Cousin Bru vor. Er war größer als Von, mit muskulösen Armen. Er redete nicht viel. Vix spürte, daß sie für ihn *Kinder* waren, unter seiner Würde.

Ein anderes Mal nahm Lamb sie mit ins Kino in Woody Allens »Stadtneurotiker«, und als Caitlin ihn nach dem Film löcherte, sie wollten wenigstens noch einmal Karussell fahren, gab Lamb schließlich nach. »Okay, aber nur einmal.« Sharkey und er gingen so lange zu Papa John's in der Circuit Avenue, um sich ein Stück Pizza zu holen.

Aber Von war nicht da. Statt dessen schwor Caitlin, ihn in einer dunklen Gasse neben dem Karussell mit einem Mädchen gesehen zu haben, seine Hand unter ihrer Bluse, ihre Hand auf seinem – Vix brachte das Wort nicht über die Lippen. Sie konnte nicht »Pimmel« oder »Schwanz« sagen, nicht mal »Penis«, jedenfalls nicht, wenn es um Von ging. Deshalb dachte sich Caitlin ein neues Wort dafür aus: Päckchen. Sie sagte, dieses Mädchen hätte die Hand auf Vons Päckchen gehabt.

In dieser Nacht erfanden sie ein neues Spiel. Es hieß Vixen und Cassandra treffen Von. Sie spielten abwechselnd Von, legten sich aufeinander und rieben die Macht aneinander, bis das elektrische Prickeln sie durchströmte.

Sie schworen, niemandem je von Vixen und Cassandra zu erzählen. Caitlin meinte, sie seien nicht unbedingt Lesben, denn sie würden ja immer so tun, als ob sie mit einem Jungen zusammen wären. Ganz ausgeschlossen war es aber nicht.

Er schwört, daß sie in der Nacht, als sie geboren wurde und man sie ihm in den Arm legte, direkt in seine Augen gesehen und gelächelt hat. Er hat ihren rosigen Mund berührt und sich Hals über Kopf in sie verliebt. Seine Tochter. Sein kleines Mädchen. Er hat nicht im Traum daran gedacht, daß er sie jemals verlieren könnte. Und er hat sie nicht verloren, das sagt er sich immer wieder. Bisher war sie jeden Sommer bei ihm, sie ist noch nie auf die Idee gekommen, die Ferien mit jemand anderem zu verbringen als mit ihm.

Er und Phoebe waren Idioten – es ist nicht so einfach, wie sie gedacht hatten. Sicher, sie sind ohne Groll auseinandergegangen. Lamb kann sich nicht mal mehr daran erinnern, ob es Phoebes Idee war oder seine. Diese ganze Geschichte mit offener Ehe und so. Irgend jemand hat immer das Nachsehen. Aber die Kinder zu trennen, nur um fair zu sein? Ein Mädchen für dich, einen Jungen für mich ... Woher hätte er wissen sollen, daß Phoebe mit Caitlin überall im Land herumziehen würde? Späte Reue? Natürlich bereut er manches.

Er beobachtet sie auf den Flying Horses. Er kann nicht glauben, daß sie nicht ewig so jung bleiben wird, so unschuldig.

KAPITEL 4

Es ist schwer, einen Menschen anzuhimmeln, mit dem man so eng zusammen ist wie Vix in diesem Sommer mit Caitlin. Wenn die Angehimmelte schmutzige Füße hat, die riechen wie der Schlamm auf dem Meeresgrund, oder wenn sie die Beine spreizt und ihre Macht an einem reibt.

»Gott, ich liebe dieses Gefühl!« sagte Caitlin. »Du bist eigentlich ganz anders, als ich gedacht habe.«

»Was hast du denn gedacht?«

Caitlin nahm zwei kleine rote Flanelltücher und begann, sie von einer Hand in die andere zu werfen. Vielleicht hatte sie vor, Vix' Frage zu ignorieren. Das machte sie öfter, wenn sie eine Frage nicht beantworten wollte. Dann tat sie einfach so, als hätte sie nichts gehört.

Aber nach einer Weile meinte sie: »Ich wußte, du bist schlau, aber sehr still.« Sie fing die viereckigen Tücher auf und überflog die nächste Übung in »Jonglieren für hoffnungslose Fälle«. »Ich wußte, du würdest nicht dauernd Fragen stellen und mir nicht in die Quere kommen.« Sie fing wieder an zu jonglieren, diesmal mit drei Tüchern. »Und mir hat dein Lächeln gefallen ... und dieses dunkelrote T-Shirt, das du immer anhattest.« Sie ließ die roten Vierecke keine Sekunde aus den Augen.

Das also waren Caitlins Gründe für ihre Freundschaft? Aber was hatte Vix denn erwartet? Schließlich hatte sie Caitlin nicht besser gekannt als umgekehrt.

Caitlin warf alle drei Tücher gleichzeitig in die Luft, sprang mit einem Satz auf Vix' Bett und warf sich platt auf den Rücken. »Ich war einfach nicht sicher, ob du auch richtig Spaß haben kannst!«

Vix nahm es als Kompliment. Sie wußte, daß Caitlin sie mochte. Und zwar auf eine Art, die nichts mit ihren geheimen Spielen zu tun hatte. Wenn sie in der Stadt waren, merkte Vix manchmal, daß die Leute sich nach ihnen umdrehten, und dann fiel ihr ein, wie schön Caitlin war, was ansonsten kaum eine Rolle spielte. Caitlins Schönheit stand nicht zwischen ihnen.

Eines Abends fragte Lamb beim Essen, ob es Vix bei ihnen gefiel. Ob es ihr gefiel? Vix konnte selbst kaum glauben, wie gut es ihr gefiel. Sie hatte in ihrem ganzen Leben noch nie soviel Spaß gehabt! Manchmal wünschte sie sich, der Sommer würde nie zu Ende gehen und sie müßte nie mehr nach Hause zurück.

Sie blickte auf ihren Teller mit der Riesenportion Blauling, neuen Kartoffeln und grünen Bohnen. »Ja, danke, mir gefällt es hier gut«, antwortete sie mit leiser Stimme. Caitlin versetzte ihr unter dem Tisch einen Tritt gegen das Schienbein, und Vix hatte Angst, sie würde gleich laut loslachen.

Dann fragte Lamb: »Vermißt du deine Familie?«

Plötzlich bekam Vix ein entsetzlich schlechtes Gewissen, weil sie ihre Familie nicht vermißte. Sie dachte kaum an sie. Na ja, vielleicht an Nathan, aber an mehr auch nicht. Sie schrieb ihm jede Woche, schickte ihm mal eine kleine Tupperdose mit Sand, mal einen Plastikbehälter voller Wasser vom Tashmoo Pond oder eine blaue Glasscherbe, die Caitlin am Strand gefunden und ihr für Nathan geschenkt hatte. »Sieht aus wie Kobalt, stimmt's?« hatte sie Vix gefragt.

»Ja, tatsächlich ...«, hatte Vix geantwortet, obwohl sie nicht wußte, was Kobalt war.

Sie hatten eine Schmuckschachtel mit Watte ausgepolstert, das Glasstück hineingelegt und die Schachtel zusätzlich noch in Noppenfolie gewickelt, nachdem Caitlin mit ihren nackten Füßen all die kleinen Blasen zum Platzen gebracht hatte.

»Du kannst sie anrufen, wann immer du willst«, fuhr Lamb fort. »Mach dir wegen der Gebühren keine Sorgen.«

»Lamb ...«, sagte Caitlin. »Es reicht.«

»Es ist nur, weil Vix so still ist«, erklärte ihr Lamb, als säße Vix nicht am gleichen Tisch. Und auch Sharkey nicht, der beim Abendessen nie ein Wort sagte, sondern ein seltsames Brummen von sich gab, während er seine Cheerios in sich hineinstopfte. Als hätte er einen Motor in seinem Körper.

Vix hätte gern gewußt, warum Sharkey nicht auch einen Freund über die Ferien mitbrachte. Als sie sich – in dem Bewußtsein, daß sie damit ihr wöchentliches Fragepensum womöglich überschritt – danach erkundigte, antwortete Caitlin: »Ich glaube, er hat keine Freunde.«

»Das ist aber traurig.«

»Bemitleidenswert«, bestätigte Caitlin.

»Vermutlich ist Vix der schüchterne, stille Typ«, meinte Lamb, den das Thema noch immer beschäftigte. »Wie Sharkey.«

»Sie ist kein bißchen wie Sharkey«, widersprach Caitlin.

Da machte Sharkey tatsächlich den Mund auf. »Woher willst du das wissen?« fragte er. »Woher will einer von euch das wissen?«

Sharkey

Es ist alles so leicht für die beiden, quasseln den ganzen Tag und die halbe Nacht. Glauben die denn tatsächlich, er würde sie nicht hören? Glauben die, er wüßte nicht, daß sie ihn für verrückt halten? Herrgott! Sein Leben geht sie nichts an. Er braucht keine Freunde. Es gibt einen Unterschied zwischen einsam und allein. Nicht, daß sie diesen Unterschied kennen würden. Bei den beiden handelt es sich seiner Meinung nach um Außerirdische. *Beam me up, Scottie …*

Vix brauchte nur Bescheid zu sagen, wenn sie etwas auf der Insel sehen oder unternehmen wollte. »Dein Wunsch ist mir Befehl«, erklärte Lamb, wie im Märchen. Also sagte sie: »Ich möchte das Meer sehen.« Und – Abrakadabra! – am nächsten Tag fuhren sie ans Meer. In Menemsha, einem alten Fischerdorf, wo es fast so viele Boote im Hafen gab wie Touristen, die fotografierten, machten sie Rast. Sharkey hatte dankend auf den Ausflug verzichtet und war zu Hause geblieben, wahrscheinlich, um ungestört mit Lambs altem Truck die ungepflasterte Auffahrt rauf und runter zu brettern oder sich unter der Kühlerhaube des alten Volvo zu vergraben oder sich der Länge nach auf sein mannsgroßes Skatebord zu legen, das er eigens konstruiert hatte, um Autos in Ruhe von unten betrachten zu können.

Vix und Caitlin folgten Lamb hinaus aufs Dock, bis sie zu einem altersschwachen hölzernen Segelboot namens Island Girl kamen. »Trisha … hey, Trish …!« rief Lamb.

Eine braungebrannte Frau mit wirren braunen Locken, in einer abgeschnittenen Jeans und einem blauen Arbeitshemd, tauchte aus dem Inneren des Boots auf, die Hand schützend über die Augen gelegt. Sie sprang aufs Dock und umarmte erst Lamb, dann Caitlin.

»Das ist meine Freundin Vix«, stellte Caitlin vor.

Trisha begrüßte Vix mit traditionellem Handschlag.

»Wir sind unterwegs nach Gay Head«, erklärte Lamb. »Hast du Lust mitzukommen?«

Vix, die gerade herausgefunden hatte, daß *gay* auch schwul heißen konnte und man mit *head* auch jemanden aus der Drogenszene bezeichnete, fand es komisch, als Lamb den Namen laut aussprach.

»Zwei Sekunden, dann bin ich da«, antwortete Trisha. »Ich hol nur schnell meine Sachen.« Sie sprang wieder aufs Boot und verschwand mit eingezogenem Kopf in der Kabine. Lamb folgte ihr.

»Sie sind Freunde, nichts weiter«, erklärte Caitlin, während sie und Vix auf die beiden warteten. »Von früher ... als Lamb hier gewohnt hat. Aber vielleicht haben sie trotzdem noch Sex miteinander. Eigentlich bin ich mir sogar fast sicher. Mir würde es nichts ausmachen, wenn sie heiraten. Trisha spinnt, aber sie liebt uns.«

Zum Lunch holten sie sich unterwegs Muschelbrötchen und Hummerröllchen. Vix hatte von beidem noch nie gehört und bestellte lieber Pommes mit Ketchup. Als sie sich wieder auf den Weg machten, interessierte sich Vix mehr für Trisha als fürs Meer und überlegte, ob Lamb mit seiner Freundin in der Kabine wohl wirklich das gemacht hatte, worüber sie und Caitlin nachgelesen hatten. Sie glaubte eher nicht, denn lange waren sie eigentlich nicht weg gewesen. Andererseits hatte sie natürlich keine Ahnung, wie lange so etwas dauerte.

Das Meer war genau so, wie Vix es sich vorgestellt und in unzähligen Filmen gesehen hatte. Die einzige Überraschung waren der Geruch und der Lärm, den die Wellen machten, wenn sie ans Ufer schlugen. Die beiden Mädchen folgten Lamb und Trisha zu einer geschützten Bucht, aber selbst hier peitschte der Wind durch ihre Haare, und wenn man etwas sagen wollte, hatte man den Mund auch schon voller Sand.

Kaum hatten sie ihre Taschen am Strand abgestellt, fing Trisha an, sich auszuziehen. Sie knöpfte das Hemd auf, streifte es ab, und ihre riesigen Brüste kamen zum Vorschein, mit Brustwarzen so groß wie runde Eiswaffeln. Vix hatte so etwas noch nie gesehen. Sie wollte die Augen abwenden, brachte es aber nicht fertig. Trotz des Windes spürte sie, wie ihr Gesicht heiß wurde.

Trisha merkte sofort, daß etwas nicht stimmte. »Ach, Honey …«, rief sie, den Wind mühsam übertönend, »ist dir das peinlich? Ich muß mich nicht unbedingt ausziehen.« Sie sah etwas hilflos zu Lamb hinüber.

»Ich denke, es wäre besser …«, begann Lamb.

»Alles klar«, antwortete Trisha und streifte ihr Hemd wieder über.

»Das hier ist nämlich ein Nacktbadestrand«,

sagte Caitlin zu Vix, »aber keiner muß sich ausziehen. Ich tu es auch nie.«

Erst jetzt legte Vix die Hand über die Augen und sah sich blinzelnd um. Es stimmte! Die meisten Leute am Strand waren splitternackt! Lamb zog seine Jeans aus, und eine Sekunde hielt Vix den Atem an, denn sie wollte keinesfalls sein Päckchen sehen, aber es passierte nichts: Er trug eine knappe Badehose, wie Mark Spitz bei den Olympischen Spielen, als er all die Medaillen gewonnen hatte. Damals war Vix erst in der zweiten Klasse gewesen. Sie konnte gar nicht glauben, daß sich alle so locker benahmen, als wäre ein Strand voller nackter Leute das Alltäglichste der Welt.

»Also, Vix …«, sagte Lamb. »Wie findest du es?«

»Wie ich es finde?«

»Ja, das Meer.«

»Oh, das Meer.« Sie hätte gern etwas Interessantes gesagt, aber es war nicht das Meer, was sie momentan am meisten beschäftigte. Als sie nicht antwortete, lachte Lamb. »Ziemlich überwältigend, was, Kiddo?« Dann faßten Trisha und er sich an den Händen und rannten auf die Wellen zu.

Vix stellte sich vor, wie sie ihrer Mutter erzählte, daß Lamb sie mit an einen Nacktbadestrand genommen hatte. So was ist unanständig, wäre der Kommentar ihrer Mutter. Obszön und unanständig. Ich möchte, daß du sofort nach Hause kommst. Ihre Eltern liefen nie nackt herum. Immerhin war ihre Mutter eine Katholikin gewesen, bevor sie aus der Kirche ausgetreten war.

Trisha

Heute hat sie Mist gebaut, total. Reine Gedankenlosigkeit, daß sie sich vor dem Mädchen einfach ausgezogen hat. Andererseits war es nun mal ein Nacktbadestrand. Warum hat Lamb sie dorthin geschleppt, wenn sie sich nicht ausziehen durfte? Was soll das?

Ganz egal, wie sehr sie sich auch bemüht, es klappte einfach nicht mit ihm. Vor fünfzehn Jahren hat er sich für Phoebe entschieden. Wegen des Geldes, hatte sie immer gedacht. Wegen der Familie. Dabei hätte sie ihm schon damals sagen können, daß es nicht funktionieren würde. Phoebe war daran gewöhnt zu kriegen, was sie wollte und wann sie es wollte. Na klar, sie hatte mit dem Hippieleben rumexperimentiert, aber sie hatte nie wirklich daran geglaubt, daß sie die Welt verbessern konnten. Nicht, daß Trisha noch daran glaubte. Aber damals … Sie war mit achtzehn auf die Insel gekommen, frisch von Bridgeport, und sie war für immer hiergeblieben. Nicht wie Phoebe, die einen Sommer vorbeigeschaut und sich Lamb geangelt hatte, um dann – mit ihm im Schlepptau – wieder zu verschwinden.

Nachdem er sich von Phoebe getrennt hatte,

war er zurückgekommen, und Trisha hatte sich um seinen Jungen gekümmert, als wäre er ihr eigener. Lambsey-Divey nannte sie ihn. Jetzt sagten alle Sharkey zu ihm, und mit Glück sah sie ihn zwei- oder dreimal jeden Sommer.

Die ganzen Jahre hat sie darauf gewartet, daß Lamb endlich kapieren würde, daß er zu ihr gehörte, daß sie seine Kinder genauso liebte wie ihn selbst. Aber jetzt gab es eine neue Frau in seinem Leben, eine, mit der es ihm ernst war. Als wäre das, was Trisha und er miteinander hatten, nicht ernst. Sie hat geweint, als er es ihr erzählt hat, geweint und damit gedroht, sich die Pulsadern aufzuschneiden, aber er hat sie im Arm gehalten und ihr versprochen, immer ihr Freund, immer für sie da zu sein.

Und er hat sie ins Geschäft gebracht, richtig? Hat sie ermutigt, sich selbständig zu machen mit *Trisha's Melt-in-Your-Mouth-Muffins*. Und der Name hält, was er verspricht: Trishas Muffins werden jeden Tag frisch gebacken, und sie zergehen einem tatsächlich auf der Zunge. Leicht. Flockig. Nicht wie die Bleikugeln, die man im Dog bekommt. Jetzt sind die besten Restaurants und Geschäfte in der Stadt ganz scharf auf ihre Muffins.

Sie sei in den besten Jahren, hat er gesagt. Sie würde einen anderen finden, einen, der sie glücklich macht, der das Inselleben genauso liebt wie sie. Also hat sie sich die Pulsadern nicht aufgeschnitten. Sie ist auch viel zu sehr mit Backen beschäftigt. Aber sie vermißt es so sehr, mit ihm zu schlafen. Wie lange war es her, seit sie zum letzten Mal zusammen waren? Vier Monate, zwei Wochen, drei Tage. Seit er diese neue Frau kennengelernt hat.

Vor fünfzehn Jahren hatte sie geglaubt, sie würden für immer zusammenbleiben. Vor fünfzehn Jahren hatte sie sich Bänder ins Haar geflochten.

KAPITEL 5

Einen Mann wie Lamb hatte Vix noch nie kennengelernt. Alles, worum er sie bat, war, die Texte der Beatles-Songs auswendig zu lernen, und das war nicht sonderlich anstrengend. Als er den Mädchen in der zweiten Augustwoche mitteilte, er müsse für einen Tag nach Boston, erklärten sie sich ohne weiteres einverstanden. Er versprach, rechtzeitig zum Abendessen zurück zu sein. »Ist das okay, Kiddo?« fragte er Vix.

»Klar«, antwortete sie. »Kein Problem.«

Um sechs hatte er dann aus Boston angerufen. Logan Airport lag in dichtem Nebel. *Hammerhart.* Er würde erst am nächsten Morgen zurückkommen. Vix konnte nicht glauben, daß er sie über Nacht im Psycho-Haus allein ließ.

»Ich hab keine Angst vor der Dunkelheit«, verkündete Caitlin. »Ich glaube nicht an Gespenster.«

Genaugenommen glaubte Vix auch nicht an Gespenster.

Nachdem sie zeitig zu Abend gegessen hatten, lud Sharkey sie zu einer Fahrt mit dem Truck ein. Mit seinen vierzehn Jahren hatte er natürlich noch keinen Führerschein, nicht mal einen vorläufigen zum Lernen, aber er war ein vorsichtiger Fahrer – immer beide Hände am Steuer, nie schneller als die vorgeschriebene Geschwindigkeit. Er fuhr sie über die ganze Insel spazieren, aber er wollte nicht anhalten, nicht mal für ein Eis. Angeblich war irgendwas mit der Batterie nicht in Ordnung. Als sie zurückkamen, war es schon nach neun, und in der Ferne sah man Wetterleuchten. Zwanzig Minuten später erloschen sämtliche Lichter im Haus. Caitlin probierte das Telefon aus. »Tot«, stellte sie fest, holte Streichhölzer und zündete eine Kerze an.

Ein heftiges Gewitter folgte. Sweetie zitterte und versteckte sich unter Caitlins Bett. Sharkey schleppte einen Schlafsack ins Zimmer der Mädchen und campierte bei ihnen auf dem Fußboden. Vix kauerte neben Caitlin in deren Bett und hielt sich jedesmal die Augen zu, wenn wieder ein Blitz über den Himmel zuckte. Im Wald stürzten Bäume um, und aus dem Regen wurde Hagel, der auf das Haus niederprasselte wie Maschinengewehrfeuer. »Es ist doch bloß ein Gewitter«, sagte Caitlin. »Ich weiß gar nicht, warum ihr beiden euch benehmt wie Sweetie.«

Am nächsten Morgen rief Lamb an, um ihnen mitzuteilen, daß er um Mittag herum da sei und eine Freundin mitbringe.

»Eine Freundin?« wiederholte Caitlin.

»Vermutlich Abby«, meinte Sharkey, nahm sich eine Handvoll Cheerios aus der Schachtel und krümelte sie sich in den Mund.

»Abby?« fragte Caitlin. »Wer ist Abby?«

»Eine Frau eben«, antwortete Sharkey.

»Eine Frau?« hakte Caitlin nach. »Eine Frau im Sinne von Freundin?«

Sharkey zuckte die Achseln.

»Lamb hat eine Freundin und hat mir nichts davon erzählt?« Caitlin war entsetzt.

Sharkey zuckte erneut die Achseln.

»Ich bin seine Tochter! Da sollte ich über so was doch Bescheid wissen.«

»Er ist kein Mönch, weißt du«, meinte Sharkey, »genausowenig wie Phoebe eine Nonne ist.«

»Aber er hat noch nie eine Freundin hierhergebracht! Die Insel war immer nur für uns da.«

Sie kamen um die Mittagszeit – Lamb, die Frau namens Abby und ihr Sohn, Daniel Baum. Daniel war ungefähr in Sharkeys Alter. Abby begrüßte Sharkey, als würden sie sich schon kennen, aber daß die beiden Jungs einander noch nie begegnet und auch nicht sonderlich begeistert voneinander waren, war ziemlich offensichtlich. Daniel war zwei Köpfe größer als Sharkey, adrett, mit schicken Slippern und einem Lacoste-Hemd. Er gab sich äußerst gelangweilt.

Abby war fast so groß wie Lamb, dünn wie eine Bohnenstange, blaß, mit sehr feinem braunem, schulterlangem Haar und Ponyfransen, die ihr in die Augen fielen. Sie trug Jeans, ein tolles T-Shirt und Schuhe mit Plateausohlen, die sie noch größer machten. Abby lächelte Caitlin zu und sagte ihr, daß sie sich freue, sie endlich kennenzulernen, und schon viel von ihr gehört hätte. Daniel gähnte laut, ohne sich die Hand vor den Mund zu halten. Caitlin sah aus, als müßte sie sich gleich übergeben.

Sie betraten das Haus durch die Küchentür und standen sofort mitten im Chaos vom Vorabend – auf dem Fußboden der Käse-Makkaroni-Topf, von Sweetie sauber ausgeleckt, die verklebten Teller noch auf dem Tisch, daneben die leeren Cornflakesschachteln, mehrere Bananenschalen und ein halbaufgegessener Toast mit Traubengelee. Aus Abbys Gesichtsausdruck konnte man ablesen, wie die anfängliche Überraschung in Ekel umschlug. Vix entdeckte die Milchpackung auf der Anrichte und wollte sie schnell im Kühlschrank verschwinden lassen, aber Abby entging das natürlich nicht.

Sweetie, die unter dem Tisch gelegen hatte, begann zu bellen, und als Daniel sich zu ihr hinunterbeugte, um sie zu streicheln, knurrte sie den Jungen an. »Himmel … was für ein Hund ist das überhaupt?« fragte Daniel und ging vorsichtshalber in Deckung.

»Eine Labradorhündin«, erklärte Lamb. »Für gewöhnlich ist sie sehr freundlich.« Er machte die Tür auf und scheuchte Sweetie hinaus.

»Tja …«, sagte Abby und fügte, in dem Versuch, optimistisch zu wirken, hinzu: »Dieses Haus ist ja wirklich … vielversprechend.«

Zu sechst im Volvo zusammengepfercht, machten sie eine Inselrundfahrt. Die beiden Jungen saßen auf der Rückbank – einer starrte aus dem rechten, der andere aus dem linken Fenster –, Caitlin und Vix kauerten mit Sweetie im Kofferraum. Vorne versuchten Abby und Lamb auf locker zu machen, als wäre alles noch schöner als bei der Brady-Familie. In ihrer Abwesenheit sollte der Reinigungsservice das Haus auf Vordermann bringen. Man hatte Lamb gesagt, es würde den ganzen Tag dauern, vielleicht auch zwei Tage, und Lamb hatte den Leuten einen Bonus versprochen, wenn sie es in einem Tag schafften.

Diesmal machten sie weder einen Abstecher zu Trishas Boot noch gingen sie zum Nacktbadestrand. Statt Muschelbrötchen und Pommes gab es ein dröges Mittagessen in einem Restaurant mit Hafenblick. Daniel machte aus seiner schlechten Laune kein Hehl, und Sharkeys innerer Motor brummte während des ganzen Essens auf Hochtouren. Caitlin stocherte auf ihrem Teller herum, ohne einen Bissen zu essen.

Vix tat ihr Bestes, um Interesse für »Die Geschichte von Abby und Lamb« zu zeigen – wie sie sich begegnet waren, wie sie sich vom ersten Augenblick zueinander hingezogen gefühlt hatten und – bla-bla-bla ... wirklich faszinierend. »Er wollte nicht glauben, daß ich Studentin an der B-School war«, erzählte Abby lachend.

»Kann ich immer noch nicht«, fügte Lamb hinzu und kuschelte sich an sie.

Vix hatte zwar keine Ahnung, was die B-School war, aber das war egal. Es fiel keinem auf.

»Nach der Scheidung bin ich nach Boston gezogen, vorher hatte ich mein ganzes Leben in Chicago gewohnt«, erzählte Abby. »Ich habe gehofft, Daniel würde nachkommen, aber ihr wißt ja, wie das ist – er wollte nicht weg von seinen Freunden und seiner Schule.« Sie wollte Daniel die Haare zausen, aber er wich wütend aus. »Deshalb wohnt Daniel zur Zeit bei seinem Dad.«

Vix nickte und nickte, wie ein Fernsehreporter bei einem langweiligen Interview, der so tun muß, als interessierten ihn die Antworten.

»Und wenn ich nächsten Sommer meinen Abschluß habe«, fuhr Abby fort, »werde ich entscheiden, ob ich zurück nach Chicago gehe oder mir lieber einen Job an der Ostküste suche.« Sie lächelte Lamb sehr vertraut zu.

Vix fragte sich, ob Abby von Trisha wußte.

Lamb

Sie ist wunderbar, er kann sein Glück kaum fassen. Wie sie aus dem Nichts plötzlich in sein Leben getreten ist, als er es am wenigsten erwartet hat! Mit ihr ist es ihm ernst. Es geht nicht nur um Sex. Alles an ihr macht ihn glücklich. Sie ist so klug, so süß. Die Kinder werden sie anbeten. Er kann es selbst kaum fassen, daß er solche Gedanken hat! Daß er eine Zukunft für sich und diese Frau sieht. Aber es ist so.

Jeden Tag sang Lamb unter der Dusche vor dem Haus. »All You Need Is Love«, »Come Together«, »We Can Work It Out«. Er war glücklich. Er war verliebt. Je glücklicher er wegen Abby war, desto unglücklicher wurde Caitlin. Und er schien nichts davon zu merken.

Eines Tages hörte Vix, wie Daniel zu Abby sagte: »Das ist doch die reinste Bruchbude hier. Die haben nicht mal 'nen Fernseher oder 'ne Geschirrspülmaschine.«

Man brauchte kein Genie zu sein, um zu sehen, daß Lamb mindestens soviel Mühe hatte, über die Runden zu kommen, wie Vix' Eltern. Die schäbigen Möbel, die verbeulten Autos, die abgetragenen Klamotten. Sogar das Essen war ärmlich. Kein Fleisch, nicht mal Hamburger.

»Du solltest nicht vergessen, daß du Gast in diesem Haus bist«, ermahnte Abby ihren Sohn. »Und ich erwarte, daß du dich zumindest so benimmst, daß sich keiner von uns zu schämen braucht.«

»Ich sehe nicht ein, warum du mich hierhergeschleppt hast«, entgegnete Daniel. »Das sollten eigentlich meine Ferien sein.«

»Du warst den ganzen Sommer im Ferienlager«, meinte Abby. »Du hattest genug Ferien, aber ich hab gerade mal diese zwei Wochen.«

»Dad sagt, dein ganzes Leben sind Ferien.«

»Fang jetzt nicht damit an, Daniel ...«

»Wenn du erlaubst, daß Gus kommt, laß ich dich in Frieden.«

Abby seufzte. »Das haben wir doch schon alles

durchgekaut. Zwei Wochen ohne einen Freund werden dich wohl nicht umbringen.«

»Wer weiß«, erwiderte Daniel.

Vix war es furchtbar peinlich, daß sie gelauscht hatte, und sie beschloß, Caitlin nichts davon zu erzählen. Es war zu persönlich.

An diesem Abend spielten sie Minigolf. Daniel hielt den Schläger wie ein Profi, eine Hand über der anderen, die Daumen ineinander verschränkt, und achtete peinlich genau darauf, daß seine Füße sich in der richtigen Position befanden. Vor jedem Schlag holte er zweimal probeweise aus. Caitlin und Vix johlten; Daniel befahl ihnen, den Mund zu halten. Er mußte sich konzentrieren. Für ihn war Minigolf eine ernste Sache. Sein Vater spielte ebenfalls, mit einem Handicap von acht, was immer das bedeuten mochte.

Zur Feier von Vix' zwölftem Geburtstag am 31. Juli hatten sie ebenfalls Minigolf gespielt. Sharkey hatte auf Anhieb eingelocht und ein Freispiel für sie gewonnen. Heute abend war das keinem gelungen.

Als sie später zum Eisessen zu Mad Martha's gingen, begann Daniel wieder, seine Mutter wegen seines Freundes zu löchern. Abby blieb dabei, daß es nicht in Frage käme, doch Daniel ließ nicht locker. Den ganzen Heimweg piesackte er sie. Schließlich sagte Lamb: »Meinetwegen kann Daniel ruhig jemanden einladen.«

»Na gut«, antwortete Abby. »Na gut!« Ihr Sohn

hatte sie also doch kleingekriegt. »Dann ruf Gus eben an, wenn wir zurück sind.«

Zwei Tage später erschien Gus Kline, ein Wuschelkopf mit offenem Gesicht, laut und ein bißchen schlampig. Er kam zur Tür herein, als gehöre ihm das ganze Haus, machte erst mal einen Kontrollgang zum Kühlschrank und bediente sich an den Resten vom Abendessen vom Vortag. »Hey, Baumer ... «, sagte er, wobei der Name sich anhörte wie Bomber, und boxte seinen Freund spielerisch in den Oberarm. »Wie sieht's aus?«

»Seit du da bist, schon wesentlich besser«, antwortete Daniel, boxte zurück und lächelte zum ersten Mal, seit er hier war.

Abby

Um nichts in der Welt wird sie zulassen, daß die Kinder ihr das kaputtmachen. Egal, wieviel Haß in Caitlins Augen geschrieben steht. Es war ein Fehler, unvorbereitet in ihr Leben zu platzen, sie hätte es besser wissen müssen.

Es wird einige Zeit dauern, aber sie wird das Mädchen schon für sich gewinnen. Sie hat sich schon immer eine Tochter gewünscht, und Caitlin sieht aus, als könnte sie eine Mutter brauchen. Außerdem dauert es nicht mal mehr zehn Jahre und die Kinder sind erwachsen. Doch wie kann sie über so etwas so nachdenken? Sie und Lamb kennen sich doch erst seit vier Monaten.

Bevor sie ihm begegnet ist, hat sie mit dem Gedanken gespielt, noch ein Kind zu bekommen. Sie ist gerade mal siebenunddreißig, sie hat noch Zeit. Aber jetzt, wo es zwischen ihr und Lamb ernst zu werden scheint – jedenfalls hofft sie das –, ist sie nicht mehr so sicher. Drei mürrische Teenager sind mehr als genug. Natürlich wäre ein Baby etwas anderes, ein Baby würde sie und Lamb aneinander binden. Andererseits weiß sie aus Erfahrung, daß Babys auch einen Keil zwischen zwei Partner treiben können. Zwischen ihr und Marty hat sich nach Daniels Geburt schlagartig alles verändert. Sie hatte nicht damit gerechnet, daß er auf das Baby eifersüchtig wäre, mit ihm um ihre Zuneigung wetteifern und plötzlich Ansprüche stellen würde, die sie unmöglich erfüllen konnte.

In dem Jahr, seit sie ihn verlassen hat, ist sie stärker und selbstbewußter geworden. Sie hat keine Hemmungen mehr, ihren Willen durchzusetzen, und sie ist sicher, selbst in Daniels Augen gelegentlich so etwas wie Respekt zu entdecken.

Die Wahrheit ist, daß sie nicht damit gerechnet hat, sich so schnell wieder zu verlieben. Es ist viel zu früh, sagen ihre Freunde. Aber soll sie den besten Mann, der ihr je begegnet ist, wieder wegschicken, weil es zu früh ist? Welche Ironie des Schicksals, daß sie ihn ausgerechnet jetzt kennengelernt hat, wo sie doch fest entschlossen war, nie wieder von einem Mann abhängig zu sein.

Sie versucht, ihre Gedanken an die alte Freundin aus seiner Hippie-Zeit zu verdrängen, auch wenn Caitlin ständig Andeutungen macht. Trisha backt die besten Muffins und hat tolle Brüste. Man stelle sich vor – diese zwölfjährige Göre erzählt ihr etwas über Brüste! Sie mußte sich auf die Zunge beißen.

Sie haben Sex miteinander ... Fellatio und Cunnilingus. Du kannst ja Lamb selbst fragen, wenn du's nicht glaubst.

Am liebsten hätte sie die Göre geohrfeigt. Statt dessen hat sie nur gesagt: Das ist wohl kaum ein geeignetes Gesprächsthema.

Warum?

Darum. Sie hat sich einfach umgedreht und ist weggegangen, aber sie spürte, wie Caitlin sich ins Fäustchen lachte.

Wütend und eifersüchtig ist sie zu Lamb gerannt. Was da zwischen dir und Trisha läuft ...

Zwischen mir und Trisha läuft seit langem nichts mehr.

Warum glaubt Caitlin dann, daß da was läuft?

Caitlin ist zwölf, Abby, sie hat von so was doch keine Ahnung.

Aber sie hat mir gesagt ...

Sie versucht nur, dich ein bißchen zu ärgern.

Sie hat von Fellatio und Cunnilingus gesprochen.

Wie bitte?

Ja, genau.

Er hat angefangen zu lachen. Ich hab dir ja gesagt, es wird nicht einfach mit ihr.

Ich hätte dir glauben sollen.

KAPITEL 6

Sommer 1978

Vix hatte gedacht, ein Mensch, der geschworen hatte, niemals normal, niemals langweilig zu werden, würde jede Veränderung willkommen heißen, aber wenn es um Martha's Vineyard ging, war Caitlin extrem unflexibel. Hier sollte alles bleiben wie immer, und so war sie denn auch entsprechend sauer, daß das Haus ohne ihr Wissen und vor allem ohne ihr Einverständnis renoviert worden war.

»Was, zum Teufel …?« sagte sie mit ungläubigem Gesicht, als sie den ersten Blick auf das neue, verschönerte Psycho-Haus warf.

»Es sollte eine Überraschung sein«, erklärte Abby.

»Eine Überraschung?« wiederholte Caitlin. »Tolle Überraschung!«

Abby und Lamb hatten über Ostern geheiratet; Caitlin war zur Hochzeit nach Boston geflogen. Vix quetschte sie über Einzelheiten aus, aber Caitlin wollte nicht darüber reden. Es war zu deprimierend. »Wenigstens heiratet Phoebe ihre Freunde nicht.«

Wortlos drängte sich Caitlin an Abby vorbei

und marschierte mit geballten Fäusten und verkniffenem Mund ins Haus, Vix folgte ihr ergeben. Als Caitlin plötzlich mitten im Wohnzimmer wie angewurzelt stehenblieb, tat Vix es ihr nach. Sie selber fand, daß das Haus phantastisch aussah. In die Decke waren Oberlichter eingelassen worden, durch die Licht hereinströmte. Riesige Fenster und Glastüren waren hinzugefügt worden. Die mächtigen Kiefern, durch die früher kein Sonnenstrahl dringen konnte und die nachts seltsame Schatten geworfen hatten, waren auf die dem Wald zugewandte Seite des Hauses verpflanzt worden, so daß jetzt der Blick auf Tashmoo Pond und die Bucht dahinter frei war. Man konnte die Fähren ankommen und abfahren sehen, Segelboote glitten mit flatternden Spinnakern übers Wasser. Die alten Möbel hatten frische blau-weiße Überzüge bekommen. Es gab Vasen voller Zinnien und Sisalteppiche, die sich an den Fußsohlen kribbelig anfühlten.

Abby beobachtete Caitlin mit hoffnungsvollem Blick, aber die rannte nur schweigend die Treppe hinauf und riß die Tür zu ihrem Zimmer auf. Doch hier war nichts angerührt worden; alles war genauso, wie sie es verlassen hatten. Vix war fast ein wenig enttäuscht, aber Caitlin sagte mit einem Seufzer der Erleichterung: »Gott sei Dank.«

Abby war ihnen nachgegangen und stand jetzt in der Tür. »Ich dachte, du willst dein Zimmer vielleicht selbst herrichten«, erklärte sie Caitlin. »Du weißt schon, dir die richtigen Farben aussuchen und was du sonst noch haben möchtest.«

Vix freute sich schon darauf, die finsteren Holzwände zu streichen, die verschiedenen Sammlungen zu sortieren, in der Stadt einkaufen zu gehen. Aber Caitlin verkündete: »Es gefällt mir genau so, wie es ist, danke!« und knallte Abby die Tür vor der Nase zu.

Falls Abby glaubte, bei Caitlin mit Veränderungen Punkte zu machen, so hatte sie sich gründlich geirrt. Vix hätte ihr gern irgendwie erklärt, daß sie Caitlin ganz bestimmt nicht dadurch für sich gewinnen konnte, daß sie es ihr recht zu machen versuchte. Im Gegenteil – Caitlin verabscheute solche Menschen.

Eine Minute später riß sich Caitlin die Schuhe von den Füßen und schleuderte sie an die Wand. Dann begann sie, mit den modrigen Kissen gegen die Bücher in den Regalen zu schlagen, bis ein Kissen platzte und die Federn durch das ganze Zimmer flogen. Sie fegte ihre Steinsammlung zu Boden. Sie schmiß Tennisschläger und Schwimmflossen durchs Zimmer, packte ihren Schreibtischstuhl und knallte ihn gegen die Tür des Wandschranks. Sie fluchte und schrie und schlug alles kurz und klein, was ihr zwischen die Finger kam.

Vix war schockiert: Noch nie hatte sie gesehen, daß jemand so verrückt spielte. In der vierten Klasse war sie einmal hysterisch weinend aus der Schule gekommen, weil ein Junge in ihrer Klasse sie eine Hure genannt hatte. Sie hatte keine Ahnung gehabt, was das Wort bedeutete. Der Junge ebensowenig, aber das wußte sie natürlich nicht. »Hure, Hure, Hure …«, riefen auch die anderen Jungen hinter ihr her. Eine ganze Woche lang hänselten sie Vix damit.

Aber Tawny hatte kein Mitleid gehabt. »Spar dir deine Tränen für wichtigere Dinge, Victoria. Es ist besser, wenn man seine Gefühle nicht in der Öffentlichkeit zeigt. Willst du etwa, daß diese Jungs dich in der Hand haben?«

»Nein.«

»Dann merk dir, was ich dir jetzt sage. Behalte deine Gefühle für dich. Laß dir nie anmerken, wenn du enttäuscht bist.«

Das war das letzte Mal gewesen, daß Vix vor Tawny geweint hatte.

Während sie jetzt zwischen den beiden Doppelbetten kauerte, die Hände schützend über den Kopf gelegt, dachte sie an Tawnys Rat und war stolz darauf, daß sie gelernt hatte, ihre Gefühle für sich zu behalten. Ihre Freundin wußte offenbar nicht, daß man Tränen für wichtige Dinge aufspart.

Schließlich warf sich Caitlin aufs Bett.

Vix' Versuche, sie zu trösten, waren erfolglos. Also reichte sie ihr einfach die Schachtel mit den Papiertaschentüchern und streichelte ihr beruhigend über den Rücken.

Nach einer Weile putzte sich Caitlin die Nase. »Du bist die einzige in diesem Haus, die ich nicht hasse. Du bist die einzige, die sich um mich kümmert.«

Caitlin haßte Vix nicht einmal, als Vix ihre Periode bekam. Dabei hatte Caitlin so sehr gehofft, sie wäre die erste. »Ich garantiere dir, bei allem anderen werde ich den Anfang machen!« schwor sie.

Wer weiß, dachte Vix. Endlich einmal gab es etwas, worum Caitlin sie beneidete, und sie mochte das Gefühl.

Die beiden wanderten die drei Kilometer zur Stadt, um Binden für Vix zu kaufen, ohne jemandem Bescheid zu sagen; dann begleitete Caitlin Vix in die Toilette hinter der Patisserie Française in der Main Street und half ihr, die Binde im Slip zu befestigen.

Draußen liefen sie Trisha in die Arme, die gerade eine Lieferung Muffins in die Konditorei brachte. »Ach du liebe Zeit ... Wen haben wir denn da?« Trisha stellte das Blech auf der Kühlerhaube ihres Trucks ab und drückte den beiden Mädchen je ein Pfirsichmuffin in die Hand. Sie trug Shorts und ein orangefarbenes T-Shirt. Vix dachte an Trishas gigantische Brüste und beschwor ihre eigenen, bloß nicht so groß zu werden.

»Na, wie geht's der Braut und dem Bräutigam?« fragte Trisha.

Caitlin gab nur einen Würgelaut von sich.

Trisha nickte. »Ich dachte, ich kenne deinen Vater in- und auswendig. Und dann so was. Er muß verrückt sein. Total daneben.«

»Dich hätte er heiraten sollen!« sagte Caitlin.

»Ach, Honey ... du bist nicht die einzige, die sich das wünscht.«

Als Caitlin beschloß, daß sie nach Hause trampen würden, widersprach Vix: »Ich darf nicht trampen.« Andererseits war die Vorstellung, in der sengenden Sonne zurückzuwandern, wo sie sich ohnehin etwas flau fühlte, ziemlich unangenehm.

»Auf Martha's Vineyard trampt doch jeder, Vix.«

»Ich kann nicht. Das ist das einzige, was ich meinen Eltern fest versprochen habe – nicht trampen, keine Drogen und kein Sex vor der Ehe.«

»Das sind aber drei Dinge!«

»Ach, du weißt schon, was ich meine.«

Wenig später hielt ein alter blauer Camaro mit quietschenden Bremsen neben ihnen. Zwei junge Männer mit Baseballkappen und Panoramasonnenbrillen saßen darin. Und der Fahrer war niemand Geringerer als das nationale Kulturgut höchstpersönlich.

»Na, wo wollt ihr denn hin?« fragte Von.

Caitlin drehte sich zu Vix um. »Du kannst ja laufen, wenn du willst, aber ich fahre mit.« Der andere junge Mann war Bru; er klappte seinen Sitz nach vorn, damit Caitlin auf den Rücksitz klettern konnte.

»Kommst du mit oder nicht?« fragte Bru. »Wie du siehst, halten wir den Verkehr auf.«

Vix folgte Caitlin in den Wagen. Für jede Regel mußte es auch eine Ausnahme geben. Außerdem – wenn jemand sie umbringen wollte, dann lieber gleich alle beide, sonst mußte sie Lamb auch noch erklären, warum nur Caitlin ermordet worden war und sie nicht.

Caitlin zog Von am Pferdeschwanz.

Er ließ die Sonnenbrille ein Stück runterrutschen und betrachtete die beiden Mädchen im Rückspiegel. »Ich wußte doch, daß heute mein Glückstag ist«, sagte er mit all seinem Charme. »Hey, Bru, sieh dir doch mal an, wen wir da geangelt haben!«

»Mhmm«, machte Bru nur und klang ungefähr so enthusiastisch, als hätten sie zwei Sardinen an Land gezogen.

Sie fuhren stadtauswärts, vorbei am Italian-Scallion-Gemüsestand, am Minigolfplatz und am Tashmoo Overlook zur Lambert's Cove Road. Hier mußten sie rechts abbiegen. »Wo ungefähr?« fragte Von.

»Ich sag dann Bescheid«, sagte Caitlin. Als sie da waren, trat Von so heftig auf die Bremse, daß die beiden Mädchen gegen die Vordersitze prallten, was Von unheimlich lustig fand.

»Danke fürs Mitnehmen«, sagte Caitlin. »Wir sehen uns dann sicher mal bei den Flying Horses.«

»Dieses Jahr nicht«, entgegnete Von. »Dieses Jahr arbeite ich auf dem Fischmarkt.«

»Auf welchem denn?« fragte Caitlin.

»Das mußt du schon selbst rausfinden«, antwortete Von.

»Tja ... dann heb mal 'nen Fischkopf für mich auf.«

»Da weiß ich doch was Besseres«, konterte Von. »Du kannst ja in drei Jahren mal vorbeikommen und es abholen.«

»Darauf würd ich meinen Arsch lieber nicht verwetten«, fauchte Caitlin und knallte die Wagentür zu.

Sie hörten das Gelächter der beiden Jungs, die auf die Straße zurückfuhren und Vollgas gaben.

Für Caitlin war das ein Zeichen, daß noch nicht alles verloren war. Sie legte den Arm um Vix' Schultern, und zusammen wanderten sie die anderthalb Kilometer über den Feldweg zum Haus zurück. »Bist du jetzt nicht froh, daß wir getrampt sind?«

»Vielleicht«, antwortete Vix ausweichend. Sie fragte sich, ob die beiden Jungs gemerkt hatten, daß sie ihre Periode hatte, ob ihnen der Wulst in ihren Shorts aufgefallen war, als sie aus dem Auto geklettert war.

»Nur vielleicht?« fragte Caitlin.

»Wahrscheinlich. Ist das besser?«

»Allerdings.«

An diesem Abend saßen sie sich in der Klauenfußbadewanne gegenüber, die die Renovierung unbeschadet überstanden hatte. Caitlin hatte Vix überzeugt, daß sie in der Wanne bestimmt nicht bluten würde, und falls doch, wäre das auch in Ordnung. »Du wirst ja richtig erwachsen«, stellte Caitlin fest und starrte auf Vix' Brust.

Vix spürte, wie sie rot wurde. »Ich weiß.« Sie hatten einander seit letztem Sommer nicht mehr nackt gesehen. Caitlin war immer noch ganz flach.

»Wie fühlt sich das an?« fragte Caitlin.

»Wie fühlt sich was an?«

»Wenn man Titten hat.«

»Ich weiß nicht. Es ist kein besonderes Gefühl.«

»Darf ich sie mal anfassen?«

»Meinetwegen.«

Caitlin beugte sich vor und legte die Hände um Vix' Brüste. Vix hatte sie selbst schon angefaßt, aber jetzt tat es zum ersten Mal jemand anders, und das war ein komisches Gefühl – so, als bliebe ihr einen Moment die Luft weg.

»Hast du deine Macht noch?« fragte Caitlin.

Vix nickte.

»Benutzt du sie?«

»Manchmal. Und du?«

»Manchmal.« Caitlin grinste Vix verschmitzt an und ließ sich unter Wasser gleiten. Ihre Haare trieben an der Oberfläche, und einen Moment sah sie aus wie tot.

Vix hatte sich Sorgen gemacht, daß Caitlin sich eine andere Sommerschwester suchen und Vix einfach ersetzen würde. Als sie am Ende des letzten Sommers ins Flugzeug gestiegen waren, hatte Caitlin ihr verraten, daß sie im nächsten Schuljahr nach Mountain Day gehen würde, eine Privatschule in Santa Fe. Vix war am Boden zerstört.

»Kopf hoch!« hatte Caitlin gesagt. »Vielleicht sterben wir ja schon heute. Womöglich stürzt das Flugzeug ab. Alles könnte passieren.«

Aber der Gedanke, Caitlin zu verlieren, war schlimmer als die Angst vor einem Flugzeugabsturz. Vix fragte sich, ob Caitlin und ihre neuen Schulfreundinnen auch die Macht miteinander teilten. Sie teilte ihre mit keinem. Wenn Lanie eingeschlafen war, erweckte sie sie zu Hause manchmal zum Leben, allein. Aber meistens ergab sich keine Gelegenheit. Zuwenig Zeit, zuwenig Privatsphäre.

Sie hatte nicht damit gerechnet, daß Caitlin sie noch einmal nach Martha's Vineyard einladen würde, und als sie es doch tat, hatte Vix Bedenken, ob ihre Mutter sie mitfahren lassen würde. Ihre Familie hatte ein schwieriges Jahr hinter sich. Den ganzen Winter über war Nathan immer wieder krank gewesen, im März mußte er mit einer Lungenentzündung ins Krankenhaus. Ein paar Wochen später hatte Lewis sich den Arm gebrochen. Als es im Frühjahr noch einmal heftig schneite, merkten sie, daß das Hausdach undicht war, und Tawny ließ alle wissen, daß sie keine Ahnung hatte, wie sie die Rechnungen bezahlen sollte, die sich auf dem Schreibtisch im Wohnzimmer stapelten. Sie zogen in Erwägung, das Wohnmobil zu verkaufen, aber Ed entschied sich dann doch dagegen. Statt dessen nahm er einen zweiten Job als Fahrer bei UPS an, wurde aber schon nach wenigen Wochen wieder entlassen.

Doch Tawny reagierte ganz anders als erwartet. Sie schien eher erleichtert, daß in den Sommerferien eine Person weniger im Haus war, um die sie sich Sorgen machen mußte.

Irgendwann Mitte Mai berichtete Tawny, daß Phoebe am Vorabend unter den Gästen bei der Gräfin gewesen war. »Sie war mit einem Mann da, der mindestens zehn Jahre jünger war«, meinte Tawny naserümpfend.

»Na und?« entgegnete Vix, um zu zeigen, wie weltgewandt sie geworden war. »Phoebe hat eine Menge Freunde. Das bedeutet nicht unbedingt, daß sie auch ihre Liebhaber sind.«

Eine Sekunde dachte sie, Tawny würde sie ohrfeigen, und machte einen Schritt zurück. Aber Tawny brüllte: »Ich hab die Nase voll von deinen Unverschämtheiten, Victoria!«

Eine Woche vorher hatte sie sich beschwert, Vix sei nur noch unzufrieden und genervt. Vix hatte keine Ahnung, warum ihre Mutter so sauer auf sie war. Sie hatte gehört, wie sie am Telefon jemandem erzählte, die Gräfin hätte wieder angefangen zu trinken und würde zwei Päckchen Zigaretten am Tag rauchen. Die Warnung des Arztes hätte sie quittiert, indem sie ihn anschrie, er solle sich verpissen! »Ich hab nicht die Kraft, mir auch noch um sie Sorgen zu machen, aber wenn sie nicht mehr da ist, hab ich auch keinen Job mehr«, schloß Tawny.

Würde die Gräfin sterben? Hatte Tawny das gemeint? Vix fragte lieber nicht nach. Sie versuchte, ihrer Mutter aus dem Weg zu gehen, aber gegen Ende des Schuljahres wurde Tawny immer feindseliger und gab Vix an allem die Schuld. Eines Abends, als das Hähnchen, das sie mit Fett übergießen sollte, zu lange auf dem Grill gewesen und schwarz geworden war, schrie Tawny: »Seht euch das mal an!«, rammte eine Gabel in ein Stück Fleisch und wedelte damit den anderen Kindern vor der Nase herum. »Wenn Victoria nicht immer nur an sich selbst denken würde, müßten wir heute kein verbranntes Hähnchen essen!« Vix rannte in ihr Zimmer und verließ es an diesem Tag nicht mehr.

Als sie später über ihren Hausaufgaben saß, sagte Lanie: »Weißt du eigentlich, warum sie dich haßt?« Vix blickte von ihrem Heft auf. »Weil du hier rauskommst«, fuhr Lanie fort, während sie versuchte, Malibu-Barbies Haare zu flechten. »Deswegen hassen wir dich alle.« Lanie sagte das vollkommen emotionslos, und plötzlich ging Vix ein Licht auf. Sie konnte fliehen, die anderen nicht.

Nathan zu verlassen machte sie traurig. Vor der Abfahrt hielt er ihr seinen Plüschwaschbären vor die Nase. »Ich möchte, daß er mitkommt nach Martha's Vineyard. Dann kann er mir alles erzählen.«

»Aber ich hab dir doch letzten Sommer alles erzählt«, sagte Vix. Sie hatte echte Inselgeschichten zum besten gegeben, vom Meer, von den Vögeln, vom Sturm.

»Woher soll ich wissen, ob du das nicht alles erfunden hast?« fragte Nathan.

Durchschaute er sie, oder wollte er einen Witz machen? »Okay, Rupert«, sagte sie zu dem Waschbären. »Du kommst mit mir auf die Insel.«

»Er heißt nicht mehr Rupert«, entgegnete Nathan. »Er heißt jetzt Orlando.«

»Orlando?«

»Wie in Disney World«, erklärte Nathan.

Vix kniete sich vor seinen Stuhl. »Eines Tages fahren wir beide nach Disney World«, versprach sie.

»Wann?«

»Sobald ich genug Geld verdiene.«

»Wie viele Jahre dauert das?«

»Ich weiß nicht. Nicht sehr viele.« Sie nahm ihn in die Arme. Sein Körper war so klein, so zerbrechlich.

»Ich hab dich letzten Sommer so vermißt«, flüsterte er. »Lewis und Lanie kümmern sich nicht so um mich wie du.«

Sie wußte, daß das stimmte, und fühlte sich schuldig. Allerdings nicht schuldig genug, um in Erwägung zu ziehen, zu Hause zu bleiben. Lanie und Lewis waren nicht gemein oder unfreundlich zu Nathan, sie waren einfach zu sehr mit sich selbst beschäftigt und vergaßen ihn gelegentlich.

Vor allem Lewis. Er hatte Nathan nie richtig gemocht, zum einen, weil er überhaupt geboren, zum anderen, weil er mit einer Behinderung geboren war. Manchmal sah Vix ihm an, daß er dachte: Warum mußten sie ihn unbedingt noch kriegen? Warum haben sie nach uns dreien nicht einfach aufgehört? Sie wußte, daß sie alle sich diese Frage schon einmal gestellt hatten, sogar ihre Eltern. Zwar sagte Tawny immer, Nathan sei ein Geschenk Gottes, um den anderen ins Gedächtnis zu rufen, daß sie stark und dankbar sein sollten, für all das Gute, das ihnen in die Wiege gelegt worden war. Aber was war mit Nathan – welches Geschenk hatte Gott ihm in die Wiege gelegt?

KAPITEL 7

In der zweiten Juliwoche, als die Hortensien auf der Veranda sich tiefblau färbten, gab Lamb eine Party, um Abbys Abschlußprüfung zu feiern. »Sie gibt fürchterlich gern mit ihrem neuen Ehemann und ihrem renovierten Sommerhaus an«, kicherte Caitlin.

»Und was ist mit den süßen Stiefkindern?« fragte Vix.

»Klar, mit denen auch.«

Sie blickten über Abbys neu angelegten Blumengarten zu Sharkey hinüber, der ihnen endgültig fremd geworden war. Er war über zwanzig Zentimeter gewachsen, ohne ein Pfund zuzunehmen, wodurch er jetzt aussah wie Butler Lurch aus der Addams Family – er hatte Arme wie Angelruten, an denen Hände hingen, mit denen er scheinbar nichts anzufangen wußte.

»Beinahe so perfekt wie ihr eigener Sprößling«, meinte Caitlin.

Daniel und Gus waren einen Tag vorher zu einem dreiwöchigen Besuch eingetroffen, was zur Folge hatte, daß Vix und Caitlin das Badezimmer nicht nur mit Sharkey, sondern mit drei männlichen Teenagern teilen mußten. Mit drei abstoßenden fünfzehnjährigen Jungs, die die Klobrille hochgeklappt ließen, auf den Rand des Beckens pinkelten und furzten, wo sie gingen und standen. Einer von ihnen vergaß regelmäßig, die Wasserspülung zu benutzen – vielleicht aber war es auch der Stolz auf das Produkt, das den anderen keinesfalls vorenthalten werden durfte. Im Waschbecken klebte Zahncreme, auf dem Boden lagen nasse Handtücher, und die Wanne war übersät mit Haaren von Gott weiß welchen Körperteilen.

Bei der Party hörten die Mädchen, wie einer der Gäste Abby Komplimente wegen der hübschen Kinder machte und sie dann fragte, ob sie schon einen Job gefunden habe. »Nein, ich hab noch gar nicht richtig angefangen zu suchen«, antwortete Abby. »Ich brauche ein bißchen Zeit zum Entspannen.«

»Jetzt, wo sie einen Ernährer gefunden hat, wird sie wahrscheinlich sowieso nie arbeiten gehen«, flüsterte Caitlin Vix zu.

Einen Ernährer?

Am Tag nach der Party wurde das Wetter regnerisch und windig, und es blieb eine Woche lang so. Vix und Caitlin kauften einen Stapel Taschenbücher bei Bunch of Grapes und verbrachten – abgesehen von den Mahlzeiten – die ganze Woche lesend im Bett. Abby versuchte, sie mit alten Puzzles herauszulocken. Nach dem Essen wich Sharkey nicht von Vix' Seite, um ihr zuzusehen, wie sie die Puzzles zusammensetzte.

»Was hast du für einen Trick?« fragte er sie,

nachdem sie eine besonders komplizierte Segelszene fertig hatte.

»Trick?« wiederholte sie. »Ich hab keinen Trick.« Sie wußte nur, daß es ihr leichtfiel, aus Einzelstücken ein Bild zu vervollständigen.

Gus nannte sie immer *Hustenbonbon*. Tawny wußte schon, wovon sie sprach, wenn sie sagte: Wenn ich meine Tochter nach einem Hustenmittel hätte nennen wollen, hätte ich es getan. »Hey, Hustenbonbon!« rief Gus. »Was gibt's Neues?« Noch nie hatte sie jemand so genervt. Caitlin war nicht die einzige, die diese Chicago Boys nicht ausstehen konnte. Die blickten ganz eindeutig nichts, absolut überhaupt nichts!

Die Mädchen konnten sich retten, indem sie sich abends in ihrem Zimmer einschlossen, sich in Disco Queens verwandelten und zu den Bee Gees tanzten. »Saturday Night Fever« hatten sie schon sechsmal gesehen, und sie waren maßlos in John Travolta verliebt. Caitlin schwor Stein und Bein, wenn man ihm ganz genau auf seine enge weiße Hose schaute, konnte man die Umrisse seines Päckchens sehen.

An dem Abend, als Gus mit einem Mop auf dem Kopf und Tennisbällen im Hemd zum Abendessen erschien und *Ah, ha, ha, stayin' alive, stayin' alive* sang – woher nahm er das Recht, Vix und Caitlin oder gar John Travolta zu imitieren?! –, verlieh Caitlin ihm den Namen »Der Pickel«.

»Das ist gut«, meinte Gus, nicht im geringsten

beleidigt. »Ich mag es, wenn meine Frauen so schlau sind.«

»Deine Frauen?« höhnte Caitlin. »Träum weiter!«

Selbst Caitlin hatte nichts dagegen, daß der Spiegel mit dem Sprung über dem Waschbecken im Bad durch einen neuen ersetzt worden war. Keine Narbengesichter mehr. Sie begann, ihre Zunge mit Zahnbürste und Zahncreme zu bearbeiten, wobei sie sich die Bürste fast bis zum Zäpfchen in den Hals steckte. Sie wollte rechtzeitig bereit sein für diese Fellatio-Nummer, erklärte sie. Sie ermunterte Vix, es ebenfalls zu versuchen, aber Vix würgte es jedesmal. »Du bist garantiert ein hoffnungsloser Fall für oralen Sex«, meinte Caitlin kopfschüttelnd.

»Vielleicht muß man ihn gar nicht so weit reinstecken«, entgegnete Vix.

»Na klar muß man das.«

»Woher willst du das denn wissen?«

Caitlin zuckte die Achseln.

»Hast du Bilder davon gesehen?« fragte Vix.

»Ich habe Phoebe gesehen.«

Vix machte den Mund auf, aber sie brachte kein Wort heraus.

Caitlin packte sie an den Schultern. »Schwör mir, daß du es keiner Menschenseele verrätst!«

»Ich schwöre es.«

»Hast du jemals ... na, du weißt schon ... hast du deine Eltern schon mal dabei gesehen?«

Vix schüttelte den Kopf.

»Hätt ich mir denken können.«

»Aber einmal«, begann sie, um Caitlin ein wenig zu trösten, »einmal hab ich meinen Vater flirten sehen. Das war ein echter Schock.«

»Wie alt warst du da?«

»Das war … vor kurzem erst. Sie saßen am Fenster in dem Sandwich-Laden im La Fonda. Ich bin zufällig da vorbeigekommen.«

Caitlin schwieg eine Minute. »Das ist nicht ganz das gleiche wie Sex.«

»Ich weiß.« Vix fand nicht die richtigen Worte, um zu erklären, wie sie sich an diesem Tag gefühlt hatte – wie ein Eindringling im Leben ihres Vaters. Bis heute abend hatte sie es verdrängt. »Sie hatte eine Wahnsinnsfrisur«, sagte sie. »Haarspray ohne Ende. Die beiden haben gelacht, und ich hab gesehen, wie sie seinen Arm berührt hat.«

Caitlin berührte ihren Arm. »Vermutlich hat es nichts zu bedeuten. Mach dir keine Sorgen. Flirten zählt nicht.«

Caitlin war sehr direkt, wenn sie mit einem Jungen flirtete. Wenn sie jemanden attraktiv fand, so ließ sie ihn das auch unmißverständlich wissen. Sie verschwendete keine Zeit mit Spielchen. An Vix' dreizehntem Geburtstag setzte Lamb die beiden Mädchen am Minigolfplatz ab. Als Vix und Caitlin das Clubhaus betraten und Bru hinter dem Tresen entdeckten, waren sie ganz aus dem

Häuschen. Bru kehrte den Geschäftsmann raus und fragte sie sehr sachlich, wie viele Spiele sie machen wollten; sie stießen sich gegenseitig an und versuchten, nicht laut loszuprusten. War dreizehn etwa keine Glückszahl?

Obwohl er nicht ganz so toll aussah wie Von und seine Lippen auch nicht ganz so weich wirkten, daß man sich unbedingt die ganze Nacht daran festsaugen wollte – sofern man überhaupt Lust hatte, sich an anderer Leute Lippen festzusaugen –, hatte Bru etwas an sich, was Vix noch mehr faszinierte. Er hatte wunderschön warme, goldbraune Augen und – im selben Farbton – Haare, die ihm ein Stück über die Ohren fielen. Vix hätte sie für ihr Leben gern berührt. Er lächelte nicht ununterbrochen wie Von, aber wenn er es tat, dann kam das Lächeln ganz langsam, schlich sich sozusagen unbemerkt auf sein Gesicht, wenn man gar nicht darauf gefaßt war. Vix konnte sich sehr gut vorstellen, wie sich seine muskulösen Arme um sie legten.

»Wie viele Spiele?« fragte er noch einmal.

»Zwei«, antwortete Caitlin und angelte das Geld aus der Tasche in ihrem Kleid.

Er gab ihnen zwei Punktekarten und einen Stift; er benahm sich, als hätte er sie noch nie gesehen. »Welche Farbe für die Bälle?«

Schon wieder prusteten sie los.

»Okay, okay ... «, sagte er. »Bringen wir's hinter uns. Rosa, orange, gelb, grün, blau ... «

Das machte es nur noch schlimmer. Endlich

deutete Caitlin auf den rosaroten und Vix auf den gelben Ball. Auf dem Weg nach draußen krümmten sie sich immer noch vor Lachen. Dann riß Caitlin sich endlich zusammen, wandte sich noch einmal um und sagte: »Erinnerst du dich eigentlich wirklich nicht mehr an uns?«

Das schien sein Interesse zu wecken. Aber selbst nachdem er sie eine Weile intensiv gemustert hatte, fiel ihm nichts Besseres ein als: »Ich wüßte nicht, woher.«

»Double Trouble ...«, half ihm Caitlin auf die Sprünge. »Klingelt's da nicht bei dir?«

Da er sie weiter verständnislos anstarrte, fügte sie hinzu: »Du und Von, ihr habt uns mal im Auto mitgenommen ...«

Inzwischen waren neue Kunden – ein Paar mit einem kleinen Jungen – an den Tresen getreten. Doch Bru war noch mit den beiden Mädchen beschäftigt. *»Double Trouble* ... ja, doch ... aber ihr seht ganz anders aus ...«

Natürlich sahen sie anders aus! Sie trugen beide die gleichen ärmellosen Sommerkleider mit trägerlosen BHs darunter, Sandalen, die man um die Knöchel band, erdbeerfarbenen Lipgloss, und an ihren Ohren baumelten gewaltige Ohrringe, alles mit Lambs Kreditkarte finanziert, die Caitlin sich geliehen hatte, um mit Vix an deren Geburtstag einen Einkaufsbummel zu machen. Und sie rochen auch anders, sie rochen nach *Charlie*, womit sie sich von oben bis unten eingesprüht hatten.

Caitlin legte den Kopf schief und lächelte Bru an. »Dann bis bald mal«, rief sie.

»Nicht, wenn ich euch zuerst sehe«, erwiderte er.

Der Vater des kleinen Jungen trommelte ungeduldig mit den Fingern auf den Tresen. »Kommen wir vielleicht auch mal dran?«

»Aber sicher doch«, antwortete Bru. »Welche Farbe für die Bälle?«

Sie platzten wieder los, und diesmal lachten sie noch lauter als vorher. Während sie auf den ersten Abschlag warteten, sagte Caitlin: »Eines Tages werden sie sich in mich verlieben.«

»Wer?« fragte Vix.

»Bru und Von.«

»Warum beide? Reicht dir einer nicht?«

»Es ist interessanter, wenn es beide sind«, antwortete Caitlin.

Doch das fand Vix nicht fair, und sie stellte Caitlin vor die Wahl. »Angenommen, du könntest nur einen haben – welcher wäre dir lieber?«

»Weiß ich nicht.«

»Angenommen, dein Leben hängt davon ab. Du mußt wählen oder sterben.«

»Welchen würdest du denn nehmen?« gab Caitlin zurück.

»Ich hab zuerst gefragt.«

»Okay«, räumte Caitlin ein, »ich glaube, ich würde Von nehmen.«

Gut, dachte Vix. Denn sie hatte sich längst für Bru entschieden.

Eine Woche später begruben sie Cassandra und Vixen feierlich am Strand. Jede baute eine Sandskulptur von sich, mit Brüsten und allem Drum und Dran. Vix machte ihre Brüste rund, Caitlin die ihren spitz, und beide nahmen dunkelrote Steine als Brustwarzen. Für die Augen verwendeten sie schwarze Steine, für die Haare Seetang, kleine Muscheln für Finger- und Zehennägel, Strandgras für die Schamhaare. Dann strichen sie den Sand rund um die Figuren glatt und schrieben hinein: *Hier ruhen Vixen und Cassandra. Sie hatten ein schönes Leben bis zum Ende.* Als alles fertig war, tanzten sie singend um ihr früheres Ich herum.

Zwei Frauen mit einem Springerspaniel blieben stehen und bewunderten das Werk, aber Caitlin und Vix tanzten unbeirrt weiter, ohne sie zu beachten.

Der Grund für die Zeremonie war nicht, daß sie die Macht nicht mehr besaßen, aber sie konnten sie nicht mehr miteinander ausleben. Sie wußten nicht so recht, weshalb, sie hatten einfach ein komisches Gefühl dabei. Sie hatten sich also darauf geeinigt, daß jede ihre Macht von nun an allein anwenden konnte. Vixen und Cassandra aber waren tot. Tot und begraben.

KAPITEL 8

Vix wäre nie auf die Idee gekommen, über Lambs Kindheit nachzudenken, hätte Caitlin nicht eines Tages gesagt: »Lamb ist bei seiner Großmutter aufgewachsen. Sie will uns demnächst besuchen. Ich hab vergessen, wann genau. Sie ist ein echtes Miststück. Aber du wirst sie ja selbst kennenlernen.«

Richtig neugierig wurde Vix dann, als Caitlin ein altes Foto aus der untersten Kommodenschublade ihres Vaters fischte. »Lambs Eltern«, erklärte Caitlin und tippte mit dem Finger auf die beiden abgebildeten Personen. »Amanda und Lambert. Sie sind bei einem Autounfall auf der Insel ums Leben gekommen, als Lamb und seine Schwester noch ganz klein waren. Weißt du, wie alt seine Eltern damals waren? Fünfundzwanzig! Ist das nicht schrecklich?« Sie wartete Vix' Antwort nicht ab. »Sie waren beide betrunken in der Nacht, als der Unfall passierte. Deshalb rührt Lamb keinen Alkohol an. Seine Mutter saß am Steuer. Ich sehe aus wie sie, findest du nicht?«

Vix deckte die Dreißiger-Jahre-Frisur mit den Fingern ab. Lambs Mutter sah tatsächlich aus wie Caitlin.

»Sie wären sowieso keine guten Eltern gewesen«, sagte Caitlin und steckte das Foto zurück in den durchsichtigen Umschlag.

»Vielleicht hätten sie aufgehört zu trinken«, meinte Vix.

»Das bezweifle ich.«

»Manche Leute schaffen das.«

»Na ja, spielt ja keine Rolle, oder? Sie sind tot.«

»Warum bist du auf einmal so wütend auf mich?«

»Wer ist wütend? Hab ich vielleicht gesagt, ich sei wütend?«

»Nein ... aber du benimmst dich, als wärst du's.«

»Du nimmst auch alles persönlich, was?«

»Nur manches!« verteidigte sich Vix, die jetzt selbst ärgerlich wurde. Und weshalb? Sie holte ein paarmal tief Luft und sagte: »Lamb ist ja trotzdem ganz in Ordnung.«

»Lamb war perfekt ... bis er *sie* geheiratet hat!«

Vix fragte sich, ob Caitlin sich jemals mit Abby abfinden würde.

Großmutter Somers sah sehr elegant aus in ihrem Hosenanzug aus weißem Leinen und dem Strohhut mit der breiten Krempe. Ihr Gesicht war noch immer schön und hatte kaum Falten, obwohl sie ziemlich alt sein mußte. Caitlin behauptete, ihre Großmutter ließe sich liften, wie andere Leute sich Zahnstein entfernen ließen. »Sie hat Heftklammern in der Kopfhaut.«

»Heftklammern in der Kopfhaut?«

»Und vermutlich auch hinter den Ohren. Da bin ich mir nicht ganz sicher.«

Während Vix über Heftklammern hinter Ohren nachgrübelte, machte Caitlin sie mit Lambs Schwester Dorset bekannt, einer großen, kräftigen Frau mit langen honigblonden Haaren, die von zwei Schildpattkämmchen aus dem Gesicht gehalten wurden. Sie war dreimal verheiratet gewesen und hatte zwei Rehabilitationsaufenthalte in Hazelden hinter sich. Momentan wohnte sie mit Großmutter in dem großen Haus in Palm Beach. Caitlin meinte, jeder, der mit Großmutter Somers zusammenwohnte, verdiene einen Orden. Dorset war wunderschön braun.

»Egal, was Großmutter sagt«, flüsterte Caitlin, »widersprich ihr auf keinen Fall.«

»Warum sollte ich deiner Großmutter widersprechen?« Der Gedanke war so absurd, daß Vix lachte. Zudem hatte sie im Moment genug damit zu tun, die schockierende Vorstellung zu verdauen, daß der Name – Regina Mayhew Somers –, der mit grüner Tinte in den gewagtesten Büchern des ganzen Hauses geschrieben stand, einer Großmutter gehörte. »Deine Großmutter hat diese Bücher gelesen?« hatte sie Caitlin gefragt.

»Was sollten Großmütter denn deiner Meinung nach lesen – die Bibel?«

»Keine Ahnung«, antwortete Vix. »Ich hatte nie Großeltern.«

Großmutter Somers war so freundlich, so kultiviert, daß Vix es kaum glauben konnte, als sie hereinkam, sich nur kurz umschaute und sagte: »Das also hat die Jüdin aus meinem Haus gemacht. Hat sich nicht gerade zurückgehalten, oder? Eindrucksvoll, das muß ich sagen.«

Vix spürte, wie ihr eine Gänsehaut über den Rücken lief, aber sie erinnerte sich an Caitlins Warnung: Widersprich nicht! Lamb zuckte sichtbar zusammen, sagte aber auch nichts. Vix war dankbar, daß Abby in der Küche war und Großmutters Bemerkung nicht gehört hatte.

Regina Mayhew Somers

Sie versuchte alle Erinnerungen an das, was auf der Insel passiert war, soweit wie möglich auszublenden. Die Polizei an ihrer Tür, damals, in der Nacht des Unfalls. Das in aller Eile arrangierte Doppelbegräbnis. Die Erkenntnis, daß es ihre und Lamb seniors Aufgabe sein würde, die beiden Waisenkinder großzuziehen, noch einmal von vorn anzufangen, wo sie doch gerade beschlossen hatten, seinen Ruhestand mit einer Weltreise zu feiern. Seine Wut auf sie, weil sie sich um die Babys kümmerte. Das hatte sie nie verstanden. Was hätte sie denn tun sollen – einfach vor der Verantwortung davonlaufen? Er hatte die Flucht ergriffen, er war eines Freitag nachmittags im Club einfach umgekippt, am siebzehnten Loch – und damit lag die ganze Last endgültig auf ihren Schultern. Die Kinder, die Verantwortung und – ja, auch das Geld. Nicht, daß die Mayhews arm gewesen wären. Sie hatte sich in Finanzfragen Charlie Wetheridge anvertraut, aber dann war auch er ihr im wahrsten Sinne des Wortes weggestorben, bei ihr im Bett im Ritz. Sie blieb weiterhin eng befreundet mit seiner Witwe Lucy, die nie Verdacht geschöpft hatte, daß Charlie mehr als nur ihr Finanzberater gewesen sein könnte.

Nein, es war nicht leicht, in der damaligen Zeit allein zwei Kinder aufzuziehen. Dauernd diese scheußliche Musik hören zu müssen. Erst Elvis und dann diese englischen Jungs. Und diese fürchterlichen Kleider und Frisuren! Soweit es sie betraf, konnte man diese Jahre gern das Klo runterspülen. Revolution – also wirklich! *Make love not war!* Und was hat ihnen das gebracht?

Und jetzt ihr Haus! Er hat seine neue Frau einfach damit machen lassen, was sie wollte. Diese Jüdin! Es war mehr, als sie ertragen konnte. Wirklich.

Dorset

Sie betet, daß die Großmutter möglichst bald stirbt, am besten, solange sie noch alle beisammen sind, damit Lamb sich um die Einzelheiten kümmern kann. Sie wünscht ihrer Großmutter keine Schmerzen, sie will nicht, daß sie leidet. Sie will nur, daß endlich Schluß ist. Damit sie ihr Leben selbst in die Hand nehmen kann.

Warum muß sie sterben, damit Sie erwachsen werden und Ihr eigenes Leben in die Hand nehmen können? will ihr Psychiater immer wissen.

Sagen Sie's mir, Dr. Freud.

Bislang hatte er es ihr nicht verraten.

Als Dorset fragte, ob ihr jemand bei ein paar Erledigungen helfen könnte, sprang Vix sofort auf. Die letzte Station war John's Fish Market, wo sie den Lachs abholen sollten, den Abby zum Mittagessen bestellt hatte. Vix blieb stehen, wie vom Donner gerührt, denn wer erwartete sie da in einer langen weißen Schürze hinter dem Ladentisch? Das nationale Kulturgut höchstpersönlich! Caitlin würde sich schwarz ärgern, daß sie nicht mitgekommen war!

»Sieh mal einer an ...«, sagte er, als er sie endlich bemerkte. »Was führt dich denn hierher?«

Vix fühlte sich äußerst geschmeichelt, daß er sich an sie erinnerte. Natürlich galten ihre Gefühle weiterhin Bru, aber trotzdem traf Vons Lächeln sie wie ein Blitz, ihr wurde heiß und kalt, und sie fingerte nervös an den Zitronen herum, die in einem Korb neben ihr lagen. Dorset fragte, ob Abbys Bestellung fertig sei, und Von verschwand im Hinterzimmer. Er erschien wieder mit dem Lachs, der auf einer Platte angerichtet und mit Blüten verziert war. Mit großer Geste reichte er das Prachtwerk über den Ladentisch.

»Blüten ...«, meinte Dorset. »Das ist ja hübsch.«

»Ja ... und man kann sie sogar essen«, entgegnete Von, während er Dorset, die seine Mutter hätte sein können, von oben bis unten musterte. »Bis ich hier angefangen habe, hatte ich keine Ahnung, daß man sie essen kann ... Sie wissen schon ... die Blüten.«

Dorset räusperte sich und nahm sich reichlich Zeit beim Unterschreiben des Schecks. Dann sagte sie: »Könntest du bitte schon mal die Tür aufmachen, Victoria?«

»Was?« fragte Vix, denn inzwischen steckte sie mit Von mitten in dem Spiel, wer dem anderen länger in die Augen schauen kann.

»Die Tür«, wiederholte Dorset.

»Oh, na klar ...«

»Warte ...«, rief Von. »Ich hab noch was für deine Freundin.«

Schon war er wieder nach hinten verschwunden.

Vix sah, daß Dorset sich wunderte, was das alles zu bedeuten habe. Von kam mit einer kleinen braunen Tüte zurück, die er Vix mit den Worten überreichte: »Gib ihr das, und sag ihr, tut mir leid ... ich meine natürlich, viele Grüße.«

Besser ging es ja wohl kaum noch! Aber als sie zur Tür hinaustrat – wer saß da in einem geparkten Truck, die Füße auf dem Armaturenbrett? Bru! *O Gott, o Gott, o Gott ...* Sie konnte ihr Glück nicht fassen.

»Hey ...«, sagte er, als er Vix entdeckte. Er

fummelte mit einem Taschenmesser an seinem Finger herum, als ob er einen Splitter herausziehen wollte.

»Hey«, antwortete Vix.

»Was hast du da?«

»Wo?«

»In der Tüte. Ich sterbe vor Hunger.«

»Oh, ich glaube nicht, daß du das, was hier in der Tüte ist, haben möchtest.«

»Laß mich doch mal reinschauen.«

»Ich denke nicht, daß es ... «

»Vix!« rief Dorset. »Komm endlich!«

»Ich muß los.«

»Mach's gut«, sagte er.

»Du auch.«

»Ein bißchen alt für dich, oder?« fragte Dorset auf dem Heimweg.

»Oh, es ist nicht so, wie Sie denken«, erklärte Vix. Meinte Dorset nun Von oder Bru? »Wir sind einfach nur ... befreundet.«

Dorset dachte nach. »Gut. Mir gefällt es nämlich nicht, wenn junge Mädchen bei so was ihren Kopf verlieren. Das ist einfach nicht klug.«

Vix nickte, als wüßte sie genau, was Dorset meinte.

Zu Hause überreichte sie Caitlin sofort die Tüte vom Fischmarkt. Als Caitlin beim Öffnen nach Luft schnappte, wußte Vix, daß tatsächlich ein Fischkopf drin war.

»Hat einer von euch meine Schmerztabletten gesehen?« fragte Dorset und kippte den gesamten

Inhalt ihrer Handtasche auf die Küchenanrichte. »Ich war ganz sicher, ich hätte sie dabei.«

»Nein, tut mir leid«, sagte Caitlin, und dann fegten Vix und sie zur Tür hinaus, rannten den ganzen Weg zum Strand und verfütterten Vons Geschenk unter hysterischem Gekicher an die Kormorane.

KAPITEL 9

Bis zum vorhergehenden Abend war Vix nicht klar gewesen, daß Lambs voller Name Lambert Mayhew Somers der Dritte lautete und daß Sharkey eigentlich Lambert Mayhew der Vierte hieß – wie ein König! Zur Zeit zapfte der König an der Texaco-Tankstelle in der Beach Road Benzin. Caitlin hatte ihr erzählt, daß sie ihn eigentlich Bert nennen wollten, um die ständigen Verwechslungen mit Lamb zu vermeiden, aber als er klein war, sei er so sehr von den Haien fasziniert gewesen, daß sie anfingen, ihn Sharkey, kleiner Hai, zu rufen. Und der Name war ihm geblieben.

»Als der *Weiße Hai* gedreht wurde, hat Lamb Sharkey mitgenommen, um Steven Spielberg zu sehen«, erzählte Caitlin, »aber alles, wofür sich Sharkey interessierte, war dieses mechanische Monster. Dann hat Lamb den Fehler gemacht, ihn mit in den Film zu schleppen. Sharkey ist total ausgeflippt, und seither ist er nicht mehr schwimmen gegangen. Hast du ihn gesehen?«

»Den Hai?«

»Nein, den Film natürlich.«

Vix schüttelte den Kopf. »Meine Eltern haben es nicht erlaubt.«

»Wenn er wieder mal läuft, gehen wir zusammen hin. Ich hab keine Angst«, meinte Caitlin. »Weißt du, wie es sich anfühlt, wenn ein Hai dich beißt?«

»Nein, wie denn?«

Mit einem Sprung war Caitlin auf Vix' Bett und biß sie in den Po.

»Hör auf!« kreischte Vix.

Als Sharkey zum Mittagessen kam, gab Großmutter ihm einen Klaps mit der Handtasche an den Kopf. »Halt dich grade, Bertie. Du bist schließlich ein Mayhew.«

Sharkey ließ sich auf einen Stuhl am Verandatisch fallen, der mit Abbys blau-weißem Geschirr gedeckt war. Vix spürte die angespannte Stimmung und wäre am liebsten mit einem Erdnußbuttersandwich und einem Buch an den Strand verschwunden. Vielleicht würde sie dort sogar Bru und Von treffen. Das wäre wesentlich aufregender!

Dorset saß ihr mit ausdruckslosem Gesicht gegenüber. Ihre Augen schienen nichts wahrzunehmen, als wäre sie mit ihren Gedanken ganz woanders, vielleicht wieder auf dem Fischmarkt, bei Von. Sie fingerte an den Kämmchen in ihrem Haar herum, steckte erst das eine, dann das andere neu fest.

Bei Tisch drehte sich das Gespräch hauptsächlich um Großmutters Gesundheit. »Aber Sie sehen so gut aus«, bemerkte Abby.

»Ach was«, winkte Großmutter ab.

Vix mußte sich ins Gedächtnis rufen, daß diese Frau Regina Mayhew Somers war, daß sie früher »Das Tal der Puppen« und »Peyton Place« gelesen hatte. Wahrscheinlich wußte sie sogar über den Coitus interruptus bestens Bescheid.

»Mir geht es überhaupt nicht gut«, fuhr Großmutter fort. »Und diese Ärzte in Florida finden einfach nicht raus, was mir fehlt. Aber ihr wißt ja, mit wem man sich da unten rumschlagen muß … Ärzte, die nur scharf sind auf die Sonne, die den ganzen Tag angeln oder segeln gehen … und so viele von ihnen sind Juden. Nicht daß sie deshalb unbedingt schlechte Ärzte sind«, fügte sie hastig hinzu.

»Also, Großmutter …«, sagte Lamb und legte die Gabel weg.

»Ach, ich wußte, du würdest das falsch verstehen!« kreischte sie, als wäre sie ein ungezogenes kleines Mädchen. »Aber Abby weiß, wie ich das meine, nicht wahr, Liebes?«

»Ja, ich verstehe vollkommen«, antwortete Abby.

»Wir verstehen das alle, Großmutter«, fügte Caitlin hinzu.

»Na, das ist ja großartig, nicht wahr?« meinte Großmutter leichthin.

Was für ein Spaß, ihnen zuzusehen, wie sie sich auf ihren Stühlen winden! Aber wenn sie vorhaben, Regina Mayhew Somers zu behandeln wie eine altertümliche Reliquie, dann spielt sie diese Rolle eben. Sie will ihr Alter ja gar nicht leugnen, im Gegenteil. Sie ist stolz, über achtzig zu sein. Natürlich sieht sie keinen Tag älter als fünfundsechzig aus. Man könnte sie ohne weiteres für Lambs Mutter halten, nicht für seine Großmutter. Da lodert noch ein ganz ordentliches Feuerchen in dem alten Mädchen.

Ist Caitlin nicht eine richtige kleine Schönheit? Sie sollte nach einer guten Partie Ausschau halten. Wie wär's mit Charlie Wetheridges Enkelsohn? Er ist Investmentbanker, wie man hört. Aber Caitlin ist noch nicht soweit, oder? Nein … sie ist ja erst dreizehn oder vierzehn.

Bertie ist ein komischer Kauz. Und dieses Geräusch, das er immer von sich gibt. Trotz ihrer Schwerhörigkeit ist es ihr gleich aufgefallen. Merkt Lamb das denn nicht? Kann er nichts dagegen unternehmen?

Der Lachs ist eigentlich ganz lecker. Vielleicht läßt sie sich eine zweite Portion geben. Gut, daß die Juden nichts für diese fremdländischen Gerichte übrig haben. Sie hat gehört, die hätten seltsame Eßvorschriften.

Dorset

Was für eine Nummer Großmutter da wieder mit Abby abzieht, wie sie darauf rumreitet, daß sie Jüdin ist, wie sie dauernd rumstichelt. Und diese Geschichte mit den Ärzten! Welche Ärzte denn? Großmutter ist kerngesund. Wahrscheinlich überlebt sie uns alle. Ha!

Wo, zum Teufel, ist ihr Percocet? Sie hatte das Schmerzmittel in ein Papiertaschentuch gewickelt und in die Hosentasche gesteckt. Wenn der Lunch einigermaßen flott über die Bühne geht, hätte sie noch Zeit, zum Fischmarkt zurückzufahren. Vielleicht kann sich der Fischjunge eine Stunde loseisen. Na, das ist doch mal ein positiver Gedanke. Dieser Körper, diese Lippen ... Sie kann sie spüren, auf ihrem Mund, ihrem Nacken, ihren Brüsten, zwischen ihren Beinen. Ja, stell dir das ruhig vor, Dorset; das hilft dir, dieses Essen zu überstehen. Wo ist eigentlich der Vibrator? In der Reisetasche? Vielleicht kann sie sich kurz zurückziehen. Wenn sie den Fischjungen schon nicht haben kann, so kann sie ja wenigstens an ihn denken, während sie ihren Zauberstab benutzt.

Sharkey

Diese Familie ist doch ein einziger Witz, wie sie da mit der alten Eule um den Tisch sitzt. Und allesamt wären sie lieber woanders. Woran denkt

Dorset wohl, wenn sie so seltsam lächelt? Sieht gar nicht so übel aus, seine Tante. Kein Problem, sie sich in Unterwäsche vorzustellen. Von der altmodischen Sorte, mit weißen Baumwollhöschen und Spitzen-BH. Wie in dem alten Sears-Katalog, den er in seinem Wandschrank versteckt. Wahrscheinlich stammt der noch aus der Zeit der alten Eule. Na und?

Was Vix wohl denkt? Wie sie sich die Krümel aus den Mundwinkeln leckt, wenn sie sich unbeobachtet glaubt … wie eine Katze.

Er muß wieder an die Arbeit. Zach hat wirklich Glück, daß er ihn angestellt hat, denn er kann wesentlich mehr als nur Benzin pumpen. Bestimmt kann er Lamb davon überzeugen, daß der Datsun Truck eine gute Idee wäre. Fünfunddreißigtausend Kilometer. Fast neu. Pechschwarz. So einen würde James Bond fahren, wenn er einen Truck hätte. Ideal für nächsten Sommer, wenn er seinen Führerschein machte. Mit einem persönlichen Nummernschild: SHARKEY. Dann kann Carly Simon ein Lied über ihn schreiben. *Nobody Does It Better …*

Das ganze Essen über merkte Vix, wie Caitlin innerlich kochte. Sie wartete auf die Explosion und wunderte sich, daß sie nicht kam. Erst später, als Großmutter und Dorset wieder weg waren, stürmte Caitlin in die Küche, wo Abby und Lamb mit Aufräumen und Saubermachen beschäftigt waren. »Ich verstehe nicht, wie du das aushältst«, sagte sie zu Abby. »So eine intolerante alte Hexe!«

Abby starrte sie verblüfft an. Lamb ebenfalls. »Ich lasse nicht zu, daß du schlecht über Großmutter sprichst!« sagte er in einem Ton, den Vix noch nie von ihm gehört hatte.

»Das müßte ich auch nicht, wenn du ihr mal die Meinung sagen würdest!«

»Wenn Großmutter nicht gewesen wäre ...«, begann Lamb.

Doch Caitlin fiel ihm ins Wort. »Was? Dann hätte man dich ins Waisenhaus gesteckt?«

»Paß auf, was du sagst, Caitlin!«

»Es ist ekelhaft, was du ihr alles durchgehen läßt ... ohne daran zu denken, was das eigentlich für uns bedeutet!«

»Das reicht!« schrie Lamb. »Ab in dein Zimmer!«

»Ach komm ... die Zeiten sind wirklich vorbei, in denen du mich auf mein Zimmer schicken konntest.«

Abby ergriff Caitlins Hand. »Danke, Caitlin. Es bedeutet mir sehr viel, daß du dich so einsetzt.«

Caitlin zog die Hand weg. »Nimm's nicht persönlich«, entgegnete sie. »Ich hab über Vorurteile und Intoleranz im allgemeinen geredet. Und wenn ihr mich jetzt bitte entschuldigen wollt – ich glaube, ich sollte bestraft werden!«

Oben in ihrem Zimmer überlegte Vix, warum Lamb es zuließ, daß seine Großmutter derart unverschämte Äußerungen von sich gab. Sie brauchte nicht zu fragen. Caitlin lieferte die Erklärung von sich aus. »Weißt du, worum es in Wirklichkeit geht? Um Geld! Wer die Kohle hat, an dem wird nicht rumkritisiert.«

Ah, die Kohle. Vix konnte kaum glauben, wie naiv sie gewesen war, als sie angenommen hatte, Lamb müsse sich abstrampeln, um seine Familie zu ernähren. Was hatte sie denn geglaubt, wer die ganzen Renovierungen bezahlt hatte, das neue Boot, die Kamera, die sie von Lamb und Abby zum Geburtstag bekommen hatte – ein so extravagantes Geschenk, daß sie es ihren Eltern nicht mal zeigen konnte! Manchmal bezeichnete Tawny irgendwelche Freunde der Gräfin verächtlich als Trustfonds-Babys, aber bislang hatte Vix nie welche persönlich gekannt.

»Wer über die Kohle bestimmen kann, hat 'ne Menge Macht«, sagte Caitlin.

»Ich hab von so was keinen blassen Schimmer«, sagte Vix.

»Du Glückspilz.«

»Nein«, widersprach Vix. »Der Glückspilz bist du.«

»Du hast keine Ahnung, wovon du sprichst.«

Natürlich hatte sie recht. Aber Vix wußte, daß ihre Eltern alles darum gegeben hätten, genug Geld zu haben. Na ja, vielleicht nicht alles. Aber beinahe. Dabei bräuchten sie gar nicht sehr viel. Garantiert nicht soviel wie Großmutter Somers, wieviel das auch immer sein mochte. Nicht mal soviel wie Lamb. Einfach nur soviel, daß sie sich keine Sorgen mehr zu machen bräuchten. Genug, um ein hübsches Haus zu kaufen, vielleicht eins von den neuen am Old Taos Highway. Dazu ein- oder zweimal Urlaub im Jahr, vielleicht nach Hawaii, und jede Menge Unterstützung für Nathan. Sie konnte Tawny hören: Die Reichen sind anders, Victoria.

Ja, das stimmt, dachte sie. Sie haben mehr Geld.

Abby

Caitlin hat also ein soziales Gewissen. Schön für sie! Sie hat Courage. Nicht ganz einfach, aber mutig. Letzte Woche, als Abby mit den beiden Mädchen eine kleine Radtour gemacht hat, ist Caitlin am Friedhof in der Spring Street abgestiegen, um Vix das Grab von Lambs Eltern zu zeigen.

Wenn sie noch leben würden, wären sie meine Großeltern, sagte Caitlin.

Wenn sie noch leben würden, wären sie meine Schwiegereltern, fügte Abby hinzu und legte einen kleinen Stein auf den Grabstein. Dann schlenderte sie über den Friedhof und suchte die Somers' und die Mayhews, allesamt Lambs Vorfahren. Caitlin und Vix folgten ihr. Als sie zu einem schmiedeeisernen Torbogen mit der Inschrift *Jüdischer Friedhof von Martha's Vineyard* kamen, blieb sie stehen. Hier könnte ich begraben sein, sagte sie den Mädchen.

Was meinst du? fragte Caitlin.

Ich bin Jüdin. Das weißt du doch.

Aber es gibt doch nur einen Gott – was spielt es dann für eine Rolle, in welchem Teil des Friedhofs man begraben wird?

Sie sah Caitlin nachdenklich an. Das ist eine sehr tiefsinnige Frage.

Ich bin ein tiefsinniger Mensch, erklärte Caitlin, falls du das noch nicht bemerkt hast.

Ich hab's bemerkt, antwortete Abby und versuchte, keine Miene zu verziehen.

KAPITEL 10

Sommer 1979

Vix träumte abwechselnd davon, reich zu werden oder Mutter Teresa nachzueifern. Wenn sie reich wäre, könnte sie mit Nathan nach Disney World fahren. Sie könnte mit ihm zu den besten Ärzten gehen, die besten Physiotherapeuten beschäftigen, ihn auf die besten Schulen schicken. Sie würde ein beheiztes Schwimmbecken im Garten bauen lassen, damit ihre Eltern sich entspannen konnten, wenn sie von der Arbeit kamen. Möglicherweise würde sie sogar das Zehngangrad für Lewis kaufen, das er so sehr haben wollte, und für Lanie … Sie war sich nicht sicher bei Lanie, denn Lanie war ziemlich wild geworden im letzten Jahr, dickköpfig und widerspenstig. Dabei war sie noch nicht mal dreizehn.

Andererseits, wenn sie sich für Mutter Teresa entschied, brauchte sie sich überhaupt keine Geldsorgen mehr zu machen. Dann hätte sie ja Gott. Sie würde die ganze Zeit beten und sich um Kranke und Bedürftige kümmern. Und sie brauchte sich auch keine Gedanken mehr zu machen, wie groß ihre Brüste werden würden, denn unter der Kutte sah sie sowieso keiner. Zwar hatte sie auch jetzt selten Zeit, über ihre Brüste nachzudenken, aber manchmal überlegte sie, ob sie sich vielleicht irgendeine seltene Krankheit von Trisha eingefangen hatte.

Als der Sommer kam, wurde ihr die Last der Welt – zumindest ihrer Welt – wie durch Zauberhand von ihren Schultern genommen. Es war der heißeste Juli seit Menschengedenken, der Südwind blies feuchte Tropenluft heran. Die Blumen in Abbys Garten welkten, Cracker und Frühstücksflocken in der Speisekammer wurden matschig, ekliger grüner Schimmel wuchs auf allem, was nicht richtig trocken war. Gesprächsthema Nummer eins war eine Familie aus Chilmark, die an einer seltenen, ansteckenden Lungenentzündung litt. Ob es die Legionärskrankheit war? Abby hielt den Kindern Vorträge, daß sie sich vor dem Essen die Hände gründlich waschen, ihre Nägel kurz schneiden und sich überhaupt penibel sauberhalten sollten. Sie behandelte Bettwäsche, Handtücher und sämtliche Kleidungsstücke mit Bleiche.

Sweetie lag während der langen schwülen Tage dösend unter den Bäumen. Sie hatte genausowenig Energie und Appetit wie alle anderen. Ein Glück, daß sie nicht in einer Großstadt waren, meinte Abby, denn dort kippten die Leute um wie die Fliegen, während sie hier den ganzen Tag bis zum Hals im Wasser rumliegen konnten. Selbst Sharkey, der Wasser haßte, stellte sich freiwillig unter den Gartenschlauch.

Nachts sang das Nebelhorn sie in den Schlaf.

Zum ersten Mal war Vix ohne schlechtes Gewissen von zu Hause weggefahren, dank Nathans Arzt, der für den Jungen einen zweiwöchigen Aufenthalt in einem Ferienlager für Behinderte in den Colorado Rockies arrangiert hatte. »Ohne Eltern«, hatte Nathan ihr stolz erzählt. »Niemand, der mir sagt, was ich tun und lassen soll.«

»Versprichst du mir, daß du vorsichtig bist?«

»Wie meinst du das?«

»Na ja, du weißt schon … auf dich aufpassen und so.«

»Ich bin doch kein Baby mehr! Ich bin neun, da brauchst du dir wirklich keine Sorgen um mich zu machen.«

»Ich mach mir keine Sorgen.«

»Na gut. Denn ich werde eine ganze Menge Spaß haben. Es wird wie in der Schule sein, nur besser. Keine Tawny.«

Sie lachten beide. »Du wirst dich bestimmt gut amüsieren«, stimmte sie zu und umarmte ihn.

Zwei Monate lang ohne Stundenplan – zwei Monate nicht jeden Nachmittag babysitten – und dazu noch alle Abende, an denen Tawny sie gehen ließ, um etwas für ihre und die Zukunft ihrer Familie zu tun. Zwei Monate lang konnte sie einfach ausspannen und sich von Abby verwöhnen lassen.

Die brütende Hitze störte sie nicht weiter. Sie war in diesem Sommer mit einem kleinen Geheimnis nach Martha's Vineyard gekommen, einem Geheimnis, das sie schon seit einigen Monaten mit sich herumtrug. Am Schwarzen Brett in der Stadtbücherei von Santa Fe hatte sie eine Anzeige gelesen: *Wasserscheu? Es ist nie zu spät, schwimmen zu lernen!* Ohne ihren Eltern ein Wort zu sagen, hatte sie sich für den Kurs eingeschrieben. Eines Abends hatte sie Tawny die untere Hälfte der Zustimmungserklärung gezeigt und ihr gesagt, sie brauche ihre Unterschrift für einen Schulausflug, der aber nichts koste. Tawny hatte unterschrieben, ohne den Zettel durchzulesen. Vix bezahlte den Kurs von ihrem Babysitter-Geld und hatte noch genug übrig für einen neongelben Badeanzug, laut Mädchenzeitschrift *Seventeen* der letzte Schrei dieses Sommers.

Ihr Timing war perfekt! Natürlich war ihre Technik alles andere als ausgefeilt, eindeutig Anfängerin eben. Und sie würde auch kein Wettschwimmen gewinnen. Aber als sie das erste Mal an den Rand des Docks marschierte, ins Wasser sprang und zu Lambs Boot hinausschwamm, belohnte sie Caitlins Gesichtsausdruck für alle Mühe. »Ich dachte, du könntest nicht schwimmen.«

»Man darf eben keine vorschnellen Schlüsse ziehen«, sagte Vix.

»Das würde ich nicht gerade als vorschnell bezeichnen – du bist jetzt den dritten Sommer hier, und ich hab dich noch nie weiter als bis zu den Knien im Wasser gesehen.«

»Bis jetzt war es eben noch nicht heiß genug.«

Caitlin lachte. »Ich liebe es, wie dein Gehirn funktioniert.«

Sie bereiteten sich auf die Ankunft der Chicago Boys vor, indem sie ein Schloß an ihrer Zimmertür anbrachten. Aber nichts konnte Vix darauf vorbereiten, daß Gus sie eines Tages am Fuß packte, als sie gerade zu Lambs Boot schwimmen wollte. Sie geriet in Panik, ging unter, kam japsend und prustend und wild um sich schlagend wieder hoch. Sobald sie wieder festen Boden unter den Füßen spürte, rannte sie ans Ufer zurück.

Gus war direkt hinter ihr. »Hey, Hustenbonbon«, rief er und warf ihr ein Handtuch zu. »Dir hängt ein dicker Popel aus der Nase.«

Daniel beobachtete das Ganze und klatschte sich vor Vergnügen auf die Schenkel, als hätte Vix eigens zu seiner Erheiterung eine Einlage gegeben. Um sich zu rächen, durchwühlten die beiden Mädchen das Zimmer der Jungen. Caitlin entdeckte einen Slip an einem Haken an der Tür. Sie schnüffelte daran und erklärte den Eigentümer zum diesjährigen Gewinner des Dingleberry Award.

Unter einem Haufen schmutziger Klamotten entdeckten sie einen Katalog von Victoria's Secret, einem Dessous-Laden, was Vix noch mehr in Rage brachte. Ein Katalog für aufreizende Damenunterwäsche mit *ihrem* Namen! Außerdem hatte einer der Chicago Boys – vielleicht waren es auch beide – die Seiten markiert: *beste Titten, bester Arsch, beste Nummer überhaupt.*

»Diese Kerle denken an nichts anderes!« sagte Vix. Natürlich dachten sie und Caitlin auch daran. Die Macht hatte ein Verlangen entwikkelt, das überhaupt nicht mehr aufhören wollte. Aber das konnte wenigstens nicht jeder sehen, es hing nicht für jeden sichtbar zwischen den Beinen.

Caitlin klebte ein Foto von Georgia O'Keeffe ans Stockbett der Chicago Boys.

Lieber Baumer, lieber Pickel,
versucht doch zur Abwechslung mal, Euch mit einer richtigen Frau einen runterzuholen!

Danach versuchte Vix, die beiden zu ignorieren, bis zu dem Abend, als sie sich alle in der Schlange vor dem Kino begegneten, in dem »Alien« lief. Während sie warteten, zog eine Gruppe vom Camp Jabberwocky vorbei, unterwegs zu den Flying Horses. »Guck mal da, Idioten«, sagte Daniel zu Gus, und die beiden fingen an, Spastiker nachzumachen.

Vix platzte der Kragen: »Ihr blöden Arschlöcher! Nicht jeder mit körperlichen Behinderungen ist geistig zurückgeblieben. Ihr seid die Idioten, wenn ihr das meint!« Auch wenn einige der Teilnehmer vom Jabberwocky-Ferienlager geistig zurückgeblieben waren, hatten die beiden kein Recht, sich über sie lustig zu machen. Gott, die Kerle waren ja noch blöder, als sie gedacht hatte ... absolut hoffnungslos!

Die Jungs staunten. Unglaublich, daß Vix, die sich nie etwas anmerken ließ, sie in der Öffentlichkeit angeschrien hatte! »Was ist los?« fragte Gus. »Was haben wir denn getan?«

»Ihr Bruder hat Muskeldystrophie«, erklärte Caitlin. »Er sitzt im Rollstuhl. Aber er ist tausendmal intelligenter, als ihr erbärmlichen Trottel es je sein werdet.«

Das verschlug ihnen fürs erste die Sprache. Nicht einmal Gus fiel eine schlagfertige Bemerkung ein. Vix kochte. Im Kino suchten sie sich Plätze, die so weit wie möglich von denen der Jungs entfernt waren; und sobald der Film vorbei war, gingen sie zu Murdick's Fudge und kauften für Nathan eine Schachtel mit einem ganzen Pfund Fudge in allen möglichen Geschmacksrichtungen. Vix wußte, daß es eigentlich albern war, weil man ihm im Ferienlager sowieso nicht erlauben würde, mehr als ein kleines Stück auf einmal zu essen, aber er könnte ja seinen Freunden etwas davon abgeben, und wenigstens würden dann alle wissen, daß Vix an sie gedacht hatte.

Nach diesem Vorfall weigerte sie sich, auch nur ein Wort mit Daniel oder Gus zu wechseln. Wenn sie einem von ihnen über den Weg lief, sah sie schnell weg. Zwei Tage später starteten die Jungen einen Versöhnungsversuch, als Vix auf dem Weg ins Bett aus dem Badezimmer kam. Gus übernahm das Reden. »Wir haben das nicht so gemeint. Es sollte bloß ein Witz sein, wir wußten ja nicht, daß du so einen Bruder hast.«

»Ich hab nicht *so* einen Bruder. Er ist ein Mensch, der zufällig mit einer Krankheit geboren ist, für die er nichts kann. Das hätte euch genauso passieren können. Jedem von uns. Wenn ihr das nächste Mal jemanden im Rollstuhl oder einen Spastiker seht, dann stellt euch vor, das wärt ihr! Genauso wie ihr jetzt dasteht, aber mit einem Körper, der Sachen macht, die ihr nicht kontrollieren könnt!« Sie wunderte sich, wie klar und stark und wütend sie klang. Ihr Herz pochte wie wild, und sie spürte, wie ihr das Blut in den Kopf stieg.

»So hab ich noch nie darüber nachgedacht«, gab Gus zu. Er stieß Daniel mit dem Ellbogen an, auch etwas zu sagen, aber Daniel drehte sich nur um und verschwand.

»Der hat seine eigenen Probleme«, meinte Gus.

»Wer hat die nicht?« Vix wußte, daß Daniels Vater wieder heiraten wollte, eine Frau, die Gus immer nur als Babe bezeichnete. Ein richtiges Püppchen, noch nicht mal dreißig, hatte er ihnen erzählt, um ganz sicherzugehen, daß sie verstanden, was er meinte.

»Sind deine Eltern auch geschieden?« fragte er.

»Nein. Nicht alle Eltern sind geschieden, und nicht alle Probleme drehen sich um die Eltern.«

»Du brauchst nicht so unfreundlich zu sein. Ich hab doch gesagt, es tut uns leid.«

»Das hast du eigentlich nicht gesagt.«

»Aber es ist so.«

»Okay.« In diesem Moment wurde ihr plötzlich klar, daß sie in T-Shirt und Unterhose, mit der Zahnbürste in der Hand vor dem Badezimmer stand und sich mit einem sechzehnjährigen Jungen unterhielt, den sie nicht einmal sonderlich mochte.

Und dann tat Gus etwas sehr Sonderbares. Er beugte sich zu ihr vor und küßte sie auf die Wange. »Es tut mir wirklich leid, Hustenbonbon«, sagte er. »Wir haben uns beschissen benommen. Gute Nacht.«

Sie war sprachlos.

Gus und Daniel überreichten Vix ein verspätetes Geburtstagsgeschenk, ein Puzzle namens »Seeing Red«, mit fünfhundert Teilen, alle in derselben Farbe. Sie wetteten mit Sharkey um zwanzig Dollar, daß Vix es nicht in einer Woche fertigbekommen würde.

»Und was springt für Vix dabei raus?« wollte Caitlin wissen. »Warum sollte sie sich für euch den Arsch aufreißen?«

»Bist du vielleicht ihre Managerin?« fragte Daniel zurück.

»Stimmt genau«, antwortete Caitlin. »Ich bin ihre Managerin.«

»Okay …«, räumte Daniel ein. »Wenn sie's schafft, kriegt sie zwanzig Dollar, was bedeutet, daß wir vierzig einsetzen. Zieht ihr und Sharkey gleich, wenn sie es nicht schafft?«

Caitlin nickte Sharkey zu, der Vix fragend ansah. Sie gab ihr Einverständnis mit nach oben gestrecktem Daumen. »Die Wette gilt«, sagte Sharkey zu den Chicago Boys.

Zwei Abende lang saßen die vier neben Vix am Kartentisch und beobachteten sie, als wäre sie Bobby Fischer. So konnte sie sich aber nicht konzentrieren und kam nur sehr langsam voran. Daniel und Gus warfen einander zufriedene Blicke zu. Doch Vix war fest entschlossen, ihnen die Suppe zu versalzen. Am nächsten Tag und den beiden darauffolgenden stand sie bei Sonnenaufgang auf, und als die anderen zum Frühstück erschienen, fanden sie Vix bereits am Kartentisch, wo sie die Puzzleteile studierte, ineinandersteckte und einzelne Felder zusammensetzte. So ging es weiter bis zum Ende des sechsten Tages. Da wußte sie, sie hatte es geschafft.

An diesem Abend ließ sie die anderen wieder zuschauen und kostete jeden einzelnen Schritt aus, der sie zum Sieg führte. Als sie die letzten Teile einsetzte, reckte Sharkey die Faust in die Luft und brüllte »Jaaa!«, hob Vix vom Stuhl und wirbelte sie in der Luft herum. Sie war total überrascht. Aber als sie auf ihn herablächelte, setzte er sie ohne ein weiteres Wort wieder ab, packte seinen Gewinnanteil und verschwand. Gus und Daniel blieben, um die Mädchen nicht allein feiern zu lassen.

»Wie wär's mit einem Trostpreis?« schlug Gus vor.

»Woran hast du denn gedacht?« erkundigte sich Caitlin.

Er grinste und musterte sie. »Was immer du bereit bist zu geben.«

»Na, dann wünsch dir was!« Sie warf ihm die leere Puzzleschachtel an den Kopf. Lachend suchten Gus und Daniel das Weite.

KAPITEL 11

Vix fragte sich, ob Abby wohl ahnte, daß sie davon träumte, ihre Tochter zu sein, daß sie sich ausmalte, zu den Schönen und Reichen zu gehören und in dem großen Haus in Cambridge zu wohnen, das sie nur von Bildern kannte.

Erst vor ein paar Wochen, am Abend ihres vierzehnten Geburtstags, als Vix und Caitlin sich eben für das Abendessen im Black Dog fein machten, hatte Abby gesagt:

»Ihr seht beide so hübsch aus. Wenn ich euch so anschaue, muß ich immer daran denken, wie gern ich eine Tochter gehabt hätte.«

»Komm nur nicht auf dumme Gedanken«, hatte Caitlin gesagt. »Wir haben beide schon eine Mutter, wie du wissen dürftest.«

Vix merkte, wie weh Abby das tat, sah es in ihren Augen, hörte es in ihrer Stimme.

»Ich hab doch nur gemeint …«, begann sie, wandte sich dann aber ab und ließ den Satz unvollendet.

Einmal fragte Vix Caitlin, ob sie Sharkey und Lamb während der Schulzeit nicht vermißte, ob sie nicht auch lieber in Cambridge wohnen wollte.

»Doch, ich vermisse sie schon«, antwortete

Caitlin. »Aber Phoebe braucht mich, um zu beweisen, daß sie als Mutter nicht völlig versagt hat.«

Vix dachte an Phoebes Postkarten. Letzten Sommer war gerade mal eine einzige bunte Karte gekommen, aus der Toskana.

Ihr Lieben,
hoffentlich seit Ihr so zufrieden wie jeden Sommer. Ich fahre jetzt für ein paar Tage nach Venedig.
Bis bald!
Alles Liebe,
Phoebe

Die Karte war an Caitlin und Sharkey Somers adressiert. Eine Karte für zwei Kinder. Eine Karte pro Sommer. Sharkey überflog sie nur und überließ sie dann Caitlin mit der Bemerkung, sie solle sie zu ihrer Sammlung tun, die sich in der untersten Kommodenschublade befand.

Phoebe hatte Rechtschreibfehler gemacht.

Vix konnte nicht verstehen, warum Lamb und Phoebe die Kinder nach der Scheidung aufgeteilt hatten. »Ich war damals erst zwei«, erklärte Caitlin. »Da konnte ich nicht viel dazu sagen.«

Und jetzt? Vix war sich fast sicher, die Antwort zu kennen. Man hatte nicht unbedingt die Eltern, die zu einem paßten. Und Eltern hatten nicht unbedingt die Kinder, für deren Erziehung sie geeignet waren.

Als Vix erfuhr, daß Tawny vorhatte, auf die Insel zu kommen, wurde sie fast krank vor Angst. Bestimmt hatte Tawny irgendwie herausgefunden, wovon ihre Tochter träumte, und war jetzt unterwegs, um ihre Mutterrechte einzufordern. Sie stellte sich wüste Auseinandersetzungen bei Gericht vor, ähnlich wie bei Gloria Vanderbilt in dem Buch, das sie gerade las: »Little Gloria, Happy at Last«.

»Ich wußte, daß Lamb und die Gräfin alte Freunde sind«, sagte Abby zu Vix, während sie nebeneinander im Garten arbeiteten, »aber ich hatte keine Ahnung, daß deine Mutter ihre Sekretärin ist.« Wann immer Caitlin beim Segeln war, verbrachte Vix ihre Zeit mit Abby. Bei der Gartenarbeit trug Abby einen Strohhut, ein langärmeliges weißes Hemd, eine weite Hose zum Zubinden, Handschuhe und rote Vinyl-Clogs, die sie aus einem Gartenkatalog bestellt hatte.

Wenn Lamb und die Gräfin alte Freunde waren, warum hatte ihr niemand davon erzählt?

Abby zog einen Frauenschuh aus der Erde, den sie irrtümlich für ein Unkraut gehalten hatte. »Ist das zu glauben?« rief sie entsetzt und hielt die Pflanze zärtlich in den Händen, als wäre sie ein kleines Tier. In ihrem Garten konnte Abby ihre Feinde leicht erkennen und vernichten, ganz anders als im wirklichen Leben. Unerwünschte Käfer wurden in Beuteln gefangen, die sie an den Bäumen befestigt hatte, Schnecken in Schalen mit Bier ertränkt, Milben mit Seifenlauge angesprüht.

Ein mit Hühnerdraht verstärkter Lattenzaun hielt die Kaninchen fern. »Ich weiß, Kaninchen sind süß«, erklärte sie sämtlichen Gästen, »aber ein einziges kleines Häschen kann über Nacht einen ganzen Garten zerstören.«

Um die Rehe zu verscheuchen, hängte Abby stark duftende Seifenstücke an die Zaunpfosten. Als das nicht funktionierte, versuchte sie es mit getrocknetem Blut. Letzten Sommer hatte Vix ein Reh beobachtet, das durch den Wald hetzte, ins Wasser sprang und quer durch den Tashmoo Pond schwamm. Am anderen Ufer sah es sich um, als hätte es sich geirrt, machte kehrt, schwamm zurück und verschwand wieder im Wald. Vix überlegte, ob es wohl eine Familie hatte, ob es weggelaufen war und es sich dann im letzten Moment doch anders überlegt hatte.

»Wenn deine Mutter hier ist, können wir uns vielleicht mal zusammensetzen und über die Schule sprechen«, meinte Abby. Sie hatte den Frauenschuh abgeschrieben und beschnitt jetzt die Rosen.

Was meinte sie denn damit?

»Lamb und ich haben überlegt, ob du vielleicht mit Caitlin nach Mountain Day möchtest?«

»Mountain Day ist eine Privatschule.«

»Angenommen, du hättest ein Stipendium?«

»Ein Stipendium?«

»Natürlich ist die High School erst der Anfang«, sagte Abby. »Hast du schon mal über das College nachgedacht?«

Aus Vix' Familie hatte noch nie jemand das College besucht. Sie hoffte, auf die University of New Mexico gehen zu können, obwohl Tawny wollte, daß sie eine Ausbildung als medizinisch-technische Assistentin machte. Geh ins Gesundheitswesen, Victoria, da gibt es Jobs! Hör auf mich. Ich weiß, wovon ich spreche.

»Natürlich scheint das für dich alles noch sehr weit weg«, fuhr Abby fort, »aber andererseits – die Zeit rast. Du solltest jetzt schon anfangen zu planen. Vielleicht können wir ja ein bißchen ausführlicher über Details sprechen, wenn deine Mutter kommt.«

Vix jätete die gleiche Stelle noch einmal, obwohl längst kein Unkraut mehr da war. Phantasierte Abby etwa auch? Sie spürte, wie ihr unter ihrem BH der Schweiß herunterlief, eine neue Art von Feuchtigkeit, die im Bruchteil einer Sekunde aus ihren Poren drang, ohne Vorwarnung, und die einen durchdringenden Geruch verströmte, selbst wenn sie gerade geduscht hatte. Sie haßte die Unberechenbarkeit ihres Körpers. Sie haßte es, vierzehn zu sein. Es war wie eine Strafe, nur daß man nicht wußte, was man verbrochen hatte.

»Ich mach dich doch nicht verlegen, oder?« fragte Abby.

»Nein«, antwortete Vix viel zu hastig und fuhr sich mit dem Arm übers Gesicht, um den Geruch ihrer Achselhöhlen zu überprüfen.

»Es ist nur, daß ...«

»Ich verstehe schon«, sagte Abby.

»Wirklich?«
»Natürlich.«

Sosehr ihr bei der Vorstellung graute, daß Tawny in ihr Terrain eindrang, stellte Vix zu ihrer Erleichterung fest, daß der Besuch nichts mit ihr und Abby zu tun hatte. Tawny war gekommen, weil die Gräfin nicht mehr allein reisen konnte, aber zu viele Freunde an zu vielen Orten hatte, um zu Hause zu hocken und über ihr Emphysem und ihr schwindendes Augenlicht zu brüten.

Glücklicherweise hielt die Gräfin Tawny auf Trab. Jeder auf der Insel wollte etwas von ihr. Woher kannten sich all die reichen Leute? Waren sie eine Art Club? Vix kam zu der Überzeugung, daß die Popularität der Gräfin etwas mit den phantastischen Geschichten zu tun hatte, die sie immer erzählte – darüber, wie sie mit sechzehn von zu Hause weggelaufen war, um zum Zirkus zu gehen, wie sie mit achtzehn in Paris gelandet war, wie sie mit dem Grafen in einem steckengebliebenen Aufzug des Hotels George V. ausgeharrt und den guten Mann eine Woche später geheiratet hatte. Obgleich die Ehe gerade mal sechs Monate gehalten hatte, blieb sie am Ende mit einer Unmenge Geld zurück. Möglicherweise hatte sie es aber auch immer schon gehabt.

Nach einer Geschichte, in der es um einen Ritt auf einem Elefanten ging, hatte Vix ihre Mutter einmal gefragt, ob das, was die Gräfin erzählte, eigentlich wahr sei. »Ich weiß auch nur, was man mir erzählt hat«, hatte Tawny geantwortet, was so gut wie gar keine Antwort war. Als Vix damit nicht zufrieden war, hatte sie hinzugefügt: »Ich stelle keine Fragen, Victoria. Das ist der Grund, warum ich den Job immer noch habe.«

Mit ihrer Pilzfrisur, ihren fremdländischen Gewändern und ihrem ansteckenden Lachen versprühte die Gräfin immer noch Charme und Lebendigkeit. Sie war nie langweilig und ganz bestimmt nicht gewöhnlich. Am letzten Tag ihres Kurzbesuchs gab sie Tawny den Nachmittag frei, damit sie ihn mit Vix verbringen konnte. Vix konnte sich an keine Stunde, geschweige denn an einen ganzen Nachmittag erinnern, den sie mit ihrer Mutter allein verbracht hätte, und ihr graute davor.

Sie fuhren in dem roten Mietwagen, einem Cabrio, über die Insel bis hinauf nach Gay Head, und als Tawny durch das Teleskop schaute – zehn Cent für die Minute – und die Farbe der Klippen unter sich sah, rief sie: »Das ist ja genau wie New Mexico!«

»Außer, daß es in New Mexico keine Brandung gibt«, erinnerte Vix sie. »Sondern eigentlich fast überhaupt kein Wasser.«

»Ja, schon, aber wir haben Berge«, entgegnete Tawny. Sie klang nicht wütend wie sonst, wenn Vix nicht derselben Meinung war. Kein Wort davon, sie sei unmöglich oder nervig oder auch nur unreif.

Sie aßen im Freien, mit Blick übers Meer, die

Haare vom Wind zerzaust, die Sonne im Gesicht. Tawny bestellte gebratene Muscheln und trank eine Flasche Bier, die sie mitgebracht hatte. »Ich kann gut verstehen, warum es dir hier so gefällt, Victoria«, sagte sie. »Die Gegend hat etwas Magisches … etwas, das ich nicht mehr gespürt habe, seit ich zum ersten Mal in Santa Fe war.« Sie stieß einen tiefen Seufzer aus. »Aber das ist so lange her …«

Vix konnte es kaum fassen, wie anders Tawny sich benahm, hier, weit weg von zu Hause.

»Dinge ändern sich … Dinge passieren … Dinge, die man sich nicht einmal vorstellen kann, wenn man jung ist und voller Hoffnung.« Tawny blickte übers Meer. »Ich habe mir immer vorgestellt, ich würde viel reisen, ich würde die Welt sehen«, sagte sie und sah Vix wieder an, während sie mit den Fingerknöcheln auf den Holztisch klopfte. »Aber weiter als hierher bin ich nie gekommen.«

War diese Fremde, die Bier aus der Flasche trank, diese Fremde, die vorschlug, die Schuhe auszuziehen und am Strand entlangzugehen, damit sie sagen konnte, daß sie den Atlantik nicht nur gesehen, sondern auch die Zehen darin gebadet hatte – war diese Fremde wirklich ihre Mutter?

Na gut, zugegeben, eine Minute lang hat sie Victoria heute nachmittag um ihre Freiheit, sogar um ihre Jugend beneidet. Wie gut, daß sie sich von der Gräfin hat überreden lassen, mitzukommen. Sie war nicht mehr so entspannt seit ... Sie kann sich nicht mal mehr daran erinnern, seit wann. Der Ärger, den sie an den meisten Tagen mit sich rumschleppt, die Last auf ihren Schultern, alles ist leichter geworden, seit sie auf der Insel ist. Ja, sie fühlt sich viel mehr im Einklang mit sich selbst. Mit ihrem früheren Selbst. Schade, daß Ed sie nicht so sehen kann, wie sie lacht und redet, als hätte sie keinerlei Sorgen.

Wenn Victoria sie nur nicht so ansehen würde. Genauso hatte sie früher ihre Mutter angesehen, um die Situation einzuschätzen, um Darlenes Laune zu erraten. Diese Abby hat wirklich Glück! Lamb ist ein attraktiver Mann und wohlhabend dazu. Wie lange ist es her, daß sie sich erlaubt hat, einen Mann außer Ed attraktiv zu finden? Auch das hat sie längst vergessen. Heute abend zum Essen wird sie sich hübsch machen. Sie wird die neue weiße Bluse anziehen, den Gürtel ein bißchen enger um die Taille schnallen und den Lippenstift benutzen, den sie gratis zu der Sonnenmilch bekommen hat. Sie ist noch immer eine Frau. Mit Gefühlen und Wünschen.

KAPITEL 12

Die Gräfin redete Lamb immer mit »mein lieber Junge« an. »Mein lieber Junge, wir haben uns viel zu lange nicht gesehen!« begrüßte sie ihn und küßte ihn auf den Mund. Er nannte sie Charlotte. Vix hatte nie daran gedacht, daß die Gräfin einen Vornamen haben könnte.

Auf der Veranda wurden Drinks gereicht. Die Gräfin kippte zwei Wodka Tonic hinunter und zündete sich eine Zigarette an; Abby sagte kein Wort, obwohl sonst niemand im Haus rauchen durfte. Als die Gräfin zu husten anfing, tauschten Lamb und Abby besorgte Blicke, und als der Husten immer schlimmer wurde, ihren ganzen Körper schüttelte, und die Gräfin nach Luft rang, bekam Vix richtig Angst, sie würde umkippen und sterben. Wahrscheinlich dachte Abby dasselbe, denn sie sprang auf und griff zum Telefon, um die Notrufnummer zu wählen. Doch Tawny winkte ab und verabreichte der Gräfin in aller Ruhe ihre Medizin.

Danach lachte die Gräfin über den Vorfall, was um ein Haar einen zweiten Hustenanfall ausgelöst hätte. »Wenn meine Zeit gekommen ist, dann verstreut meine Asche in den Bergen, genehmigt euch einen Drink und sagt: Sie hatte ein gutes Leben ..., sie hat viel gelacht. Kein Hokuspokus mit Kirche, lieber Junge. Denk daran! Tawny hat meine Anweisungen.«

Ein paar Minuten später beschloß die Gräfin, einen Spaziergang zu machen. Aber als Tawny aufstand, wehrte sie ab: »Lamb wird mich begleiten, Sie bleiben hier bei Abby.« Dann winkte sie Vix zu sich: »Victoria, komm mit.«

Mit der Gräfin stritt man nicht. Vix tat, wie ihr geheißen.

Lamb

Eine Erinnerung taucht aus seinem Gedächtnis auf. Er ist vier oder fünf, und er rennt ins Badezimmer, um sich sein Schiffchen zu holen. Seine Kinderfrau will ihn in der Küche baden. Er erschrickt, als er jemanden in der Wanne liegen sieht, in der er und Dorset normalerweise gebadet werden. Zu spät fällt ihm ein, daß er immer anklopfen soll, wenn die Badezimmertür geschlossen ist. Großmutter wird ihn schimpfen. Aber die Dame in der Badewanne läßt sich nicht stören. Sie lächelt. Er kennt ihren Namen – Charlotte, wie sein Lieblingsgebäck aus der Konditorei. Sie zieht an ihrer Zigarette. Kleiner Schatz..., sagt sie, mit einer Stimme so weich und warm wie seine Schmusedecke. Möchtest du zu mir in die Wanne steigen? Schnell zieht er die Unterhose aus, denn man hat ihm beigebracht, nur nackt in die Wanne zu steigen. Sie hält ihn an der Hand, während er über den Rand klettert und sich ihr gegenübersetzt. Er streckt ihr sein Schiffchen hin. Danke, sagt sie und läßt es durchs Wasser sausen. So wäre es, wenn ich eine echte Mutter hätte, denkt er. Sie würde gern in der Badewanne spielen. Sie hätte ein Lachen, das perlt und prickelt wie das Ginger Ale, das die Kinderfrau ihm gibt, wenn er Bauchweh hat.

Sie nimmt einen Schluck aus dem Glas, das neben der Wanne auf dem Boden steht. Möchtest du probieren? fragt sie. Schmeckt wie Traubensaft. Er weiß, daß es kein Traubensaft ist. Es ist was für Erwachsene. Nein, danke, antwortet er höflich.

Ihre Brüste gleiten auf und ab im Wasser. Er streckt die Hand aus und berührt sie, sieht ihr dabei in die Augen. Ob sie ihm wohl einen Klaps geben wird wie die Kinderfrau? Aber nein, sie lacht. Ganz nett, die beiden, was?

Einen Augenblick bleibt ihm die Luft weg. Sie muß damals in den Zwanzigern gewesen sein. Eine junge Frau mit langen kastanienbraunen Haaren, die sie hochgesteckt trug. Die beste Freundin seiner Mutter. Sie hat ihm ein Fotoalbum mit Bildern von ihnen beiden geschenkt. Charlotte und Amanda. Sommerfreundinnen wie Caitlin und Vix. Ein erschreckender Gedanke, daß seine Mutter jetzt in Charlottes Alter wäre.

Im Freien steckte die Gräfin sich die nächste Zigarette an, nahm ein paar Züge und schnippte die

Kippe dann in den Wald, daß die Funken sprühten. Lamb rannte hinterher und trat sie aus. »Das ist gefährlich, Charlotte, vor allem um diese Jahreszeit, wo alles so trocken ist.«

»Ich hab immer gefährlich gelebt, lieber Junge.«

»Also, Charlotte ... so gern ich Sie mag, aber ich kann nicht zulassen, daß Sie die Insel abbrennen. Es gibt Gesetze ...«

»Ach, scheiß auf die Gesetze, scheiß auf die Insel!« Sie nahm Vix' Hand, führte sie zu den Lippen und küßte sie zweimal. »Denk immer daran, Schätzchen, nichts zählt außer dem Augenblick. Vielleicht gibt es kein Morgen, und selbst wenn – wen kümmert's?«

Vix hatte keine Ahnung, was die Gräfin damit meinte. Oder ob sie erwartete, daß Vix jetzt ihre Hand küßte. Hoffentlich nicht. Zu ihrer Erleichterung begann die Gräfin zu lachen und machte sich auf den Rückweg zum Haus, wo sie sich den nächsten Wodka Tonic bringen ließ.

Diesmal legte Tawny ihr die Hand auf den Arm. »Tawny ist meine Rettung«, verkündete die Gräfin. »Ich weiß nicht, was ich ohne sie tun würde. Wenn sie nur nicht diese Familie hätte. Eine Riesenbelastung. Ein Klotz am Bein. Warum jemand Kinder hat, wo man sich doch jederzeit statt dessen Hunde halten könnte, übersteigt mein Vorstellungsvermögen.« Sweetie hob den Kopf und gähnte, als hätte sie jedes Wort verstanden.

Vix war gekränkt. Noch vor zwei Minuten war

sie ein Schätzchen gewesen, jetzt war sie eine Last, ein Klotz am Bein ihrer Mutter.

»Ein Hund kann dir alles geben, was du von einem Kind bekommst«, fuhr die Gräfin fort, »hinzu kommt aber außerdem bedingungslose Hingabe und hundertprozentige Dankbarkeit. Ich persönlich hab noch nie ein dankbares Kind kennengelernt – ihr etwa?«

Abby ergriff Lambs Hand, und die beiden lächelten sich vielsagend an. Vermutlich wünschten sie sich, sie hätten drei Hunde anstelle von drei Teenagern. Wo waren eigentlich Caitlin und Sharkey? Sie hatten doch versprochen, rechtzeitig zum Abendessen zurück zu sein.

Als Abby das Thema Stipendium anschnitt, hielt Vix gespannt den Atem an. Jetzt also, dachte sie. Die Details. Zwar war sie immer noch nicht ganz sicher, was das war, aber Tawny war den ganzen Tag so gut gelaunt gewesen, daß vielleicht alles okay war. Als sie von ihrem Platz auf dem Boden aufblickte, sah sie, wie Tawny mit einer Papierserviette spielte, auf der stand: *Fliegen Sie erster Klasse. Ihre Kinder haben's verdient.* Sie faltete die Serviette vierfach, achtfach, bis sie klein genug war, um sie verschlucken zu können. »Victoria hier als Sommergast aufzunehmen ist eine Sache«, sagte Tawny zu Abby. »Aber ein Stipendium für eine Privatschule ist was anderes.«

»Ja, aber wir wollen ...«, begann Abby.

»Victoria braucht nicht auf eine Privatschule zu gehen«, fiel Tawny ihr ins Wort. »Sie bekommt auch auf der normalen High School eine prima Ausbildung.«

Lamb versuchte, ihr die Somers Foundation zu erklären; eines der damit verbundenen Förderprogramme stellte Stipendien für begabte Schüler zur Verfügung. Aber Tawny hörte ihm gar nicht zu. »Möchtest du auf die Mountain Day School gehen, Victoria?« fragte sie. »Geht es darum?«

»Es war unsere Idee, Tawny«, schaltete Lamb sich ein, »meine und Abbys.«

Abby warf Lamb einen dankbaren Blick zu, aber Tawny ließ sich nicht beirren. »Victoria?« Jetzt war sie keine Fremde mehr. Jetzt war sie wieder die Mutter, die Vix aus Santa Fe kannte.

»Ich würde schon gerne«, antwortete Vix.

»Warum?« wollte Tawny wissen.

Verdammt! Wenn sie vorher ein bißchen nachgedacht hätte, wären ihr tausend Gründe eingefallen. Sie hätte von Raymond Kurtis erzählen können, der häßliche Schmatzgeräusche machte, wenn er auf dem Schulkorridor an ihr vorbeiging, und der Wetten mit seinen ekelhaften Freunden abschloß, daß einer von ihnen es schaffte, sie anzutatschen oder ihr die Hand unter den Rock zu stecken. Sie hätte sagen können: Um eine bessere Ausbildung zu bekommen oder um die beste Freundin des beliebtesten Mädchens der ganzen Schule zu sein.

»Wir warten, Victoria«, sagte Tawny.

»Ach, um Himmels willen, Tawny«, donnerte in diesem Augenblick die Gräfin los. »Warum machen Sie denn so eine große Sache daraus? Viertausend Kinder in einer Schule, das sind verdammt viel zu viele Kinder auf einem Haufen, wenn Sie mich fragen.«

»Ich muß es erst mit meinem Mann besprechen«, meinte Tawny.

Die Gräfin verdrehte die Augen und brummte: »Gott sei Dank hab *ich* keinen Mann.«

KAPITEL 13

Sommer 1980

Manchmal benahm sich Caitlin, als wäre sie eine von denen, die es nicht blickten. Als Vix das Thema Jobsuche anschnitt, starrte Caitlin sie entgeistert an. »Einen Job? Aber warum denn? Langweilst du dich?«

»Nein, kein bißchen.«

»Warum denn dann?«

»Ich brauche das Geld.«

»Ach, das Geld.«

Es fiel Caitlin schwer, sich vorzustellen, daß sich nicht jeder Mensch einfach aus einem großen Topf bedienen konnte. Nicht, daß sie besonders viel ausgab. Genau wie für Lamb war Geld für sie nur Nebensache. Sie hatte keine Ahnung, für welchen Aufruhr die Sache mit dem Stipendium bei Vix zu Hause gesorgt hatte.

»Die Welt hat sich verändert, seit wir jung waren«, hatte Ed zu Tawny gesagt. »Das wäre für Vix eine ... « Er verschluckte das letzte Wort.

»Eine was?« hakte Tawny nach.

»Eine Riesenchance«, wiederholte ihr Vater, diesmal so laut, daß Tawny es verstehen konnte.

»Eine Riesenchance überzuschnappen«, höhnte Tawny.

»Sie hat es verdient«, argumentierte Ed. »Was sie hinterher daraus macht ... « Wieder murmelte er den Rest vor sich hin, aber Vix, die aufmerksam zugehört hatte, war sicher, daß er gesagt hatte: »Was sie hinterher daraus macht, ist ihre Sache.«

Ja, dachte sie, das ist meine Sache!

Allmählich begann sie zu begreifen, daß ihr Vater der Mensch innerhalb ihrer Familie war, der sie unterstützte. Sie wünschte nur, er würde etwas mehr aus sich herausgehen, seine Zuneigung etwas offener zeigen – wenn es Zuneigung war, worum es hier ging.

Ein anderes Thema, das Caitlin offenbar nicht ganz begriff, war, daß Freundschaft gewisse Verpflichtungen mit sich brachte. Sonst hätte sie Vix bestimmt nicht eines Tages erklärt: »Auch wenn wir Sommerschwestern sind und es immer bleiben werden, trotzdem führe ich in Mountain Day ein ganz anderes Leben, eines, das mit uns beiden nichts zu tun hat.«

Vix war völlig vor den Kopf gestoßen. Die Titel sämtlicher alberner Selbsthilfeartikel, die sie je gelesen hatte, fielen ihr ein. »Wenn deine beste Freundin dich betrügt!«, »Opfer der Umstände?«, »Hilfe für gekränkte Seelen.«

»Ich tu dir einen echten Gefallen«, erklärte Caitlin. »Das verstehst du doch, oder?«

Verstehen? Vix schluckte ihre Tränen hinunter,

sie zwang sich, Caitlin ihren Schmerz und ihre Enttäuschung nicht zu zeigen. Falls Caitlin befürchtete, Vix würde in der Schule wie eine Klette an ihr hängen, brauchte sie sich keine Sorgen zu machen. »Ich hab auch ein anderes Leben«, gab sie zurück, in einem Ton, als gäbe es nichts, was ihr gleichgültiger wäre.

»Ich weiß«, antwortete Caitlin. »Und ich bin deshalb auch nicht beleidigt ... echt nicht.«

Danach mußte Vix sich bewußtmachen, daß Caitlin auch irgendeine andere ihrer Freundinnen aus Mountain Day hätte einladen können, den Sommer mit ihr zu verbringen – aber das hatte sie nicht getan, richtig? In der Schule ärgerte sich Vix manchmal über Caitlin. Sie benahm sich, als wäre sie ein anderer Mensch, jemand, den Vix gar nicht kannte. Gelegentlich sah Caitlin sie dann an, als wollte sie sagen: Du und ich, wir wissen, daß das nur ein Spiel ist, aber die anderen glauben, es ist echt, also verrat mich nicht ... okay?

Nach einem Monat in Mountain Day wurde Vix krank. Eine Blasenentzündung. Es brannte schrecklich beim Pinkeln. Außerdem hatte sie hohes Fieber und Rückenschmerzen. Sie mußte Antibiotika schlucken und fühlte sich so schlecht wie noch nie in ihrem Leben. Ihre Mutter gab natürlich der neuen Schule die Schuld. Nur weil du auf eine teure Schule gehst, kannst du noch lange nicht darauf verzichten, vorsichtshalber Papier auf die Toilettenbrille zu legen.

Sie versicherte ihrer Mutter, daß sie vorsichtig

gewesen sei. Und der Arzt schwor, daß sie sich die Infektion nicht auf einer Toilette geholt habe. Aber Tawny glaubte ihm nicht. »Danke Gott dafür, daß dein Vater in seinem Job eine Krankenversicherung hat«, sagte Tawny. »Hast du eine Ahnung, wieviel diese Antibiotika kosten?«

Vix wollte es nicht wissen.

Die Gräfin schickte Blumen und eine Karte, auf der stand: *Schätzchen, werd bald wieder gesund!* Sie hatte unterzeichnet mit den Namen ihrer fünf Hunde.

Nathan bot ihr Orlando an. Orlando hatte magische Kräfte. Er würde dafür sorgen, daß sie sich besser fühlte. Würde er es nicht schaffen und Vix sterben, könnte er sich echt verpissen. »Weißt du, was verpissen heißt?« fragte er.

»Ja«, antwortete sie. »Ich weiß es.«

Sein erster Geschmack von Freiheit hatte Nathan verändert. »Vorbei mit Mr. Nice Guy«, verkündete er. »Nur weil ich im Rollstuhl sitze, lasse ich mich noch lange nicht rumschubsen!« Seine Rollstuhlwitze trieben Tawny zur Verzweiflung.

»Wir hätten dich nicht ins Ferienlager schicken dürfen«, sagte sie zu ihm.

»Zu spät, schon passiert.« Er forderte mehr Freiheit, eine unverletzbare Privatsphäre, Respekt. Eines Abend schrie er sogar Vix an, die ins Badezimmer gekommen war, ohne zu klopfen. »Raus ... auf der Stelle raus! Zutritt nur für Jungs!«

»Okay, tut mir leid ...« Einerseits war sie froh,

daß er um seine Unabhängigkeit kämpfte, andererseits machte es das Zusammenleben mit ihm nicht unbedingt einfacher.

In ihren Fieberträumen tauchte immer wieder Bru auf, der sie leidenschaftlich küßte und ihren ganzen Körper unter Strom setzte. In ihren Träumen sprach er kein Wort, was ganz gut war, denn das einzige Mal, als sie ihn in diesem Sommer gesehen hatte, war sie bei der Ag Fair – dem großen Jahrmarkt anläßlich der jährlichen Landwirtschaftsmesse – gerade aus der Toilette gekommen. Er hatte draußen in der Schlange gestanden, sie angesehen und gesagt: »Tja, wenn man muß, dann muß man.« Jetzt wußte er, daß sie vor ihm die Toilette benutzt hatte! Sie fand den Gedanken schrecklich und brachte kein Wort heraus.

Später, als sie bei einem der richtig wilden Karussells stand und darauf wartete, daß die nächste Fahrt losging, hatte er ihr auf die Schulter getippt und ihr einen riesigen Pandabären in den Arm gedrückt. »Halt ihn für mich warm, okay?«

Dann war er verschwunden.

Caitlin konnte es nicht glauben. »Du bist der größte Glückspilz der Welt!«

Vix hielt den Bären jede Nacht im Arm, eins seiner flauschigen Beine zwischen ihre geklemmt, eng an ihre Macht gedrückt.

Seit sie krank war, besuchte Caitlin sie jeden Tag. Sie brachte ihr eine Indianerpuppe mit und stellte sie auf das Regalbrett über Vix' Bett. »Wenn deine Medizin die bösen Geister nicht vertreibt – die hier tut es bestimmt.« Dann saß sie an Vix' Bett und hielt ihre Hand. »Weißt du noch, was ich dir vor Schulanfang gesagt habe, von dem anderen Leben in der Schule?«

Vix nickte.

»Na ja, ich wollte nie ... ich meine ... ich wollte dich damit nicht verletzen oder so was. Ich würde dir nie weh tun. Nie. Verglichen mit dir bedeuten mir meine Schulfreunde nichts. Weniger als nichts.«

»Du bist nicht daran schuld, daß ich krank bin, falls du das meinst.«

»Wer hat das denn behauptet?«

»Du benimmst dich, als ob du ein schlechtes Gewissen hättest.«

»Stimmt doch gar nicht!«

»Okay, in Ordnung.« Vix drehte sich auf die andere Seite.

»Du machst es einem wirklich schwer, weißt du das?« sagte Caitlin.

»Was mache ich dir schwer?«

»Vergiß es. Ich komme morgen wieder. Oder vielleicht auch nicht.«

Wenn Vix nicht krank geworden wäre, wenn Caitlin kein schlechtes Gewissen gehabt hätte, würden sie dann jetzt auch nebeneinander auf der alten Schaukel sitzen und sich über Sommerjobs unterhalten? Hätte ihre Freundschaft überlebt?

Man kann das ganze Leben mit »was wäre, wenn« zum Stillstand bringen ... oder man kann einfach weitermachen. In unserer Familie machen wir einfach weiter, sagte Tawny oft.

»Also ... an was für einen Job hast du denn gedacht?« fragte Caitlin.

»Bis wir älter sind, bleibt uns eigentlich nur eins.«

»Bitte ... sag, daß es nicht das ist, was ich vermute!«

Vix zuckte die Achseln.

»Aber ich kann Kinder nicht mal besonders leiden«, rief Caitlin. »Sie sind so ... so anstrengend.«

»Tu mir einen Gefallen – behalt das für dich, wenn du mit mir kommen willst!«

Caitlin kam mit. Sie hatten Glück und wurden gleich bei ihrem ersten Vorstellungsgespräch von einer Frau namens Kitty Sagus, deren Enkelkind für einen Monat zu Besuch kam, engagiert. Sobald sie hörte, daß Caitlin Lambs Tochter war, war die Sache klar.

Am ersten Tag in ihrem neuen Job fanden sie heraus, daß Kittys Tochter und Schwiegersohn bekannte Fernsehstars waren. Ihn erkannten sie sofort – es war Tim Castellano. Und obwohl seine Frau schwanger war und ihr Gesicht hinter einer riesigen Sonnenbrille versteckte, wußten sie gleich, daß es Loren D'Aubergine sein mußte.

Jetzt hieß es locker bleiben und so tun, als hätten sie keine Ahnung, daß die beiden berühmt waren, denn schließlich war dies hier Martha's Vineyard, und es gab viele Prominente, die, dem Trubel zu entkommen, sich hierherflüchteten.

Als erstes offenbarten ihnen die beiden Stars, daß ihr Sohn Max noch nicht sauber war. »Sie meinen, er braucht noch Windeln ... mit drei Jahren?« fragte Caitlin ungläubig.

Max sah sie mit seinen riesigen Babyaugen an. »Ich mag Windeln.«

Tim und Loren waren offensichtlich verlegen. Loren wurde rot und sagte: »Wenn ihr ihn dazu bewegen könnt, das Töpfchen zu benutzen, bekommt ihr einen Bonus.«

»Einen Bonus?« wiederholte Vix.

»Ja, einen ordentlichen Geldzuschuß«, erklärte Tim.

»Ihr dürft ihn aber nicht unter Druck setzen oder ihm ein schlechtes Gewissen machen«, meinte Loren. »Wir möchten auf jeden Fall vermeiden, daß die Sauberkeitserziehung traumatisch verläuft. Es ist ganz wichtig, daß er es selbst entscheidet.«

»Ich krieg M&Ms, wenn ich aufs Töpfchen gehe«, verkündete Max und ließ seinen Kipplaster mit seinem Bagger zusammenstoßen. »Drei für Pipi, fünf für Kacka. Die Gelben und die Roten mag ich am liebsten.«

Eines Morgens während der zweiten Arbeitswoche begleitete Tim sie zum Strand. Zuerst dachte Vix, er wollte sie überwachen. Nicht, daß ihr das etwas ausgemacht hätte – mit Tim Castellano gesehen zu werden, war ziemlich aufregend, selbst wenn er eine Baseballmütze und eine Sonnenbrille trug, um nicht so schnell erkannt zu werden. Vielleicht sah er in dieser Aufmachung tatsächlich aus wie jeder andere Familienvater mit seinen Kindern am Strand, denn niemand starrte ihn an oder achtete auf ihn.

Vix versuchte, ihren Mut zusammenzunehmen und Tim nach einem Autogramm für Tawny zu fragen, die keinen seiner Filme verpaßte. Aber als sie sah, wie er Caitlin beobachtete, als sie sich mit Sonnencreme einrieb, überlegte sie es sich rasch anders. »Soll ich dir den Rücken eincremen, Spitfire?« fragte Tim. So nannte er Caitlin. Für Vix hatte er keinen Spitznamen.

»Oh, danke ...«, antwortete Caitlin und schob die Träger ihres roten Bikinis über die Schultern. In letzter Zeit schoß sie fast beängstigend in die Höhe und war inzwischen größer als Vix, die schon vor einem Jahr ihre endgültige Größe von eins dreiundsechzig erreicht hatte. Obwohl Caitlin doppelt soviel aß wie Vix, nahm sie kein Gramm zu. Auch ihre Brüste waren nach wie vor winzig. Aber Vix gefiel es ganz und gar nicht, wie Tim ihre Freundin ansah. Irgend etwas ging hier vor sich, und ihr war äußerst unwohl dabei. Auch als Tim fragte, wie alt sie eigentlich wären, kam ihr das komisch vor.

»Fünfzehn«, antwortete Vix laut und deutlich, obwohl er die Frage nicht an sie gerichtet hatte. »Und Sie?«

»Fünfunddreißig«, sagte er lachend. »Alt genug, um euer Vater zu sein.«

Aber er benahm sich ganz und gar nicht wie ein Vater. Am allerwenigsten dann, als er vorschlug, Caitlin solle mit ihm ins Wasser gehen, obwohl sie gerade zusammenpacken und zum Lunch nach Hause wollten.

»Na klar«, sagte Caitlin.

»Du paßt so lange auf Max auf, ja?« sagte Tim zu Vix.

»Das ist mein Job«, antwortete sie.

»Bis gleich.« Caitlin strich die Haare aus dem Gesicht, warf Vix einen vielsagenden Blick zu und rannte dann zum Wasser. Sie sprang hinein und begann, mit kräftigen Zügen hinauszuschwimmen. Tim hatte seine Baseballkappe und seine Sonnenbrille abgenommen und schlüpfte aus seinen Shorts, die er über der Badehose angehabt hatte.

»Wo geht Daddy hin?« fragte Max.

»Schwimmen«, erklärte ihm Vix. »Komm, wir sehen zu.«

»Trag mich.«

Sie nahm den Jungen auf den Arm und atmete den weichen Duft seiner Haare ein, während sie sich bemühte, Tim und Caitlin im Auge zu behalten. Als Caitlin herauskam, waren ihre Lippen blau vor Kälte; Tim wickelte sie in ein Handtuch und rubbelte sie ab, genau wie sie es sonst mit Max machten, wenn er naß war und fror. Aber irgend etwas daran war nicht in Ordnung. Als

Tim das Handtuch wegnahm, sah Vix durch Caitlins nassen Bikini ihre aufgerichteten Brustwarzen.

Vix befürchtete, daß Caitlin etwas Dummes tun würde, wie letzten Sommer im Boot, als sie das Bikini-Oberteil ausgezogen hatte, nur um festzustellen, ob jemand es merkte. Ein älteres Paar, das in einem Kanu vorbeipaddelte, hatte ihnen zugewinkt, als sei nichts Ungewöhnliches daran. Caitlin hatte zurückgewinkt, während Vix die Ruder ergriff und so schnell sie konnte in die entgegengesetzte Richtung ruderte. »Vielleicht haben die gedacht, ich wäre ein Junge«, meinte Caitlin verstimmt. »Ich wette, die hätten es auch nicht bemerkt, wenn ich splitterfasernackt gewesen wäre.«

»Wieso willst du denn überhaupt, daß sie es merken?«

»Damit ich nicht das Gefühl habe, unsichtbar zu sein.«

Wie konnte sich Caitlin unsichtbar vorkommen?

Jetzt warf ihr Vix ein Sweatshirt zu und war erleichtert, als sie es über den Kopf zog, ohne den Bikini auszuziehen.

»Deine Freundin schwimmt toll«, sagte Tim zu Vix.

»Ja, sie ist eine richtige Nixe.«

Er bückte sich, um Mütze und Sonnenbrille aufzuheben, und Vix ließ ihre Augen über seinen Körper gleiten, von den gekräuselten Härchen an der Innenseite seines Oberschenkels, über die knappe Badehose, hin zu der Wölbung auf der Vorderseite. Als er sich aufrichtete, bemerkte er ihren Blick und lächelte, obwohl sie bereits weggesehen hatte.

Es war Tims Idee, einen anderen Heimweg zu nehmen. Er hatte ein Haus entdeckt, an dem gebaut wurde, und meinte, das würde Max gefallen. Er schob Max in seinem Buggy, Vix und Caitlin trotteten hinterher. Vix spürte, wie ein häßliches Gefühl in ihr immer stärker wurde, aber sie konnte es nicht einordnen. Sie haßte es, daß sie sich in Tims Gegenwart fühlte, als wäre sie gar nicht da. Die Gratis-Beigabe.

Als sie zu der Baustelle kamen, hob Tim seinen Sohn aus dem Buggy und auf seine Schulter, damit er besser sehen konnte. Zum hunderttausendsten Mal verkündete Max: »Ich geh zum Bau!«

Vix und Caitlin folgten den beiden; seit sie den Strand verlassen hatten, war kein Wort zwischen ihnen gefallen. Als sie schon fast da waren, packte Caitlin Vix plötzlich am Arm.

»Was ist?«

Caitlin deutete nach vorn, und Vix sah, daß Bru und Von zu den Bauarbeitern gehörten. Beide sahen unglaublich sexy aus: tiefsitzende Jeans, kräftige, knochige, sonnengebräunte Rücken, muskulöse Arme. Vix spürte, wie ihr heiß wurde, das Blut stieg ihr in den Kopf, ihre Knie wurden weich. Pech für dich, Tim Castellano, denn verglichen mit den beiden hier bist du eine Niete.

Eine Minute später kamen die beiden auf sie zu. Von erkannte Tim. »Hey, Sie sind doch der Cop aus dem Fernsehen, Moment mal ... nein, sagen Sie nichts ... Sukovsky ... oder so ähnlich, stimmt's?«

Eigentlich war der Name der Figur Wolkowsky, aber Tim verbesserte ihn nicht.

»Wie geht's?« sagte Von und streckte Tim die Hand entgegen. »Das ist eine verdammt tolle Sendung.«

»Danke, Mann«, erwiderte Tim, als wären sie alte Kumpel. »Das ist mein Sohn Max. Er mag Baustellen.«

»Hallo, Max ...«, sagte Von.

»Ich hab einen Schutzhelm«, erzählte Max. »Der ist gelb.«

»Ach ja? Möchtest du einen Job? Wir könnten Hilfe gebrauchen.«

»Ich muß nach Hause zu Kitty«, antwortete Max. »Ich krieg Erdnußbutter zum Lunch. Ich eß immer Erdnußbutter zum Lunch. Mit Traubengelee.«

»Klingt lecker«, meinte Von. Dann sah er Caitlin an.

»Das sind unsere Babysitter«, erklärte Tim. »Caitlin und ... Vicky.«

»Vix«, sagte sie leise und ärgerlich, daß Tim sogar ihren Namen vergessen hatte.

»Ja, wir kennen die beiden«, entgegnete Von.

Bru stand daneben und schlürfte Cola aus einer Dose. Nach einem unbehaglichen Schweigen fragte Von: »Also ... wo habt ihr euch versteckt?«

»Ihr seid doch diejenigen, die sich versteckt haben«, widersprach Caitlin.

»Woher wollt ihr das wissen, wenn ihr nicht gesucht habt?« gab Von zurück.

Caitlin boxte ihn in den Arm, genau wie in alten Zeiten. Aber diesmal packte er sie am Arm und warf sie sich über die Schulter wie einen Wäschesack. Lachend schlug sie auf seinen nackten Rücken ein. »Laß mich runter, du Idiot!«

Max klatschte in die Hände und fing an »Upside Down« zu singen – ein dreijähriger Diana-Ross-Imitator.

Vix spürte, wie Bru sie ansah.

»Okay, das reicht«, meinte Tim mit verändertem Gesichtsausdruck. »Höchste Zeit für Max' Lunch.«

Von setzte Caitlin wieder ab. Sie glühte. »Man sieht sich«, sagte sie.

»Nicht, wenn ich dich zuerst sehe«, antwortete er.

»Ja ... man sieht sich«, sagte Bru zu Vix.

»Nicht, wenn ich dich zuerst sehe«, erwiderte auch sie, um das Spiel mitzumachen. Was war sie froh, daß sie Caitlin ihr Sweatshirt gegeben hatte! Und daß sie selbst nur Shorts über ihrem gelben Badeanzug trug. Daß sie so braun war und daß ihre dunklen Haare hin und her schwangen, daß ihre Haut an diesem Tag so rein war, und vor allem, daß sie das Oberteil ihres Badeanzugs ausfüllte, und zwar richtig gut.

Sie gingen ins Kino und sahen sich »Meine brillante Karriere« an. Der Film erzählte die Geschichte einer Australierin, die sich als Schriftstellerin durchsetzen will, und des Mannes, der sie liebt. Anschließend führten Caitlin und Vix eine hitzige Diskussion. »Sie hat sich richtig entschieden«, sagte Caitlin. »Er war ein Arschloch. Mit ihm wäre sie den Rest ihres Lebens unglücklich gewesen.«

»Nicht unbedingt«, meinte Vix. »Sie hätte ihn und ihre Karriere haben können.«

»Ach komm!«

»Na ja, damals vielleicht nicht. Aber heute ...«

»Heute? Du glaubst, heute ist es anders?«

»Schau dir doch Tim und Loren an. Die haben beide eine brillante Karriere!«

»Na klar ... und wer von ihnen ist schwanger?«

»Na und? Sie kriegt das Baby, und dann geht sie wieder arbeiten.«

»Vermutlich wünschst du dir ein Dutzend brüllender Bälger. Vermutlich willst du eine brillante Karriere als Mutter.«

»Ich hasse es, wenn du mir sagst, was ich will! Nur weil ich Kinder mag, heißt das noch lange nicht, daß ich selbst welche haben will. Nur zu deiner Information – ich habe diese Entscheidung noch nicht getroffen.«

Tim fragte, ob sie auch einmal einen Abend in seiner letzten Ferienwoche babysitten konnten, weil er und Loren Kitty zum Essen ausführen wollten. Max war schon im Schlafanzug, als sie ankamen. Loren sah sehr hübsch aus in ihrem weiten weißen Kleid, mit tollen Ohrringen, die Haare zu einem französischen Zopf geflochten. Tim machte ein Riesenbrimborium darum, wie sehr er sie bewunderte. »Habe ich nicht die schönste Frau der gesamten westlichen Welt?« rief er und küßte Loren vor ihnen, während Max um sie herumtanzte und ihre Beine umarmte.

Kurz vor elf kamen sie zurück. Loren gähnte. »Ich bin völlig erledigt«, meinte sie. »Was freue ich mich darauf, wenn das Baby endlich auf der Welt ist.«

»Dann sind wir schon zu zweit«, stimmte Tim zu und gab seiner Frau einen Gutenachtkuß. Dann bot er den Mädchen an, sie heimzufahren, denn Kitty konnte nachts nicht mehr gut sehen. Caitlin saß vorn, Vix kletterte auf den Rücksitz, froh, daß es nur zehn Minuten bis nach Hause waren. Tim schaltete das Radio auf WMVY. Von Zeit zu Zeit warf er einen Blick zu Caitlin hinüber, aber sie sah stur geradeaus und sprach nur, um ihm zu sagen, wann er abbiegen mußte und wie er über den Feldweg zu ihrem Haus kam. Doch statt rechts in die Auffahrt einzubiegen, fuhr Tim weiter, als wüßte er, daß dies der Weg zum Strand war. Dort stellte er den Motor ab. Auf der gegenüberliegenden Seite von

Tashmoo Pond glitzerten die Lichter von Woods Hole.

Es war ganz still. Vix hörte Tim und Caitlin atmen, ja sogar sich selbst. Schließlich sagte Tim: »Ich möchte nicht, daß ihr bei der Baustelle rumhängt. Ich möchte nicht, daß Max' Babysitter sich mit solchen Kerlen einlassen. Habt ihr mich verstanden?«

»Wie bitte?« entgegnete Vix. »Es war doch Ihre Idee, dorthin zu gehen, nicht unsere! Ich meine, wir wußten ja nicht mal, daß die beiden dort arbeiten, stimmt's Caitlin?« Sie mußte Caitlin anstupsen, um eine Antwort zu bekommen, und selbst dann schüttelte Caitlin lediglich den Kopf.

»Ich möchte, daß ihr sehr, sehr vorsichtig seid.« Er sprach ganz langsam und drehte sich in seinem Sitz um, um Caitlin ins Gesicht sehen zu können; er sprach überhaupt nur mit Caitlin, und Vix hatte das Gefühl, daß ihre Anwesenheit unerwünscht war. Und um die Wahrheit zu sagen, sie wäre auch lieber woanders gewesen. Das Ganze wurde ihr langsam unheimlich.

»Du hast eine tolle Ausstrahlung, Spitfire, du kannst einen Mann auf falsche Gedanken bringen.«

Es stand ihm nicht zu, mit ihnen über Männer zu reden, vor allem nicht bei Nacht in einem dunklen Auto am Strand!

»Manche Männer haben sich nicht mehr unter Kontrolle, wenn sie erst mal in Fahrt geraten«, fuhr er mit verführerischer Stimme fort. »Sie können nicht mehr vernünftig denken. Manche folgen ihrem Pimmel durchs ganze Leben. Verstehst du, was ich damit sagen will?«

Caitlin gab einen seltsamen Laut von sich, es klang fast wie ein Lachen, aber eben nur fast.

»Ich finde, Sie sollten uns jetzt nach Hause bringen«, sagte Vix, beugte sich nach vorn und legte ihre Hand auf Caitlins Schulter. Nicht zu fassen, wie er mit ihnen redete ... und dann auch noch über Pimmel!

»Entspann dich«, entgegnete Tim. »Ich versuche doch nur, deiner Freundin etwas klarzumachen. Zu ihrem eigenen Besten.«

Vix gefiel diese rauhe Stimme nicht. Vielleicht hatte er Spaß daran, mit ihnen über Dinge zu reden, die mit Sex zu tun hatten. Vielleicht erregte ihn das. Sie überlegte, wie ihre Mutter es finden würde, wenn sie das in *People* lesen könnte. Ihr Lieblingsschauspieler und sein Faible für fünfzehnjährige Mädchen. Dann bekam sie plötzlich Angst. Wenn der Kerl nun gefährlich war? Angenommen er ... nun ja ... er ... würde sein Ding auspacken? Ihre Hände waren feucht, und sie spürte den Schweiß unter den Achseln. »Mach deine Tür auf«, sagte sie zu Caitlin und beugte sich vor, damit Tim nicht vergaß, daß sie auch noch da war. Aber Caitlin blieb sitzen wie hypnotisiert. Also packte Vix selbst den Türgriff. Die Tür war verriegelt. Das Auto hatte eine automatische Verriegelungsanlage, die er vom Armaturenbrett aus bedienen konnte.

Das war zuviel! Sie warf sich über den Sitz und stürzte sich auf Tim, der für einen Moment lang so verblüfft war, daß sie die Schlüssel aus dem Zündschloß ziehen konnte. Er versuchte ihr die Schlüssel wieder abzunehmen, aber sie war nicht dumm. Um keinen Preis würde sie sie loslassen.

»Vix ... Vix ...«, sagte Caitlin immer wieder. »Was machst du denn da?«

Was sie da machte? Sie versuchte, ihre Freundin zu retten! Sie würde Tim die Augen auskratzen, wenn es nicht anders ging. Sie hatte über solche Situationen schon oft gelesen. Steck ihm den Schlüssel ins Ohr ... oder in die Nase, wenn du ihm wirklich weh tun willst. Aber irgendwie brachte sie es nicht über sich, einen Schlüssel in Tim Castellanos perfekte Nase zu stecken.

Er drehte ihr den Arm um, bis sie vor Schmerz die Schlüssel losließ. »Herrgott«, schimpfte er, »was ist denn in dich gefahren?« Er ließ den Motor an und stieß so heftig zurück, daß Vix abrupt mit Caitlin zusammenstieß. Vor der Auffahrt hielt er mit quietschenden Bremsen und entriegelte die Tür. Vix riß die Tür auf Caitlins Seite auf und zerrte ihre Freundin aus dem Wagen. »Lauf ...«, sagte sie. Aber Caitlin schüttelte sie ab, lief Tims Wagen nach und rief: »Tim ... warte ...« Anscheinend hatte er bemerkt, daß sie ihm zu folgen versuchte, denn das Auto hielt. Wenn Caitlin nicht auf sich aufpassen konnte, dann mußte Vix es eben für sie tun. Sie rannte auf das

Auto zu, aber fast im selben Moment fuhr Tim wieder an, und Caitlin rief: »Vix ... wo bist du?«

»Hier ... «

Caitlin folgte dem Klang ihrer Stimme. »Ist er nicht unglaublich?« fragte sie und packte Vix. »Ich glaube, er fühlt sich zu mir hingezogen. Ich konnte es spüren.«

»Ich auch«, entgegnete Vix. »Als ich auf seinen Schoß gefallen bin. In seiner Hose hab ich's gespürt, wenn du verstehst, was ich meine.«

»Er war hart?«

»Ich weigere mich, auf diese Frage zu antworten.«

»Das ist so aufregend!«

»Bist du verrückt? Er ist ein geiler Bock. Er ist krank.«

»Er wollte uns doch nur einen guten Rat geben. Er hat uns nicht angefaßt oder sonst irgendwie angemacht.«

»Hast du darauf gewartet?«

Sie zuckte die Achseln.

»Das glaub ich ja nicht!« rief Vix. »Was wäre passiert, wenn ich nicht dagewesen wäre?«

»Er hätte nichts gemacht. Ich meine, vielleicht hat er dran gedacht ... aber ... «

»Er sollte aber auch nicht dran denken«, erklärte Vix. »Wir sind fünfzehn, und er ist fünfunddreißig, erinnerst du dich?«

»Eigentlich wäre er doch ganz gut für das erste Mal, meinst du nicht?«

»Er ist verheiratet, seine Frau ist schwanger. Die beiden haben einen dreijährigen Sohn. Nein, ich glaube nicht, daß er gut wäre!« Wo hatte Caitlin nur ihren Verstand gelassen?

Caitlin hielt zwei Geldscheine in die Höhe. »Er hätte fast vergessen, uns zu bezahlen. Er hat mir zwanzig Dollar gegeben, für jede von uns.«

»Ich will sein Geld nicht!« Sie schlug Caitlin die Scheine aus der Hand.

Caitlin bückte sich, hob sie auf und steckte einen davon in Vix' Jeanstasche. »Ich gehe da nicht mehr hin«, sagte Vix. »Ich geh da nie wieder hin!«

»Es sind doch bloß noch drei Tage.«

»Gut. Du kannst ja sagen, daß ich Grippe habe ... oder Ausschlag oder sonst irgendwas furchtbar Ansteckendes. Und wenn er dich vergewaltigt, behaupte hinterher nicht, ich hätte dich nicht gewarnt.«

»Er wird nicht mal dasein. Er und Loren fahren morgen früh nach Nantucket. Nur Kitty und Max bleiben hier.«

»Wer hat dir das gesagt?«

»Tim. Gerade eben. Deshalb hab ich ihm einen Abschiedskuß gegeben. Wir werden ihn nicht wiedersehen.«

»Du hast ihn geküßt?«

Sie nickte. »Ich hab ihm die Zunge in den Mund gesteckt.«

»Bist du denn total übergeschnappt?«

Caitlin begann zu lachen. »Ich weiß nicht, vielleicht.«

Vix konnte Caitlin nicht allein zu Kitty gehen lassen. Wer weiß, in welche Schwierigkeiten sie sich ohne Vix' Hilfe bringen würde! Aber als sie am nächsten Morgen dort ankamen, waren Tim und Loren tatsächlich weg.

»Kleine Flitterwochen«, erklärte Kitty ihnen. »Ein romantischer Abstecher.« Sie seufzte. »In der Ehe muß man immer versuchen, die Romantik am Leben zu erhalten. Denkt daran, wenn es bei euch soweit ist.«

KAPITEL 14

Alles, was Vix über eine liebevolle Beziehung wußte, hatte sie von Abby und Lamb gelernt. Sie wußten, wie man die Romantik in der Ehe am Leben erhielt. Daran würde Vix bestimmt denken, wenn es bei ihr soweit war. Doch schien am letzten Samstag dieses Sommers alles auseinanderzubrechen. Sie stand mit Caitlin in der Küche, und die beiden Mädchen stritten mit den Chicago Boys, ob sie die Tomatensauce unter die Spaghetti mischen sollten, bevor das Essen serviert wurde. Vix und Caitlin wollten die Sauce extra, mit Basilikum und Petersilie aus dem Garten, aber Daniel meinte: »Kein Grünzeug in unsere Pasta! Wenn das Essen auf eurem Teller ist, könnt ihr drauftun, was ihr wollt.«

»Ich möchte nicht, daß meine Nudeln in deiner Hackfleischsauce ertrinken«, sagte Caitlin. Sharkey, der gerade ein Kreuzworträtsel löste, fragte: »Wort mit fünf Buchstaben für eine Kurvenform?«

»Welle vielleicht?« schlug Vix vor. »Oder Bogen?«

»Bogen ... genau!« rief Sharkey. »Danke.«

Draußen regnete es, leise und stetig.

Abby und Lamb waren schon den ganzen Tag

über kühl und distanziert gewesen, aber jetzt wurden ihre Stimmen vom Wohnzimmer immer lauter, und die Küchenmannschaft wurde immer stiller.

»Ich sag dir doch, es ist keine große Sache«, hörten sie Lamb sagen. »Auf der Insel trampen alle.«

»Mach die Augen auf!« entgegnete Abby heftig. »Du lebst in einer Phantasiewelt.«

»Wenn du lernen würdest, die Zügel ein bißchen lockerer zu lassen, dann wäre alles nicht so schwierig. Du bist selbst dran schuld ... Das ist alles, was ich sage.«

Es ist meine Schuld, daß sie sich streiten, meine und Caitlins, dachte Vix verzweifelt. Wenn Abby am Milchregal bei Cronig's nicht zufällig einem Bekannten begegnet wäre, hätte sie wahrscheinlich nie erfahren, daß die beiden Mädchen getrampt waren. Er hatte ihr auch nicht ihre Namen gesagt, aber er hatte Caitlin erkannt. »Ich wette, du bist Lamb Somers' Tochter«, hatte er gesagt, mächtig stolz auf sich. »Ich habe ein gutes Gedächtnis für Gesichter, und du und Lamb, ihr seht euch zum Verwechseln ähnlich.« Caitlin hatte es weder bestätigt noch abgestritten.

Vix spürte, wie etwas ihr die Kehle zuschnürte, und es wurde immer schlimmer, während sich die beiden weiter anschrien. »Du glaubst, es ist genug, sie zu lieben, aber da bin ich anderer Meinung. Sie sind fünfzehn. Sie brauchen eine starke Hand. Wir müssen sie fördern und darin bestärken, verantwortlich zu handeln.«

»Spar dir deine Moralpredigten für die Kinder, Abby.«

»Verdammt, Lamb! Wann hast du dir deine Tochter das letzte Mal richtig angesehen? Sie ist kein kleines Mädchen mehr. Und Vix auch nicht …, falls du es nicht bemerkt hast.«

Um Himmels willen. Es war so peinlich! Vix merkte, daß sie rot wurde, und schlug die Augen nieder.

»Caitlin hat recht«, sagte Abby, »ich passe hier nicht her. Und ich werde auch nie herpassen. Ich weiß nicht mal, ob ich hierherpassen *will*.«

»Laß dich nicht zu etwas hinreißen, was du später bereust«, sagte Lamb.

»Was ich bereue? Du hättest eine ganze Menge zu bereuen, wenn dieser Mann mit den Mädchen in den Wald gefahren wäre. Ich will gar nicht darüber nachdenken, was hätte passieren können.«

Vix betete zum Himmel, daß sie nie etwas über ihr Abenteuer mit Tim Castellano herausfinden würde.

»Du machst dir zu viele Sorgen über Dinge, die höchstwahrscheinlich nie passieren.«

»Ich freue mich für dich, daß du einen speziellen Schutzengel hast, während wir übrigen Sterblichen …«

»Kriegst du deine Tage, Abby? Ist es das?«

Sie hörten einen dumpfen Schlag, dann rief Lamb: »Herrgott!« Anscheinend hatte Abby etwas nach ihm geworfen, ein Buch oder vielleicht ihre Handtasche.

»Ich weiß nicht, wie lange ich diese Familie noch ertrage!« schrie Abby und brach in Tränen aus.

Daniel schnitt mit einem Küchenmesser einen Kopfsalat mitten entzwei. Gus warf Vix einen Blick zu. Sie sah weg, so sehr schämte sie sich, daß sie eine der Ursachen dieser Auseinandersetzung war. Inzwischen hatte sie sich so sehr ans Trampen gewöhnt, daß sie sich kaum mehr Gedanken darüber machte. Wie sonst sollten sie zu all den Stränden, zum Bummeln in die Stadt, zur Baustelle kommen, wo sie warteten, bis Von und Bru Pause machten?

»Komm schon, Honey«, meinte Lamb beschwichtigend, »reden wir im Auto weiter. Wir sind schon eine halbe Stunde zu spät dran.«

»Behandle mich nicht so von oben herab!« entgegnete Abby mit heiserer Stimme. »Ich hasse das!«

»Ich wollte doch nur sagen ...«, setzte Lamb an.

»Ich weiß genau, was du gemeint hast.«

Sie hörten, wie Abby sich die Nase putzte, dann herrschte eine Weile Stille. Ein paar Minuten später kamen die beiden durch die Küche. Abby vermied es, irgend jemanden anzusehen, schnappte sich einen Poncho von der Garderobe und zog sich die Kapuze über den Kopf. Am liebsten wäre Vix zu ihr gelaufen, hätte sie umarmt und ihr gesagt, daß sie eine wundervolle Mutter sei, überhaupt die beste, und daß sie, Vix, sie akzeptierte, auch wenn alle anderen gegen sie wären, daß es richtig sei, sich Sorgen um sie zu machen, daß es ihr, Vix, leid täte, den ganzen Ärger verursacht zu haben, und daß sie es nie wieder tun würde.

»Wir sind so gegen halb elf zurück«, erklärte Lamb, »spätestens um elf. Morgen reden wir dann über die ganze Sache, okay?«

Morgen würde ihre Welt zusammenbrechen. Adieu Stipendium. Adieu magischer Inselsommer. Morgen war alles vorbei.

Als sie weg waren, stieß Gus einen gedehnten Pfiff aus. »Ärger in River City.«

Daniel erwiderte: »Sechs Monate. Ich geb ihnen noch sechs Monate, dann ist sie hier verschwunden.«

»Klingt gut«, sagte Caitlin.

»Hör zu, du kleines Miststück ...« Daniel packte sie und baute sich vor ihr auf. »Du bist doch der Grund, weshalb sie sich so elend fühlt.«

»Blödsinn!«

»Nimm deine Dreckpfoten von meiner Schwester«, fauchte Sharkey und trat hinter Daniel.

Daniel fuhr herum. »Halt du dich da raus, Sharkolater!« Gus hielt sich bereit einzugreifen, falls es nötig würde. Einen Moment sahen er und Vix einander in die Augen.

Daniel

Er haßt es, was diese Familie seiner Mutter antut. Wenn die meinen, er würde tatenlos zusehen, wie sie Abby kaputtmachen, dann irren sie sich gewaltig! Gleich morgen wird er zu ihr gehen und ihr versichern, daß er zu ihr hält, ihr sagen, daß er hinter ihr steht, egal, was sie vorhat. Sie braucht sich keine Sorgen zu machen. Sie werden auch zu zweit zurechtkommen, sie brauchen weder Lamb noch sein Geld noch seine widerwärtigen Kinder.

Sharkey

Nichts wie raus hier, ehe die Hölle losbricht. Ehe Daniel endgültig den Verstand verliert und in seiner Wut mehr als nur den Kopfsalat zerstückelt. Kommt schon ... na los, drängt er und scheucht sie in seinen Truck. Er fährt nach Oak Bluffs. Zum ersten Mal in ihrem Leben halten die Quasseltanten den Mund. Keiner will daran denken, was das alles nach sich ziehen könnte. Nicht mal seine Schwester. Er hat Glück, findet einen Parkplatz in der Circuit Avenue und geht mit den Mädchen in die Pizzeria dort. Hoffentlich hat er genug Bargeld dabei. Er wird ihnen sagen, daß sich jede ein Stück bestellen kann. Mehr nicht. Ein Stück Pizza und eine Limo.

Noch ehe sie ihre Bestellung aufgegeben hatten, hörten sie scharfe Stimmen, drehten sich um und sahen Bru an einem kleinen Tisch ganz vorn sitzen; er stritt sich mit einem rothaarigen Mädchen. »Das war's …«, schrie sie unter Tränen. »*Fini, finis, finito.* Verstanden? Es ist vorbei, egal in welcher Sprache!«

»Beruhige dich doch erst mal, ja?« entgegnete Bru. »Das ganze beschissene Lokal hört uns ja schon zu.« Das stimmte.

Die Rothaarige nahm ihr Bierglas und schüttete den Inhalt Bru ins Gesicht. »Werd endlich erwachsen!« rief sie, ehe sie aus dem Restaurant stürmte.

Ihr ganzes Leben lang würde Vix bei jedem Streit zwischen Paaren an diesen Abend denken, als plötzlich überall Ärger in der Luft lag. Und sie schwor sich hier und jetzt, daß sie sich nie im Leben von einem Mann so wehtun lassen würde.

TEIL ZWEI

»*Rapture*«

1982–1983

KAPITEL 15

Ihr ganzes Leben lang hatte sie davon geträumt, siebzehn zu sein wie die Dancing Queen in dem Song von Abba. Und jetzt war es fast soweit. Am 4. Juli gondelten sie und Caitlin zusammen mit Debbie Harrie laut singend in Caitlins verrostetem rotem Pickup über die Insel. Als sie nach Menemsha kamen, war es schon nach fünf. Hier wollten sie eine Pause einlegen, um den Sonnenuntergang zu genießen, und sich dann auf den Heimweg machen. Aber als sie an den Strand kamen, entdeckten sie dort Bru und Von, die Frisbee spielten.

Caitlin drückte Vix ihre Leinentasche in die Hand und schlüpfte aus ihren Leinenschuhen. Dann sauste sie mit einem verschmitzten Grinsen über den Sand und schnappte sich das Frisbee während des Fluges aus der Luft. Vix blieb zurück und sah den anderen zu, als wäre sie wieder in der sechsten Klasse, und sie fragte sich, was eigentlich Caitlins Erfolgsrezept war.

Caitlin war mit ihren siebzehn Jahren einfach umwerfend. Die Haare fielen ihr weit über den Rücken, ihre Haut war makellos, und ihr Gesichtsausdruck eine einzige Herausforderung an die Welt. Inzwischen war sie gut sieben Zentimeter größer als Vix. Sie hatte endlos lange Beine – wie Barbie, allerdings ohne deren lächerliche Oberweite. Caitlin empfand dies als großen Makel, als einen bösen Streich der Natur.

Die Mädchen in der Schule lagen ihr in den Ohren, ein Foto an *Elle* oder *Cosmopolitan* oder wenigstens an *Seventeen* zu schicken. Die Jungs waren fasziniert von Caitlin. Sogar die Lehrer fanden sie unwiderstehlich, wenn auch etwas irritierend. Sie war doch so intelligent – warum gab sie sich denn überhaupt kein bißchen Mühe? Sie konnte alles, und zwar ohne große Anstrengung. Hausarbeiten gab sie nur selten rechtzeitig ab, und sie weigerte sich strikt, für Klausuren zu büffeln. »Die Schule hat mit dem Leben nichts zu tun«, sagte sie immer.

Während der Osterferien war sie mit Phoebe in den italienischen Alpen Skifahren gewesen und mit großen Neuigkeiten zurückgekommen. »Du kannst mir gratulieren«, hatte sie verkündet. »Ich bin keine Jungfrau mehr.«

Also hatte Caitlin tatsächlich den Anfang gemacht, genau wie sie es prophezeit hatte. Tja, Vix war nicht sonderlich überrascht. Nicht mal enttäuscht. »Wer war es?« fragte sie. »Und wo?«

»Ein Skilehrer«, antwortete Caitlin. »Italiener. Mit einem phantastischen Körper. Du kennst ja den Typ.«

Vix kannte den Typ natürlich nicht.

»Wir haben uns im Skilift kennengelernt. Als wir am Gipfel ankamen, hatte er mich schon fast vernascht. Wir konnten gar nicht schnell genug wieder ins Tal zurück.«

Vix spürte, wie ihr Herz schneller schlug. »Und?« fragte sie, unsicher, ob sie wirklich Einzelheiten wissen wollte.

»Es ist einfach passiert.«

»So was kann nicht einfach *passieren*.«

»Na ja, zuerst mußten wir uns natürlich aus unseren Skiklamotten kämpfen, wenn du das meinst.«

Natürlich hatte sie das nicht gemeint. »Hat es weh getan? Hast du die Macht gespürt? War es aufregend?«

Caitlin lachte. »Aufregend. Ja, ich denke schon ... ungefähr zwei Minuten lang. Dann war er fertig.«

Auch Vix lachte. »Hat er was benutzt?« fragte sie.

»Na klar. Bin ich vielleicht total verrückt?«

»Liebst du ihn?«

»Ob ich ihn liebe? Ich kenne ihn ja kaum. Wahrscheinlich sehe ich ihn nie wieder. Es war hauptsächlich ... Neugier. Aber wenigstens hab ich es jetzt hinter mir.«

Vix hatte nicht vor, es nur zu tun, um es hinter sich zu haben. Caitlin bezeichnete sie deshalb immer als hoffnungslos romantisch und schwor, daß man Sex und Liebe nicht nur voneinander trennen konnte, sondern sollte. »Nur weil Frauen das immer wieder durcheinanderbringen, haben sie so viele Schwierigkeiten«, erklärte sie. »Die Männer haben den Unterschied schon immer erkannt. Das ist eins der wenigen Dinge, die ich von Phoebe gelernt habe.«

Und während Vix nun zusah, wie Caitlin mit den beiden Jungs am Strand herumtollte, wurde ihr klar, daß in diesem Sommer wohl alle Schranken fallen würden. Caitlin rief »Fang!«, und das Frisbee segelte über Vix' Kopf. Sie packte zu, flitzte dann im Zickzack über den Strand, um Bru auszuweichen, der direkt auf sie zurannte. Sie schaffte es, das Frisbee loszuwerden, ehe sie zu Boden ging. Sie hörte Caitlin kreischen, dann lag sie plötzlich platt auf dem Bauch, Bru hockte rittlings auf ihr und drückte ihre Handgelenke in den Sand.

»Wenn du versprichst, brav zu sein, laß ich dich los«, sagte er.

»Ich verspreche gar nichts«, keuchte sie und spuckte Sand aus.

»Dann kommst du auch nicht wieder hoch.«

»Okay.« Wenn sie doch nur ihr T-Shirt über dem Bikini angelassen hätte! Irgendwann müßte sie ja aufstehen, und dann würde Bru wahrscheinlich alles sehen können. Sie hätte diesen albernen Bikini nicht kaufen sollen mit den dünnen Bändern anstelle von Trägern!

Sobald er sie losließ, rannte sie zu ihrer Strandtasche und wühlte nach ihrem T-Shirt. Ohne Erfolg. Schließlich zog sie ein Handtuch heraus und konnte es sich gerade noch rechtzeitig um die

Schultern drapieren, als Bru auch schon wieder auftauchte, sich neben ihr im warmen Sand auf die Knie fallen ließ und ihr ein Bier anbot.

Sie hatte sich noch immer nicht mit dem Geschmack angefreundet und konnte nicht verstehen, warum die Chicago Boys so davon schwärmten, warum sie endlos über die Vorzüge von Pils gegenüber Lager und von Faßbier gegenüber Flaschenbier debattierten. Aber jetzt war sie so durstig, daß sie die Dose an die Lippen setzte und zu trinken versuchte. Sie verschluckte sich und mußte husten, das Bier tropfte von ihrem Kinn auf ihre Brust, und sie mußte an den Sommerabend vor zwei Jahren denken, als das rothaarige Mädchen Bru ihr Bier ins Gesicht geschüttet hatte.

»Also, was verbirgt sich hinter der Maske, Double?« fragte Bru und zog vorsichtig das Handtuch von Vix' Schultern. Sie waren nicht länger *Double Trouble,* das Team. Ab heute waren sie Individuen: Vix war *Double,* Caitlin *Trouble.*

»Was für eine Maske?« fragte Vix.

»Na, die Maske, die du immer trägst?«

»Du bist derjenige mit der Maske«, widersprach sie und schnappte die verspiegelte Sonnenbrille von seiner Nase, was sie allerdings sofort bereute, weil er ihr jetzt direkt in die Augen sah, was sie schrecklich verlegen machte. Doch sie brach den Zauber, indem sie als erste wegschaute.

»Also Trouble ...«, meinte Bru, lehnte sich auf die Ellbogen zurück und sah zu Caitlin und Von hinüber, die herumtobten wie zwei verspielte kleine Hunde, »bei Trouble weiß man sofort, wo man dran ist. Aber du brauchst keine Werbung für dich zu machen, was?«

Der Teil ihres Gehirns, der noch funktionierte, war beeindruckt von seiner Beobachtungsgabe. Bru strich ihr eine Haarsträhne, die der Wind ihr ins Gesicht geblasen hatte, hinters Ohr, und ließ seine Finger dann langsam über ihren Nacken gleiten, über ihre Schulter, ihren Arm herunter. Ihre Brust schmerzte, die Macht prickelte leise. Er nahm ihre Hand. Wenn er diese Hand jetzt küßte wie es damals die Gräfin getan hatte, würde Vix todsicher in Ohnmacht fallen. Einfach umkippen. Später könnte sie behaupten, sie hätte zuviel Sonne abgekriegt. Aber er küßte ihre Hand nicht, sondern strich nur sanft über ihre Handfläche. Trotzdem stockte ihr fast der Atem. So ist das also, so fühlt es sich an.

Unvermittelt ließ er sie wieder los, räusperte sich und kippte einen Schluck Bier runter. »Wie alt bist du jetzt eigentlich?« fragte er.

»Siebzehn.« Ihre Stimme war nur ein Flüstern. »Ich werde Ende des Monats siebzehn.«

»Siebzehn«, wiederholte er.

»Und ich heiße Victoria.« Warum sagte sie das – sie nannte sich selbst nie Victoria.

»Victoria«, sagte er.

»Wie alt bist du?« fragte sie.

Das fand er komisch. »Was schätzt du?«

»Ich weiß nicht ... vielleicht zwanzig ...«

»Einundzwanzig, im September.«

»Im letzten oder im kommenden?«

Er sah sie an und schüttelte den Kopf. »Machst du dir Sorgen, ob ich volljährig bin?«

Nein, darüber machte sie sich keine Sorgen. Wieder kramte sie in ihrer Tasche, entschlossen, diesmal das T-Shirt aufzutreiben. Und sie fand es auch.

»Ist dir kalt?« fragte er, als sie es sich über den Kopf ziehen wollte.

»Nein.«

»Dann brauchst du das Hemd doch nicht.«

Sie stopfte es zurück in die Tasche.

Seine Hand lag wieder auf ihrer Schulter. Sie versuchte zu schlucken, als könnte sie die Gedanken verschlucken, die ihr durch den Kopf gingen. Ihre Haut brannte. Sie hörte nur ihren Herzschlag und Pat Benatar, die sie warnte – *Heartbreaker ... love taker ...*

Schließlich fragte er sie: »Du hast doch keine Angst vor mir, oder, Victoria?«

»Angst?« wiederholte sie, viel zu laut, wie ein Papagei, der alles nachplappert. Sie zuckte die Achseln und wünschte sich, sie könnte sagen, was ihr auf der Zunge lag: Nein, ich hab keine Angst vor dir. Ich habe Angst vor diesen Gefühlen.

»Du mußt keine Angst haben.« Und er lächelte sie an, mit diesem langsamen Lächeln, das ihr zum ersten Mal beim Minigolf aufgefallen war, an ihrem dreizehnten Geburtstag.

Später, beim berühmten Sonnenuntergang von Menemsha, lehnte sich Bru mit ausgestreckten

Beinen an einen Felsen. Vix paßte genau dazwischen und machte es sich gemütlich, den Rücken an seiner Brust, und er schlang die Arme um sie, obwohl sie jetzt ein Sweatshirt trug und ihr eigentlich nicht kalt war.

Auf der Insel gab es zum Nationalfeiertag kein offizielles Feuerwerk, aber von einer Segeljacht draußen veranstaltete jemand eine gigantische private Show, die den Himmel fünfzehn Minuten lang hell erstrahlen ließ. Als alles vorbei war, begleitete Bru sie zurück zu Caitlins Truck, streichelte mit dem Handrücken ihr Gesicht und gab ihr einen Gutenachtkuß, warm, aber kurz, als wollte er sich absichtlich zurückhalten. Vix fühlte sich ganz schwindlig, ihre Knie waren weich, der Badeanzug feucht zwischen ihren Beinen. Sie wollte noch nicht, daß er aufhörte. »Du hast doch nicht etwa Angst vor mir, oder?« neckte sie ihn mit einer heiseren Stimme, die sie kaum als die ihre wiedererkannte.

»Doch, schon ...« Und die Art, wie er das sagte, ließ sie fast glauben, daß er es ernst meinte.

KAPITEL 16

Abby brachte zwei Jack-Russell-Terrier mit nach Hause und taufte sie Irene und Jake, nach ihren Großeltern. Caitlin war empört. »Glaubt sie denn wirklich, diese beiden Ratten könnten Sweetie ersetzen? Und dann nennt sie die beiden auch noch nach ihren Großeltern! Kannst du dir so was vorstellen? Ich meine, was stimmt nicht mit dieser Frau?«

Letzten Sommer war Sweetie alt und müde geworden; sie konnte kaum mehr gehen. Trotzdem war Caitlin am Boden zerstört, als sie zu Lambs Füßen zusammenbrach und mit einem letzten Zucken starb. Sie alle waren es. Am Strand hielten sie eine Gedenkfeier. »Herr, wir überantworten dir heute unsere liebe Sweetie«, sagte Lamb. »Sie hat nichts verlangt und uns alles gegeben.« Mit tränenüberströmtem Gesicht lief Caitlin die Mole entlang und streute Sweeties Asche in den Wind. Später half Vix ihr, aus Sand und Muscheln eine Gedenkstätte zu bauen, aber als diese beim ersten Sturm weggewaschen wurde, bat Caitlin Lamb um einen richtigen Grabstein. Sie stellten ihn in der Nähe des Hauses auf, unter den großen Kiefern.

Sweetie
Unsere treue Freundin
1970–1981

Danach ließ Caitlin das Thema Tod keine Ruhe mehr. Glaubte Vix an Wiedergeburt? Phoebe glaubte nämlich daran, sie hatte sogar ihr eigenes Medium, dasselbe, das auch Shirley MacLaine geholfen hatte, ihre früheren Leben zu entdecken.

Aber Vix interessierte sich im Moment mehr für ihr gegenwärtiges Leben als für mögliche frühere.

Caitlin wollte wissen, wie oft Vix pro Woche an den Tod dachte, denn sie selbst dachte täglich daran, manchmal sogar mehrmals, wie Woody Allen. Er war auch besessen davon. Wie die meisten schöpferischen Genies.

»Hast du vor, ein Genie zu werden?« fragte Vix.

»Unbedingt«, antwortete Caitlin. »Was denn sonst?« Doch dann lachte sie und stupste Vix in die Rippen. »Du nimmst immer alles so ernst.«

»Manchmal weiß ich nicht, woran ich bei dir bin.«

»Ich werde eine Frau voller Geheimnisse sein, meinst du nicht?«

»Entweder das oder schizophren.«

Caitlins Gesicht erstarrte. Jetzt war Vix an der Reihe zu lachen. »Wer nimmt denn immer alles so ernst?« Nur um zu beweisen, daß auch sie über Unaussprechliches sprechen konnte, sagte Vix: »Ich hab schon mal eine Leiche gesehen.«

»Echt ... wen denn?«

»Darlene.«

»Wer ist Darlene?«

»Die Mutter von ...« Sie zögerte zuzugeben, daß Darlene ihre Großmutter war, denn sie wußte, daß Tawny das nicht gefallen würde. »Sie war eine alte Freundin der Familie.«

»Wie hat sie ausgesehen?«

»Ich war noch ganz klein. Ich kann mich kaum mehr daran erinnern.« Es tat ihr schon leid, daß sie das Thema angeschnitten hatte.

»War sie in einem Sarg?«

»Nein, im Krankenhaus.«

»Warst du dabei, als sie ... als sie gestorben ist?«

»Nein, ich war nicht bei ihr im Zimmer, falls du das meinst.« Sie hatte mit Lewis und Lanie auf dem Flur gewartet und versucht, mit den beiden Go Fish zu spielen, weil Tawny ihr eingebleut hatte, sie sollten abseits bleiben und ganz leise sein. Aber Lewis hörte einfach nicht auf zu heulen, nicht mal, als sie ihm anbot, daß er beim Spielen anfangen durfte. Als sie ins Zimmer ging, um ihrer Mutter Bescheid zu sagen, war der Vorhang ums Bett zugezogen, und überall wimmelte es von Ärzten und Krankenschwestern. Ihre Mutter hatte sie am Arm gepackt und schnell hinausgezerrt.

In der darauffolgenden Woche weckte Caitlin sie mitten in der Nacht. »Vix ... hast du Angst vor dem Tod?«

»Ich denke nicht gern ans Sterben.«

»Aber wir müssen doch alle irgendwann sterben? Ich meine, keiner lebt ewig. Um zum anderen Leben zu kommen oder was sonst im Jenseits mit uns geschieht, müssen wir erst mal ... sterben.«

»Vermutlich ...«

»Ich wollte, ich wäre ein Hund.«

»Hunde sterben auch.«

»Aber sie liegen nicht nachts wach und denken darüber nach.«

»Vielleicht ist es ja wie in ›Unsere kleine Stadt‹«, meinte Vix, um Caitlin zu beruhigen. »Vielleicht stehen wir irgendwo rum, wenn wir tot sind, und beobachten die Lebenden.«

»Aber dann wären wir unsichtbar.«

Vix mochte den Gedanken, unsichtbar zu sein, zu beobachten und zuzuhören, ohne daß jemand davon wußte. Aber sie sagte es nicht. »Könnten wir das Gespräch vielleicht auf einen anderen Zeitpunkt verschieben? Ich bin nämlich furchtbar müde.«

Da Caitlin nichts mehr sagte, schlief Vix wieder ein. Sie hatte keine Ahnung, wieviel Zeit verstrichen war, als sie plötzlich Caitlins Hand auf dem Arm spürte. »Vix ...« Caitlin kniete neben ihrem Bett. »Ich habe einen Entschluß gefaßt. Ich werde nicht dasitzen und warten, bis es passiert. Ich werde Schluß machen, bevor alles kaputt ist ... bevor ich alt und häßlich bin und mich niemand mehr will.«

Vix tat, als schliefe sie, denn Caitlins Gedanken gefielen ihr ganz und gar nicht. Woody Allen war das eine, das hier war etwas ganz anderes.

»Versprich mir, daß du mitmachst«, sagte Caitlin. »Ich hab viel zuviel Angst, es allein zu tun.«

Als Vix immer noch nicht reagierte, rüttelte Caitlin sie unsanft. »Vix ... ich hab Angst. Darf ich zu dir ins Bett?«

Vix rückte ein Stück zur Seite, und Caitlin schlüpfte neben sie. Erst jetzt, in Vix' Armen, konnte Caitlin einschlafen.

Caitlins Angst ging Vix auf die Nerven. Sie war fast erleichtert, daß sich die Todesbesessenheit vom letzten Jahr diesen Sommer in Sexbesessenheit verwandelt hatte. Caitlin berauschte sich an ihrer Macht. Nicht genug, daß Von sich nach ihr verzehrte, sie zog auch zu Hause eine Show ab und flirtete mit Gus und sogar mit Daniel. Das Haus war erfüllt von sexueller Spannung. Caitlin war gesund und munter und ganz heiß darauf, ihr Kapital einzusetzen.

Sharkey lief ihnen nur sehr selten über den Weg, aber eines Abends kam er aus dem Badezimmer, vor dem Caitlin und Vix warteten. Caitlin trug einen kurzen, locker gebundenen Bademantel mit nichts darunter. »Zieh dir was an!« brummte er und hielt ihr sein Handtuch hin.

»Shark ...«, erwiderte Caitlin, »wir haben zusammen in der Badewanne gesessen. Was soll das Theater?«

»Du bist nicht mehr vier Jahre alt – von wegen Theater.« Mit gesenktem Kopf drängte er sich an ihnen vorbei.

Eine Minute nachdem sie die Badezimmertür hinter sich geschlossen hatten, klopfte Gus. »Besetzt?«

Vix öffnete die Tür einen Spalt. »Wer ist es denn?« fragte sie, die Zahnbürste im Mund. Gus trug Shorts, aber kein Hemd, auf seiner Brust wucherten dunkle, krause Haare. Brus Brust war unbehaart und glatt. Vix schoß durch den Kopf, wie es sich wohl anfühlen würde, wenn sie ihre Brust nackt an Gus drückte, sah aber schnell wieder weg, peinlich berührt von einem derart abstoßenden Gedanken.

Gus

Himmelherrgott! Als sie die Badezimmertür öffnete und er einen flüchtigen Blick erhaschen konnte von ihr, in ihrem dünnen T-Shirt, unter dem die Wölbung ihrer Brust sich abhob, da war er wieder genau dort, wo er vor zwei Jahren gewesen war, als Abby und Lamb sich so gestritten hatten. An diesem Abend war etwas mit ihm passiert, etwas, worüber er nicht nachdenken wollte, weil sein Vater immer sagte: Du scheißt nicht, wo du ißt. Aber an diesem Abend hätte er sie gern in die Arme genommen, nur für einen Augenblick. Er wollte ihren Körper an seinem spüren.

Er hatte sich gut zugeredet. Nur die Ruhe, sie ist erst fünfzehn.

Ja … und? kämpfte es in ihm. Er kannte Mädchen in ihrem Alter, die zogen durch die Betten. Himmel, er kannte eine Vierzehnjährige, die einem ganz hervorragend einen runterholte.

Seither war er auf Distanz geblieben, weil er Angst hatte, seinen Gefühlen nicht mehr gewachsen zu sein. Aber jetzt war sie siebzehn, und das änderte doch wohl alles, oder?

KAPITEL 17

Caitlin nannte diesen Sommer die Zeit ihrer brillanten Karriere. Sie arbeiteten als Team für eine Reinigungsfirma namens Dynamo, verdienten recht gut, und Caitlin beklagte sich kein einziges Mal wegen der langen Arbeitszeit oder dem schlechten Zustand, in dem sich manche Häuser befanden. Sie war stolz auf sich, weil sie jetzt wußte, wie man eine Kloschüssel sauber machte und wie man eine Wanne schrubbte, bis kein Schmutzrand mehr zu sehen war. Dinge, die sie bei Phoebe nie gelernt hatte. Den ekligsten Toiletten verliehen sie den »neuen und verbesserten Dingleberry Award«.

Die meisten ihrer Kunden bekamen sie nie zu Gesicht, obwohl sie mit den intimsten Einzelheiten ihres Lebens vertraut waren. Von den Schachteln mit den Einläufen, die sie in den Schubladen fanden, oder dem literweise gehorteten Pflaumensaft und der Kleie im Kühlschrank wußten sie, wer an Verstopfung litt. Sie wußten, was ihre Klienten lasen, kannten ihre Lieblingsmusik, und sie wußten, wer sich Pornovideos ansah.

An den Schamhaaren und den zerknüllten Taschentüchern unter den Laken, den Gleitmitteln auf den Nachttischen, den Kondomverpackungen im Müll erkannten sie, wer regelmäßig Sex hatte. Anders als viele Mädchen, die für die Firma arbeiteten, waren sie äußerst diskret. Sie probierten nie die Kleider ihrer Kundinnen an, sie experimentierten auch nicht mit deren Make-up herum. Sie hatten ihre Prinzipien.

Zu ihren Lieblingskunden zählte ein schwules Pärchen draußen beim Squibnocket Pond, das seine Listen, was zu erledigen sei, in Schönschrift für sie hinterließ und immer irgendeine Kleinigkeit dazulegte: eine ungewöhnliche Muschel, eine perfekte Rose oder einfach eine Schachtel mit Chilmark-Pralinen.

Die beiden wogen die Arschlöcher in der Middle Road auf, die sämtliches Geschirr zerdepperten und die Scherben herumliegen ließen. Als der Schleimbeutel mit seiner Freundin eines Nachmittags schlechtgelaunt nach Hause kam und Caitlin und Vix noch putzten und dabei Stevie Nicks auf dem Tapedeck hörten, ging er in die Luft. Vix wollte abhauen, ehe es brenzlig wurde, aber Caitlin sah dem Kerl ins Gesicht und sagte: »Ich glaube, Sie müssen vor allem das kaputte Geschirr bezahlen.«

Er griff in die Tasche und warf mit mehreren Hundertdollarscheinen nach ihnen, während seine Freundin ihn am Arm zupfte und jammerte: »Honey, hör auf ... Honey, bitte ...«

Zwei der insgesamt fünf Scheine steckten sie ein. »Ersetzt das gottverdammte Geschirr und verpißt euch!« schrie der Mann ihnen nach.

Sie kann nicht schlafen. Der Streß, alle fünf auf einmal im Haus zu haben, fordert seinen Tribut. Sie ist krank vor Sorge, vor allem wegen Caitlin und Vix. So wie sie sich jeden Abend auftakeln, sind diesen Sommer bestimmt Jungs im Spiel. Aber wer sind sie, und was machen sie zusammen?

Und nur weil Daniel ein Jahr in Princeton und Gus auf der Northwestern hinter sich hat, glauben sie, sie seien erwachsen und bräuchten sich an keine Regeln mehr zu halten. Letzten Sommer war Gus noch ein Teenager, der beste Freund ihres Sohnes. Jetzt sieht er Abby manchmal mit einem Blick an, daß ihr das Blut in den Kopf schießt. Wie soll sie den beiden sagen, wo es langgeht? Vermutlich muß sie lernen loszulassen, wie Lamb immer sagt. Sie muß lernen, mit erwachsenen Kindern zu leben. Aber wo kann sie nachlesen, wie das geht?

Wenigstens haben sie alle einen Job. Wenn sie auch nicht begeistert davon ist, daß Daniel und Gus nachts arbeiten – sie sind Hilfskellner im Harborview und kommen nie vor Mitternacht nach Hause und nie vor Mittag aus dem Bett. Die Mädchen dagegen sind ab sieben Uhr morgens aus dem Haus und kommen nach der Arbeit nur heim, um zu duschen und sich schnell einen Imbiß reinzuschieben. Sie setzen sich nie an den Tisch, um was Richtiges zu essen. Nur um Sharkey macht sie sich keine Gedanken. Zumindest bei ihm weiß sie immer, wo er ist – er arbeitet den ganzen Tag in der Werkstatt, und nachts schließt er sich mit seinem neuen Computer in seinem Zimmer ein. Sharkey, der vor einem Jahr nach Reed gegangen ist und nie ein Wort darüber verloren hat, jedenfalls nicht ihr gegenüber. Er macht ihr keine Probleme. Vielleicht sollte sie sich gerade deshalb Sorgen machen!

Abby bot Vix an, ihr neues gelbes Kajak auszuprobieren. Lamb hatte sie zu Beginn des Sommers damit überrascht. Sie tauften es mit einer Flasche Champagner. Jetzt konnte Abby ihre Ängste einfach wegpaddeln.

Auf dem Weg zum Dock meinte Abby: »Weißt du, Vix ... ich stelle mir gern vor, ich hätte eine Tochter, die so ist wie du.« Sie nahm die Sonnenbrille ab und reinigte die Gläser mit ihrem T-Shirt. »Das ist ein Kompliment. Ich hoffe, du verstehst es auch so.«

»Aber ja ... absolut«, stammelte Vix.

»Ich halte dich für einen Menschen mit echten moralischen Wertvorstellungen.« Abby machte eine Pause und fuhr dann fort: »Das ist auch ein Kompliment.«

Echte moralische Wertvorstellungen? Sie fragte sich, ob Abby das auch sagen würde, wenn sie wüßte, daß Vix davon geträumt hatte, mit Caitlin die Plätze zu tauschen, ihre Familie zu verlassen und mit ihnen in Cambridge zu leben.

Gott, wie konnte sie je so jung, so naiv gewesen sein?

Abby fing ein Gespräch über Alkohol, Drogen, Sex und Herpes an. Vix hörte höflich zu und versicherte dann, daß sie Bier nicht mochte und das harte Zeug schon gar nicht, daß sie ihren Eltern versprochen hatte, die Finger von Drogen zu lassen, an die in Santa Fe leichter zu kommen war als auf der Insel, und was Sex anging, so sei sie noch Jungfrau und beabsichtige auch, es zu bleiben. Für wie lange, das sagte sie allerdings nicht.

Dann gab Abby ihr einen Stapel Broschüren vom College, die die Chicago Boys nicht mehr brauchten, und legte ihr nahe, gelegentlich einmal hineinzuschauen. »Du weißt ja, es wartet ein Stipendium auf dich.«

Vix fühlte sich wieder wie vierzehn, wenn Abby sich so um ihre Zukunft bemühte. Aber zur Zeit war die einzige Zukunft, die sie interessierte, der heutige Abend und der nächste Abend und der übernächste – mit Bru.

KAPITEL 18

Paradise war der Name der Hütte, die der Baufirma von Brus Eltern als Büro vor Ort diente. Drei seiner Onkel hatten den Bauboom der achtziger Jahre kommen sehen und eine Reihe heruntergekommener Cottages am Menemsha Pond gekauft. Bru und Von gehörten zu der Crew, die das erste davon renovierten und in ein Ferienhaus mit fünf Schlafzimmern verwandelten. Die Hütte hatte weder Wasser noch Strom, nur einen Tisch mit einer Sperrholzplatte auf zwei Sägeböcken und ein paar ramponierte Stühle. Aber das kümmerte niemanden.

Sie zündeten Kerzen an, hörten Kassetten – *Don't you want me, baby? Don't you want me, oh?* – und tanzten, bis sie völlig verschwitzt waren. Dann gingen Bru und Vix zu seinem Truck und überließen die Hütte Von und Caitlin. Der Truck hatte hinten eine Klappe und einen orangefarbenen Teppich auf dem Boden. Als Vix das erste Mal ohne T-Shirt auf dem Teppich lag, war ihr Rücken hinterher aufgeschürft. Von da an breitete Bru zur Vorsicht eine alte Baumwolldecke darüber.

Diesmal war es Caitlin, die Einzelheiten hören wollte. »Knabbert er an deinen Ohrläppchen? Saugt er an deinen Brustwarzen? Preßt er sein

Ding an dich, als würdet ihr es tun, ohne es wirklich zu tun?«

Die Antwort auf alle diese Fragen war ja. Ja … ja … und ja. Aber Vix konnte nicht darüber reden. Sie konnte Caitlin nicht erzählen, wie Bru langsam ihre Jeans herunterzog, wie er die Hand in ihren Slip gleiten ließ und sie sanft berührte, die feuchte, zarte Haut, dort, wo bisher nur sie selbst sich angefaßt hatte. Wie sie das genoß! Wie sie das Feuer in sich liebte, die Explosion, die darauf folgte. Bru wußte, daß sie noch Jungfrau war, und drängte sie nicht, obwohl er sagte, er sei schon sehr lange nicht mehr mit einer Frau so zusammengewesen. *Mit einer Frau!* Er zeigte ihr, was sie tun mußte, um ihn zum Orgasmus zu bringen. Dazu rieb sie sich die Hände mit Vaseline ein, wovon er immer eine Dose im Handschuhfach aufbewahrte. Dann legte sie die Hand um ihn und ließ sie auf und ab gleiten, bis sein Päckchen pochte und zuckte, während Van Halen aus dem Tapedeck dröhnte.

Natürlich sehnte er sich nach mehr, und sie ebenfalls. Aber er wollte warten. Wahrscheinlich war er zu nervös, es mit einer Siebzehnjährigen zu machen, einem Mädchen aus einer bekannten Familie. Inzwischen wußten er und Von, daß Lamb Somers Caitlins Vater war und Vix Caitlins Sommerschwester. Und sie wollten sich keinen Ärger einhandeln.

Bru erkundigte sich nach Vix' Freunden in Santa Fe. Sie erklärte ihm, daß es keine gab, was der Wahrheit entsprach. Bisher waren ihre sexuellen Erfahrungen beschränkt auf Mark Shulman, einen großen, linkischen Klassenkameraden in Mountain Day, der seine Zunge blitzschnell in ihren Mund schnellen ließ und ebensoschnell wieder herauszog, wenn sie sich küßten – wie ein Frosch beim Fliegenfangen. *Bitte … bitte …*, stöhnte er immer und krallte die Hände durch die Jeans in ihren Hintern.

Bitte was? Sie wollte, daß er es sagte, aber er sprach es nie aus. An dem Abend, als sie zu viele Margaritas getrunken hatte und sich aus dem Fenster seines Bronco übergeben mußte, war er sehr nett zu ihr gewesen. Aber sie fand ihn nicht wirklich anziehend, und nachdem sie zu dem Schluß gekommen waren, daß es zwischen ihnen nicht funktionierte, hatte er angefangen, um Lanie herumzuschwänzeln.

Vix erkundigte sich nach dem rothaarigen Mädchen. *Fini … finis … finito.*

»Sie war älter als ich«, antwortete er. »Ich sollte ihr alles mögliche versprechen, was ich nie hätte halten können.«

Bru

Himmel … sie ist süß. So süß. Er kann sich nur schwer zurückhalten. Und sie wirkt gar nicht so jung, wenn sie zusammen sind. Nicht zu jung für ihn jedenfalls. Er muß sich immer wieder ins Gedächtnis rufen, daß er nichts überstürzen, sie nicht unter Druck setzen darf. Es hat durchaus was für sich, ihr erster Liebhaber zu sein, ihr alles beizubringen. Als würde man einen Hund erziehen, nur besser. Die seidigen Haare, die weichen, runden Brüste, die Brustwarzen, die sich schon aufrichten, ehe er sie anfaßt. Sie sagt, sie hätte noch nie einen richtigen Freund gehabt. Kaum zu glauben. Aber warum sollte sie ihn anlügen? Er hat noch kein Mädchen gekannt, das so feucht wird, das so schnell kommt. Ganz anders als die Rothaarige. An ihr konnte er die ganze Nacht rumfummeln, ohne daß bei ihr was passierte. Victoria will wissen, was zwischen ihnen war. Was soll er da sagen? Sie war fünf Jahre älter. Sie wollte was Festes. Kinder. Nein, danke. Jetzt noch nicht. Außerdem hat sie einen Neuen. Vielleicht kommt sie bei dem. Vielleicht ist es dem auch egal, wenn sie nicht kommt.

Der Ausdruck auf Victorias Gesicht, als er das erste Mal ihre Hand auf seinen Schwanz gelegt hat. Ich kann nicht glauben, daß ich einen Penis anfasse, hat sie gesagt. Und hat dabei gekichert wie ein kleines Mädchen. Er hat sie unters Kinn gefaßt und sie geküßt.

Von erzählt dauernd, daß Trouble absolut heiß ist. Das kann er sich vorstellen. Er hat ein paarmal geträumt, daß die beiden miteinander zu ihm kommen. Die alte *Double-Trouble*-Geschichte.

»Wir haben die Fellatio-Nummer ausprobiert«, sagte Caitlin, als sie und Vix eines Abends heimfuhren. Von fern war ein leises Donnern zu hören. »Er fand es toll. Hat ihn ganz verrückt gemacht.«

»Aber was war mit ... na, du weißt schon?«

»Das war nicht so schlimm, vorausgesetzt man mag warmes, schmieriges Waschmittel. Aber um die Wahrheit zu sagen – als es soweit war, ist ihm das ziemlich egal gewesen. Ich hätte es auch auf den Boden spucken können, das hätte er nicht mal gemerkt. So weggetreten war er. Ihr solltet es auch mal versuchen ... falls ihr es nicht schon längst getan habt.«

Vix wußte, daß Caitlin sie nur zum Reden bringen wollte, aber sie biß nicht an.

»Oh, jetzt hab ich dich in Verlegenheit gebracht!« sagte Caitlin.

»Nein, kein bißchen.«

»Sehr wohl ... Das merke ich doch.«

»Na gut, ich bin verlegen.«

Caitlin lachte, kniff Vix in den Oberschenkel und sang auf dem ganzen Nachhauseweg vor sich hin.

Sharkey

Es ist was am Laufen, das spürt er, und es ist etwas, was ihm nicht gefällt. Eines Abends folgt er ihnen raus zum Menemsha Pond. Sieht, wie Vix zu irgendeinem Kerl in einen Truck steigt. Was machen die da drin? Sie kann sich echt in Schwierigkeiten bringen. Und wer weiß, was Caitlin mit dem anderen vorhat. Soll er Lamb etwas sagen? Falls er es tut und die beiden finden es raus, würden sie ihm wieder Vorhaltungen machen, was für ein komischer Kauz er doch sei, der mit keinem anderen Sex hat außer mit sich selbst. Der Portnoy seiner Generation. Er kann nicht einschlafen, ohne sich einen runtergeholt zu haben, und dabei stellt er sich vor, wie sie in seinen Truck steigen – seine Schwester und ihre Freundin. Er kann sie kaum mehr ansehen, ohne befürchten zu müssen, daß er einen Steifen kriegt. Lamb würde ihn umbringen, wenn er das wüßte. Aber er wird es nicht erfahren. Niemand wird es erfahren.

Daniel

Caitlin, dieses Miststück! Vor ein paar Jahren hätte er sie am liebsten weggeblasen, einfach so. Jetzt hätte er nichts dagegen, wenn sie ihm einen blasen würde. Sie geht ihm nicht aus dem Kopf. Wie sie ihn provoziert, wenn sie draußen unter der Dusche steht und sich mit ihren bloßen Händen wäscht, anstatt einen Waschlappen zu benutzen. Ihre Hände auf ihren perfekten kleinen Titten. Ihre Hände auf ihrer seifigen Muschi. Sie schließt die Augen, legt den Kopf in den Nacken und singt: »Eye of the Tiger.« Eine Art Wunschkonzert, denn sie weiß, daß er zusieht. Lamb würde ihn umbringen, wenn er es wüßte. Aber verflucht noch mal, sie ist ja nicht einmal richtig verwandt mit ihm!

Es ist schon ein verfluchtes Glück, daß er Bailey hat, um seine Gedanken von dem kleinen Miststück abzulenken. Bailey, die als Au-pair in Edgartown arbeitet und nach den Ferien ihr zweites Jahr in Smith anfängt. Du kommst doch zu mir nach Northampton, ja, Daniel? Versprochen? Na klar kommt er ... jeden Moment ist es soweit. Was soll's, wenn er ihr dabei sagen muß, daß er sie liebt. In diesem Augenblick tut er das auch.

Allmählich schöpfte Abby Verdacht. »Wohin geht ihr beide denn jeden Abend?« fragte sie Caitlin und Vix.

»Wir treffen uns mit ein paar Leuten«, erklärte Caitlin, was genaugenommen keine Lüge war, abgesehen davon daß Abby glaubte, die Leute wären die Mädchen von der Putzfirma. »Manchmal sehen wir uns einen Film an«, fügte sie hinzu. »Aber wir kommen in keinen der Clubs rein. Die wollen alle einen Ausweis sehen.«

»Ihr könntet sie doch auch mal hierher einladen«, schlug Abby vor.

Vix fühlte sich wie eine Schlange. Wäre es nach ihr gegangen, hätte sie Bru gern einmal mitgebracht. Aber Caitlin lehnte das kategorisch ab. Abby dürfe niemals von Von und Bru erfahren.

Okay, okay ... Vix mußte schwören, die beiden niemals zu erwähnen, auch wenn sie nicht recht verstand, warum. Sie wollte Bru allen zeigen. Sie wollte in ihren Briefen nach Hause von ihm erzählen. Sie wollte die ganze Welt wissen lassen, daß sie in Joseph Brudegher verliebt war und er in sie.

Es war ein Fehler, das Caitlin zu gestehen.

»O bitte ... Beim Sex sagen sie doch alle, daß sie dich lieben. Das bedeutet nichts.«

»Bru sagt nichts, was er nicht auch so meint«, widersprach Vix.

»Vix ... mach nicht mehr daraus, als es ist. Was, glaubst du, wird passieren, wenn wir am Labor Day hier wieder wegfahren? Meinst du, die beiden sitzen hier rum und blasen Trübsal, bis wir zurückkommen? Das ist eine Sommeraffäre. Ende der Geschichte.«

Aber jetzt war Juli. Warum sollten sie an den September denken?

»Ich möchte nur nicht, daß dir jemand weh tut«, erklärte Caitlin.

Vix dachte an die Rothaarige, die sich in der Pizzeria die Augen ausgeweint hatte. Nie im Leben werde ich zulassen, daß mir ein Mann so weh tut! Und sie haßte Caitlin dafür, daß sie sie daran erinnerte. Dann war es eben nur eine Sommeraffäre. Und wenn schon? Bedeutete das etwa, daß sie es nicht genießen durfte?

Caitlin nahm sie in die Arme. »Ich freue mich, daß du glücklich bist. Ich freue mich wirklich, daß du dich verliebt hast. Aber denk immer dran, egal wie viele Kerle kommen und gehen – wir werden immer zusammenbleiben. Freundschaft hält länger als Liebe.«

KAPITEL 19

Abby schlug vor, zu Vix' siebzehntem Geburtstag eine Party zu veranstalten. »Ihr könnt die Mädchen aus der Arbeit einladen … und Daniel und Gus bringen ihre Freunde vom Harborview mit.« Sie sagte das, als fände sie die Idee brillant. »Wir könnten ein Barbecue machen oder sogar eine richtig große Party.« Arme Abby. Sie wünschte sich so sehr, daß es zwischen ihnen allen gut lief. Sie wollte so gern die Mutter dieser Brut spielen.

Doch Caitlin hatte andere Pläne, in denen weder Abby noch die Chicago Boys vorkamen. Sie suchte einen abgelegenen Strand auf Chappaquiddick aus; dort sollte die Party steigen. Die einzigen Gäste, die sie einlud, waren Bru und Von.

Vix war noch nie auf Chappy gewesen, hatte aber viel über den Skandal um den Senator und seine junge Assistentin gehört, wie sie nicht mehr aus seinem Wagen herausgekommen war, der von der Dike Bridge ins Wasser gestürzt war.

»Apropos Männer, die ihrem Pimmel folgen!« meinte Caitlin. »Gott weiß, wem *sie* gefolgt ist.«

»Vielleicht dachte sie, sie wäre verliebt.«

»Das war schon ihr erster Fehler.«

»Und ihr letzter.« Eigentlich hatte Vix das nicht ironisch gemeint, aber Caitlin lachte trotzdem.

In Edgartown warteten sie und Vix auf die Autofähre, die sie nach Chappy bringen sollte; dann fuhr Caitlin meilenweit durch die Gegend, als wüßte sie genau, wohin sie fahren mußte, als wäre sie schon tausendmal hier gewesen, obwohl Vix sich nicht vorstellen konnte, wann das gewesen sein sollte. Schließlich kam das Meer in Sicht, so still und blau, wie Vix es noch nie gesehen hatte, gesäumt von einem langen, weißen, fast menschenleeren Sandstrand.

Bru und Von warteten bereits.

Caitlin trug ihren schwarzen Bikini mit dem knappen Höschen. Langsam und lasziv cremte sie sich ein und bat Von, ihr beim Rücken zu helfen. Sie hob die Haare von Nacken und Schultern und streckte dabei das Gesicht mit geschlossenen Augen in die Sonne. Ihre unverhohlene Sinnlichkeit war Vix unangenehm; sie wandte sich ab und begegnete dabei Brus Blick.

Die hochsommerliche Hitze machte Schlagzeilen; das Meer war so warm wie ein kleiner Tümpel. Vix wagte sich nur so weit vor, daß sie immer noch Boden unter ihren Füßen spüren konnte, nicht etwa aus Angst, daß die Wellen über sie wegspülen und sie keine Luft mehr bekommen würde, sondern auch wegen des Sogs und der Strömung. Wenn man von der Strömung erfaßt wurde und es nicht schaffte, parallel zu ihr zum Ufer zu schwimmen, konnte man so weit abgetrieben werden, daß man nicht mehr zurückkam. Ihr schlimmster Alptraum war, unter Wasser gefangen zu sein, so wie Mary Jo, die Freundin des Senators. Aber heute gab es keine Brandung und kaum Sog, und so ließ sie sich auf dem Rücken treiben, während die Wellen sie leise auf und ab schaukelten, wie auf einer Wippe. Bru war in ihrer Nähe, und so gab es keinen Grund, Angst zu haben.

Später spazierten sie und Bru Hand in Hand am Wasser entlang, dann machten sie halt, legten sich in den nassen Sand, die Körper eng aneinandergepreßt, und Brus Hand schob ihr Bikinioberteil hoch, während sie sich küßten – heiß und salzig. Als er ihr eine Überraschung zu ihrem Geburtstag versprach, lächelte sie. Schließlich war er alles, was sie wollte! Aber nicht hier und nicht jetzt. Erst wenn es dunkel war, sollte es passieren, unter den Sternen, Stevie Nicks' Musik im Hintergrund.

Als sie zurückkamen, hatten Caitlin und Von auf Abbys bestem blauweißem Tischtuch ein Picknick vorbereitet. »Ich weiß, ihr werdet enttäuscht sein«, meinte Von, »aber Caitlin hat den Tofu vergessen.«

Seit Von sich Caitlin zuliebe von seinen Marlboros verabschiedet hatte, war das ein geflügeltes Wort zwischen ihnen. Sie hatte ihm gesagt, wie sehr sie den Geruch und den Geschmack von Tabak haßte, und er hatte von heute auf morgen aufgehört, zu rauchen. Hey … was sind schon Marlboros gegen Caitlin? fragte er immer. Aber Brathähnchen, fette Hamburger und Pommes auch noch aufgeben? Was zuviel ist, ist zuviel. Es gab gewisse Grenzen, auch bei ihm.

Er stellte sich hinter Caitlin, die Arme um ihre Taille geschlungen, die Lippen auf ihrem Nacken. »Als Entschädigung muß ich nun wohl sie aufessen«, sagte er und knabberte an ihren Schultern. Sie schloß die Augen.

Es war eine der seltenen schwülwarmen Sommernächte auf der Insel; Vix zog Brus altes Hemd über den Bikini, knöpfte es aber nicht zu. Nachdem Chips und Salsa, Couscous und Gemüse, Brot und Obst aufgegessen waren und die Jungs ein paar Bier intus hatten, brachte Caitlin den Geburtstagskuchen, eine Wunderkerze in der Mitte. Sie sangen, was Vix sehr amüsierte, eine ziemlich schräge Version von »Happy Birthday«, dann fiel Caitlin auf die Knie, nahm – wie ein Liebhaber – Vix' Gesicht zwischen ihre Hände und küßte sie direkt auf die Lippen, was für die Jungs und auch für Vix ziemlich peinlich war. »Hast du dir was gewünscht?« fragte sie.

»Ja.«

»Was denn?«

»Das verrate ich nicht ... sonst wird es nicht wahr.« Aber sie sah Bru dabei an und wußte, der Wunsch würde in Erfüllung gehen.

Caitlin lachte und ließ sich neben Von in den Sand fallen. »Und nun ...«, verkündete sie und zog einen dicken Joint aus einer Papiertüte, »eine kleine Unterstützung, um die Stimmung ein wenig anzukurbeln.«

»Was ist das?« fragte Von ungläubig. »Seit wann steht die Tofu-Queen denn auf so was?«

»Ach komm ...« Caitlin lachte. »Das ist ja kein Tabak ... das ist selbst angebautes Kraut, direkt aus Santa Fe.« Sie zündete den Joint an, nahm einen Zug und gab ihn Von, der ohne zu widersprechen die Augen schloß und tief inhalierte, ehe er das qualmende Ding an Vix weiterreichte.

Bei Schulpartys hatte fast immer jemand einen Joint dabeigehabt. Inzwischen war Vix bei vielen Festen gewesen, wo etwas herumgegangen war, sie hatte das Zeug auch ein paarmal probiert, aber nie so viel, daß sie richtig stoned gewesen wäre. Bisher hatte es sie immer eher ermüdet als angeturnt. Aber heute abend fühlte sie sich ohnehin schon beflügelt – vom Mondschein, von der Musik, vom Gedanken an das, was sie vorhatte –, und als Von ihr den Joint gab, nahm sie einen tiefen Zug, legte den Kopf auf Brus Schoß und sah hinauf zu den Sternen. In einer Nacht wie dieser konnte man fast immer irgendwo am Himmel eine Sternschnuppe entdecken, wenn man sich ein bißchen konzentrierte. Aus dem Kassettenrecorder drang James Taylors Stimme zu ihnen herüber – »How sweet it is ...« Bei »Devoted to You« fiel Carly Simon mit ein, und Vix wurde ganz traurig, weil jeder wußte, daß sich die beiden getrennt hatten. Sie hatte keine Ahnung, wieviel Zeit vergangen war oder wie oft sie an dem Joint gezogen hatte, als Caitlin plötzlich aufsprang. »Warte mal ...«, rief sie. »Ich hab vergessen, Vix mein Geschenk zu überreichen!« Sie packte die Taschenlampe, rannte zum Truck und kam mit einer großen, wunderschön verpackten Schachtel zurück. »Für dich, Vix ...«

»Für mich?« Vix setzte sich auf.

»Ja ... mach's auf.«

»Ich soll's aufmachen?«

»Ja.«

Vix entfernte die Schleife und das Papier, hob vorsichtig den Deckel ab und zog ein hauchdünnes, weißes Etwas hervor. Sie wußte nicht recht, was es sein sollte, und fing an zu lachen. War das ein Nachthemd oder ein Ballkleid? Und wo könnte sie so etwas je tragen?

»Probier's an«, sagte Caitlin.

»Es anprobieren ... jetzt?«

»Ja ...«

»Aber ich hab mich mit Zitronenöl eingerieben ... und mit Sonnenmilch ...«

»Man kann es waschen«, entgegnete Caitlin, und jetzt lachte auch sie. »Ich hab mich vergewissert, bevor ich's gekauft habe ... daß es ... na, du weißt schon ... daß es waschbar ist.«

»Waschbar ...«

»Ja ... waschbar.«

Vix verfiel in ein hysterisches Gelächter und konnte nicht verstehen, warum Bru und Von nicht kapierten, was daran so komisch war. Warum sie nicht kapierten, daß dieses Kleid oder wie auch immer man es nennen wollte, dieses Gewand, das eine Prinzessin zu einer Gartenparty hätte tragen können, waschbar war! Schon das Wort an sich – waschbar – genügte, um weitere Lachkrämpfe bei ihr auszulösen!

Caitlin streckte die Hand nach ihr aus. Vix nahm sie, Caitlin zog sie hoch, und sie verschwanden beide hinter den Dünen. Immer noch lachend warf Vix Brus Hemd in die Luft. Sie öffnete ihr Bikinioberteil und schleuderte es ebenfalls in die Gegend.

Caitlin zog ihr das Kleid über den Kopf. Es fiel locker an ihrem Körper herab, kühl und weich, wie für sie gemacht. Na ja, vorn war es vielleicht etwas tief ausgeschnitten, aber wen störte das? Wer würde sie schon so sehen außer Caitlin, Bru und vielleicht Von, aber der hatte ohnehin nur Augen für Caitlin.

Caitlin zupfte die Seidenrose zurecht, die am Ausschnitt, zwischen Vix' Brüsten, angenäht war. »So …«, sagte sie und zog das Kleid etwas über Vix' Schulter. »Ich finde, so ist es noch besser …« Dann trat sie einen Schritt zurück, um ihr Werk zu bewundern. »Mein Gott, Vix … du siehst wunderschön aus!«

Dann tanzten sie am Strand, nur Caitlin und Vix. Sie wirbelten herum zu »Wild thing … you make my heart sing …«, und Vix hatte sich noch nie in ihrem Leben so schön gefühlt. Sie konnte es kaum abwarten, endlich mit Bru allein zu sein, endlich richtig mit ihm zu schlafen, ihn in sich zu spüren. War sie high? Vielleicht ... wahrscheinlich ... na und? Endlich einmal hatte sie kaum Hemmungen, ihren Körper zu zeigen. Sie war stolz auf ihren üppigen Busen, ihre schlanken Beine, die vom Sonnenöl schimmerten, auf ihre langen, dunklen Haare, die um ihr Gesicht tanzten, während sie umherwirbelte, immer schneller und schneller, und ihr immer schwindliger dabei wurde. Es war ihr Geburtstag, sie war siebzehn und tanzte am Strand im Mondlicht; ihr Geliebter sah ihr zu, und in seinem Gesicht stand Sehnsucht und Begierde geschrieben. Heute nacht war sie das »Wild thing«. Eine verführerische Frau.

Dann tanzten sie alle vier miteinander, und Vix dachte: Besser kann es nicht mehr werden ... niemals! Sie umarmten und küßten einander, so verliebt waren sie. Das wird meine schönste Erinnerung an Martha's Vineyard bleiben. Daran werde ich mein Leben lang denken.

Die Küsse wurden tiefer, fordernder, hungriger. Vix schloß die Augen und seufzte leise, erregt von dem heißen Atem, den weichen Lippen, von den Händen, die das Kleid von ihren Schultern schoben, von den Händen auf ihren nackten Brüsten. Sie spürte, wie hart er in seinen Shorts war und griff nach ihm.

»Vix ...«, flüsterte er. »O Baby ...«

Baby ... o Baby? Stopp! Irgend etwas stimmte an diesem Bild nicht! Die Hände auf ihrem Körper gehörten nicht Bru, die Lippen, die auf ihren lagen, waren nicht seine. Vix versuchte mit aller Kraft, die Augen zu öffnen, aber alles drehte sich.

Plötzlich wurde ihr speiübel. Sie machte sich los und rannte hinunter zum Wasser. Es war Ebbe, und sie lief immer weiter, bis das Wasser den Saum ihres Kleids erfaßte, so daß es sich um sie bauschte wie ein Fallschirm. Schließlich begann sie zu springen wie das Reh, das sie damals im Tashmoo Pond gesehen hatte, bis das Wasser tief genug war, sie zu tragen. Sie legte sich hin … legte sich hin und ließ sich vom Auf und Ab des Wassers forttragen. Sie hörte Caitlins Stimme, die schrie: »O mein Gott … Vix …«

Bru rief: »Victoria … Victoria!« Sie kamen ihr nach, aber es war ihr egal. Sie wollte jetzt schwimmen, hinaus aufs offene Meer schwimmen wie eine Nixe, bis nach China oder was auf der anderen Seite sein mochte.

KAPITEL 20

Sie träumte von ihrem eigenen Begräbnis. Tawny spähte in den Sarg und schrie sie an: Drogen, Victoria! Dabei hast du mir versprochen …

Ein Joint! wehrte sich Vix und setzte sich in ihrem Sarg auf. Ein einziger Joint für vier Leute!

Aber Tawny akzeptierte ihre schwache Ausrede nicht. Siehst du … siehst du, warum wir dir das Versprechen abgenommen haben! Aber du mußtest es brechen! Drogen und Sex und … ich mag gar nicht dran denken, was sonst noch … Ich hätte dich auf eine kirchliche Schule schicken sollen!

Aber ich bin doch tot, Mutter. Warum bist du wütend auf mich?

Dann benimm dich auch, als wärst du tot. Tawny schob sie in den Sarg zurück und klappte den Deckel zu.

Szenenwechsel. Vix war im Meer. Es war dunkel. Schrecklich dunkel. Sie ging unter. Es hatte keinen Sinn, daß sie sich wehrte. Sie konnte genausogut aufgeben. Plötzlich wurde sie von hinten gepackt. Sie schlug mit Armen und Beinen um sich, sie schrie. Dann trug, nein, schleifte sie jemand über den Strand. Da war noch jemand. Sie hörte sie flüstern, als man sie in den Truck legte. Aber es war kein normaler Truck – es war ein Leichenwagen. Offenbar hielt man sie für tot. Sie schrie und schlug gegen die Glaswand, die sie von den anderen trennte. Aber es nützte nichts. Niemand hörte sie.

Sie erwachte schweißgebadet, setzte sich heftig atmend auf. Ein schreckliches Gefühl überfiel sie, ein Gefühl drohenden Unheils. Die Sonne ging gerade auf, hastig zog sie sich an und stopfte ihre Kleider in die blaue Leinentasche, die sie mit ihrem eigenen Geld als Ersatz für Tawnys alten Koffer gekauft hatte. Sie mußte weg. Jetzt ... ehe es zu spät war.

Als das Tageslicht ins Zimmer fiel, bewegte sich Caitlin. Vix rührte sich nicht von der Stelle und beschwor sie mit ihren Blicken weiterzuschlafen. Aber Caitlin schlug die Augen auf, sah, daß Vix' Bett ordentlich gemacht war, schaute um sich und entdeckte Vix und ihre Tasche.

»Tu das nicht, Vix! Mach nicht alles kaputt.«

Am liebsten hätte Vix sie angeschrien: Ich bin nicht diejenige, die alles kaputtgemacht hat! Obwohl sie sich nicht mehr an alles erinnern konnte, was gestern nacht geschehen war, wußte sie noch genug. Es hätte eine neue Katastrophe auf der Insel geben können. Womöglich wäre sie die nächste Mary Jo geworden.

»Dann waren wir eben ein bißchen stoned«,

sagte Caitlin. »Na und? Ist doch nichts passiert.« Sie strich sich mit einer Hand die Haare aus dem Gesicht.

Als Vix nicht antwortete, setzte Caitlin sich auf und deutete mit dem Zeigefinger auf sie. »Wie kommst du eigentlich dazu, dich so beschissen selbstgerecht aufzuführen? Du hast mit Von nicht gerade Ringelreihen getanzt!«

Vix spürte, wie ihr die Knie zu zittern begannen.

»Sieh dich bloß an ...«, sagte Caitlin. »Du hast solche Angst vor deinen eigenen Gefühlen, daß du weglaufen willst.«

Plötzlich fiel es Vix wie Schuppen von den Augen. »Du hast dir das ausgedacht, stimmt's?«

»Mach dich doch nicht lächerlich. Es sollte der tollste Geburtstag werden, den du je hattest. Vielleicht ist alles ein bißchen außer Kontrolle geraten. Tut mir leid. Ist es das, was du hören willst?«

»Hat Bru auch davon gewußt? Sag's mir ... War er auch Teil deines Plans ... oder hast du es allein mit Von ausgeheckt?«

»Du tickst nicht ganz richtig, wenn du so was denkst«, entgegnete Caitlin. »Niemand hat irgendwas geplant. Es ist einfach so passiert.« Sie legte sich wieder hin und zog die Decke bis ans Kinn.

Vix schwirrte der Kopf. Sie mußte gehen... Sie mußte raus hier ... Als sie den Reißverschluß an ihrer Tasche zuzog, erwartete sie fast, Caitlin würde aus dem Bett springen und sie bitten zu bleiben, sie daran erinnern, daß ihre Freundschaft wichtiger war als alles andere.

»Weißt du was?« zischte Caitlin statt dessen angewidert. »Du bist ein emotionaler Eisklotz, der sich vor seinen eigenen Gefühlen zu Tode fürchtet.«

Behalte deine Gefühle für dich, Victoria. Laß es dir nie anmerken, wenn du enttäuscht bist.

Vix warf die Tasche über die Schulter. »Und du bist eine Katastrophe, die nur darauf wartet, auszubrechen!« sagte sie.

»Na gut, geh doch ...« Caitlin machte eine wegwerfende Handbewegung. »Verzieh dich ruhig in ein durchschnittliches Leben mit durchschnittlichen Leuten. Vergiß NINO ... vergiß unseren Pakt. Denn genau darauf steuerst du zu ... auf ein gewöhnliches, stinknormales Leben.«

»Immer noch besser als das, was dich erwartet!« Vix hätte schrecklich gern die Tür hinter sich zugeschlagen, aber statt dessen zog sie sie leise ins Schloß, schlich auf Zehenspitzen die Treppe hinunter, legte einen Zettel für Abby und Lamb auf den Küchentisch und verließ das Haus. Erst jetzt kam ein Schluchzen tief aus ihrem Inneren. Aber sie schluckte es rasch wieder hinunter.

Sie war auf halbem Weg zur Hauptstraße, als sie einen Truck hinter sich hörte. Sie schwang die Tasche auf die andere Schulter, drehte sich aber nicht um, auch nicht, als der Truck langsamer wurde.

Worüber hatten sich die beiden denn in aller Herrgottsfrühe schon in den Haaren? Er steckte den Kopf unters Kissen, aber so bekam er keine Luft. Scheiße. Er war bis nach zwei unterwegs gewesen. Er wollte sich durchaus nicht beklagen. Wer würde sich denn schon beklagen, wenn eine gutaussehende Frau einem ein Zettelchen mit ihrer Zimmernummer zusteckt, während man ihren gegrillten Schwertfisch abräumt – selbst wenn sie einen Ehering trägt?

Wir müssen ins Badezimmer, flüsterte sie, nachdem er angeklopft hatte, nur für den Fall, daß ihre Freundin zurückkam.

Okay ... klar ... dann eben im Badezimmer. Ihm war das egal. Sie hatte die Wanne mit einer Decke und Handtüchern ausgepolstert. Falls ihre Freundin früher zurückkäme, würde sie ihr sagen, sie nähme gerade ein Bad. Ein Bad – auch gut. Was immer sie wollte. Sie trug ein seidenes Pyjamaoberteil mit nichts darunter. Absolut nichts. Er wurde steif, als er bloß daran dachte.

Schnell zog er die Jeans aus, kletterte in die Wanne, legte sich auf den Rücken. Sie setzte sich auf ihn und redete die ganze Zeit, während sie es machten. Gut, o ja ... weiter so ... oh ... du bist so stark ... Sie biß ihn in die Schulter, zog ihn an den Haaren und hielt ihm den Mund zu, damit er nicht schreien konnte, als er kam. Danke, das war sehr nett ..., sagte sie, als sie fertig waren, und schob ihn aus dem Zimmer.

Jetzt hört er die Haustür auf- und wieder zugehen. Er horcht. Das ist Hustenbonbon. Garantiert. Er erkennt sie am Gang. Schnell schlüpft er wieder in die Jeans, geht leise die Treppe runter. Er steigt in den Truck und fährt ihr nach. Sie trägt ihre gottverdammte Tasche über der Schulter wie ein Navy-Rekrut. Wo in aller Welt will sie denn hin?

KAPITEL 21

Vix fand nie heraus, warum Gus an jenem Morgen so früh unterwegs war. Oder woher er wußte, daß das Homeport zur Saisonmitte neue Hilfskräfte einstellte. Sie stieg zu ihm in den Truck und starrte vor sich hin. Er versuchte gar nicht erst, Konversation zu machen. Er stellte ihr nur eine einzige Frage, und das auch erst, als sie anhielten, um Saft und Donuts zu kaufen, die sie mit Blick über den Friedhof von Chilmark aßen.

»Möchtest du darüber reden?«

Sie schüttelte den Kopf.

»Bist du ganz sicher, daß du nicht nach Hause willst?« fragte er.

Sie dachte, er meinte Santa Fe, und schüttelte wieder den Kopf. Wie sollte sie denn jetzt ihren Eltern gegenübertreten? Unmöglich.

Im Homeport engagierten sie sie sofort; sie wollten nicht einmal ihre Zeugnisse sehen. Zwar würde sie wesentlich weniger Geld verdienen, es sei denn, sie könnte die Differenz mit Trinkgeld wettmachen, aber, erklärte sie Joanne, der Chefin der Putzfirma am Telefon, die Umstände hätten sich für sie so grundlegend verändert, daß sie nicht zurückkommen könnte.

»Und Caitlin?« fragte Joanne.

»Das muß sie Ihnen selbst sagen.«

»Tja, das ist sehr schade«, sagte Joanne. »Du und Caitlin, ihr wart das perfekte Team. Ich hab mich drauf verlassen, daß ihr die Saison über weitermacht.«

»Es tut mir wirklich leid. Es war ein toller Job. Aber ich habe keine andere Wahl.«

Joanne begriff immer noch nicht und versuchte, Vix mit einer Gehaltserhöhung zu überreden.

»Tut mir leid«, erwiderte Vix und fühlte sich dabei wie ein Idiot. »Ich habe schon eine andere Arbeit.«

Joanne schnappte hörbar nach Luft. »Bei der Konkurrenz?« Joanne nannte die anderen Putzfirmen nie beim Namen.

»Nein, im Homeport.«

»Im Homeport? Warum ausgerechnet da?«

»Es hat ... persönliche Gründe.«

»Aha.« Sie schwieg einen Moment, und Vix stellte sich vor, daß sie an ihrem Stift kaute, wie immer, wenn sie sich mit unzufriedenen Kunden unterhielt. »Na ja, falls du es dir doch noch anders überlegst, ruf mich an. Bei mir kannst du immer einen Job kriegen.«

»Danke.«

Vix schleppte ihre Tasche den halben Weg aufs Dock hinaus zu Trishas Boot und erwischte sie gerade noch, bevor sie zur Arbeit ging. Als Vix ihr erklärte, daß sie bei Lamb ausgezogen war, einen Job als Kellnerin beim Homeport angenommen hatte und eine billige Wohnmöglichkeit brauchte, meinte Trisha sofort: »Du stehst direkt davor, Honey.«

Sie warf ihr einen Schlüssel für die Luke zu, sagte ihr, sie könne sich eine der beiden Kojen in der Kajüte aussuchen, und machte sich dann auf den Weg nach Vineyard Haven. »Ich bin so gegen sieben zurück, es sei denn, ich treffe Arthur, meinen neuen Lover, und gehe mit ihm essen.«

Kaum war Vix allein, brach sie zusammen. Sie weinte und schluchzte, bis ihr T-Shirt von Tränen durchnäßt war und sie würgen mußte. Sie war kein emotionaler Eisklotz! Irgendwann kuschelte sie sich schließlich in eine der Kojen und fiel in einen tiefen Schlaf.

Sie hätte wahrscheinlich den ganzen Tag verschlafen, wenn nicht jemand an die Luke geklopft und laut ihren Namen gerufen hätte. Sie sprang hoch und wußte im ersten Moment nicht, wo sie war und warum. Als sie endlich aufmachte und in das helle Sonnenlicht blinzelte, standen Lamb und Abby vor ihr.

»Vix!« rief Abby. »Wir haben uns solche Sorgen gemacht!«

»Habt ihr meine Nachricht nicht gefunden?«

»Doch ... aber da stand nicht, wo du bist, und auch nicht, warum du uns verlassen hast.«

»Tut mir leid. Als ich den Zettel geschrieben habe, wußte ich noch nicht, wo ich landen würde.« Wie hatten die beiden sie gefunden? Hatte Trisha sie angerufen?

»Sieh mal ...«, sagte Lamb, »was auch immer zwischen Caitlin und dir vorgefallen sein mag, sie bereut es längst, das weiß ich.«

»Alle Freundinnen haben gelegentlich Meinungsverschiedenheiten ...«, fügte Abby hinzu. »Das ist ganz natürlich ... wie in einer Ehe ...« Sie sah Lamb an, dann wieder Vix. »Ach, Vix, kein Junge ist soviel Kummer wert.«

Woher wußte sie, daß ein Junge damit zu tun hatte? Wieviel hatte Caitlin ihnen verraten?

Abby schritt über das schaukelnde Bootsdeck auf sie zu. »Komm wieder nach Hause«, sagte sie und nahm Vix in die Arme. »Wir sind deine Familie. Du gehörst zu uns.«

»Ich kann nicht ... bitte ...« Vix konnte es einfach nicht erklären.

Schließlich sagte Lamb – mehr zu Abby als zu Vix: »Wenn Vix ein bißchen Zeit für sich braucht und gerne allein sein möchte ... Ich glaube, sie weiß am besten, was gut für sie ist.«

»Wie lange?« fragte Abby. »Einen Tag ... oder zwei? Wir sind für dich verantwortlich, Vix. Wir können dich nicht einfach deinem Schicksal überlassen. Deine Eltern gehen davon aus ...«

Ihre Eltern! »Bitte sagt ihnen nichts davon, daß ich weggegangen bin. Noch nicht ...« Dann fügte sie hinzu: »Ich kann verstehen, wenn ihr das Stipendium jemand anders geben wollt, jemandem, der ... der es mehr verdient hat.« Ihre Stimme versagte. Diesmal wären sie bestimmt nicht so nachsichtig wie damals, als sie herausgefunden hatten, daß Caitlin und sie getrampt waren. Ein paar verbindliche Worte, das Versprechen, daß sie es nicht mehr tun würden – Schwamm drüber. Außerdem spielte es sowieso keine Rolle mehr, denn im darauffolgenden Sommer hatte Caitlin ihren Führerschein. Doch diesmal war es anders. Diesmal ging es um mehr.

Lamb und Abby sahen sich an. Dann sagte Abby: »Das hat nichts mit dem Stipendium zu tun. Niemand wird dir das wegnehmen.«

Am liebsten hätte Vix vor lauter Erleichterung wieder angefangen zu weinen. Wie leicht wäre es, einfach mit Abby zurückzugehen!

Später fiel Vix wieder ein, wie Abby damals gesagt hatte: »Ich stelle mir gern vor, ich hätte eine Tochter, die so ist wie du.« Schön und gut, aber ... wenn sie sich entscheiden müßten, dann würde Caitlin immer an erster Stelle stehen, ganz egal, wie sehr die beiden Vix mochten. Caitlin war eben ihre Tochter. Und Vix würde immer nur die Freundin der Tochter bleiben.

Als sie an ihrem ersten Abend im Homeport fertig war und noch ziemlich durcheinander und erschöpft auf die Straße trat, wartete Bru auf sie. »Wir müssen miteinander reden«, sagte er. Sie gingen bis zum Ende des Docks, wo sie sich hinsetzten und die Moskitos verscheuchten. »Was immer auch gestern nacht passiert ist, ich kann damit leben«, sagte Bru.

War das wirklich erst gestern gewesen?

»Ich weiß, es hatte keine Bedeutung«, fuhr er fort.

Sie sah ihn verwundert an. »Was hatte keine Bedeutung?«

»Du und Von.«

»Ich und Von? Es gibt kein ›Ich und Von‹. Gibt es denn ›Du und Caitlin‹?«

»Caitlin?« wiederholte er, als wüßte er gar nicht, wen sie meinte. Er nahm ihre Hand, betrachtete sich ihre Handfläche wie am ersten Tag am Strand und nahm sie dann zwischen seine Hände. »Ich finde, wir sollten letzte Nacht einfach vergessen«, sagte er. Dann wurde seine Stimme ganz weich. »Du bist mein Mädchen, Victoria. Das wußte ich vom ersten Tag an. Und du wirst immer mein Mädchen sein.«

Es waren Brus Worte, die Vix zum Schmelzen brachten, und die beiden waren wieder zusammen.

Von nun an trafen sie sich jeden Abend, und Vix hatte keine Sperrstunde, niemand fragte sie: Tut er dies? Tut er jenes? Wann willst du endlich dies oder das probieren?

Diesmal übernahm sie die Initiative. Sie bat ihn mehr oder weniger darum. Bitte, flüsterte sie. Bitte … Bru. Welcher Mann hätte da widerstehen können? Bru streifte sich ein Kondom über, irgendwo in den Dünen, wo sie gerade waren und eine Decke ausgebreitet hatten und wo sie auch die Hälfte ihrer Kleider liegenließen.

Das wird allmählich ganz schön heftig – zwei-, manchmal dreimal am Tag ruft Lamb an und fragt: Kommst du zurecht? Zurechtkommen – was glaubt er denn, was sie hier macht?

Dann muß auch noch Abby ans Telefon. Bitte, Trisha ... versuch sie zu überreden, daß sie zurückkommt.

Kommt schon, Leute. Es ist gerade mal eine Woche her. Laßt dem Mädchen doch ein bißchen Zeit. Setzt sie nicht so unter Druck. Trisha verspricht, ihr Bestes zu tun. Aber hey, wenn Vix und Caitlin ein Problem haben, sollte Lamb versuchen, den beiden zu helfen, damit klarzukommen. Er ist schließlich der Vater. Vix will nicht darüber sprechen, was zwischen ihnen passiert ist. Und Trisha hält nichts davon, sich einzumischen. Wer sich mit den Reichen einläßt, kriegt irgendwann die Quittung. Das wird Vix noch am eigenen Leib zu spüren bekommen, genau wie sie selbst.

Auf alle Fälle hat Vix einen Freund. Ein netter Junge. Trisha kennt die Familie. Sie hat vor ein paar Jahren ein oder zwei Nächte mit einem seiner Onkel verbracht. Was soll's? Sie ist schließlich ledig.

KAPITEL 22

Das Homeport hatte einen großen, lauten Speisesaal, wo familienfreundliche Hausmannskost auf den Tisch kam. Es war bei Touristen und Einheimischen gleichermaßen beliebt, jedoch weniger des guten Essens als seiner Lage wegen, mit der wunderschönen Aussicht auf den Hafen, dem besten Platz, um die spektakulären Sonnenuntergänge von Menemsha zu beobachten. Um diese Jahreszeit war es unmöglich, eine Reservierung zu bekommen, wenn man nicht mindestens eine Woche vorher anrief.

Die Speisekarte war einfach und änderte sich nie. Schwertfisch und Hummer waren die beliebtesten Gerichte. Als Beilage bekam man Folienkartoffeln, Maiskolben und Krautsalat. Als Nachtisch gab es Kuchen und Eis. Die Blaubeeren im Kuchen waren nicht frisch, sondern kamen aus der Dose. Sollte sich jemand danach erkundigen, hatte Vix Anweisung, die Wahrheit zu sagen. Aber es hatte niemals jemand danach gefragt.

Da nirgends auf der Insel Alkohol ausgeschenkt wurde, gab es auch keine Bar. Man konnte sich selbst etwas mitbringen, wenn man Bier oder Wein zum Essen wollte, aber Vix durfte keine Flaschen öffnen, weil sie minderjährig war. Die Trinkgelder bewegten sich auf einer Skala von großzügig bis jämmerlich. Wenn sie bei den Gästen die Bestellung aufnahm, versuchte sie immer zu erraten, wieviel der Tisch einbringen würde, aber sie lag fast immer daneben. An einem Abend glaubte sie Barbra Streisand zu entdecken, an einem anderen Mary Steenburgen. Aber keine von beiden saß je an ihrem Tisch. Allerdings bediente sie einmal eine Gruppe aus *Saturday Night Live*. Sie waren laut und chaotisch und warfen Hummerschalen auf den Boden, aber als Entschädigung ließen sie zwei Zwanziger Trinkgeld für sie liegen.

Die Angestellten bekamen das Essen gratis. Anfangs fand sie es toll, aber nach der ersten Woche konnte sie keinen Schwertfisch mehr sehen, geschweige denn essen. Danach ernährte sie sich von Mais, Folienkartoffeln, Krautsalat und Trishas Muffins.

Der Manager war sehr zufrieden mit ihrer Arbeit, meinte aber, sie müsse sich noch mehr ins Team einfügen. Sie war immer höflich und immer tüchtig, doch ging sie den anderen Bedienungen gegenüber auf Distanz, was die ihr natürlich übel nahmen. Als eins der Mädchen sie schließlich fragte, wohin sie jeden Abend nach der Arbeit so schnell verschwinden würde, erzählte ihr Vix von Bru. Danach zeigten fast alle Kolleginnen mehr Verständnis. Verliebte mag jeder.

Vermutlich hätte niemand im Homeport geglaubt, daß Vix noch Jungfrau war … rein technisch gesehen zumindest. Aber es stimmte. Bei ihrem ersten Versuch hatte es nicht richtig geklappt. Er sei noch nie mit einer Jungfrau zusammengewesen, sagte Bru. Vielleicht mußte es da so sein, aber er hatte Angst, ihr weh zu tun.

Ihr weh zu tun? Sie liebte es so, wie es war, und sie konnte sich nicht vorstellen, daß es noch besser sein könnte. Bis zu dem stürmischen Morgen, als er wegen des Wetters nicht arbeiten konnte und zu ihr aufs Boot kam. Sie bat ihn herein, und weil sie unmöglich beide auf ihre schmale Koje paßten, zogen sie nach vorn in die Kabine von Trisha um. Vix hoffte, daß es ihr nichts ausmachen würde. Und dort, auf dem Kajütbett, während die Takelage quietschte, die Falleinen im Wind gegen den Mast peitschten und das Boot leise schaukelte, dort drang Bru mit reichlich Gleitmittel am Kondom langsam, ganz langsam in sie ein, und es tat gar nicht so furchtbar weh, jedenfalls nicht mehr nach diesem einen kurzen, stechenden Schmerz, so erregt war sie, so bereit, ihn in sich aufzunehmen. Und als sie aufschrie, tat sie es mehr vor Lust als vor Schmerz. Aber sie kam nicht an diesem Tag. Hinterher entdeckten sie ein paar Blutflecken, die sie schnell von den Vinylpolstern abwuschen.

Am nächsten Tag war sie wund. Jedoch nicht wund genug, daß sie es nicht noch einmal versuchen wollte. Und allmählich begann sie zu verstehen, warum man soviel Wind um die Sache machte.

Eines Morgens fragte Trisha sie nach Bru. Als Vix ihr sagte, daß sie miteinander schliefen, drückte Trisha ihre Hand und meinte: »Oh, Honey ... seid ihr denn auch vorsichtig? Benutzt ihr Kondome oder so was?«

»Ja«, antwortete Vix und war insgeheim total überrascht, daß sie mit einer erfahrenen Frau über solche Dinge reden konnte!

»Du mußt an die Zukunft denken. Du willst ja nicht schwanger werden oder dir irgend etwas aufschnappen.«

»Wir sind vorsichtig.«

»Und ist es ... ist es schön für dich?«

Vix spürte, wie sie rot wurde.

»Du brauchst nicht zu antworten. Es ist nur so, daß am Anfang ... na ja, daß manche Jungs am Anfang keinen Schimmer davon haben, was sie tun. Und was sie tun könnten, um es für dich schön zu machen.«

Vix erzählte ihr nicht von Brus langsamen Bewegungen, nichts davon, wie er es liebte, wenn sie vor Lust zitterte.

Dauernd fragt er Trisha, ob sie zurechtkommt, dabei weiß er selbst nicht, wie er damit zurechtkommen soll! Abby drängt ihn, durchzugreifen, dafür zu sorgen, daß Vix zurückkommt. Ewig kommt sie ihm mit Verantwortung, ihm tut schon der Kopf weh.

Er sieht ja selbst, wie dreckig es Caitlin geht, wenn Vix nicht da ist. Sie hat ihren Job hingeschmissen. Segelt den ganzen Tag auf einem Sunfish rum. Wenn er sie irgendwas fragt, antwortet sie: Was soll das … Sind wir hier bei der spanischen Inquisition oder was? Was soll er denn bloß machen?

Trisha sagt, mit Vix sei alles okay. Sie behält das Mädchen im Auge. Der Junge kommt aus einer anständigen Familie. Sie benutzen Verhütungsmittel. Verhütungsmittel! Er will nicht darüber nachdenken, daß irgendein Knabe Vix ausnützt … oder Caitlin. Und er kann sich noch sehr gut daran erinnern, was Jungs in diesem Alter wollen …

Manchmal zuckte Vix zusammen bei dem Gedanken, daß es schon Mitte August war, der Sommer in ein paar Wochen vorbei wäre und dann Tausende von Meilen zwischen ihr und Bru liegen würden und sie wieder ein ganz normales Schulmädchen wäre. Vielleicht konnte sie das letzte Schuljahr auf der Insel machen. Trisha würde sich bestimmt über Gesellschaft freuen, und falls nicht, könnten sie und Bru ein Sommerhäuschen mieten. Er hatte sowieso davon gesprochen, daß er bei seinem Onkel ausziehen wollte. Sie würde einen Nachmittagsjob finden und damit ihren Teil zum gemeinsamen Lebensunterhalt beisteuern. Auf diese Weise müßten sie sich wenigstens nicht trennen.

Aber die Entscheidung wurde ihr abgenommen, denn drei Wochen nachdem sie ihre Siebensachen gepackt und Caitlin verlassen hatte, als sie gerade dabei war, im Homeport die Tische fürs Abendessen zu decken, kam der Manager zu ihr und flüsterte ihr zu, draußen sei jemand, der sie sehen wolle.

Zuerst dachte sie an Bru. Aber nein … es war Caitlin, und ein paar Schritte hinter ihr Lamb und Abby. Vix sah gleich, daß etwas nicht stimmte, sah es an Caitlins Gesichtsausdruck, in ihren Augen. »Was ist?« fragte sie.

Caitlin antwortete nur: »Es geht um Nathan.«

»Nein«, sagte Vix.

»Vix … es tut mir so leid. Er ist heute morgen gestorben.«

Vix schrie auf. »Nein … bitte lieber Gott, nicht Nathan!«

Caitlin packte sie und hielt sie fest, sonst wäre sie umgekippt. Dann goß Abby ihr ein Glas Wasser ins Gesicht. Vix schlug es ihr aus der Hand. »Sie haben mir nicht mal gesagt, daß er krank ist!«

»Es ging zu schnell«, erklärte Abby.

»Ich muß nach Hause.« Vix machte sich los. »Ich muß ihn sehen.«

»Wir haben schon einen Flug für dich gebucht, Kiddo.« Lamb hatte den Arm fest um ihre Schultern gelegt.

Caitlin kletterte auf den Rücksitz des Volvo neben Vix. »Ich komme mit.«

Vix schüttelte den Kopf.

»Ich weiß, wieviel er dir bedeutet hat«, sagte Caitlin und griff nach Vix' Hand. »Bitte, Vix ... laß mich deine Freundin sein.«

Sie hatte keine Chance gehabt, sich von Nathan zu verabschieden, keine Chance, ihr Versprechen zu halten. Aber sie legte einen Prospekt von Disney World in seinen Sarg, zusammen mit Orlando und einem Brief, in dem sie Nathan sagte, wie sehr sie ihn liebte und sich dafür entschuldigte, daß sie diesen Sommer nur an sich selbst gedacht hatte, daß sie zu verliebt gewesen war.

Als sie ihre Familie fragte, warum niemand ihr Bescheid gegeben hätte, daß Nathan krank war, antwortete Lanie: »Er war gar nicht so krank. Es war bloß eine Sommergrippe. Aber schon zwei Tage später war es eine Lungenentzündung. Wir wußten nicht, daß er ... daß er sterben würde.«

KAPITEL 23

Nach Nathans Tod war nichts mehr so wie früher.

In ihrer Familie kam sie sich mehr denn je wie eine Außenseiterin vor. Tawny saß mit versteinertem Gesicht im Wohnzimmer. »Sein Leiden hat nun ein Ende«, wiederholte sie immerzu, wie ein Mantra. »Jetzt ist er bei Gott ...«

Ihr Vater lag auf Nathans Bett, schloß sie aus, ließ sie mit ihren Gefühlen, mit ihrer Trauer allein.

»Komm mit mir zurück auf die Insel«, sagte Caitlin.

Vix schüttelte den Kopf.

»Nur für eine Woche, dann ist doch schon Labor Day. Es würde dir guttun.«

Sosehr sich Vix nach Bru sehnte, danach, sich von ihm in den Arm nehmen und trösten zu lassen, hatte sie doch ein schlechtes Gewissen, daß sie mit ihm geschlafen hatte, während Nathan im Sterben gelegen hatte. Der Gedanke ging ihr durch den Kopf, daß das vielleicht die Strafe dafür war, daß sie Spaß am Sex gehabt hatte, daß sie sich ihrer Mutter widersetzt hatte. Sie versuchte, diesen Gedanken zu verdrängen. Welcher Gott würde sie damit strafen, Nathan das Leben zu nehmen, nur weil sie Sex gehabt hatte mit einem Mann, den sie liebte? »Ich kann meine Familie jetzt nicht allein lassen«, erklärte sie Caitlin. »Jetzt nicht.« Noch vor wenigen Wochen war Vix überzeugt gewesen, daß ihre Freundschaft mit Caitlin vorbei sei. Wie kindisch ihr das jetzt vorkam! Wenn ein Freund jemand ist, der in schweren Zeiten zu dir hält, dann war Caitlin wirklich eine Freundin. Sie war mit ihr nach Hause gekommen, hatte bei der Beerdigung ihre Hand gehalten, war selbst danach noch lange geblieben, um die Küche sauberzumachen, nachdem die Trauergäste gegangen waren.

Vix begann einen Brief an Bru, fand aber nicht die richtigen Worte. Also bat sie Caitlin, ihm von Nathan zu erzählen und ihm zu erklären …

»Warum du nicht zurückkommen konntest?«

»Ja … und außerdem …«

»Daß du ihn vermißt?«

Vix nickte.

»Und die Liebe … Soll ich ihm sagen, daß du ihn liebst?«

Nein, dachte sie und schüttelte den Kopf. Das war zu persönlich. Das mußte warten, bis sie wieder zusammensein konnten.

Vix half ihrem Vater, Nathans Kleider wegzuräumen, seine Spielsachen, die Vorrichtung fürs Bad, seinen Rollstuhl. Als sie sagte, daß sie Nathans Bücher gern behalten würde – »Green Eggs and Ham«, »Stuart Little«, »The Great Brain« –, verlor ihr Vater die Fassung und begann zu schluchzen. Es war das einzige Mal, daß sie ihn weinen sah. Sie versuchte, ihn zu trösten, aber er machte sich sofort los von ihr, unfähig, seinen Gefühlen freien Lauf zu lassen.

Falls Lewis und Lanie über Nathans Tod traurig waren, ließen sie es sich nicht anmerken. Sie lebten weiter, als wäre nichts geschehen, und manchmal fand Vix sogar, daß sie erleichtert wirkten. Was für eine Familie ist das? fragte sie sich. Keiner ist fähig, den anderen zu trösten.

Als Caitlin von Martha's Vineyard zurückkam, brachte sie persönlich eine Kondolenzkarte von Bru vorbei, steif, förmlich, mit einem albernen aufgedruckten Spruch, der begann: *In Zeiten der Not* … Darunter stand: *Es tut mir leid. Bru.* Vix antwortete ebenso förmlich, dankte ihm für sein Mitgefühl und unterschrieb die Karte mit *Victoria.*

Zu Weihnachten schickte er eine Karte, die Martha's Vineyard unter einer Schneedecke zeigte. *Ich hoffe, Dich im nächsten Sommer wiederzusehen. Bru.* Sie schickte ihm eine Karte von Santa Fe. *Hoffentlich sehen wir uns wieder, Victoria.*

Die Gräfin bat Tawny, sie auf eine Europareise zu begleiten. Tawny stimmte zu und war fast drei Monate unterwegs. Als sie zurückkam, interessierte sie sich für nichts und niemanden mehr. Lanie spielte verrückt, Lewis war mürrisch, wenn er ausnahmsweise mal zu Hause war.

Caitlin war zu dem Schluß gekommen, daß Männer die Mühe nicht lohnten. »Ich bewerbe mich in Wellesley«, erklärte sie Vix in der Schule. »Ich glaube, ich kann besser lernen ohne Männer um mich rum, die mich ablenken. Außerdem überlege ich, ob ich nicht lesbisch werden soll ... als politisches Statement sozusagen. Hättest du Interesse?«

»Du machst Witze, oder?«

»Das kannst du sehen, wie du willst.«

Vix lachte unbehaglich.

»Soll ich das als ein Nein auffassen?«

»Ach komm, Caitlin ...«

»Wo ist deine Abenteuerlust geblieben ... deine Neugier?«

»Offensichtlich nicht da, wo deine ist!«

Caitlin seufzte.

»Außerdem«, fuhr Vix fort, »wenn du wirklich lesbisch wirst, hast du in Wellesley mehr Ablenkung als auf einem gemischten College.«

»Da hast du recht«, räumte Caitlin ein. Doch sie verschickte ansonsten keine Bewerbungen und wurde trotz ihrer nicht ganz einwandfreien Lerngewohnheiten in Wellesley angenommen.

Abby überredete Vix, es in Harvard zu versuchen. »Lamb war auch dort, er schreibt dir eine Empfehlung.«

Harvard? Vix hatte nie an ein anderes College gedacht als an die University of New Mexico. Aber Harvard war in Cambridge, ganz in der Nähe von Martha's Vineyard also, so daß sie pendeln könnte – vielleicht nicht jeden Tag, aber zumindest einmal die Woche. Außerdem wohnten Abby und Lamb in Cambridge. Ihre Familie. Das waren vermutlich nicht die besten Gründe, sich für ein bestimmtes College zu entscheiden, aber wen kümmerte das? Sie war eigentlich sowieso überzeugt, daß sie keine Chance hatte, aber sie bewarb sich trotzdem.

Als sie auf dem Bewerbungsformular zu der Rubrik kam, unter der sie besondere Begabungen aufzählen sollte, fiel ihr nicht viel ein. »Victoria kann gut zuhören« hatte ihr Englischlehrer in der siebten Klasse in ihrem Zeugnis vermerkt. Ließ sich daraus ein Talent machen? Und falls ja, wie sollte sie es beschreiben? Caitlin Somers hat mich zu ihrer Sommerschwester gemacht, weil ich schlau, aber still bin. Sie wußte, daß ich nicht tausend Fragen stellen und stören würde.

Sie dachte daran, wie sie mit Caitlin in »Am Wendepunkt« gewesen war, einem Film über zwei Freundinnen, beide Tänzerinnen, die unterschiedliche Lebenswege beschreiten: Eine gibt die Tanzerei auf, um zu heiraten und Kinder zu bekommen, die andere gibt dies alles auf, um zu tanzen. »Ich kann mir nicht vorstellen, soviel Talent einfach zu vergeuden«, hatte Caitlin gesagt und sich voll und ganz mit der von Anne Bancroft dargestellten Figur identifiziert.

»Und wenn du kein besonderes Talent hast?« fragte Vix.

»Willst du damit sagen, ich hab kein Talent?«

»Nein, ich will sagen, daß nicht jeder Mensch eine besondere Begabung hat.«

»Wir schon.«

»Wirklich?«

»Ja«, antwortete Caitlin. »Ich kann jonglieren, und du ... du kannst Puzzles zusammensetzen.«

»Damit werden wir bestimmt weit kommen!« Sie platzten fast vor Lachen und wälzten sich auf dem Boden, bis sie Bauchweh hatten.

Vix ließ die Frage nach besonderen Begabungen einfach aus und steckte ihre ganze Energie statt dessen in den Aufsatz, der verlangt wurde: *Welcher Mensch hat ihr Leben am stärksten beeinflußt und warum?* Sie schrieb nicht wie die meisten anderen ihrer Klasse über einen Elternteil, einen Lehrer oder einen Superstar, sondern sie schrieb über Caitlin. Sie verglich ihre Freundschaft mit einem kunstvoll gewebten Wandteppich. Seit Jahren woben sie neue Fäden ein, einen hier, einen dort. Bisher konnte der Teppich immer wieder geflickt werden, wenn er irgendwo gerissen war, und jedesmal war er noch fester geworden. Aber wenn sie nun einmal am falschen Faden zogen? Würden sie dann den ganzen Teppich auftrennen? Hätten sich Caitlin und sie auch diesmal wieder versöhnt, auch wenn Nathan nicht gestorben wäre?

Sie wurde von Matt Sonnenblick, einem Harvard-Abgänger aus der Gegend, zu einem Gespräch eingeladen. Sie unterhielten sich über Energie, über Karma, über alternative Lebensstile und -ziele. Er kramte sein Jahrbuch hervor und zeigte Vix sein Abschlußfoto. »Ich habe mit zwanzig meinen Abschluß gemacht und war mit vierzig ganz oben. Ich hatte alles, vielleicht zu früh. Deshalb bin ich hierhergekommen ... um nachzudenken, um zu mir zu finden.«

Doch Vix hörte nicht zu, denn auf dem Foto, direkt über Matt Sonnenblick, hatte sie Lambert Mayhew Somers III. entdeckt. Er hatte Fußball gespielt und zum Hasty Pudding Club gehört. Vix mußte an Instantpudding denken. Was sagte ein Abschlußfoto schon aus? Eigentlich nichts – außer, daß er gut ausgesehen hatte. Das Foto verriet nichts darüber, daß seine Eltern gestorben waren, als er noch ganz klein gewesen war, daß er von seiner Großmutter großgezogen worden war, daß er Trisha geliebt, aber Phoebe und dann Abby geheiratet hatte.

Als ihre Mutter aus Europa zurückkehrte, hatte Vix ihre Bewerbung bereits abgeschickt. »Es gefällt mir nicht, daß sie so über dein Leben bestimmen«, sagte Tawny. »Zuerst Mountain Day School, jetzt Harvard. Sie machen dich zu ihrem persönlichen Wohltätigkeitsobjekt.«

»Sie bestimmen über gar nichts. Sie interessieren sich lediglich für meine Zukunft, und das ist mehr, als man von dir behaupten kann!«

Tawny holte aus und versetzte ihr eine kräftige Ohrfeige.

Vix stand da, wie vom Donner gerührt.

»Vergiß nicht, wo du hingehörst, Victoria ... woher du kommst. Du glaubst, du kannst eine von ihnen werden, indem du auf eine ihrer schicken Unis gehst? Na gut. Geh hin! Dann wirst du ja sehen, ob sie dich akzeptieren. Die Reichen sind anders, glaub mir, ich weiß, wovon ich rede. Leute, die nie Geldsorgen ...«

»So werde ich doch nie sein«, fiel Vix ihr ins Wort. »Ich weiß, was Geldsorgen sind.« Sie drehte sich um und ging, die Hand an die Wange gepreßt. Eines wußte sie jedenfalls – sie würde nicht enden wie ihre Mutter, enttäuscht und frustriert von der ganzen Welt.

Tawny

Sie wird Darlene jeden Tag ein bißchen ähnlicher. Verbittert und hart. Victoria zu ohrfeigen! Fängt sie wieder an durchzudrehen? Die Gräfin hat die ersten Anzeichen erkannt. Hat sie weggeholt, ehe sie sich selbst oder einem der Kinder etwas antun konnte.

Ed hatte ihr seinen Segen gegeben. Werd wieder gesund da drüben, hat er gesagt. Versuch, drüber hinwegzukommen ... über das, was passiert ist. Wir haben immer gewußt, daß er nicht lange bei uns bleiben würde. Sei dankbar, daß er nicht gelitten hat am Ende.

War Ed vielleicht Gott? War er nicht dabeigewesen, hatte er nicht im Krankenhauszimmer gesessen? Nannte er das etwa nicht leiden? Die anderen Kinder brauchen dich, Tawny, hat er ihr gesagt.

Nein, die brauchten sie nicht. Haben sie nie gebraucht. Sie haben ja ihn. Er ist derjenige, auf den sie sich verlassen. Wenn sie wegginge, würden sie es nicht einmal merken.

Ich brauche dich, hat er gesagt.

Auch das bezweifelt sie.

Manchmal hat sie das Gefühl, ihre Mutter versucht, die Kontrolle über ihre Gedanken zu übernehmen. Jeden Tag muß sie dagegen ankämpfen. Laß mich in Frieden, Darlene! will sie dann schreien. Aber sie ist nicht der Typ, der plötzlich losbrüllt.

Sie sollte sich bei Victoria entschuldigen. Sie wollte sie nicht ins Gesicht schlagen. Aber wenn sie zuläßt, daß ihre Tochter weggeht ... Ach, was soll's? Victoria ist so ruhelos geworden, wie sie es selbst früher gewesen ist, als sie die Stunden bis zu ihrer Flucht zählte. Es ist besser, sie einfach abzuschreiben. Das war's dann also.

Am nächsten Tag sprach sie Vix an. »Wenn du schon mal dabei bist, kannst du auch gleich einheiraten. Dann kannst du deinen Vater und mich im Alter versorgen.«

Vix hätte ihr gern eine schlagfertige Antwort gegeben, irgend etwas, auch wenn es ihr womöglich die nächste Ohrfeige eingebracht hätte, aber

Tawny fragte bereits: »Wie wär's mit dem Bruder?«

»Mit dem Bruder?«

»Du weißt, wen ich meine.«

»Sharkey ... Du meinst Sharkey?« Vix begann zu lachen.

»Warum ist das so komisch? Er ist doch nicht etwa ... einer von denen, oder?«

»Was meinst du denn damit?« fragte sie, aber Tawny gab keine Antwort.

Manchmal schien es Victoria, als wünschte sich ihre Mutter, daß irgend etwas in ihrem Leben schiefging, nur damit sie sagen konnte: Siehst du, ich hab's doch gewußt. Ich hab dir immer gesagt, daß du nicht in ihre Welt gehörst.

Ihr Vater widersprach Tawny und stellte sich auf ihre Seite. »Eine gute Ausbildung öffnet dir Tür und Tor.«

»Wenn sie unbedingt eine Ausbildung will, kann sie doch an die University of New Mexico«, erwiderte Tawny. »Es muß doch nicht gleich Harvard sein.«

»Das ist doch kein Argument!« rief Vix. »Wer weiß, ob sie mich überhaupt zulassen!«

Aber sie wurde zugelassen. Und gerade als Vix ihren Erfolg feierte – allein, um ihren Stolz und ihre Aufregung für sich zu behalten –, da verkündete Lanie, sie sei schwanger.

Sie ist zum ersten Mal in Santa Fe und sehr nervös. Es ist der Tag der Abschlußfeier, und sie würde also endlich Phoebe kennenlernen. Sie trägt das graubraune Armani-Kleid, eine Perlenkette, kleine Absätze. Dezente Eleganz. Aber sie merkt sofort, daß sie damit völlig falsch liegt. Die anderen Frauen, die sich auf dem Hof der Mountain Day School eingefunden haben, sind eher wie Cowgirls gekleidet. Im besten Fall wie Linda Evans in »Denver Clan«, im schlimmsten Fall wie Dale Evans in ihrer eigenen Rolle. Hätte Lamb sie doch bloß nicht hier abgesetzt, während er einen Parkplatz suchte.

Die Gräfin stürzt sich auf sie. Süßes Mädchen, ruft sie, nimmt Abbys Arm, und führt sie zu einer ungewöhnlich schönen Frau, ganz in Leder gekleidet, mit Silber- und Türkisschmuck, die Haare geflochten. Schätzchen ..., gurrt die Gräfin, ihr müßt euch unbedingt kennenlernen! Schließlich habt – beziehungsweise hattet – ihr denselben Ehemann und kümmert euch um dieselben Kinder.

Am liebsten würde sie weglaufen, aber ihre Beine wollen sich nicht bewegen. Sie kann nicht einmal mehr schlucken. Phoebe bricht das Eis. Sie ungezogenes Mädchen! sagt sie zur Gräfin, die schallend lacht und sich dann entschuldigt, um noch jemanden zu begrüßen, als wäre sie die Gastgeberin einer Gartenparty. Als sie davonrauscht und die beiden sich selbst überläßt, beugt Phoebe sich vor zu Abby und sagt leise: Nicht umsonst wird sie die taktlose Gräfin genannt!

Abby stellt sie sich miteinander im Bett vor, Phoebe und Lamb, sie schließt die Augen und versucht, das Bild zu verdrängen. Sie hat sich Phoebe nicht so exotisch-schön vorgestellt mit ihren langen Haaren und den grünen Augen. Jeder Mann in diesem Hof, jedenfalls jeder, der nicht schwul ist, starrt sie an. Und Phoebe weiß das.

Phoebe

Na, na, na … Sie macht ja richtig was her – so schick, so elegant, typisch Ostküste. In einem Armani-Kleid – um Gottes willen! Und dabei war sie sich die ganze Zeit über so sicher gewesen, daß Lamb sich für Trisha entscheiden würde. Sie versucht, sich das Lachen zu verkneifen.

Sie hat Caitys Warnung noch im Ohr – Sei nett bei der Abschlußfeier, Phoebe, okay? Wirklich süß von Caity, Lambs neue Frau in Schutz nehmen zu wollen, obwohl sie sich nicht ganz sicher ist, ob ihr diese Vorstellung so recht behagt. Sollte Caity nicht eigentlich sie in Schutz nehmen?

Sie versucht sich Lamb und seine Braut miteinander im Bett vorzustellen, aber der Gedanke, daß Lamb diese Frau so in den Armen hält, wie er sie einmal gehalten hat, ist ihr unangenehm. Bereut sie vielleicht etwas? Nicht direkt, aber immerhin hat sie sehr angenehme Erinnerungen an die Zeit mit Lamb. Wenn er bereit gewesen wäre, nach Aspen zu gehen, nach Santa Fe, aber Boston … Himmel hilf! Sie hatte nicht vor, als propere Yankee-Ehefrau zu enden. Wie langweilig, wie normal!

Tawny

Sie klammert sich an Eds Arm, fühlt sich völlig fehl am Platz. Dabei kennt sie die meisten Gesichter. Fast alle sind irgendwann schon einmal bei einer der Dinnerpartys gewesen, die sie für die Gräfin ausgerichtet hat. Und die spielt ihre Rolle heute auch wieder hervorragend – bringt ihre Hunde mit zur Abschlußfeier. Wenigstens hat sie auch einen Hundeführer dabei. Gutaussehender junger Mann. Tawny kennt ihn nicht, aber die Gräfin ist ja immer gut für eine Überraschung. O Gott … jetzt macht sie Phoebe mit Abby bekannt! Na, das dürfte interessant werden. Sie traut Abby nicht. Ed findet das verrückt. Du bist viel zu mißtrauisch, sagt er immer zu ihr. Diese Frau hat bestimmt keine niederen Beweggründe. Sie hätte gern gewußt, wie er sich da so sicher sein kann. Und da kommt Abby auch schon, winkt ihnen zu, als wären sie alte Freunde. Zum Glück hält sich wenigstens Phoebe an die Spielregeln.

Er ist so stolz auf seine Tochter! Als sie zu den Klängen von »Pomp and Circumstance« hereinmarschiert, steigen ihm die Tränen in die Augen. Und wie sie lächelt, als sie ihr Diplom entgegennimmt! *Caitlin Mayhew Somers.* Er ist sicher, daß alle hier von ihrem Charme und ihrer Schönheit ebenso hingerissen sind wie er. Er hält Abbys Hand ganz fest. Sharkey sitzt zwischen ihm und Phoebe. Er hatte ihr keine Einladung zu seiner Abschlußfeier in Choate geschickt. Zwei Elternteile bei der Abschlußfeier sind genug, hatte er gesagt. Soweit er weiß, war Phoebe das nicht mal aufgefallen.

Jetzt beugt sich Phoebe zu Sharkey und flüstert ihm etwas ins Ohr. Lamb kann ihr Parfüm riechen, es ist dasselbe, das ihn früher ganz wahnsinnig gemacht hat. Er rückt näher zu Abby und lächelt sie an, um ihr zu zeigen, daß alles okay ist, daß er für sie da ist.

Dann ruft der Direktor *Victoria Leonard* auf. Vix nimmt ihr Diplom entgegen und dazu einen mit fünfhundert Dollar dotierten Preis für hervorragende akademische Leistungen. Das Publikum applaudiert höflich. Herzlichen Dank, sagt Vix. Ohne die Unterstützung meiner Familie hätte ich es nicht geschafft. Sie entdeckt Lamb und Abby unter den Gästen, lächelt und sieht dann zu ihren Eltern hinüber. Abby drückt Lambs Hand, schnieft und zieht ein Taschentuch hervor. Ihre Sommertochter. Was für ein Glück sie doch haben!

KAPITEL 24

Jedesmal, wenn sie sich zu einem weiteren Schritt durchgerungen hatte, zauberten Abby und Lamb ein neues Angebot aus dem Ärmel. »Komm schon, Kiddo ...«, sagte Lamb. »Fahr mit Caitlin. Schau dir die Welt an! Nimm es als Geschenk zum Schulabschluß.«

Sie und Caitlin standen im Schatten eines Baumwollbaums, beide in weißen Sommerkleidern, beide ihr frisch erworbenes Diplom in der Hand. Vix hatte eben erst erfahren, daß Caitlin nicht nach Martha's Vineyard zurückfuhr, sondern sich für eine Europareise entschieden hatte.

»Na, was meinst du?« fragte Lamb.

»Ich kann nicht«, antwortete Vix.

»Damit will sie sagen, daß sie ihren Freund nicht verlassen kann«, erklärte Caitlin. »Stimmt's, Vix?«

»Nein ...« Sie wußte ja nicht mal, ob sie überhaupt noch einen Freund hatte. Sie blickte zu ihren Eltern hinüber, die allein auf der anderen Seite des Hofs standen und sich offensichtlich nicht sehr wohl fühlten. Lewis und Lanie saßen auf den Stufen, und es war unverkennbar, wie sehr sie sich langweilten. Zum Glück sah man Lanie die Schwangerschaft noch nicht an. Vix hoffte, daß ihr nicht plötzlich schlecht werden würde und sie sich mitten auf dem Campus übergeben müßte. Bisher hatte sie noch niemandem davon erzählt, nicht einmal Caitlin, denn sie hatte Angst, Tawny würde ihr vorwerfen, öffentlich schmutzige Wäsche zu waschen.

Sharkey bekam sie nur flüchtig zu sehen, als er das neue Kunstgebäude, ein Geschenk irgendeines Hollywood-Sternchens, das vor kurzem hergezogen war und seine Kinder in der Mountain Day School eingeschrieben hatte, in Augenschein nahm.

»Es wäre ein unvergeßliches Erlebnis«, fuhr Lamb fort.

Jedes Erlebnis mit Caitlin war unvergeßlich. Darum ging es nicht. »Ich kann nicht«, wiederholte sie. »So gerne ich auch möchte ...«

»Es ist wegen ihrem Freund«, sagte Caitlin noch einmal. »Vergiß die schöne Zeit, die wir haben könnten. Mit ihm zusammen zu sein ist ihr wichtiger, als sich mit mir die große weite Welt anzusehen.«

»Darum geht es doch gar nicht«, entgegnete Vix und spürte die Spannung, die in der Luft lag.

»Vix muß tun, was ihr Herz sagt«, warf Abby ein.

»Ich glaube nicht, daß es ihr Herz ist«, widersprach Caitlin.

»Würdest du bitte aufhören, für mich zu antworten!« sagte Vix.

»Entschuldige«, erwiderte Caitlin. »Aber ich weiß, daß du diese Entscheidung bereuen wirst.«

»Aber sie muß die Entscheidung treffen«, wandte Abby ein.

Caitlin verdrehte die Augen.

Warum verstanden sie das denn nicht? Das Stipendium war eine Sache – das Geld kam aus einer Stiftung, und Vix hatte es sich mit dem zweitbesten Abschluß ihrer Klasse verdient. Das Stipendium hatte sie nicht aus reiner Nächstenliebe bekommen. Aber eine Reise nach Europa ... Sie war nicht ihre Tochter. Außerdem hatte sie bereits einen Ganztagsjob bei der Putzfirma auf der Insel angenommen, zusätzlich wollte sie an zwei Abenden als Bedienung im Homeport kellnern, denn sie war fest entschlossen, sich ihren Lebensunterhalt fürs College selbst zu verdienen.

Tawny und Ed kamen zu ihnen herüber. Sie wollten Vix zum Essen in das Restaurant in Tesuque ausführen, in dem ihr Vater seit kurzem als Manager arbeitete. Es war im *The New Mexican* erwähnt worden als ein Restaurant, das »traditionelle Südweststaatenküche in bezauberndem Ambiente« bieten würde. Ihr Vater hätte gern auch Caitlin und ihre Familie eingeladen, aber Tawny hatte abgeblockt. »Wir wollen nicht so tun, als spielten wir in derselben Liga.«

KAPITEL 25

Sie hatte den Vorschlag gemacht, Bru könnte sich bei den Flying Horses mit ihr treffen. Schließlich hatte dort alles begonnen. Sie kam etwas früher, kaufte sich aus einer plötzlichen Laune heraus eine Karte und fuhr eine Runde auf einem der äußeren Pferde. Seit Wochen schon quälte sie der Gedanke, wie es wohl sein würde, Bru wiederzusehen. Waren ihre Gefühle noch dieselben, oder würden beide nach dem ersten Blick auf dem Absatz kehrtmachen und in entgegengesetzte Richtungen davonlaufen? Sie war nicht mehr derselbe Mensch wie letzten Sommer und würde es auch nie wieder sein. Wenn sie genauer darüber nachdachte, wunderte sie sich, daß sie noch essen konnte, daß sie abends einschlafen, aufstehen, sich die Zähne putzen, sogar mit Freunden lachen konnte, obwohl sie die ganze Zeit über in ihrem Innern wie betäubt war, leer und benommen.

Der Junge, der die Tickets einsammelte, war ein dünner Teenager mit fettigen Haaren und Pickeln – ganz anders als das nationale Kulturgut ihres ersten Inselsommers mit seinem blondgesträhnten Pferdeschwanz und seinen muskulösen Armen. Ein kleines Mädchen in einer Jeanslatzhose fuhr neben ihr, und als das Karussell sich zu drehen begann, packte sie mit beiden Händen die nächstliegende Stange und kreischte vor Begeisterung.

Als das Karussell in vollem Gang war, entdeckte sie Bru in der Menge. Sie war versucht, ihn zu rufen, beobachtete dann statt dessen, wie er sich umsah, die Daumen lässig in die Taschen seiner Jeans eingehakt. Das Hemd, das er anhatte, kannte sie nicht; auch sie trug etwas Neues: einen ärmellosen weißen Baumwollpulli mit einem tiefen V-Ausschnitt. Die Haare hatte sie offen gelassen, so wie er es am liebsten mochte, und an all die Stellen ihres Körpers, die er besonders liebte, hatte sie Love's Baby Soft getupft.

Als er sie erkannte, sprang er auf das fahrende Karussell. Sie hielt den Atem an, als er sich zu ihr durchdrängelte und sein berühmtes Lächeln langsam auf seinem Gesicht erschien. Dann war er neben ihr. Plötzlich war ihr Mund ganz trocken, und sie fuhr sich nervös mit der Zunge über die Lippen. Er berührte ihre nackte Schulter, und alles war sofort wieder da – die weichen Knie und die Schmetterlinge im Bauch.

»Wie geht's dir?«

»Ganz gut. Und dir?«

»Auch ganz gut.« Er sah ihr tief in die Augen, und sie spürte die Wärme zwischen ihren Beinen. Dieser Teil von ihr war also nicht abgestorben.

»Wie geht's Caitlin?«

Über Caitlin wollte Vix jetzt nicht sprechen. »Sie ist in Europa.«

»Ja, Von ist ganz schön enttäuscht. Warum ist sie einfach so davon, ohne ihm Bescheid zu sagen?«

»Ich denke, er bedeutet ihr einfach nicht soviel.«

»Anders als bei dir und mir.«

»Ja. Anders als bei dir und mir.«

Bru

Was soll er bloß sagen? Verdammt, nie findet er die richtigen Worte, wenn er sie braucht! Aber sie wartet darauf, daß er etwas sagt. Das spürt er. Er sollte etwas zum Tod ihres Bruders sagen. Wie leid es ihm tut. Daß er verstehen kann, wie sie sich fühlt.

Und er versteht tatsächlich. Er selbst hat Ähnliches hinter sich. Nicht so was, aber ähnlich. Seine Mutter ...

Soll er ihr von seiner Mutter erzählen? Auf keinen Fall ... ausgeschlossen. Er spricht nie von seiner Mutter, von den zwei Jahren, als sie so krank war. Es gibt keine Worte für das, was geschehen ist. O ja ... natürlich gibt es ein Wort dafür, das »K-Wort«. Groß und unaussprechlich. Aber es bedeutet nichts. Er sagt nichts darüber, wie sie geschrien und geweint hat vor Schmerzen. Wie elend sie sich von der beschissenen Chemotherapie gefühlt hat, so elend, daß sie darum gebettelt hat, man sollte ihr eine Plastiktüte über den Kopf ziehen, damit es endlich ein Ende hätte. Oder auch darüber, daß er selbst Schluß machen wollte, als dann tatsächlich alles vorbei war. Eine ganze Flasche Aspirin hat er geschluckt. Man mußte ihm den Magen auspumpen. Was soll's? Er war damals ein Kind. Fünfzehn. Wie kann er ihr das erzählen?

Statt dessen küßt er sie und hofft, daß sein Kuß alles sagt ... Wie oft er den Winter über an sie gedacht hat, wie sehr er bei ihr sein, mit ihr schlafen will. Nicht unbedingt heute abend. Er kann warten, bis sie bereit ist. Aber er hofft, daß es bald sein wird. Sehr bald.

Von diesem Abend an war alles andere unwichtig. Sie zählte die Minuten, bis sie wieder zusammensein konnten, sagte hundertmal am Tag seinen Namen, lächelte, wenn sie an ihn dachte. Jedes Liebeslied sprach ihr aus der Seele. Nachdem sie sich so viele Monate lustlos und matt gefühlt hatte, verfügte sie plötzlich über scheinbar unerschöpfliche Energiereserven, konnte den ganzen Tag arbeiten und noch die halbe Nacht wach bleiben, in Brus Armen liegend. Wenn sie bei ihm war, stand die Zeit still. Jedes Klischee, das sie je über die Liebe gehört hatte, wurde Wirklichkeit.

»Ich will mich ja nicht einmischen, Vix«, sagte Abby, »aber wie ernst ist es eigentlich zwischen dir und Bru?«

Wie ernst es war? Wollte Abby wissen, ob sie Zukunftspläne schmiedeten? Sie redeten nie über die Zukunft. War es nicht genug, verliebt zu sein? Bis über beide Ohren, total, hoffnungslos verliebt!

»Ich möchte nur nicht, daß du dir etwas verbaust«, erklärte Abby. »Du solltest körperliche Anziehung nicht mit Liebe verwechseln. Ich hab das auch getan in deinem Alter, und ich mußte dafür bezahlen … und im Grunde auch Daniel. Als ich mich mit Daniels Vater verlobt habe, war ich neunzehn. Neunzehn, Vix! Was wußte ich schon mit neunzehn? Und niemand hat versucht, mich aufzuhalten. Meine Mutter war zufrieden, weil er Jura studierte und in der Lage sein würde, für mich zu sorgen. Sie hat nicht daran gedacht, daß ich lernen sollte, für mich selbst zu sorgen.«

»Mach dir keine Gedanken …«, meinte Vix. »Ich werde selbst für mich sorgen. Ich hab meine Ziele nicht aus den Augen verloren.« Und hatte sie nicht für ihre Seite im Jahrbuch der Mountain Day School den entsprechenden Leitsatz ausgesucht?

Ein Leben ohne Ziel ist nicht wert, gelebt zu werden.

»Ach du Scheiße, was soll das denn heißen?« hatte Caitlin damals gefragt.

»Daß man sich Ziele setzen soll. Hast du noch nie davon gehört?«

»Was für Ziele meinst du denn? Ich würde sagen, ein Leben ohne Abenteuer lohnt sich nicht, ein Leben ohne neue Erfahrungen, ein Leben ohne Sex, sogar ...«

»Es ist nur ein Zitat«, erklärte Vix. »Es bedeutet nichts anderes, als da steht.« Sie konnte nicht zugeben, daß zu ihren Zielen auch gehörte, ihrer Familie zu entfliehen, herauszufinden, was es da draußen in der Welt sonst noch alles gab, und vor allem, ein eigenes, selbständiges Leben zu führen. Sie erwähnte nichts davon, obwohl sie wußte, es hätte Caitlins Beifall gefunden. Statt dessen fragte sie: »Was soll dein Zitat bedeuten?«

»Bedeuten?«

»Ja ... Wenn du schon soviel Wind um meines machst. Was soll ›Tiger, Tiger, brenne hell‹ heißen?«

»Das bin ich«, antwortete Caitlin. »So sehe und definiere ich mich.«

»Wirklich?« sagte Vix.

»Ja, wirklich«, antwortete Caitlin. Dann sah sie Vix streng an. »Warum führen wir diese Unterhaltung? Warum benehmen wir uns, als wären wir sauer aufeinander? Sind wir das?«

»Ich nicht«, antwortete Vix.

»Gut ... ich nämlich auch nicht.«

»Vielleicht haben wir Angst«, meinte Vix.

»Angst?«

»Uns zu trennen. Einander zu verlieren.«

»Wir werden uns niemals verlieren«, sagte Caitlin und nahm Vix in die Arme.

Es war seltsam, ohne Caitlin im Sommerhaus zu wohnen. Ihr gemeinsames Schlafzimmer mit all seinen Erinnerungen kam Vix ganz leer vor. Vix hörte eine Kassette, die sie von sich aufgenommen hatten, wie sie »Dancing Queen« sangen ... und mußte lachen, weil sie sich so jung anhörten. Mit offenen Augen lag sie auf dem Bett und dachte an jeden einzelnen Augenblick der vergangenen Sommer, aber sie spürte auch die Panik wieder, die Panik jenes letzten Morgens in diesem Raum, dem Morgen vor einem Jahr, als sie ihre Sachen gepackt hatte und bei Sonnenaufgang weggegangen war, um nicht wieder zurückzukehren.

»Möchtest du lieber das Zimmer der Jungs?« hatte Abby gefragt, als Vix angekommen war. Anscheinend hatte sie solche Gefühle vorausgeahnt. Weder die Chicago Boys noch Sharkey verbrachten dieses Jahr den Sommer hier. Sie waren alle irgendwo unterwegs, waren flügge geworden. Endlich einmal hatte Vix Gelegenheit, Einzelkind zu sein, und genoß die gesamte Aufmerksamkeit von Abby und Lamb. Allerdings legte sie keinen großen Wert darauf, jetzt wo sie Bru hatte. Deshalb war sie froh, als Abby begann, Gäste einzuladen und das Haus sich nach und nach füllte – ihre frühere Zimmergenossin aus dem College, die jetzt in San Francisco lebte, Abbys Eltern, die Vix noch nie gesehen hatte, alte Freunde aus Chicago, neue Freunde aus Cambridge. Meistens aßen sie spät, und sie forderten Vix auf, sich zu ihnen zu setzen, wann immer sie wollte. Doch sie machte sich nach der Arbeit lieber auf den Weg zu Brus Hütte in Gay Head.

Mitte Juli war er dort eingezogen – ein Zimmer, Holzofen, weder Strom noch fließend Wasser, aber gemütlich, mit einem richtigen Bett und Vorhängen, die seine Tante genäht hatte. Manchmal, wenn sie sich geliebt hatten und Vix in Brus Armen einschlief, träumte sie von Nathan. Eines Nachts schob er sie in einem Kinderwagen durch den Wald; er war gerade und groß gewachsen. Als sie ans Ziel kamen – einen Berggipfel, von dem man eine wunderschöne Aussicht hatte –, kippte er den Kinderwagen ein wenig nach vorn, damit sie hinaussehen konnte. Aber sie war nicht festgeschnallt und rutschte heraus, hinab in die Tiefe, stürzte mit ausgebreiteten Armen und Beinen ins Nichts, einen Ausdruck des Grauens im Gesicht. Sie schrie im Schlaf auf und weckte damit sich selbst und Bru.

»Was ist?« fragte er.

»Nur ein blöder Traum«, antwortete sie und vergrub den Kopf an seiner Brust.

»Alles okay«, sagte er und nahm sie fest in die Arme. »Ich bin da ... Ich lasse nicht zu, daß dir etwas Schlimmes passiert.«

Sie blieb nie die ganze Nacht in seiner Hütte, sondern zwang sich, Nacht für Nacht aus dem Bett zu steigen, sich anzuziehen und über die Old Country Road nach Hause zu fahren. Es war die Straße, auf der Lambs Eltern ums Leben gekommen waren.

Eines Nachts klingelte das Telefon im Haus und weckte sie alle. Lamb oder Abby hatte anscheinend abgehoben, und so schlief Vix wieder ein, bis Lamb an ihre Tür klopfte und rief: »Vix ... bist du wach? Es ist Caitlin. Sie möchte mit dir sprechen.«

Sie nahm den Hörer von dem Telefon ab, das im Sommer zuvor an Caitlins Bett installiert worden war. »Hallo?«

»Vix ... Ich bin in Arles ... du weißt schon, das Dorf, in dem sich van Gogh das Ohr abgeschnitten hat. Es ist phantastisch ... die Farben des Himmels, die Felder, das Dorf. Du mußt unbedingt herkommen ... nur für eine Woche. Sag nicht, daß du nicht kannst. Wo ein Wille ist, da ist auch ein Weg!«

»Es ist mitten in der Nacht«, wandte Vix verschlafen ein.

»Ich weiß. Deshalb hab ich an dich gedacht. Ich möchte nicht, daß du das hier verpaßt. Joanne gibt dir bestimmt eine Woche frei. Ganz sicher.« Sie hielt inne und fügte dann hinzu: »Und Bru auch ... wenn er dich wirklich liebt.«

Wenn Caitlin doch nur endlich aufhören würde, sie in Versuchung zu führen, ihr dauernd zu erzählen, was sie alles verpaßte. Irgendwann würde sie schon nach Europa kommen. Mit ihrem eigenen Geld.

»Ich hab nur gehofft ...«, sagte Caitlin, fast unhörbar, »weil ich im September nicht zurückkomme ...«

»Wie meinst du das, du kommst nicht zurück?«

»Ich lege ein Jahr Pause ein, ehe ich nach Wellesley gehe. Ich will reisen und ein bißchen im Ausland studieren.«

»Wann hast du das beschlossen?«

»Gerade eben«, antwortete sie. »Aber ich habe schon länger mit dem Gedanken gespielt.«

Caitlin begann, Postkarten zu schicken, eine ganze Serie, jede von einem anderen Ort, immer mit spärlichem, kryptischem Text.

Ich bin die ... Du bist meine ... Auf der ganzen Welt ... Wir könnten ... Wenn nur ...

Vix mußte unwillkürlich an die Sprüche auf den kleinen Herzen denken, die ihr Vater am Valentinstag nach Hause brachte.

Am Ende der Woche legte sie alle Karten vor sich hin und versuchte, die Nachricht zu entschlüsseln, aber es gab zu viele Möglichkeiten.

Abby überredete sie, Bru zum Abendessen mitzubringen. »Wirklich, Vix, allmählich wird die Sache doch lächerlich. Du kannst ihn nicht ewig für dich behalten ...« Vix wußte, daß Abby recht hatte, aber sie war nervös, sie fürchtete ... ja, was fürchtete sie eigentlich? Daß Abby und Lamb ihn in Augenschein nehmen und für unpassend befinden würden? Es war unnötig, sich Sorgen zu machen. Er erschien pünktlich, mit einem Strauß

Cosmeen für Abby. Er war höflich, fast schüchtern, liebenswert.

Abby servierte eine einfache sommerliche Mahlzeit mit gegrilltem Schwertfisch, Mais von der Insel, Salat und Blaubeerkuchen. »Für uns ist Vix wie eine Tochter«, erklärte Lamb beim Nachtisch. »Wir sind ihre Inselfamilie.«

»Ja, Sir, das hat sie mir erzählt.«

»Und wir sind sehr stolz, daß sie im September nach Harvard geht«, fügte Abby hinzu.

»Auch das weiß ich.« Unter dem Tisch drückte Bru seinen Oberschenkel gegen Vix', um sie wissen zu lassen, daß er die Botschaft verstanden hatte. Weder Abby noch Lamb entging die Geste.

»Und was sind Ihre Pläne?« fragte Abby Bru. »Haben Sie vor, hier auf Martha's Vineyard zu bleiben?«

»Ich bin auf der Insel geboren und hab einen guten Job in der Baufirma meines Onkels. Solange der Markt für Ferienhäuser so gut bleibt, haben wir keinen Grund zur Sorge.«

»Er scheint ein anständiger Kerl zu sein«, sagte Lamb, nachdem Bru gegangen war. »Mit recht guten Zukunftsperspektiven.«

»Aber Vix ist so jung ...«, wandte Abby ein, »und sie hat selbst gute Zukunftsperspektiven.«

»Vix macht schon keine Dummheiten – oder?« wandte sich Lamb an Vix.

Doch bevor Vix antworten konnte, sagte Abby: »Aber sie ist verliebt ... Das sieht jeder, der Augen im Kopf hat.«

Mitte August waren Vix' Kräfte plötzlich erschöpft. Die scheinbar grenzenlose Energie war verbraucht, und sie hatte das Gefühl, als könnte sie wochenlang schlafen. »Es gefällt mir nicht, daß du derart ausgelaugt mit dem College anfängst«, meinte Abby. »Warum hörst du nicht auf zu arbeiten und nimmst dir ein bißchen Zeit zum Ausspannen?«

»Mir geht's bestimmt bald wieder besser«, entgegnete Vix. Aber sie war sich gar nicht sicher. Sie fühlte sich so niedergeschlagen, so deprimiert.

»Vielleicht brauchst du Vitamine«, meinte Bru.

»Vielleicht brauch ich nur ein bißchen mehr Schlaf.«

»Warum fährst du dann jede Nacht quer über die Insel?« fragte er. »Warum willst du unbedingt im Haus von Caitlins Vater übernachten, wenn du genausogut hier bei mir bleiben kannst?«

Sie konnte diese Frage nicht beantworten, denn sie wußte selbst nicht, warum. Sie wußte nur, daß sie Abby und Lamb brauchte. Sie brauchte die Nähe zu ihnen, bei ihnen fühlte sie sich sicher. Aber jedesmal, wenn sie das Bru zu erklären versuchte, fühlte er sich angegriffen.

»Du fühlst dich bei ihnen sicher, aber bei mir nicht?«

»Das ist doch kein Wettbewerb. Du gegen Abby und Lamb.«

»Manchmal kommt es mir aber so vor. Und es gibt für mich keine Möglichkeit zu gewinnen.«

»Das siehst du verkehrt«, sagte sie.

In ihrer letzten Nacht auf der Insel liebten sie sich bis zur Morgendämmerung. »Meinst du, das hält, bis wir uns wiedersehen?« fragte Bru.

»Keine Sorge«, antwortete Vix. »Und bei dir?«

»Ich werde einfach an diese Nacht denken. Und wenn das nicht genügt, gibt es ja immer noch das Telefon.«

Aber als es soweit war und sie aus dem Bett klettern wollte, hielt er sie am Arm fest und flüsterte: »Bleib bei mir, Victoria. Ich brauche dich hier, in meinen Armen … Bitte geh nicht.«

Und in diesem Augenblick hatte sie das Gefühl, daß nichts anderes je eine Rolle spielen würde.

TEIL DREI

»We Are the World«

1983–1987

KAPITEL 26

In Harvard nannte sie sich Victoria.

Maia, ihre Zimmergenossin, eine Elfenprinzessin aus New Jersey, mit einer farblosen Zahnspange – Frag nicht! Das ist schon meine zweite Langzeitbehandlung beim Kieferorthopäden, und meine Eltern wollen einen Prozeß anstrengen –, warf einen Blick auf Brus Foto und sagte: »Gott ... der sieht aber gut aus! Ich mag solche Naturtypen. Wo studiert er denn?«

»Er studiert nicht.«

»Echt? Was macht er denn?«

»Er ist im Baugeschäft.«

»Im Baugeschäft?«

»Er arbeitet für seinen Onkel. Die Firma baut Häuser ... auf Martha's Vineyard.«

»O wow ... auf Martha's Vineyard. Es muß phantastisch dort sein. Wo ist er zur Schule gegangen?«

»Auf der Insel.«

»Echt? Gibt es da ein College?«

Sie haßte Maia, obwohl sie einander gerade erst kennengelernt hatten.

Die meisten Erstsemester waren die Besten ihrer jeweiligen High School, talentiert, hochintelligent, leidenschaftlich und ehrgeizig, gewohnt, bei allem die Nummer eins zu sein. In Harvard hatte es wenig Bedeutung, daß Vix als zweitbeste ihres Jahrgangs abgeschlossen hatte. Es war ein Witz. Sie konnte sich überhaupt nicht erklären, weshalb sie zugelassen worden war. Sie gehörte nicht in diese Liga, um Tawnys Worte zu gebrauchen.

Auch Vix' Zimmergenossin hatte nur Bestnoten. Jedenfalls behauptete sie das. Mit ihren dauernden Kommentaren und Fragen machte sie Vix halb wahnsinnig. Vom ersten Tag an antwortete Vix kaum je ausführlicher als mit *ja, nein* oder *vielleicht.* Und wie Maia auf ihren Nägeln herumbiß, wenn sie lernte! Wie ein hungriges Nagetier. Vix stellte sich vor, Maia die Hände auf dem Rücken zu fesseln oder ihr die Nägel mit einer ekligen Tinktur zu bestreichen, so daß sie nach dem ersten Knabberversuch würgend in das große Badezimmer am anderen Ende des Flurs rennen müßte. Vix konnte es kaum abwarten, bis Maia abends eingeschlafen war, um endlich ein bißchen Ruhe und Frieden zu haben.

Maia

Sie kann es nicht fassen, daß sie diese Kreatur ein ganzes Jahr lang ertragen soll! Enttäuschung kann noch nicht einmal ansatzweise beschreiben, wie sie sich fühlt. Sie haben absolut keine Gemeinsamkeiten. Maia vermutet, daß die Kreatur zumindest schlau ist. Sonst wäre sie ja nicht hier. Aber der Versuch, ein Gespräch mit ihr anzufangen, endet unweigerlich mit *ja, nein, vielleicht.* Auch als sie Fragen stellte zu den Fotos, erging es ihr nicht viel besser, nicht nur bei dem von ihrem Freund, sondern auch bei dem von dem Jungen im Rollstuhl. Mein Bruder. Mehr sagt sie nicht, das war's. Es muß eine Geschichte dazu geben, aber die Lippen der Kreatur sind versiegelt. Und dann ist da auch noch das hübsche Mädchen, das direkt in die Kamera blickt. Irgend etwas an ihrem Gesicht beunruhigt sie. Und die sonderbare Unterschrift – NINO, Deine Sommerschwester. Auf ihre Frage, was das bedeutet, sagt die Kreatur wieder mal nur: Ach, gar nichts.

Wenn sie sich bei ihrer Mutter über die Kreatur beschwert, sagt die jedesmal, sie solle Geduld haben. Vielleicht ist sie schüchtern, Maia. Nein, das ist es nicht, Mom. Es muß etwas anderes sein. Vielleicht ist sie ein Snob. Arrogant. Paisley, die mit ihnen auf demselben Flur wohnt, findet Victoria interessant, sogar geheimnisvoll, und vermutet, daß sie irgendwas erlebt hat, worüber sie mit niemandem reden kann. Sieh ihr in die Augen, sagt Paisley, dann weißt du, was ich meine. Aber wenn Maia der Kreatur in die Augen schaut, entdeckt sie dort nur Ablehnung.

Früher einmal hatte Vix daran gedacht, einen Beruf im sozialen Bereich zu ergreifen, vielleicht auch als Krankengymnastin zu arbeiten, vielleicht als Lehrerin, irgend etwas, wovon Nathan profitieren würde. An der University of New Mexico wäre es vermutlich so gekommen. Aber jetzt, wo sie in Harvard war, jetzt, wo ihr klar wurde, welche Möglichkeiten sie hatte ... Zuerst überlegte sie, Englisch als »Konzentrationsfach« zu nehmen. In Harvard hatten die Studenten keine Hauptfächer wie an anderen Unis, hier hatte man Konzentrationsfächer. Aber sollte sie nun einfach Literatur belegen oder Englisch in der amerikanischen Literatur oder Historische Literatur? Oder vielleicht Soziologie oder Sozialanthropologie oder Verhaltens- und Milieustudien, was immer das auch sein mochte? Es erging ihr wie dem sprichwörtlichen Charlie in der Schokoladenfabrik, der, angesichts einer so verlockenden Auswahl, möglichst schnell möglichst viel in sich reinstopfen will, ehe ihn jemand hinauswirft.

Nachts wurde in den Zimmern in Weld South über alles mögliche diskutiert, und die Mädchen warfen mit Begriffen und Ideen nur so um sich. Wenn die anderen über die Gleichheit der Geschlechter diskutierten, über die Auswirkungen von Umweltveränderungen auf die Erbanlagen oder über den Sinn des Lebens, hörte Vix zu und saugte alles in sich auf, sagte aber kaum etwas. Auch, wenn die Gräfin behauptete, es sei nutzlos, belegte sie Robert Coles Grundkurs zur Literatur der sozialen Reflexion. Er verstand das Leben. Sie wollte es verstehen.

Am ersten Dienstag im Oktober rief Vix' Vater frühmorgens an, um ihr zu sagen, daß Lanie entbunden hätte.

Vix war jetzt Tante eines kleinen Mädchens namens Amber.

Maia drehte sich im Bett herum. »Was?« fragte sie verschlafen, als Vix den Hörer auflegte.

»Meine Schwester hat gerade ein Kind bekommen. Ich bin Tante.«

»Ich wußte gar nicht, daß du eine große Schwester hast.«

»Hab ich auch nicht. Lanie ist gerade siebzehn geworden.«

Maia setzte sich auf. »Du meinst, sie ist … sie ist eine dieser Teenager-Mütter? Wie in den Statistiken?«

»Genau.«

In Maias Familie wurde bestimmt kein Mädchen jemals im Teenageralter schwanger, und falls doch, würde das Kind abgetrieben. Vix wußte, daß New Mexico für Maia ein Dritte-Welt-Land war und daß sie ihre Familie gedanklich in irgendeinem Elendsviertel ansiedelte. Aber umgekehrt verkörperte Maia für Vix alles Schlechte der privilegierten Vorstadtmenschen. Sie fand Maia maßlos naiv und voller Vorurteile.

Vix' Vater schickte ein Foto des Neugeborenen – ein typischer Schnappschuß aus dem Krankenhaus. Das Baby war ein Frühchen und nur vier Pfund schwer, ansonsten aber okay. Tawny wollte nichts mehr mit Lanie zu tun haben. Wie man sich bettet, so liegt man. Vix schickte Lanie Dr. Spocks Buch über Säuglings- und Kinderpflege und ein Tragesäckchen für Amber.

Das nächste Mal, als das Telefon zu einer unchristlichen Zeit klingelte, war Caitlin dran. »Wo bist du?« fragte Vix.

»In Rom. Es ist phantastisch! Ich lerne Italienisch ... und Kunst ... und Geschichte – direkt an der Quelle.«

»Wann kommst du zurück?«

»Weiß ich nicht.«

»Zu Thanksgiving?«

»Das wird hier nicht gefeiert.«

»Weihnachten?«

»Phoebe besucht mich über Weihnachten hier.«

»Wann kommst du dann?«

»Vielleicht nie mehr.«

»Sag das nicht.«

Caitlins Stimme wurde leise und verführerisch. »Vermißt du mich?«

»Das weißt du doch.«

»Ich vermisse dich auch. Wird Harvard seinem Ruf gerecht?«

»Es ist hart, falls du das meinst. Ich muß mich anstrengen, um überhaupt mithalten zu können.«

»Was ist mit Bru?«

»Was soll mit ihm sein?«

»Seht ihr euch?«

»Wir telefonieren.«

»Reicht dir das?«
»Was glaubst du wohl?«

Jedesmal, wenn sie Caitlins Stimme hörte, spürte sie einen Schmerz, eine Sehnsucht nach etwas, aber sie wußte nicht, wonach. Obwohl es fast eine Erleichterung war, allein zu sein, niemanden um sich zu haben, der ihr ständig über die Schulter sah und alles, was sie tat, in Frage stellte, vermißte sie Caitlin. Für Vix war sie immer noch *Caitlin Somers, der Mensch, der mein Leben am stärksten beeinflußt hat.*

»Muß sie denn unbedingt mitten in der Nacht anrufen?« fragte Maia. »Ich brauche meinen Schlaf. Ich komme mit weniger als sieben Stunden nicht aus. Könntest du ihr bitte sagen, daß sie nicht nur dich weckt, sondern auch mich.«

Aber das nächste Mal, als Caitlin anrief und Vix sie fragte, ob sie bitte vor elf Uhr abends anrufen könnte, erwiderte Caitlin: »Der Nachttarif ist billiger, weißt du. Ich hab mir ein Budget gemacht und lerne, mein Geld einzuteilen.«

»Ist das dein Ernst?« fragte Vix.

»Natürlich.«

»Okay ... Ich werde versuchen, das meiner Mitbewohnerin zu erklären.«

»Wie ist sie so?« wollte Caitlin wissen.

»Ganz anders als du!«

»Gut.«

Maia war es, die Vix erklärte, daß Caitlin nicht zum billigeren Tarif telefonierte, wenn sie sie mitten in der Nacht aus dem Schlaf riß. In Rom sei es nämlich hellichter Tag.

Zwischen Martha's Vineyard und Harvard zu pendeln war nicht drin. Nicht einmal pro Woche, nicht einmal pro Monat. Ihr Pensum war wesentlich härter, als sie es je für möglich gehalten hätte. Sie mußte sogar ihren zweiten Job – die Wochenenden bei Filene's – aufgeben und sich mit den drei Abenden im Coop begnügen.

Bru besuchte sie über das lange Wochenende an Columbus Day und mietete ein Zimmer in einem Motel außerhalb der Stadt. Vix hatte Halsschmerzen und Fieber. Alles was sie wollte, war im Bett liegen und schlafen.

Er schimpfte mit ihr, weil sie krank geworden war. »Du kümmerst dich nicht gut genug um dich.«

»Jetzt klingst du schon wie Abby.«

»Vielleicht hat Abby ja recht.«

Am Wochenende zuvor hatte Abby angerufen und Vix gedrängt, zum Arzt zu gehen.

»Ich bin wirklich nicht so krank«, hatte Vix abgewehrt. »Bloß ein bißchen Husten.«

»Aus ein bißchen Husten kann schnell eine Lungenentzündung werden, wenn du nicht aufpaßt.«

»Ich paß schon auf ... wirklich.«

Sie hörte Abby seufzen.

Und jetzt hielt Bru ihr eine Moralpredigt. »Ich sag dir doch, du brauchst Vitamine. In Vineyard

Haven gibt es einen neuen Bioladen. Die Besitzerin kennt sich wirklich gut aus. Ich rede mal mit ihr. Es muß einen Grund dafür geben, daß du immer so kaputt bist.«

Obwohl er sich Sorgen um ihre Gesundheit machte, erregte ihn ihr Fieber auch. Ihr Körper war so heiß – außen und innen. Er konnte gar nicht genug von ihr bekommen. Nein, er hatte keine Angst, sich anzustecken. Und falls er sich ansteckte, war es das wert. Sie hatten viel nachzuholen. All die Nächte, in denen sie voneinander geträumt hatten.

»Weißt du, was ich über mich herausgefunden habe?« sagte sie am späten Sonntagnachmittag, nachdem das Fieber endlich gesunken war und sie ein Bad in der Motelwanne nahm.

»Daß du verrückt nach mir bist?« schlug er vor. Er saß auf dem Wannenrand und seifte ihr den Rücken ein.

»Das wußte ich schon immer.«

»Was dann?« Er küßte sie auf den Nacken. »Was hast du herausgefunden?«

»Wie ungebildet ich eigentlich bin. Bevor ich hierherkam, wußte ich nicht, wieviel es zu lernen gibt. Wie viele Ansichten es zu einem einzigen Thema gibt.«

Er rückte ein Stück von ihr weg.

»Ich meine damit nicht ...« Verdammt! Er hatte es auf sich bezogen. »Bru ... das hat nichts mit dir zu tun. Nur manchmal, wenn ich daran denke, was es alles gibt, wovon ich nichts weiß ...

dann kriege ich Angst. Das ist alles, was ich sagen wollte.«

»Warum denkst du dann nicht an das, was du weißt? Ich wette, du weißt mehr über das Leben als irgendeiner von deinen neuen Freunden.«

»Das stimmt wahrscheinlich.«

»Fragst du dich nie, was du hier machst?«

»Doch, andauernd.«

Sie stieg aus der Wanne, und er sah zu, wie sie sich abrubbelte. »Liebst du mich noch?« fragte er.

»Natürlich liebe ich dich noch«, antwortete sie. »Hast du gedacht, ich hätte damit aufgehört?«

»Ich war mir, ehrlich gesagt, nicht ganz sicher.«

»Dann laß es mich beweisen ...«, sagte sie und sank vor ihm auf die Knie.

Eine Woche später kam ein Päckchen von Vineyard Health. Sechs verschiedene Vitamine und Mineralstoffe und ein persönlicher Gruß von der Eigentümerin, einer Frau namens Star.

KAPITEL 27

Philosophie war eines ihrer Lieblingsthemen, aber sie standen doch nicht so hoch über den Dingen, um nicht über Männer und Sex zu diskutieren. Maia war noch Jungfrau, was möglicherweise erklärte, warum Bru sie so faszinierte. Vielleicht war sie gar nicht so aufdringlich, wie es immer schien, sondern nur neugierig.

Als Maia beschloß, es wäre an der Zeit, aktiv zu werden, ermutigten sie Paisley und deren Zimmergenossin Debra nach Kräften. »Der Winter hier oben ist lang und hart«, meinte Paisley mit ihrem gedehnten Südstaatenakzent. Sie kam aus Charleston, war groß und hager, ein Mädchen, das Abby bestimmt als gutaussehend bezeichnet hätte. »Du solltest dir für die kalten Winternächte wirklich jemanden zum Kuscheln suchen.«

Debra war Koreanerin, hatte internationale Schulen besucht und in einer Jugendzeitschrift bereits einige Gedichte veröffentlicht. »Wenn man einen Abdruck im YM schon als Veröffentlichung bezeichnen will. Aber ich bin nicht Sylvia Plath. Und ich will es auch nicht sein. Denkt doch nur an ihr Ende!«

»Und das wegen eines Mannes«, sagte Maia.

»Viele Leute glauben, es sei wegen ihrer Mutter gewesen«, warf Debra ein.

»Sie hat bestimmt nicht wegen ihrer Mutter den Kopf in den Ofen gesteckt«, widersprach Maia.

»Möglich wäre es aber«, entgegnete Debra. »Vielleicht war sie erblich vorbelastet.«

»Es werden Medikamente gegen so etwas entwickelt«, warf Paisley ein. »Bald wird keiner mehr psychisch gestört sein. Es sei denn, er will es.«

»Und damit wird auch die Kreativität den Bach runtergehen«, sagte Debra, und die nächste Stunde unterhielten sie sich über den Zusammenhang zwischen neurotischer Persönlichkeit und Kreativität.

Der Mann zum Kuscheln, den Maia bald fand, hieß Wally. Sie lernte ihn in einem Einführungskurs in Recht kennen, ebenfalls eines der beliebtesten Fächer. Auch für Wally war es die erste sexuelle Beziehung. Die beiden verbrachten sehr viel Zeit miteinander und analysierten über Stunden hinweg ihre Situation. Vix meinte, sie sollten nicht zuviel analysieren, sondern lieber auf ihre Gefühle vertrauen. Daraufhin warf Maia Vix vor, ihr sei noch nie jemand begegnet, der so wenig Interesse für Analyse gezeigt hätte, wie sie. Was vermutlich stimmte, wenn man sich Maias Bekanntenkreis ansah.

Vor dem großen Ereignis präsentierten Debra und Paisley Maia ein Video mit eindeutigen Anleitungen. Maia saß stocksteif vor dem Bildschirm, darauf gefaßt, sich jeden Moment die Augen zuhalten zu müssen, aber statt der erwarteten Abscheu vor dem, was sie sah, überfiel sie eine starke Erregung. Vix erging es nicht anders. Sie hatte nicht gedacht, daß es so viele Spielarten körperlicher Liebe gab.

Kurz nach dem Valentinstag kehrte Maia höchst zufrieden ins Zimmer zurück. »Also«, verkündete sie, »das hätten wir hinter uns.« Debra und Paisley drängten herein. »Wir haben viel gelacht«, erzählte Maia. »Das ist ein gutes Zeichen, meint ihr nicht?« Sie suchte in den Gesichtern der anderen nach Bestätigung. »Na ja, vielleicht nicht unbedingt währenddessen«, räumte sie ein. »Dabei geht's ja mehr ums Stöhnen und Seufzen und Schwitzen und so, aber danach ... Wenn man darüber redet, dann ist es irgendwie irre komisch.«

Die anderen sahen Maia an, dann einander, und schließlich meinte Paisley: »Was meinst du, Victoria? Du bist doch unsere Expertin.«

Vix hatte als einzige eine ernstzunehmende Beziehung. Manchmal störte es sie, daß Bru und sie sich geschworen hatten, sich mit keinem anderen zu verabreden. Manchmal wäre sie gern in einen Coffee Shop oder eine Buchhandlung gegangen und hätte mit jemandem geflirtet. Sie fragte sich, ob Abby vielleicht recht hatte, wenn sie sagte, Vix ließe sich die Freude am Jungsein nehmen. Ob Bru manchmal ähnliche Gedanken hatte? Und wie würde sie sich fühlen, wenn es so war?

»Nun, Victoria?« drängte Paisley.

»Tja ... manches daran ist wahrscheinlich schon komisch«, antwortete sie und versuchte sich zu erinnern, ob sie und Bru jemals herumgesessen waren und gelacht hatten, nachdem sie sich geliebt hatten. Ihr fiel nichts ein. Gewöhnlich schliefen sie danach eng umschlungen ein. Schon beim Gedanken daran vermißte sie ihn.

Um vier Uhr morgens rief Caitlin aus Paris an. »Ich hatte eine Affäre mit einer Frau. Sie hat mich an dich erinnert.«

»Wie meinst du das?« fragte Vix nach.

»Dunkle Haare, vollbusig, schöne Haut ... «

»Ich glaube, ich will das nicht hören.«

»Warum ... Schockiert es dich?« fragte Caitlin.

»Willst du mich schockieren?«

Caitlin lachte. »Ich versuche doch immer, dich zu schockieren.« Eine lange Pause trat ein, dann sagte sie: »Hier gibt es eine Menge Frauen, die lesbische Beziehungen ausprobieren. Es gibt sogar eine Gruppe, die sich ›Lesben bis zum Examen‹ nennt.«

»Aha.«

»Aber sie war zu besitzergreifend«, fuhr Caitlin fort. »Sie hat mir vorgeworfen, ich wäre nur eine politische, keine biologische Lesbe, und als ich mich geweigert habe, Männer endgültig aufzugeben, war sie so wütend, daß sie meine Unterhosen in kleine Fetzen zerschnitten und zum Fenster rausgeschmissen hat ... direkt auf den Boulevard St. Germain. Ich hatte Glück, daß ich lebend dort rausgekommen bin!« Sie lachte. »Bist du noch da ... Hörst du mir zu?«

»Ich bin noch da.«

»Wußtest du, daß Paris den wärmsten Februar seit Menschengedenken erlebt?«

»Nein.«

»Im Park blühen die Blumen.«

Bru hatte ihr zum Valentinstag eine Amaryllis geschickt. Sie stand auf dem Fensterbrett, und ihre Blätter fielen zu Boden.

Paisley

Was ihr an Victoria am besten gefällt, ist ihre Fähigkeit, zuzuhören und sich eine Meinung zu bilden. Sie plappert nicht endlos weiter, weil sie sich selbst so gern reden hört – wie Maia beispielsweise, wenn sie sich unsicher fühlt. Als Victoria sie zum Essen bei Lamb und Abby einlädt, ist sie beeindruckt vom Haus der Somers: ein wundervolles altes Gebäude, behutsam renoviert, typisch Cambridge. Die Beziehung zwischen Victoria und den Somers ist schwer zu durchschauen. Victoria nennt sie ihre Ersatzfamilie. War Abby vielleicht so eine Art Leihmutter für Victoria? Paisley würde gerne mehr wissen, traut sich aber nicht zu fragen.

Beim Dinner sitzt sie neben dem demokratischen Abgeordneten und ergreift die Gelegenheit, um die politischen Zustände in den Vereinigten

Staaten zu diskutieren. Sie setzt ihm genauestens auseinander, was sie von Nancy Reagan und ihrer Kampagne *Just Say No* hält. Als ließen sich die Probleme dieser Welt mit derart banalen Slogans lösen! Paisley macht sich Sorgen um ihr Land. Wirklich. Jemand muß etwas unternehmen, bevor es zu spät ist!

Er ist beeindruckt von ihrem scharfen Verstand und rät ihr, sich den Young Democrats anzuschließen. Eine intelligente junge Frau wie Sie kann es weit bringen! Haben Sie schon mal daran gedacht, eines Tages selbst zu kandidieren? Zu kandidieren? Hat er den Verstand verloren? Paisley hat ganz andere Pläne. Und war das seine Hand auf ihrem Schenkel – oder hat sie sich das eingebildet?

Die Jugendorganisation der Demokraten hat gern Südstaatenmädchen wie sie an Bord. Natürlich haben sie keinen blassen Dunst vom Süden. Die Hälfte weiß nicht mal, in welchem Bundesstaat Charleston liegt. Und das in Harvard! Was beweist, daß es in den Vereinigten Staaten auch um die Geographiekenntnisse nicht zum besten bestellt ist.

KAPITEL 28

Voller Elan gingen Vix und Paisley für Walter Mondale und Geraldine Ferraro auf Stimmenfang und waren am Boden zerstört, als die Demokraten bei der Präsidentschaftswahl gewaltige Verluste erlitten.

»Willkommen in den Achtzigern«, sang Maia, die einzige Republikanerin unter ihnen.

»Die Achtziger sind zur Hälfte vorüber«, erinnerte Paisley.

»So ein Pech«, sagte Maia.

Paisley stöhnte. »Noch mal vier Jahre Adolfo-Kostüme und verkniffenes Lächeln. Meint ihr, sie bläst ihm wenigstens manchmal einen?«

»Also bitte!« rief Maia. »Sie ist die First Lady!«

Sie wohnten im Leverett House. Als Vix sich letzten Frühling mit Paisley um ein Zimmer beworben hatte, hoffte sie, von Maia wegzukommen. Aber jetzt waren sie in zwei Kursen zusammen, und Vix nahm überrascht zur Kenntnis, wie intelligent Maia war. Nicht nur das – sie mochten beide mexikanisches Essen, je schärfer, desto lieber, europäische Filme, sogar die schlechten, und Joan Armatrading.

Das wichtigste aber war: Sie mußten nicht mehr

das Zimmer teilen, was alles sowieso leichter machte. Und Maia hatte geschworen, sich das Nägelkauen abzugewöhnen. Es waren bessere Voraussetzungen.

In der Wahlnacht rief Caitlin aus London an. »Politik ist so öde«, meinte sie, als Vix über das Wahlergebnis jammerte. »Sieh es doch mal so ... Sobald sich jemand aufstellen läßt, kann man ihn eigentlich nicht mehr wählen.«

»Hast du etwa keine Briefwahl beantragt? Sag bloß, du hast nicht gewählt?«

»Nein, ich hab nicht gewählt. Hab ich dir doch eben gesagt.«

»Deshalb haben wir verloren! Weil es Leuten wie dir einfach egal ist!«

»Leuten wie mir? Sollte ich mich beleidigt fühlen?«

»Nein ... na ja, vielleicht ... Entschuldige. Ich bin nur so enttäuscht. Und müde. Was machst du überhaupt in London? Ich dachte, du wärst an der Sorbonne.«

»Ich will mir hier ein Theaterstück ansehen. Der Regisseur hat mich eingeladen. Am Donnerstag bin ich wieder zurück an der Uni.«

»Kommst du zu Thanksgiving?«

»Ich fahre mit Phoebe nach Gstaad. Unser jährlicher Mutter-Tochter-Skiurlaub. Kommst du mit?«

»Ich habe schon was anderes vor.«

»Ich wußte, daß du das sagen würdest.«

Abby lud Vix zu Thanksgiving nach Cambridge ein, aber sie fuhr lieber nach Martha's Vineyard. Dort ärgerte sie sich erst einmal, weil Bru über den Wahlausgang nicht so entsetzt war wie sie.

Er verstand ihre Wut nicht. Er hatte für die Demokraten gestimmt, was wollte sie denn mehr? Es lohnte doch nicht, sich so darüber aufzuregen. Abgesehen davon, Reagan war gut für die Baubranche. Und das war es, was zählte.

Sie fingen an, sich über alles und jedes zu streiten. Was willst du damit sagen? fragte sie. Nichts, vergiß es, antwortete er. Zum ersten Mal fiel ihr auf, daß er kein einziges Buch in seiner Hütte hatte, daß sie ihn überhaupt noch nie mit einem Buch gesehen hatte. Wahrscheinlich las er gerade mal die *Vineyard Gazette.* Wenn überhaupt. Und er hörte immer noch Van Halen. Von Joan Armatrading hatte er noch nie gehört.

Als sie sich über das Außenklo beschwerte, wollte er wissen, was eigentlich mit ihr los war. Nahm sie wenigstens ihre Vitamine?

»Glaubst du wirklich, alles läßt sich wie durch Zauberei mit ein paar Vitaminen wieder in Ordnung bringen?«

»Alles, außer uns«, antwortete er.

Abbys Einladung, mit ihr und Lamb über Weihnachten nach Barbados zu kommen, war verlockend, aber sie war wütend auf sich, weil sie an Thanksgiving so schlecht gewesen war und an allem herumgenörgelt hatte. Wahrscheinlich waren die Hormone daran schuld; es war kurz vor ihrer Periode gewesen. Also fuhr sie wieder auf die Insel, zu Bru.

Über Weihnachten ging alles gut. Sie packten sich warm ein und wanderten am Strand entlang, kauften Geschenke in Vineyard Haven, liebten sich am späten Nachmittag vor dem Holzofen. Sie aßen Gänsebraten im Kreis von Brus riesiger Familie – drei Onkel und Tanten, zwölf Cousins und Cousinen mit Anhang. Alle hießen Vix in ihrem Haus, in ihrer Familie willkommen. Sie hätte sich wie zu Hause fühlen sollen. Sie alle arbeiteten hart, waren bodenständig, tranken gerne Bier und wußten, wie man richtig feiert. Natürlich machten sie nicht alle eine Therapie oder suchten den Sinn des Lebens. Sie saßen nicht herum und verglichen die funktionalen Störungen innerhalb ihrer Familien miteinander oder gaben ihren Eltern die Schuld an ihren Problemen, wie das Vix' Freunde in Harvard taten. Sicher, einige von ihnen nahmen an irgendwelchen Selbsthilfeprogrammen teil, aber dabei ging es einfach darum, besser zurechtzukommen. Sollte Caitlin dieses Leben doch ruhig normal und langweilig nennen. Vix gehörte hierher, oder etwa nicht? Falls sie überhaupt irgendwohin gehörte.

Sie hat Caity ewig nicht gesehen, seit letztem Juli in Perugia. Sie freut sich, daß ihre Tochter sich endlich entschieden hat, in Paris zu bleiben und zu studieren. Phoebe gibt es nicht gerne zu, aber manchmal wünscht sie sich, sie hätte selbst eine bessere Ausbildung. Ihr Jahr am Stephens College war kein großer Erfolg.

Sie hat sich sehr auf diesen gemeinsamen Skiurlaub gefreut und ist ziemlich verärgert, als Caity am ersten Abend in der Bar einen gutaussehenden jungen Mann abschleppt und bis in die frühen Morgenstunden mit ihm wegbleibt. Gut, sie erwartet ja nicht, daß Caity sich wie eine Jungfrau benimmt, aber sie ist doch etwas vor den Kopf gestoßen, wie schnell ihre Tochter sich die Männer angelt.

Als sie am nächsten Tag im Sessellift den Berg hinauffahren, beschließt sie, das Thema anzuschneiden. Sie erklärt, daß sie in Caitys Alter auch viel im Ausland gewesen ist. Sie weiß, wie es läuft. Ich will dir nicht vorschreiben, was du tun oder lassen sollst, aber du mußt wählerisch sein. Nur weil Männer … Sie hält inne. Was will sie eigentlich sagen? Es stimmt schon, Abwechslung ist das Salz des Lebens, aber das bedeutet nicht … Ja, was denn? Daß Caity in ihre Fußstapfen treten soll? Sie denkt noch immer darüber nach, als sie oben ankommen.

Danke, Phoebe, sagt Caity und rückt ihre Skibrille zurecht. Ich bin froh, daß wir uns ausgesprochen haben. Dann dreht sie sich um und fährt den Hang hinunter.

Na gut ... Wenn Caity jeden Abend ausgeht, dann wird sie sich eben auch nach einer angemessenen Beschäftigung umsehen. Es gibt da einen äußerst charmanten Dänen in ihrem Skikurs ...

Abby

Sie macht sich schon viel weniger Sorgen um Vix und Bru. Was immer sie auch planen mögen, es scheint jedenfalls Vix' Engagement an der Uni nicht zu beeinträchtigen, und das ist schließlich die Hauptsache, oder?

Sie ist erleichtert, daß Caitlin an der Sorbonne studiert, obwohl es ihr noch lieber wäre, wenn sie das Studium in Wellesley nur aufgeschoben hätte. Alle sind enttäuscht, daß Caitlin nicht zurückkommt. Vor allem Vix scheint es überhaupt nicht zu verstehen. Es ist ihr peinlich, wenn sie daran denkt, aber letzten Juni hat Abby ein Telefongespräch zwischen den beiden Mädchen belauscht. Sie hätte den Hörer sofort wieder auflegen sollen, aber welche Mutter kann sich schon rühmen, die Privatsphäre ihrer Kinder nie verletzt zu haben? Warum? hat Vix gefragt, als sie erfuhr, daß Caitlin nicht zurückkommen würde.

Weil ich hierher gehöre. Außer dir und Shark

und Lamb gibt es für mich keinen Grund zurückzukommen.

Es wäre langsam an der Zeit, daß du sie akzeptierst, Caitlin, sagte Vix.

Wen?

Abby. Damit hängt es doch zusammen, oder nicht?

Abby schlug sich die Hand vor den Mund, damit sie nicht hörten, wie sie nach Luft schnappte.

Das hat mit Abby überhaupt nichts zu tun, entgegnete Caitlin.

Womit dann?

Das ist kompliziert.

Abby ist erleichtert gewesen, daß Caitlins Entschluß nichts mit ihr zu tun hat! Nicht daß Lamb je etwas angedeutet hätte ... aber ihr war der Gedanke schon öfter durch den Kopf gegangen.

Sie hat einen Plan, wie sie Caitlin zurückholen kann, wenigstens für eine Weile. Eine Überraschungsparty zu Lambs fünfzigstem Geburtstag. Auch wenn er immer behauptet, er wolle nicht feiern, ist sie sicher, daß es ihm gefallen wird.

KAPITEL 29

Caitlin, in einem hautengen Stretchkleid und schenkelhohen Stiefeln, die Haare modisch kurz geschnitten, sah aus, als wäre sie gerade dem Modemagazin *Elle* entsprungen. Es war schon Ende April, die Nachtluft kühl und feucht, und sie fröstelte, als sie Vix vor Lambs Haus begrüßte. »Du siehst ... älter aus. Fühlst du dich älter?«

»Ja«, antwortete Vix, »ich fühle mich fast zwei Jahre älter.«

»Fast zwei Jahre. Ist es so lange her? Wie ist das nur möglich? Komm rein. Ich friere. Daß der Frühling hier so spät kommt, hatte ich schon ganz vergessen. In Paris ...«

»... steht alles in voller Blüte«, fiel Vix ihr ins Wort.

Caitlin lachte. »Es tut so gut, dich zu sehen! Ich vermisse dich jeden einzelnen Tag meines Lebens.«

Seit dem frühen Morgen war Vix ein Nervenbündel gewesen, wie ein Kind, das die Rückkehr eines lange vermißten Elternteils erwartet. Falls Caitlin überhaupt merkte, daß Vix ihr die kalte Schulter zeigte, als Strafe dafür, daß sie nicht mehr die Nummer eins in ihrem Leben war, so ließ sie sich nichts anmerken. »Ich hab dir soviel zu erzählen«, sagte sie, »aber ich werde wohl warten müssen bis nach der Party. Du übernachtest doch hier, oder?«

»Ich hab nichts dabei ...«

»Macht doch nichts, ich kann dir eine Zahnbürste leihen. Mußt du immer noch würgen?«

»Nur wenn ich sie zu tief in den Hals stecke.«

»Ich rede nicht von Zahnbürsten.«

»Aber ich.«

Caitlin nahm Vix am Arm und führte sie durch die Menschenmenge, die sich bereits im Haus versammelt hatte. »Fünfzig Gäste für fünfzig Jahre. Ist das nicht nett? Sharkey ist hier und Daniel, aber ich glaube, Gus hat es nicht geschafft. Wie findest du meine Haare? Schrecklich, oder? Ich lasse sie wieder wachsen. Lamb sieht nicht aus wie fünfzig, oder?«

Allmählich taute Vix auf.

Während des ganzen Abendessens – Abby hatte ein Buffet aufgebaut – wich Caitlin nicht von ihrer Seite. »Ich brauche dich heute abend. Verlaß mich nicht. Es ist so schwer.«

»Was ist schwer?«

»Hier zu sein. Ich hab das Gefühl, daß alle mich anstarren und über mich zu Gericht sitzen.«

Vix konnte sich nicht vorstellen, wer Caitlin derart kritisch begutachten sollte oder warum sie sich plötzlich Gedanken darüber machte, was andere Leute von ihr dachten.

Er leidet unter der Zeitverschiebung. Fühlt sich beschissen. Er hat den Nachtflug von L.A. genommen – die hohen Tiere an der Cal Tech wollen ihn überreden, dort sein Studium abzuschließen. Aber das M.I.T. will ihn auch. Am Montag trifft er sich mit den Leuten von dort. Vorher will er nichts entscheiden.

Abby hat ihn gebeten, einen Toast auf Lamb auszubringen. Nur ganz kurz, hat sie gesagt. Humorvoll. Er hat versprochen, es zu versuchen. In Gedanken hat er es geprobt. Aber er haßt die Vorstellung, vor den ganzen Leuten aufstehen zu müssen.

Als es soweit ist, hebt er sein Champagnerglas. Auf Lamb ..., sagt er, einen Vater, der weiß, wann man sich raushalten muß. Die Gäste werden plötzlich still, als hätte Sharkey etwas Respektloses gesagt. Dabei wollte er nur sagen, wie froh er ist, daß Lamb ihn nie unter Druck gesetzt hat, daß Lamb ihn so akzeptiert hat, wie er war, wie er ist. Er wollte danke sagen. Warum sehen ihn dann alle so an? Noch bevor er das herausfinden kann, steht Lamb schon neben ihm und legt ihm den Arm um die Schulter. Danke, Shark, sagt er. Kein Vater könnte sich einen besseren Sohn wünschen!

Dann ist Caitlin an der Reihe, und es gibt keinen Mann im Raum, der nicht von ihr hingerissen ist. Und sie lächelt alle an, gibt ihnen das Gefühl, sie hätten tatsächlich eine Chance. Auf Lamb ..., sagt sie, auf den besten Mann, der mir je begegnet ist. Und das waren eine ganze Menge.

Daniel

Zumindest er steht auf und bringt einen anständigen Toast aus, was man von diesem Miststück wirklich nicht gerade behaupten kann. Herrgott, man konnte hören, wie die Gäste die Luft angehalten haben, als sie fertig war – bis Lamb einfach gelacht hat. Er hat gelacht, hat Caitlin geküßt und ihr gesagt, ein Vater könne sich keine liebevollere und temperamentvollere Tochter wünschen. Das macht ihm so schnell keiner nach, eine derart peinliche Situation so souverän hinzubiegen. Ihm fällt einfach immer was ein. Er sollte als Präsident kandidieren.

Gus

Er wäre gern gekommen, aber er muß bis Montag eine Hausarbeit fertig haben, und zu allem Überfluß ist seine Großmutter auch noch krank. Es sieht nicht gut aus. Rund um die Uhr ist jemand bei ihr. Es ist unerträglich für ihn, sich vorzustellen, daß sie leidet, obwohl die Ärzte sagen, sie hat keine Schmerzen. Zwischen ihm und seiner Großmutter besteht eine ganz besondere Bindung. Er will seine Baboo nicht verlieren. Und er weiß, wie gern sie bei seiner Diplomfeier dabeisein möchte.

Er ruft während der Party an, um Lamb zu gratulieren. Dann fragt er, ob Vix zu sprechen sei.

Hallo, sagt sie.

Hey, Hustenbonbon ... wie geht's?

Was? fragt sie. Hier ist ein Höllenlärm. Ich verstehe überhaupt nichts.

Hier ist Gus Kline, ruft er. Ich wollte nur hallo sagen.

Bist du das, Gus? Echt?

Er lacht.

Wenn du das wirklich bist ... ich verstehe kein Wort!

Macht ja nichts, sagt er. Er möchte sie gern wiedersehen. Er ist neugierig.

Nach Champagner und Kuchen, nach den Gedichten, Liedern und albernen Geschenken gingen Vix und Caitlin nach oben in das Zimmer, das immer für sie reserviert war. Genau wie in Caitlins Zimmer auf Martha's Vineyard hatte Abby auch hier nichts verändert. Caitlin saß auf der Bettkante und drückte ein Kissen an ihre Brust. »Vermutlich hast du schon gemerkt, daß ich eine Abtreibung hatte.«

Überrascht sah Vix sie an. »Gott, Caitlin, ich hatte keine Ahnung! Warum hast du es mir nicht erzählt?«

»Erzählst du mir etwa alles?«

Eins zu null für Caitlin. »Wann?« fragte sie.

»Vor sechs Wochen. Es war ein Unfall. Ich weiß immer noch nicht recht, wie es passiert ist. Wahrscheinlich ist das Kondom gerissen.«

»Triffst du dich noch mit ihm?«

»Nein. Er ist verheiratet.«

»Der Regisseur?«

»Welcher Regisseur?«

»Der dich zu dem Theaterstück nach London eingeladen hat.«

»Was für ein Theaterstück in London?«

»Von dem du mir erzählt hast ... bei deinem Anruf.«

»Das weiß ich nicht mehr.«

»Aber es ist doch noch nicht lange her.«

»Na ja ..., ich hatte viel zu tun. Es passiert soviel. Ich kann nicht alles behalten.«

Warum erinnerte sich Vix daran, wenn Caitlin es vergessen hatte? »Hast du ihn geliebt?« Sie wußte selbst nicht, warum sie Caitlin eine solche Frage stellte, wo sie die Antwort doch kannte.

»Nein, ich habe ihn nicht geliebt. Aber ich war gern mit ihm zusammen, im Bett und auch sonst.«

Konnte Vix das gleiche von Bru sagen? Sie hatten nicht sonderlich viel Zeit außerhalb des Betts miteinander verbracht. Aber im Bett ...

»Ich bin nicht mehr an der Sorbonne. Es war mir alles zu eng ... Alle waren so ... na ja, so französisch. Nach einer Weile ging mir das tierisch auf die Nerven. In London ist es bestimmt besser – denkst du nicht auch?«

Vix hatte keine Ahnung.

Plötzlich begann Caitlin zu strahlen. »Ich habe eine tolle Idee! Studier doch das nächste Jahr im Ausland. Egal, wohin du gehst, ich komme mit.« Jetzt tanzte sie durchs Zimmer und sang Vix die Namen der Städte vor: »Paris, London, Rom, sogar in Grenoble gibt es ein Studienprogramm für Ausländer.« Damit ließ sie sich wieder aufs Bett plumpsen und drehte sich zu Vix um.

Paris, London, Rom ... Maia hatte sich überlegt, ein Jahr im Ausland zu studieren, aber ihre Eltern hatten sie überredet, noch zu warten. Paisleys Familie hatte nicht das nötige Geld. Wir sind verarmte Adlige, hatte sie erklärt und sich in eine Scarlett-O'Hara-Pose geworfen.

»Und?« fragte Caitlin.

»Ich kann nicht.«

Caitlins Laune schlug sofort um. »Ich habe die Nase dermaßen voll von diesem Spruch!« Sie sprang vom Bett, zog den Reißverschluß ihres Kleides auf, zerrte es über den Kopf und warf es auf einen Stuhl. Sie trug schwarze Spitzenunterwäsche, vermutlich französische. Dann schnappte sie sich einen flauschigen Bademantel, der wahrscheinlich noch aus ihrer Kinderzeit stammte, aus dem Wandschrank und schlüpfte hinein.

»Du wirst allmählich ein durch und durch negativer Mensch«, sagte sie wütend. »Ich kann gar nicht glauben, was diese Uni aus dir macht!«

»Das hat überhaupt nichts mit der Uni zu tun. Ich habe Verantwortung, ich kann nicht einfach meine Sachen packen und für ein Jahr ins Ausland verschwinden, nur weil es so eine schöne Idee ist!«

»Welche Verantwortung denn …? Das Stipendium?«

»Mehr als das.«

»Erzähl mir nichts …« Caitlin klang richtig angewidert. »Du bist noch nicht mal zwanzig und schon total unflexibel!« Sie setzte sich aufs Bett und begann, sich aus ihren Stiefeln zu arbeiten.

»Ich bin nicht unflexibel«, wehrte sich Vix.

»Ich bitte dich …« Caitlin kickte erst einen, dann den anderen Stiefel weg. »Er braucht dich mehr als du ihn. Wo ist er überhaupt? Warum ist er nicht hier heute abend?«

Vix hatte gehofft, niemand würde danach fragen. Abby hatte ihr gesagt, sie solle Bru einladen, und sie hatte es nicht getan. Sie wollte sich an diesem Abend einfach keine Gedanken seinetwegen machen, wollte sich nicht darum kümmern, ob er sich amüsierte. Sie wollte das Wiedersehen mit Caitlin ganz für sich allein genießen. »Du warst nie verliebt«, sagte sie. »Du verstehst das nicht.«

»Wenn Verliebtsein bedeutet, daß du deine Freiheit aufgibst und dazu noch sämtliche Gelegenheiten, die das Leben so bietet«, entgegnet Caitlin, »dann hab ich zumindest nichts verpaßt.«

KAPITEL 30

Im folgenden Jahr, ihrem vorletzten Studienjahr, nahm Vix Bru zu Weihnachten mit nach Santa Fe. Sie fuhren in seinem Truck, hörten Bob Marley, Elvis Costello, James Taylor und Carly Simon. Manchmal machte sie sich Sorgen, daß sie sich benahmen wie ein altes, etabliertes Ehepaar, wenn sie zusammen waren – müde und kein bißchen aufgeregt. Aber das würde sich doch bestimmt ändern, wenn sie mit der Uni fertig war, oder? Das richtige Leben konnte doch nicht so schwierig sein.

Wenn sie an die Geschichten dachte, die sie am College über Männer hörte, wußte sie Bru um so mehr zu schätzen. Er war so liebevoll, immer um sie besorgt. Manchmal wünschte sie sich, sie wären sich später begegnet, dann wäre alles noch ganz neu und frisch. Alle Gefühle. Dieser Rausch. Wie schafften es Paare, die jahrelang zusammen waren, ihre Beziehung interessant zu halten?

Als sie nach Santa Fe kamen, nahm Bru ein billiges Zimmer in einem schäbigen Motel in der Cerrillos Road. Sie selbst würde zu Hause wohnen. Erst bei ihrer Ankunft erfuhren sie, daß Vix' Mutter mit der Gräfin nach Key West gefahren war. »Wegen des Emphysems«, erklärte ihr Vater. »Die Gräfin verträgt die Höhenluft nicht mehr, und deine Mutter muß ihr helfen, sich in Florida einzugewöhnen.«

Ihr Vater gab sich alle Mühe. Er stellte den alten Weihnachtsbaum auf und schmückte ihn mit den Gold- und Silberkugeln, die Tawny in einer Hutschachtel auf dem obersten Bord im Flurschrank aufbewahrte. Er briet einen Truthahn, kochte Kartoffelbrei und Zwiebeln in Sahnesauce und brachte vom Restaurant einen Apfelkuchen mit nach Hause. Lewis war über die Feiertage mit der Familie eines Freundes weggefahren und hatte vor, sich sofort nach der High School beim Militär zu melden. Aber Ed hatte Lanie und ihre Familie eingeladen, die von Albuquerque gekommen waren. Lanie hatte inzwischen das zweite Baby, und Vix sah die beiden zum ersten Mal. Grüner Rotz triefte aus ihren Nasen, und der Schnuller steckte wie ein Ventil in ihrem Mund. Ein Wunder, daß sie überhaupt Luft bekamen. Vix nahm zuerst das eine, dann das andere fiebrige Kind auf den Arm und versuchte, irgendeine Ähnlichkeit festzustellen.

»Sie sehen aus wie er«, erklärte Lanie. »Wie Jimmy.« Lanie sah erschöpft und abgemagert aus, mindestens zehn Jahre älter als Vix. Vix hätte am liebsten die alten Barbiepuppen herausgeholt und auf dem Boden gespielt – diesmal hätte sie Lanie das Traumhaus gern gegeben. Jimmy tauchte zum Essen nicht auf, aber Lanie hatte es offenbar nicht anders erwartet. Vermutlich war er bei seinem Bruder und dröhnte sich zu.

Als Lanie später am Abend mit den Kindern und den Weihnachtsgeschenken in ihren Truck stieg, fragte sie Vix, ob sie ihr Geld geben könnte. »Ich arbeite mir den Arsch ab mit Mistschaufeln, während er rumsitzt und seine Joints raucht. Mein Leben ist Scheiße.« Zwar hätte Vix ihr gern gesagt, daß sie sich den Arsch ebenfalls abarbeitete und jeden Penny dreimal umdrehte, aber Herrgott noch mal, sie studierte in Harvard, während Lanie sich mit Lebensmittelmarken über Wasser hielt – also rannte sie ins Haus zurück und kramte einen Fünfzigdollarschein aus ihrer Brieftasche.

»Danke«, sagte Lanie. »Dein Kerl ist klasse. Heirate ihn, solange du noch kannst.«

Vix staunte. »Ich hätte nicht gedacht, daß ausgerechnet du mir die Ehe empfiehlst.«

»Tja ... ich habe es nicht gerade geplant, daß es mal so aussieht.«

»Dann mach Schluß damit«, meinte Vix. »Nimm dein Leben in die Hand. Du könntest bei Dad wohnen und wieder zur Schule gehen. Gib nicht einfach auf.«

Um Lanies Mund erschien ein harter Zug. »Du kommst einmal in drei Jahren hierher und glaubst, du kannst alles so mir nichts, dir nichts in Ordnung bringen? Du hast nicht die leiseste Ahnung, wie es auch nur einem von uns hier geht. Tawny ist endgültig auf und davon, auch wenn

Dad es nicht zugibt. Er hat sich bei der Arbeit irgendso eine Kuh angelacht, was er natürlich auch nicht zugibt. Denkst du etwa, die würde sich mit mir und den beiden Rotznasen hier arrangieren?« Die Kinder waren eingeschlafen, das Baby im Autositz, Amber lehnte dagegen, atmete schwer. Wußte Lanie denn nicht, daß es strafbar war, Kinder nicht im Kindersitz zu transportieren?

»Sind das Schußlöcher?« fragte Vix und betrachtete die beschädigte Wagentür.

»Das war irgendein Irrer im Trailerpark, der ausgerastet ist und auf alles geballert hat«, erklärte Lanie, während sie den Truck anließ. »Nichts Persönliches.«

Vix fuhr mit ihrem Vater zum Friedhof; es war das erste Mal, daß sie Nathans Grab besuchte, seit sie aufs College ging. Unterwegs machte sie bei Kaune's halt, um einen Weihnachtsstern zu kaufen. Vix stellte ihn vor den schlichten Grabstein mit der Aufschrift:

Nathan William Leonard
1970–1982
Ruhe in Frieden

Vix bat ihren Vater, sie eine Weile allein zu lassen. Er nickte und ging davon. Vix kniete vor dem Grab nieder.

Er kann sehen, wie sich ihre Hände bewegen. Sie spricht mit Nathan. Hat sie immer noch ein schlechtes Gewissen wegen der Sommerferien, in denen sie weg war? Hoffentlich nicht. Er sollte ihr sagen, daß Nathan das verstanden hat. Nathan hat sie immer in Schutz genommen. Hat jedesmal wütend widersprochen, wenn Tawny etwas Schlechtes über Vix gesagt hat. Wie der Junge seine Schwester geliebt hat! Ed erinnert sich noch, wie er die beiden einmal im Wohnmobil auf einen Campingausflug mitgenommen hat. Nathan muß damals ungefähr sechs oder sieben gewesen sein. Wie die beiden miteinander gelacht haben! Vix schob ihn in seinem Rollstuhl den Weg entlang, bergauf, bergab … zu schnell … viel zu schnell. Das Entsetzen, als der Rollstuhl umkippte, die Angst in ihren Augen. Es war dann doch nur eine kleine Prellung am Ellbogen. Sie beschlossen, Tawny nichts davon zu erzählen. Es war ihr Geheimnis. Nur sie drei wußten Bescheid.

Wieviel weiß sie von Tawny und ihm? Ob Lanie ihr erzählt hat, daß er sich mit einer anderen Frau trifft? Er hat immer gehofft, daß es nie so kommt, er möchte immer noch, daß Tawny heimkommt. Aber sie sagt, es sei vorbei. Sie sollten beide ein neues Leben anfangen. Was heißt das denn … ein neues Leben? Ein neues Leben mit Frankie? Frankie ist in Ordnung. Sie bringt ihn zum Lachen. Es ist lange her, daß eine Frau ihn zum Lachen gebracht hat.

Und was ist mit Vix und ihrem Freund? Liebt sie ihn? Er weiß es nicht. Schwer zu glauben, daß sie im vorletzten Studienjahr in Harvard ist! Ein gutes Kind, seine Vix. Eigentlich kein Kind mehr. Eine Frau. Ja. Sie sieht jetzt aus wie eine Frau. Er spürt, wie ihm die Tränen kommen. Tawny haßt es, wenn er weint. Schimpft ihn einen Schwächling. Vielleicht ist er schwach. Na und? Warum kann er nicht mit ihnen reden … mit seinen Töchtern? Wissen sie, daß er sie liebt? Vor allem Vix. Weiß sie es?

Auf dem Heimweg sagte ihr Vater: »Ein netter Junge.« Zuerst dachte sie, er meinte Nathan, aber dann fragte er: »Bist du glücklich?«

Eine Minute lang überlegte sie, ob sie ihm von ihrem Leben, der Liebe und allem anderen erzählen sollte, auch davon, wie unsicher sie sich fühlte. Aber dann fiel ihr ein, was Lanie ihr über ihn und Tawny erzählt hatte, und sie ließ es sein.

»Das ist also dein Zuhause«, sagte Bru am Morgen, als sie abfuhren.

»Ja, das ist mein Zuhause.« Kaum waren die Worte aus ihrem Mund, begann sie zu weinen. Sie hörte Tawnys Stimme: Spar dir deine Tränen für wichtige Dinge, Victoria. Aber dies war doch wichtig, oder? Außerdem konnte sie sowieso nicht mehr aufhören. Als sie in einer Highway-

Raststätte einen Hamburger aß, ging es schon wieder los, einfach so: Ihre Augen füllten sich mit Tränen, sie konnte nicht mehr schlucken, ein dicker Kloß saß ihr im Hals. Oder sie putzte sich in irgendeinem Motel vor dem Zubettgehen die Zähne, warf einen kurzen Blick in den Spiegel, sah, wie sich ihr Gesicht verzog, und schon flossen die Tränen wieder. Sie weinte um Nathan, um Lanie, um ihren Vater, vielleicht auch um sich selbst. Sie kannte ihre Familie nicht mehr, und ihre Familie kannte sie nicht.

Anfangs war Bru voller Mitgefühl. In der ersten Nacht hielt er sie in den Armen, bis sie endlich einschlief. Aber als er in der nächsten Nacht ihre Schenkel streichelte und sie nicht reagierte, wandte er sich ab, zutiefst verletzt. Er verstand es nicht. Er dachte, es hätte mit ihm zu tun. Als sie das nächste Mal in Tränen ausbrach, fuhren sie gerade durch Virginia. »Geht das schon wieder los …«, sagte er, bog bei der nächsten Raststätte ab und trat heftig auf die Bremse. »Willst du irgendwas?« fragte er.

Sie schüttelte den Kopf.

Er blieb lange weg. Als er zurückkam, brachte er ihr Saft und eine Tüte Salzbrezeln mit. »Was immer es ist, Victoria … komm wieder zu dir, ja?«

In Boston weinte sie immer noch, und er war wütend. »Ich kenne dich überhaupt nicht mehr!«

»Vielleicht hast du mich nie gekannt.«

»Ja, vielleicht… Aber wie auch immer, es wird

allmählich …« Er wandte sich ab. »Ich glaube, wir brauchen ein bißchen Abstand voneinander.«

Falls er erwartet hatte, sie würde widersprechen, hatte er sich getäuscht. Sie nickte schweigend, und sie trennten sich, ohne Diskussion, ohne Fragen, einfach so.

Bru

Die ganze Zeit hat er darauf gewartet, jeden Moment befürchtet, sie würde Schluß machen. Immer hat er Ausschau nach irgendwelchen Anzeichen gehalten, war auf das Schlimmste gefaßt. Und jetzt kommt er ihr zuvor, spricht es aus, bevor sie es tun kann. Sie weint nicht mal. Nichts. Das ist doch der beste Beweis, oder? Himmel … sie weint die ganze Heimfahrt, dann sagt er ihr, daß er etwas Abstand braucht, und sie sitzt einfach da, wie versteinert. Nachdem er sie abgesetzt hat, zittert er am ganzen Leib, so sehr, daß er rechts ranfahren muß, weil er Angst hat, sonst einen Unfall zu bauen.

Auf Martha's Vineyard trinkt er erst mal ein Bier mit seinem Onkel und lädt seine Probleme mit Victoria bei ihm ab. Sein Onkel nickt. Ich weiß Bescheid, sagt er. Die Frauen sagen das eine und meinen das andere. Man kann sie nicht verstehen. Ich weiß, es tut weh, aber es schwimmen noch andere Fische im Meer. Und die werden bald anbeißen.

Star ruft an und schlägt vor, daß sie sich treffen. Sie tun es. Im Lagerraum ihres Ladens, auf dem Boden, zwischen den Schachteln mit Vitamin-C-Kautabletten und Ginseng. Ihre Brüste sind klein und ungleichmäßig. Sie stößt Laute aus wie ein Tier, als sie kommt. Es schwimmen noch andere Fische im Meer, sagt er sich.

Mach's mir noch mal, sagt Star eine Stunde später. Also macht er es ihr noch mal.

Aber als er einschläft, träumt er von Victoria.

KAPITEL 31

Am 28. Januar explodierte die Raumfähre *Challenger* beim Start; alle Astronauten an Bord kamen ums Leben, auch Christa McAuliffe, und in dieser Nacht brach Vix zusammen. Sie weinte, sie schluchzte, sie trommelte mit den Fäusten gegen die Wand. Was hatte das alles für einen Sinn? Da rackerte man sich ab, kämpfte, biß sich durch, und peng! war alles kaputt. Nichts ergab mehr einen Sinn.

Bis zu diesem Moment hatte sie alle Gefühle, die mit Bru zusammenhingen, einfach unterdrückt. Aber ihre Liebe war einfach zu Bruch gegangen, wie die Raumfähre – in einer Sekunde aus und vorbei. Vielleicht hatte die Gräfin doch recht. Lebe für den Augenblick! Möglicherweise gibt es kein Morgen. Und selbst wenn, wen interessiert das?

Ihr hysterischer Ausbruch machte Maia angst, und sie rannte den Korridor hinunter, um Paisley zu holen. Als Vix ihnen alles erzählt hatte, warfen sich die beiden vielsagende Blicke zu. »Du hast dich von Bru getrennt und uns nichts davon gesagt?« fragte Maia. »Wie konntest du das nur für dich behalten?«

Aber was Verschlossenheit anging, war Vix

unübertroffen. Schließlich hatte sie eine gute Lehrmeisterin gehabt – die beste. Verdrängen … verdrängen … und noch mal verdrängen …

Als sie aus den Weihnachtsferien zurückgekommen war, hatten sie gerade mal zwei Wochen Zeit zum Lesen und Lernen gehabt, zwei Wochen Vorbereitung auf die Prüfungen. Da konnte sie niemandem von Bru erzählen, konnte nicht einmal sich selbst erlauben, an ihn zu denken. Und wäre die Raumfähre in dieser Nacht nicht explodiert, hätte sie das Semester vielleicht durchgestanden, ohne sich wirklich bewußt zu werden, was eigentlich passiert war. »Wir haben uns nicht richtig getrennt«, erklärte sie. »Wir wollten nur etwas Abstand.« Das stimmte doch, oder nicht? Sie hatten nicht Schluß gemacht. Keiner hat jemals davon gesprochen, Schluß zu machen.

»Wessen Idee war das, deine oder seine?«

»Wir waren uns einig.«

»Wer hat den Vorschlag gemacht?«

»Spielt denn das eine Rolle?«

»Sag es mir einfach, okay …«

»Er war's.«

»Dann ist er ein Idiot, und du bist besser dran ohne ihn.«

Maia

Victoria frißt wirklich alles in sich rein! Sie macht es ihren Freunden damit nicht gerade leicht. Aber egal, sie sind nun mal Freundinnen, basta. Und sie denkt über Freundschaft nach, während sie allein in der Klinik sitzt und darauf wartet dranzukommen. Sie wird nicht tatenlos zusehen, wie Victoria wegen eines Kerls alles den Bach runtergehen läßt. Sie wird nicht zulassen, daß sie ihr Stipendium aufs Spiel setzt. Sie haben zwei Kurse zusammen, und Maia hat bemerkt, daß Victoria mit dem Stoff ganz schön hinterherhinkt. Sie wird tun, was nötig ist, um ihr zu helfen – wenn sie nur nicht Krebs hat. Sie hat nämlich einen dunklen Fleck am Fuß entdeckt und ist sich fast sicher, daß es ein Melanom ist. Hoffentlich ist es noch nicht zu spät.

Als ihr Name aufgerufen wird, geht sie in die Kabine, wo ein junger Arzt mit einem Vergrößerungsglas den Fleck untersucht. Er glaubt nicht, daß es was Schlimmes ist, sagt er, aber er mißt den Fleck trotzdem aus und zeichnet die Umrisse auf ihr Krankenblatt. Kommen Sie in einem Monat noch mal vorbei, sagt er, falls Sie eine Veränderung entdecken, ruhig auch früher.

Sie machen keine Biopsie?

Das könnten wir momentan gar nicht, sagt er, aber dann bemerkt er die Angst in ihrem Gesicht. Es ist nicht Krebs, falls Sie das meinen. Sie brauchen sich keine Sorgen zu machen ...

Wie kann er sich ohne Biopsie da so sicher sein?

Haben Sie momentan viel Streß? fragt er.

Macht er Witze? Natürlich hat sie viel Streß. Sie studiert schließlich in Harvard!

An einem stürmischen Wintertag rief Caitlin aus L. A. an. »Ich hab's in London nicht mehr ausgehalten. Keine Minute länger. Es war so grau, so feucht. Ich dachte, mir würde nie wieder warm werden. Jetzt bin ich bei Sharkey. Aber den nimmt die Uni – was auch immer er dort studiert – dermaßen in Anspruch, daß ich ihn kaum zu Gesicht kriege. Das ist aber auch ganz gut so. Ich hab nämlich jemand getroffen. Weißt du, wen?«

»Keine Ahnung.«

»Tim Castellano.«

»Tim Castellano!« Seit der High School hatte Vix nicht mehr an ihn gedacht. Zwei Monate nach dem Sommer, als sie bei Max Babysitter waren, hatte er für Schlagzeilen gesorgt – es war die Titelgeschichte von *People.* Tawny brachte die Zeitschrift mit. »Wußtest du was davon, als du für die Leute gearbeitet hast, Victoria?«

»Nein«, hatte Vix gelogen und dachte daran, wie sie auf seinem Schoß gelandet war.

»Stell dir vor, er hatte eine Affäre, während seine Frau schwanger war … Hat sie an dem Tag verlassen, als sie mit dem Baby aus dem Krankenhaus kam. Widerlich! Ich wette, damit ruiniert er sich seine Karriere.«

Doch das Gegenteil war der Fall. Tim ließ das Fernsehen hinter sich und drehte Spielfilme, während Lorens Karriere im Sand verlief.

Vix nahm die Zeitschrift mit in die Schule, um sie Caitlin zu zeigen. »Ein achtzehnjähriges Model?« rief Caitlin. »Er hat Loren wegen einem achtzehnjährigen Model aus Neuseeland verlassen, wo er mich hätte haben können?«

»Bist du nicht froh darüber?«

»Ich wollte nur Sex mit ihm, Vix. Ich wollte nicht, daß er sich von seiner Frau trennt. Und ich glaube immer noch, daß er fürs erste Mal gut gewesen wäre. Wenigstens hätte er gewußt, was er tut.«

Vix hatte ihr die Zeitschrift auf den Po geklatscht, und Caitlin hatte gemeint: »Eines Tages werde ich das, was ich mit ihm angefangen habe, zu Ende bringen.«

Und nun war es also soweit – sechs Jahre später hatte sie zu Ende gebracht, was sie damals begonnen hatte.

»Ich mußte ihn nicht verführen oder so«, erzählte Caitlin. »Ich hab nur gesagt: ›Erinnerst du dich an mich?‹, und er meinte: ›Wie könnte ich dich je vergessen, Spitfire?‹ Also haben wir uns auf einen Drink verabredet ... Ich war ganz in Weiß, wie jeder hier in L. A., und dann führte eins zum anderen.«

»Und wie war es?« fragte Vix, die sich darüber ärgerte, daß es sie überhaupt interessierte.

»Das erste Mal war phantastisch ... Wir waren beide so heiß, daß kaum Zeit blieb, uns auszuziehen ... und mein Gott, Vix, er hat ein unglaubliches Päckchen ... aber nachdem meine Neugier gestillt war ... Na ja, wir hatten einander nicht viel zu sagen. Zwei Wochen waren mehr als genug.«

Vix sah aus dem Fenster. Es schneite noch immer. Und sie hatte eine Erkältung, die einfach nicht weggehen wollte. Außerdem mußte sie zwei Hausarbeiten schreiben. Sie hatte einfach keine Lust, über Tim Castellanos Päckchen nachzudenken oder darüber, wie warm und sonnig es in L. A. war, oder warum sie sich an der Uni abrackerte, während Caitlin ganz in Weiß herumlief und mit Filmstars ins Bett stieg.

»Es ist komisch hier. Die Menschen haben kein Selbstvertrauen. Du kannst dir nicht vorstellen, wie unsicher die meisten von ihnen sind.« Caitlin holte Luft. »Warum schniefst du so? Bist du erkältet?«

»Hier sind alle erkältet.«

»Du solltest an eine Uni hier in der Gegend wechseln. Hier hat es um die zwanzig Grad. Dann könnten wir zusammen wohnen. Wie in alten Zeiten.«

»Ich bin im vorletzten Studienjahr, Caitlin. Da wechselt man die Uni nicht so einfach.«

»Hab ich ganz vergessen.«

»Ist ja sowieso bald Frühling.«

»Der kann nicht schnell genug kommen, so wie du dich anhörst.« Wieder ein tiefer Atemzug. »Und wie geht's Bru?«

»Ich weiß nicht.«

»Was meinst du damit?«

Sie wollte Caitlin nicht erzählen, daß sie sich

vorübergehend getrennt hatten. Von Trisha hatte sie gehört, daß er bereits wieder mit jemandem zusammen war. Mit Star, der Besitzerin des Bioladens. »Ich meine damit, daß ich zwei Hausarbeiten schreiben muß und drei Abende pro Woche einen Job habe – woher soll ich da Zeit für ein Privatleben nehmen?«

»Ich ruf dich nächste Woche an, wenn du bessere Laune hast. Das heißt, wenn du glaubst, daß du dann nächste Woche besser drauf bist.«

»Versuch's lieber in zwei Wochen.«

»Na gut, dann in zwei Wochen.«

Sharkey

Er hat keine Zeit, sich um sie Gedanken zu machen. Er ist achtzehn Stunden pro Tag im Labor. Warum kommt sie ausgerechnet jetzt nach L. A.?

Mach mich doch mal mit ihr bekannt, sagt sein Laborkollege.

Lieber nicht.

Ach komm ... Sie ist doch deine Schwester, oder?

Sie ist nicht zu haben, sagt er.

Die hat vielleicht eine Ausstrahlung, Mann ...

Vergiß es! sagt er unmißverständlich.

Okay, klar ... kein Problem.

Eines Abends lockt sie ihn von der Arbeit weg, in ein Restaurant, das nicht nur für seine traumhafte Hanglage, sondern auch für seine Wahnsinnspreise bekannt ist. Es ist lange her, daß er in einem richtigen Restaurant war. Wenn du so weitermachst, bringst du dein Geld schnell durch, sagt er zu ihr.

Sie findet das komisch. Du machst dir Sorgen ums Geld, Shark?

Sagen wir mal: Ich gebe keine fünfundzwanzig Dollar für eine kleine Pizza aus.

Das ist süß.

Komm mir nicht mit der Kindchennummer, Caitlin. Ich bin dein Bruder, erinnerst du dich?

Was willst du mir damit sagen?

Such dir einen Job … Geh zurück an die Uni. Mach was aus deinem Leben.

Aber ich mach doch was aus meinem Leben, Sharkey. Nur eben was anderes als du.

KAPITEL 32

Vix nahm Maias Einladung an, über die Osterferien mit ihr nach Hause zu fahren, in das weiße Schindelhaus in Morris Township mit dem Pool und dem Tennisplatz.

Maias Familie empfing sie sehr herzlich, Vix fühlte sich wohl und empfand die Gespräche, die geführt wurden, als intelletuell sehr anregend. Warum beklagte sich Maia eigentlich dauernd? »Sie kontrollieren mich«, erklärte sie Vix. »Und die Rivalität unter uns Geschwistern ist entsetzlich.«

Vix und Maia fuhren zur Küste hinunter, um Maias Cousin zu besuchen. Er und seine Freunde waren draußen am Strand und spielten Frisbee. Vix verdrängte jeden Gedanken an andere Frisbeespiele und andere Strände. Andy war Medizinstudent im zweiten Jahr an der Penn University, er war klein, kompakt, breitschultrig und muskulös, hatte blonde Haare und helle Augen. Er war lustig und redegewandt, in jeder Beziehung das Gegenteil von Bru.

»Er ist vermutlich ziemlich gut im Bett«, meinte Maia, »meinst du nicht?«

Ja, dachte Vix, bestimmt. Als er sie am Arm packte, sie von den anderen wegzog und ihr ins

Ohr flüsterte: »Ich bin verrückt nach dir«, spürte sie, wie sich etwas in ihr regte.

»Ein Arzt, Victoria«, sagte Maia. »Nicht schlecht.« Dann lachte sie. Wenn jemand einen Arzt in der Familie brauchte, dann Maia. Sie machte sich mittlerweile wegen jedes Fleckchens, wegen jedes Knubbels Sorgen, es könnte Krebs sein. Wenn ihre Eltern ihre Brille oder den Hausschlüssel verlegten, vermutete sie sofort Alzheimer, und sie befürchtete ständig, ihre Geschwister könnten sich auf eine sexuelle Beziehung mit jemandem einlassen, der an dem neuen Virus erkrankt war.

Vix hatte noch nie mit einem anderen Mann als mit Bru geschlafen, und zuerst zögerte sie. »Hey, meinst du, für mich ist das anders?« fragte Andy. »Es ist jedesmal wieder neu.« Ausnahmsweise folgte sie ihrer Macht, nicht ihrem Herzen, und es fühlte sich gar nicht so schlecht an.

Maia

Halleluja! Endlich hat Victoria den Sprung ins kalte Wasser gewagt. Besser spät als nie. Vielleicht merkt sie jetzt, daß noch andere Fische im Meer rumschwimmen. Wenn Victoria nur endlich mit diesen Bemerkungen aufhören würde, was für ein anständiger Kerl Bru doch sei und daß sie ihn vergrault habe. Sie und Paisley müssen Victoria ständig daran erinnern, daß sie sich nicht selbst die Schuld geben darf. Es war nicht ihre Schuld.

Ihr wart nicht dabei, oder?

Willst du ihn wiederhaben? Ist es das?

Ich weiß nicht, was ich will.

Willkommen im Club!

Wenn sie den Job nicht schon fest zugesagt hätte, wäre sie in diesem Sommer nicht auf die Insel gefahren, und Maia und Paisley setzten weiß Gott alles daran, sie umzustimmen.

»Du handelst dir doch bloß Probleme ein, wenn du zurückgehst«, sagte Maia.

»Ich verdiene während eines Sommers auf der Insel genug Geld, um das ganze nächste Jahr damit über die Runden zu kommen«, entgegnete Vix zur Rechtfertigung. »Ich kann mir sogar einen Notgroschen für nach dem Examen zurücklegen.«

»Und was ist mit Bru?« wandte Paisley ein.

»Was hat Bru denn damit zu tun?«

»Alles«, antwortete Maia.

»Er hat eine neue Freundin«, eröffnete sie ihnen. Die beiden waren sichtlich überrascht.

»Dann ist es also endgültig vorbei?« fragte Paisley.

»Ich weiß nicht ... vielleicht.«

»Ich wünschte, ich könnte das glauben, Victoria«, sagte Maia, »und ich hoffe, du verstehst mich nicht falsch, aber ich hab das Hin und Her jetzt drei Jahre lang mit angesehen und frage mich allmählich, ob du je davon loskommst.«

»Sie macht sich Sorgen, was passiert, wenn du ihn wiedersiehst«, fügte Paisley hinzu.

»Vergiß nicht ...«, erinnerte Maia sie, als wäre das nötig, »vergiß nicht, daß er sich verdrückt hat, als es schwierig wurde. Er hat dich sitzenlassen, als du ihn wirklich gebraucht hättest.«

»So war es nicht«, widersprach Vix. »Es war unsere gemeinsame Entscheidung.«

»Erzähl keinen Quatsch«, entgegnete Maia. »Wir haben es mitgekriegt ... weißt du noch?«

»Wie könnte ich das vergessen?« fragte Vix. »Ohne euch beide ...«

»Dann hör jetzt auf uns«, meinte Maia, »such dir einen anderen Job. Es gibt doch wirklich genug Angebote.«

Aber Vix hörte nicht auf sie.

Abby

Sie ist glücklich, daß Vix auf die Insel kommt. Sie hat sich Sorgen gemacht, daß Vix nach der Trennung von Bru nie mehr zurückkehren würde. Ihr und Lamb ist klar, daß dies vielleicht der letzte Sommer ist, den sie mit Vix verbringen. Nächstes Jahr macht Vix Examen, und wer weiß, wie es dann weitergeht. Hoffentlich rutscht sie nicht wieder in ihre alte Beziehung zu Bru, nur weil es die einfachste Lösung ist, weil er gerade da ist. Abby weiß, wie schwer es ist auszubrechen ...

KAPITEL 33

Wenn ihr Ziel darin bestanden hatte, sich selbst zu beweisen, daß es vorbei war, daß sie es beide so gewollt hatten, so bekam sie ihre Chance, zwei Tage nachdem sie sich bei Lamb und Abby eingenistet hatte. Bru besuchte sie im Büro von Dynamo, einem vollgestopften Raum im zweiten Stock eines schäbigen Gebäudes in der Beach Road. Vix war allein und machte Inventur im Lagerraum, als seine Stimme ertönte: »Hallo … ist jemand da?«

Bitte, lieber Gott … hilf mir, das durchzustehen. Hilf mir, stark zu sein.

»Hey«, sagte er, als er sie zwischen den Staubsaugern entdeckte, und hielt ihr einen Strauß Pfingstrosen hin. Sie nahm ihn mit zitternden Händen entgegen. Vor lauter Angst, die Fassung zu verlieren, konnte sie ihn nicht ansehen. »Hey …«, sagte er noch einmal und faßte sie sanft unters Kinn.

Sie versuchte, sich auf die Wanduhr über seiner Schulter zu konzentrieren – es war 16 Uhr 15.

Er wedelte mit der Hand vor ihrem Gesicht herum. »Victoria?«

Okay. Sie würde es schaffen. Sie würde einfach ganz unverbindlich sein, als hätte das alles nichts zu bedeuten, als wäre er nicht wichtig. »Was ist mit deiner Nase passiert?« fragte sie. Offenbar hatte er einen Unfall gehabt, denn auf seiner Nase klebte ein Pflaster. Aber das machte ihn nur noch attraktiver und verlieh seinem Gesicht einen geheimnisvollen, leicht verwegenen Ausdruck.

»Hockey«, antwortete er.

Sie nickte, streckte die Hand aus und berührte das Pflaster. Das war ein Fehler.

Im Nu hatte er die Arme um sie geschlungen. »Ich hab dich so vermißt«, flüsterte er. »Ich hab dich so sehr vermißt.«

In seinem Truck konnte sie die Finger nicht von ihm lassen, zupfte an seinem Hemd, zerrte am Reißverschluß seiner Jeans. Noch nie hatte sie solches Verlangen gespürt. Er fuhr an den Straßenrand und fiel über sie her, schob ihren Slip herunter, seine Jeans nur bis zu den Knien runtergezogen. Sie stieß mit dem Kopf gegen die Tür, als er in sie eindrang, aber sie merkte es kaum. Die Pfingstrosen, die sie unter sich begruben, verströmten einen betäubenden Duft. Ihr Leben lang würde sie beim Geruch von Pfingstrosen an diesen Moment denken müssen.

Sie hatte sich gewünscht, die Gefühle jenes ersten Sommers würden zurückkommen – die Spannung, mit ihm zusammenzusein, der Rausch, das Hochgefühl –, und nun war ihr Wunsch in Erfüllung gegangen.

»Wow …«, sagte er, »was hast du nur seit Januar gemacht?«

Caitlin schickte eine Reihe von Postkarten mit Stars aus alten Film-Musicals. Judy Garland. Cyd Charisse. Jane Powell. *Wo sind sie jetzt?* stand auf der Rückseite. *Sind sie unsterblich, weil sie große Filme gemacht haben? Erwarte keine Antwort. Denk nur mal darüber nach. Fortsetzung folgt.* Vix stopfte sie in die unterste Schublade zum Foto von Lambs Eltern. Sie hatte andere Dinge im Kopf.

In diesem Sommer wagten Vix und Bru alles, sie stellten jeder sich selbst, und sie stellten einander auf die Probe. Schließlich fragte er sie, ob sie in der Zeit ihrer Trennung mit einem anderen zusammengewesen war. Sie erzählte ihm von Andy, er ihr von Star. Sie weinte sogar, obwohl sie es schon gewußt hatte.

Als Abby und Lamb zu einer Hochzeit nach Vermont fuhren, nahm Vix Bru zum ersten Mal mit auf ihr Zimmer im Haus. Er ging umher, berührte die Muscheln und Steine, studierte die Fotos von ihr und Caitlin. Sie spielte ihm die Kassette mit ihrer Version von »Dancing Queen« vor, zog sich aus, legte sich aufs Bett und räkelte sich verführerisch und winkte ihn zu sich. Doch zum ersten Mal konnte er nicht auf sie reagieren. »Es ist zu seltsam in diesem Zimmer«, erklärte er. »Ich komme mir vor, als würde ich etwas Verbotenes tun.«

Genau darum ging es.

Sie lernte die jungen Putzhilfen von Dynamo an und fragte sich dabei, ob es unter ihnen wohl ein

Team gab, wie sie und Caitlin damals eins gewesen waren. Sie traf sich mit den Kunden, organisierte das Büro, bestellte Zubehör. Sie machte ihre Sache so gut, daß Joanne ihr anbot, nach dem Examen als ihre Partnerin einzusteigen. »Im September arbeitet man sich natürlich dumm und dämlich. Aber danach ist es ganz locker. Du könntest deinen Freund heiraten und ein paar Kinder in die Welt setzen.«

Vix wußte nicht, was sie sagen sollte, ohne Joanne zu verletzen.

»Vielleicht braucht man dafür keinen Harvard-Abschluß, aber du könntest den Rest des Jahres immer noch unterrichten, wenn es das ist, was du willst.«

Das Problem war, daß Vix nicht wußte, was sie wollte. Außer Bru. Ihn wollte sie.

Abby

Beim alljährlichen Besuch ihrer Eltern sagt ihre Mutter: Du siehst glücklich aus, Abby Darling. Du weißt, das ist alles, was wir wollen ... daß du glücklich bist.

Danke, Mutter, ich bin glücklich.

Aber warum wohnt Caitlins Freundin immer noch hier? Haltet ihr das für klug?

Klug?

Ja. Mit einem hübschen Mädchen im Haus fordert man das Schicksal heraus. Du und Lamb – ihr habt es gut hier. Warum gehst du ein solches Risiko ein? Weißt du noch, wie es Dory Previn ergangen ist, als sie Mia Farrow in ihr Leben gelassen hat? Goodbye, André! Und vergiß nicht deine Cousine Elinor!

Elinor hatte ein norwegisches Au-pair-Mädchen zu sich ins Haus geholt und sie unterstützt, und zwei Jahre später mußte sie zusehen, wie ihr Ehemann mit dem Mädchen in den Sonnenuntergang davonfuhr und sie selbst mit den Kindern allein zurückließ.

Sie versucht, zu erklären, daß es mit Vix ganz anders ist. Sie ist die Tochter, die ich nie hatte, Mutter. Von der ich immer geträumt habe. Um die Befürchtungen ihrer Mutter zu zerstreuen, fügt sie hinzu: Außerdem ist sie verliebt.

Ist es was Ernstes? fragt ihre Mutter, und Abby hört sich Vix dasselbe fragen.

Ja ... ich fürchte schon.

Ihre Mutter seufzt tief. Na, dann bin ich ja beruhigt. Aber sorg dafür, daß es so bleibt.

KAPITEL 34

An dem Tag, als Vix ins Leverett House zurückkehrte, um ihr letztes Studienjahr zu beginnen, flog Caitlin von L. A. nach Rio. »Denk doch mal«, hatte sie zu Vix gesagt, »Santiago, Lima, Buenos Aires ... Klingt das nicht sehr exotisch?«

Inzwischen hatte Vix sich daran gewöhnt, daß Caitlin um den Erdball flitzte wie eine Hummel auf der Suche nach exotischen Pflanzen. Sie hatte keinen Ehrgeiz mehr, sie umzustimmen. Caitlin konnte es sich leisten, ihr Studienbudget für Reisen zu verpulvern. Schließlich wartete ein beachtlicher Treuhandfonds auf sie.

»Tja ...«, sagte Abby, »sie könnte immerhin jederzeit einen Job als Übersetzerin finden.« Abby war unermüdlich darin, etwas Positives an den *Kindern* zu entdecken. Vix erzählte Abby lieber nicht, daß Caitlin gesagt hatte, man lerne Fremdsprachen am besten, indem man ›interessante Leute fickte‹.

Sie war viel zu beschäftigt mit ihrer eigenen Zukunft, um Zeit und Energie auf Caitlin zu verschwenden. Und damit war sie nicht allein. Alle hatten die Abschlußkrankheit, Senioritis, wie sie es nannten. Obwohl das Ende ihrer Ausbildung in Sicht war, hatte keiner von ihnen das Gefühl, auf das wirkliche Leben da draußen auch nur annähernd vorbereitet zu sein. Für das Leben nach dem College. Abby drängte Vix, weiterzustudieren. Einige ihrer Freundinnen bewarben sich an weiterführenden Universitäten, aber viele hatten wie Vix das Gefühl, etwas anderes machen zu müssen. Sie konnte nicht einfach als Abbys Goldkind weitermachen, als ihr persönliches Wohltätigkeitsprojekt.

Im letzten Studienjahr war sie von Englischer Literatur auf Sozialanthropologie umgestiegen und hatte ein – wie sie hoffte – innovatives Thema für ihre Abschlußarbeit gefunden: »Fünf Minuten im Himmel«. Es hatte natürlich nichts mit dem Kußspiel, das Paisley aus ihrer Kindheit kannte, zu tun, sondern sie plante ein Video, in dem behinderte Kinder ihre Vorstellung vom Himmel beschrieben. Eine Arbeit, die Nathan gewidmet war. Sie wollte Kinder interviewen und das Ganze mit Archivmaterial, neuen Bildern und Einspielungen kombinieren. Wenn die Kinder schlecht zu verstehen waren, wie es auch bei Nathan der Fall gewesen wäre, wollte sie Untertitel einfügen. Um die richtigen Kinder zu finden, mußte sie mit zwanzig oder dreißig von ihnen reden. Irgendwie überredete sie Natalie Ponzo, eine Anthropologieprofessorin, ihr Projekt zu betreuen. Maia konnte es kaum fassen, welchen Mumm sie aufbrachte.

Im Jahr davor hatte sie mit ihrer Freundin Jocelyn, die damals selbst ihre Abschlußarbeit schrieb, einige Zeit im Schneideraum im Keller der Boyleston Hall verbracht. Als Vix Jocelyn zum ersten Mal bei der Arbeit zusah, war sie fasziniert. Schneiden war, als würde man ein Puzzle zusammenlegen. Man begann mit einer Million kleiner Stückchen, und wenn man es richtig anstellte, erzählte das fertige Produkt schließlich eine zusammenhängende, interessante Geschichte.

Jocelyn war Haitianerin aus Brooklyn und träumte davon, große und wichtige Dokumentarfilme zu machen, wie Fred Wiseman. Aber ihr Vater drängte sie, Jura zu studieren. Wollte sie ihren Harvard-Abschluß etwa verschwenden, um eine Laufbahn einzuschlagen, in der sie einen Hungerlohn verdiente, oder wollte sie da rausgehen und ihren Vater stolz machen? »Ich will aber nicht Jura studieren«, hatte Jocelyn Vix erklärt. »Ich suche mir einen anständigen Job, wo ich Zugang zu einem Schneideraum habe, und dann mache ich ihn auf meine Art glücklich!«

Vix' Eltern hatten längst aufgehört, ihr Leben irgendwie beeinflussen zu wollen. Tawny hatte sich gänzlich aus ihrem Leben zurückgezogen, sie hatte eigentlich überhaupt keinen Kontakt mehr zu ihrer Familie, und falls ihr Vater Hoffnungen oder Träume für Vix hegte, so sprach er sie nie laut aus.

Caitlin rief aus Buenos Aires an. »Ich lerne tanzen.«

»Tanzen?«

»Ja, Flamenco. Ich glaube, ich habe meine wahre Berufung gefunden.«

»Flamenco?«

»Ja. Ich glaube, es ist wichtig, daß ich jetzt erst einmal meinen Begabungen gerecht werde. Eine akademische Ausbildung kann ich immer noch machen, aber tanzen werde ich nicht ewig können.«

Bisher hatte Vix ihre Freundin nur in der Disco tanzen sehen. »Willst du damit Karriere machen?« fragte Vix.

»Gott, Vix ... hör dir doch mal selbst zu! Es muß nicht aus allem, was man tut, gleich eine Karriere werden. Für mich ist Talent wichtiger als Karriere.«

»Du meinst, eine Karriere, die auf deinem Talent beruht?«

»Nein ..., ich meine, das Talent einfach zu besitzen.«

»Aber wozu?«

»Nicht alles muß ein Ziel haben. Manche Dinge sind einfach, was sie sind.«

»Das ergibt aber keinen Sinn.«

»Das meiste, was ich sage, ergibt für dich keinen Sinn.«

»Ich höre zu. Ich versuche zu verstehen.«

»Das stimmt nicht. Du hast dir längst ein Urteil gebildet.«

»Das ist nicht fair.«

»Vielleicht nicht ... aber genau das höre ich heraus.«

»Erzähl mir von Argentinien.«

»Es ist großartig. Ich liebe die argentinischen Männer.«

»Sag mir nicht, du wirst die nächste Evita.«

»Ich werde ganz bestimmt nicht die nächste Evita.«

»Gut.«

»Ich nehme an, wenn ich dich bitte, mich nächsten Sommer zu besuchen, bekomme ich einen Korb?«

»Nicht unbedingt.«

»Vix ... das wäre unglaublich! Glaubst du wirklich, es könnte klappen?«

»Ich weiß nicht. Hängt alles von meinen Jobs ab ... und ein paar anderen Dingen ...«

»Zum Beispiel von Bru?«

»Von allem möglichen.«

»Aber du gibst mir Bescheid?«

»Ich geb dir Bescheid.«

Die Kinder, die Vix interviewte, waren voller Begeisterung bei der Sache und fanden es aufregend, ihre Vorstellung vom Himmel zu erläutern. Manchmal während der Aufnahmen mußte Vix ein Schluchzen unterdrükken, so sehr vermißte sie Nathan.

Himmel? Da komm ich ganz bald hin. Wenn du mir sagst, wo du wohnst, könnte ich versuchen, dir dann Bescheid zu sagen. Dann ruf ich: Hey, Victoria ... und wenn du hochschaust, siehst du mich am Himmel fliegen, in einem wunderschö-

nen blauen Kleid und ganz langen Haaren, die hinter mir herwehen. Vielleicht sitze ich auch auf einem Pferd, auf einem von den Engelpferden mit Flügeln.

Ich glaube, man muß da oben arbeiten. Man wird entweder als Engel eingestellt oder als Bote oder so was. Es gibt hier unten ja so viele Leute, auf die man aufpassen muß. Die halten einen ganz schön auf Trab, aber man wird nie müde. Nie. Man braucht auch keine Medikamente. Alle sind gesund. Kräftig. Verstehst du? Einmal in der Woche trifft man sich mit Gott. Entweder mit Gott oder mit Petrus. Denen berichtet man, was alles so los war. Aber im Himmel gibt es keine falschen Antworten und keine Zeugnisse.

Ich? Ich werd Ballettänzerin oder vielleicht eine Eisprinzessin wie bei der Olympiade. Den ganzen Tag werde ich rumschwirren und Fruchtgummi essen.

Im Himmel – da gibt's Millionen kleiner Welpen. Die süßesten Hunde, die du je gesehen hast. Und keine Hundehaufen. Ich weiß nicht, was mit denen passiert, aber im Himmel sind die Haufen jedenfalls nicht. Der Himmel ist sauber. Mit den ganzen weißen Wattewölkchen. Und die kleinen Hunde hüpfen von Wolke zu Wolke, und man kann den ganzen Tag hinter ihnen herlaufen und mit ihnen spielen.

Abby rief Vix an. »Kann ich irgendwas helfen? Möchtest du was zu essen im Schneideraum ... mal was anderes als Pizza?« Abby blieb immer in Kontakt, mit allen. Daniel kam im zweiten Jahr in Yale mit seinem Jurastudium gut voran, wenn auch nicht ganz so, wie er gehofft hatte. Gus machte seinen Magister in Journalismus an der Columbia University und hatte ausgerechnet aus Albuquerque ein Jobangebot bekommen. Und daß Caitlin eine neue Zelda Fitzgerald mit Kastagnetten war, wußte Vix bereits.

»Sollten wir uns nicht allmählich was zu deiner Examensfeier einfallen lassen?« fragte Abby. »Kommen deine Eltern? Sollen wir eine Party geben, oder hast du mit Bru schon andere Pläne?«

Vix konnte einfach nicht an eine Examensfeier denken. Ihre Abschlußarbeit nahm sie völlig gefangen. Sie entdeckte kreative Energien in sich, von denen sie nichts geahnt hatte. Meist fiel sie erst weit nach Mitternacht völlig erschöpft ins Bett, um am nächsten Morgen um sechs wieder aufzustehen und sofort weiterzumachen. Außerdem mußte sie sich natürlich auch noch um ihre laufenden Kurse kümmern – nur weil sie im letzten Jahr war, bedeutete das nicht, daß sie keine Pflichten mehr hatte. Dies hier war schließlich Harvard, und ein Abschluß in Harvard war immer noch etwas Besonderes. Jeder, der hier sein Diplom gemacht hatte, konnte ein Lied davon singen.

Bru meinte: »Ich bin froh, wenn es vorbei ist.

Ich mag es nicht, daß so etwas zwischen uns steht.« Er wollte Telefonsex. »Sag mir, was ich mit dir machen soll. Und was du mit mir machen möchtest.« Also tat sie es.

Natalie Ponzo lobte »Fünf Minuten im Himmel« ausführlich. Jemand schlug vor, eine Kopie an den Fernsehsender WGBH zu schicken, und Vix wurde prompt von den Produzenten der naturwissenschaftlichen Fernsehreihe Nova zu einem Vorstellungsgespräch eingeladen. Doch man bot ihr lediglich ein Sommerpraktikum und keinen richtigen Job an. Sie bedankte sich und schickte eine Kopie der Arbeit an Jocelyn, die inzwischen bei einer Produktionsfirma in New York arbeitete. Jocelyn zeigte das Videoband überall herum, warnte Vix aber davor, eine Stelle in ihrer Firma anzunehmen – man hatte keine Aufstiegschancen, und Jocelyn mußte am Wochenende als Kellnerin arbeiten, um einigermaßen über die Runden zu kommen. Deshalb hatte sie gekündigt und ab 15. Juni einen Nachtjob in der Textverarbeitung angenommen, während sie auf Nachricht von der Filmschule der New York University wartete. Das würde zwar bedeuten, daß sie noch ein Studiendarlehen aufnehmen mußte, das sie für den Rest ihres Lebens abzahlen würde, aber hey … so ging es doch allen!

Vix bewarb sich für verschiedene Vorstellungsgespräche auf dem Campus. Als sie Dinah Renko begegnete, hatte sie bereits einige Erfahrung gesammelt. Sie wußte, was die Leute gern hörten:

Alle mochten die Geschichte, wie sie mit vierzehn schwimmen gelernt hatte, zeigten jedoch mäßiges Interesse für ihr Engagement in der Mondale-Ferraro-Kampagne. *Mit schönem Haar kann man es weit bringen.* Und da alle Santa Fe liebten, kamen immer viele Fragen zur dortigen Lebensqualität – Wie steht es mit der Kindererziehung? Mit öffentlichen oder privaten Schulen? Ist der Himmel wirklich immer so blau? Gibt es Drogenprobleme? Wie sieht es mit Arbeitsplätzen aus? Diese Fragen hatten natürlich nichts mit der angebotenen Stelle zu tun, aber Vix erkannte verblüfft, daß diese Leute, die es in ihren Augen doch so weit gebracht hatten, selbst schon wieder nach einer neuen Chance suchten.

Dinah arbeitete bei Squire-Oates, einer großen PR-Firma in New York. »Ihr Video hat mir gut gefallen«, sagte sie. »Das ist alles, worauf es ankommt. Natürlich schadet auch das Harvard-Studium nicht, denn das bedeutet, Sie sind intelligent, Sie haben Ideen. Auch der Rest Ihres Lebenslaufs ist sehr nett, aber – um die Wahrheit zu sagen – für mich nicht interessant.«

Dinah war um die Vierzig, mit stumpf geschnittenen silbergrauen Haaren, einem grauen Hosenanzug und Schuhen mit auffallenden roten Absätzen. Vix trug das Übliche – schwarze Hose mit weißer Bluse. Maia, die sich für die Vorstellungsgespräche eigens ein Kostüm zugelegt hatte, meinte immer, Vix sehe aus wie eine Kellnerin. »Binde doch wenigstens ein Tuch um, irgendwas mit ein bißchen Stil!« Also kaufte Vix am Harvard Square ein Seidentuch – ein heruntergesetztes Stück von Hermès –, und Maia zeigte ihr, wie man es richtig drapierte. »Trag dazu die silbernen Ohrringe und dein Armband aus Santa Fe.«

Dinah wickelte eine Haarsträhne um den Finger, während sie fortfuhr: »Wir sind ein sehr großes Unternehmen, Victoria, mit Niederlassungen auf der ganzen Welt. Es gibt viele Möglichkeiten für zielbewußte, talentierte junge Frauen wie Sie. Sie werden weder als Telefondame noch bei der Ablage enden. Das kann ich Ihnen versprechen. Ich biete Ihnen keinen gewöhnlichen Einstiegsjob. Sie werden mit den Koryphäen der Branche zusammenkommen und von Anfang an selbständig arbeiten.«

Vix nickte und versuchte sich alles genau zu merken: Koryphäen der Branche, von Anfang an selbständig arbeiten ... Sie spielte mit den Haaren.

»Sie bekommen ein anständiges, konkurrenzfähiges Gehalt und gute Sozialleistungen. Sie werden eine Wohnmöglichkeit finden und die Stadt genießen. Und wir werden für Sie dasein, Ihre Karriere unterstützen und Sie befördern, sobald Sie bereit sind.« Sie warf einen Blick auf ihre Armbanduhr. »Ich muß den Zug um halb sechs erwischen. Können Sie rasche Entscheidungen treffen? Denn mir wäre eine sofortige Antwort am liebsten.«

Eigentlich hatte Vix keine Ahnung. Also bat sie um Bedenkzeit bis zum nächsten Tag.

Dinah seufzte. »Es gibt noch andere Bewerber. Ich sag lieber nicht, wie viele. Der Markt ist ziemlich eng.«

»Gut, ich nehme den Job«, sagte Vix. Hinterher konnte sie es kaum glauben, daß sie zugesagt hatte.

Paisley

Maia und sie führen Victoria zum Essen aus; sie feiern ihren Job. Schließlich ist sie die erste, die weiß, was sie nächstes Jahr tun wird. Als Maia fragt: Was hält Bru eigentlich davon? stößt Victoria ihr Rotweinglas um. Der Wein läuft über das weiße Tischtuch auf Victorias Schoß. In der Aufregung vergessen sie, daß Victoria nicht geantwortet hat.

Vermutlich hat sie es Bru noch gar nicht erzählt. Aber Paisley ist sicher, daß er Victoria überallhin folgen würde. Für sie steht fest, daß Victoria unglaubliches Glück hat. Seit sie das Labor-Day-Wochenende auf Martha's Vineyard verbracht und Bru kennengelernt hat, schwärmt sie für ihn wie ein Teenager. Natürlich behält sie das für sich. Sie würde es nie zulassen, daß etwas passiert, außer in ihren Phantasien, und Phantasien zählen nicht.

Vielleicht geht es auch hauptsächlich darum zu sehen, daß ihre Freundin von einem tollen Mann angehimmelt wird. So oder so – Victoria hat es geschafft.

Am ersten Wochenende im Mai kam Bru zu Besuch, während ein Frühlingssturm tobte, der mit einem harmlosen Schneeregen begann und sich zu einem echten Gewitter entwickelte und in Cambridge die Hälfte der Stromleitungen lahmlegte. Sie kümmerten sich nicht darum, sondern verbrachten die meiste Zeit im Bett. Bru hielt ihre Handgelenke über ihrem Kopf fest und sah ihr ins Gesicht, während er heftig in sie eindrang. Der wilde und besitzergreifende Sex war ihr unbehaglich. Trotzdem erregte er sie. Es war wie ein Reflex – in Brus Nähe wurde sie feucht, die Macht reagierte. Seine Anziehungskraft auf sie war ungebrochen.

Als es aufgehört hatte zu regnen, machten sie einen Spaziergang am durchnäßten Ufer des Charles River. Vix sehnte sich nach Sonnenschein. Sie band sich den neuen Seidenschal um den Hals und zog den Reißverschluß ihrer Jacke bis oben hin zu. Sie hatte erwartet, Bru würde fragen, ob er »Fünf Minuten im Himmel« sehen könnte. Nach dem Essen würde sie es ihm zeigen und ihm dann die Neuigkeit über den Job mitteilen.

Plötzlich blieb er stehen und stellte sich vor sie, die Hände auf ihren Schultern. Sein Gesicht verriet nicht, was er vorhatte. Langsam zog er eine kleine Schachtel aus der Tasche und überreichte sie Vix. »Wir müssen nicht sofort heiraten«, sagte er.

Heiraten?

»Wenn du willst, können wir ein Jahr warten …

aber ich muß wissen, daß das Warten irgendwann ein Ende hat und du für mich dasein wirst. Daß du meine Frau werden willst und die Mutter meiner Kinder ... «

Vix öffnete die Schachtel. Es verschlug ihr fast den Atem, als sie den winzigen goldgefaßten Diamanten auf dem blauen Samt glitzern sah. Heiratet man, weil der Sex gut ist? Heiratet man, weil man tief innen weiß, daß der andere ein anständiger Mensch ist, auch wenn man sich nicht über dieselben Bücher unterhalten kann? Sie dachte an die Paare, die sie kannte – ihre Eltern, Lamb und Abby, Loren und Tim Castellano. Warum hatten sie sich füreinander entschieden? Wie kann man jemals wissen, was richtig ist? »Komm mit mir nach New York«, sagte sie mit eindringlicher Stimme.

»Warum sollten wir nach New York gehen?«

»Ich hab dort einen Job angeboten bekommen.«

»Dann sag ab.«

»Wie wäre es mit Boston?« fragte sie, klammerte sich an diesen Strohhalm. »Wahrscheinlich könnte ich auch eine Stelle in Boston kriegen.«

»Wie oft soll ich dir das denn noch sagen?« entgegnete Bru. »Ich hasse Großstädte. Ich bekomme Platzangst. Ich gehöre auf die Insel ... das weißt du doch.«

»Ich brauche nur ein bißchen Zeit, um rauszufinden ... «

»Ich werd ein richtiges Klo einbauen. Ich hab jetzt sogar Telefon!«

Sie sah wieder auf den Ring. Wenn sie sich jetzt trennten, wäre es anders als beim letzten Mal, das spürte sie.

»Wenn du dir nicht vorstellen kannst, zu heiraten und auf der Insel zu leben, dann ist es aus. Das ist mein Ernst. Vier verdammte Jahre hab ich auf dich gewartet. Du bist fast zweiundzwanzig. Wo liegt dein Problem?«

»Vielleicht brauche ich Vitamine«, sagte sie, in dem Versuch, einen leichteren Ton anzuschlagen.

Doch sie sah, wie sich die Enttäuschung in seinen Augen in Wut verwandelte. Er riß ihr das Kästchen mit dem Ring aus der Hand, und einen Augenblick lang dachte sie, er würde es in den Fluß werfen. Aber nein, er stopfte es zurück in die Tasche – er war zu praktisch veranlagt, um seinen Gefühlen nachzugeben. Eigentlich waren sie sich in vielem ähnlich: zwei Menschen, denen es schwerfiel, ihre Gedanken jemandem mitzuteilen, die alles für sich behielten. Vielleicht hatte sie sein Schweigen mit Seelentiefe verwechselt? Seinen verletzten Gesichtsausdruck für Sensibilität gehalten? Sie wußte es nicht. Sie wußte gar nichts, nur, daß sie noch nicht soweit war. Sie konnte ihm nicht den Rest ihres Lebens versprechen. Sie hatte keine Ahnung, wohin sie wollte.

Ihre Augen füllten sich mit Tränen. Ihre Kehle war wie zugeschnürt. Beging sie in diesem Moment den größten Fehler ihres Lebens? »Bru … bitte, laß uns nicht …« Sie versuchte ihn zu umarmen.

Aber er stieß sie weg. »Ich bin nicht mehr gut genug für dich, richtig?« Er spie die Worte förmlich aus. »Die Insel ist nicht mehr gut genug für dich ..., jetzt, wo du beinahe einen *Harvard*-Abschluß hast.«

»Warum kapierst du das nicht?« sagte sie. »Es hat überhaupt nichts mit Harvard zu tun ...«

Er lachte ärgerlich. »Dann will ich dir mal was sagen, Victoria. Du bist diejenige, die es nicht kapiert.«

TEIL VIER

»Didn't We Almost Have It All«

1987–1990

KAPITEL 35

Endlich war sie angekommen. Das also war das Leben nach dem College, das wirkliche Leben, die Welt der Sieger und der Verlierer. Sie fühlte sich wie in einem Rausch. Im Juni zogen sie und Maia gemeinsam nach New York, und Paisley, die einen Praktikumsplatz bei ABC gefunden hatte, kam ein paar Wochen später nach. Maia führte sie zu Loehmann's. »Laßt mich nur machen«, sagte sie und packte Jacken, Hosen und Oberteile ein. »Vertrau mir. Keine Farben!« schimpfte sie, als sie sah, daß Vix einen rosafarbenen Pulli hochhielt. »Nur neutrale Töne. Kultiviert. Professionell.«

»Aber ...«, begann Vix.

»Vertrau mir«, wiederholte Maia.

»Das ist ja schlimmer, als mit meiner Mutter einkaufen zu gehen«, meinte Paisley lachend. Vix lachte mit, obwohl sie sich nicht erinnern konnte, jemals mit Tawny Klamotten gekauft zu haben.

Maia kaufte sich ein Nadelstreifenkostüm, Marke Investmentbänker, passend zu ihrem Job in der Wall Street als Trainee bei Drexel Burnham. Sie wollte die Szene erst mal kennenlernen, ehe sie ihren Magister in Betriebswirtschaft machte. Beim großen Börsenkrach am 19. Oktober, dem schlimmsten der Geschichte, als der Dow Jones Index an einem einzigen Tag um fünfhundert Punkte abstürzte, zählte Maia zu den ersten Opfern. An diesem Abend saß sie wie angewurzelt vor dem Fernseher und sah sich jede Finanzsendung an, auf der Suche nach Hinweisen, was eigentlich passiert war. Aber es gab keine. Ihre Wall-Street-Freunde aus Harvard waren außer sich. Selbst hartgesottene Profis konnten es nicht fassen. Überraschenderweise sprang niemand aus dem Fenster. Man riß sich zusammen und ging wieder an die Arbeit. Außer Maia. Ausgerechnet an dem Tag, als sie zum ersten Mal ihr Nadelstreifenkostüm trug, wurde sie gefeuert. Vix und Paisley nahmen sie mit ins Kino, um sie mit etwas abzulenken – »Eine verhängnisvolle Affäre«. Vielleicht nicht die beste Idee, aber Witze über gekochte Kaninchen machten überall die Runde.

Bis Ende der Woche entwickelte Maia eine Reihe von Symptomen, die sie davon überzeugten, daß sie Eierstockkrebs hatte. Als die Untersuchung negativ ausfiel, ließ sie sich die Bewerbungsformulare für das Jurastudium kommen und schrieb sich für einen Vorbereitungskurs für die Zulassungsprüfung ein. »Nadelstreifenkostüme kommen nie aus der Mode«, meinte sie. »Nur ob die Schulterpolster in Mode bleiben, ist ungewiß.« Eine Woche später fand sie eine Teilzeitstelle als Assistentin bei einem Immobilienmakler.

Anfang November machte Caitlin auf dem Rückweg von Buenos Aires in New York halt; sie kam direkt vom Flughafen in die Wohnung. Sie war Maia und Paisley, für die sie Vix' Kindheitsfreundin war, noch nie begegnet, aber sie hatte über die beiden genauso schnell ihr Urteil gefällt wie über die Einrichtung. »Niedlich ... ganz die Working Girls, frisch vom College.« Sie trug Jeans und einen weiten Pullover, kein Make-up. Sie hatte die Haare wieder wachsen lassen und sah fabelhaft aus. Anscheinend tat ihr der Flamenco gut. Sie schlug Vix vor, das Wochenende gemeinsam in Lambs Zweitwohnung im Carlyle zu verbringen, und während Vix ihre Sachen zusammenpackte, bot Paisley, als zuvorkommende Südstaatengastgeberin, Caitlin Wein und Käse an. Doch Caitlin lehnte dankend ab. »Vielleicht ein andermal.«

»Dir hat Buenos Aires also nicht gefallen?« fragte Maia.

»Doch, sehr gut sogar. Aber es war Zeit weiterzuziehen.«

»Wohin willst du als nächstes?« wollte Paisley wissen.

»Nach Madrid wahrscheinlich.«

»Was hast du dort vor?«

»Was ich immer tue ... studieren, Erfahrungen sammeln, interessante Leute ficken.«

»Du Glückspilz«, meinte Maia eine Spur sarkastisch.

»Findest du?«

»Du lebst den Traum, den alle Menschen träumen.«

»Bestimmt nicht alle.«

Im Taxi unterwegs zum Carlyle überreichte Caitlin Vix ein flaches Päckchen in rotem Seidenpapier. Vix öffnete es vorsichtig und zog ein wunderschönes antikes Seidentuch hervor, mit Mohnblumen bedruckt und mit schwarzen Fransen eingefaßt.

»Zum Examen«, sagte Caitlin und küßte Vix erst auf die eine, dann auf die andere Wange. »Wenn wir getrennt sind, vergesse ich immer, wie sehr ich dich vermisse. Du siehst müde aus. Du kriegst nicht genug Sex.«

Vix lachte. »Vielleicht sehe ich müde aus, weil ich zuviel kriege.«

»Nein«, widersprach Caitlin. »Nicht genug. Ich erkenne das immer. Bist du mit jemandem zusammen?«

»Ich bin erst seit ein paar Monaten hier.«

»Ein paar Monate können lang sein. Als wir klein waren, kam es mir immer so vor. Manchmal wünschte ich, wir wären wieder zwölf. Du nicht?«

»Nein. Ich möchte das alles nicht noch mal durchmachen.«

Im Carlyle fiel Caitlin erschöpft aufs Sofa im Wohnzimmer. »Ist dir klar, daß ich vor zweiundzwanzig Stunden in Buenos Aires abgeflogen bin und seither weder richtig geschlafen noch was Anständiges gegessen habe?« Sie nahm den Telefonhörer ab und bestellte ein Dinner für zwei –

Shrimps und Kammuscheln auf Linguini, Salat aus Rucola und Radicchio, zum Nachtisch Zitronentörtchen. Während sie darauf warteten, öffnete sie eine Flasche Chardonnay und schenkte zwei Gläser voll. »Ich möchte alles über deine Arbeit hören.«

Aber als Vix zu erzählen begann, merkte sie, wie Caitlins Augen ganz glasig wurden. Offenbar interessierte sie das Thema doch nicht so sehr, oder sie war wirklich müde. Mitten im Essen schob sie den Teller weg, streckte sich auf dem Sofa aus und schlief ein. Vix deckte sie zu, aß selbst fertig und verstaute die Reste im leeren Kühlschrank.

Dann knipste sie das Licht aus und betrachtete die schlafende Caitlin, das schöne Gesicht entspannt, der lange, schmale Körper zusammengerollt wie eine Katze. Als sie sich kurze Zeit später auf den Weg ins Bett machte, berührte sie Caitlins Haar und ihre kühle Wange, so, wie sie es sich als Kind immer erträumt hatte.

Am nächsten Tag schlief Caitlin bis Mittag. Vix hatte schon das Kreuzworträtsel der *Times* gelöst und eines der übriggebliebenen Zitronentörtchen gegessen.

»Danke für gestern abend«, sagte Caitlin, als sie aufwachte.

»Ich hab doch gar nichts getan.«

»O doch. Du hast mich schlafen lassen.« Sie wanderte in die Küche und öffnete den Kühlschrank. »Gut, du hast alles aufgehoben.« Mit einem Teller kalter Nudeln kam sie zurück. »Also, jetzt will ich aber alles über dein Leben hören«, sagte sie mit vollem Mund, »angefangen bei Brus Heiratsantrag.«

»Da gibt's nicht viel zu erzählen.«

»Aber er hat dir einen Ring gegeben, und du hast nein gesagt?« hakte Caitlin nach.

»Ich hab gesagt, ich bin noch nicht soweit.«

»Eigentlich sind es doch immer die Männer, die noch nicht soweit sind ..., die keine Verpflichtung eingehen wollen.«

»Wahrscheinlich bin ich die Ausnahme dieser Regel.«

»Du überraschst mich. Ich hab immer gedacht, du würdest ihn heiraten und mit dreißig mit ihm in einem Haus voller Kinder ein stinklangweiliges, stinknormales Leben führen.«

»Wie könnte ich? Ich hab den NINO-Pakt unterschrieben, erinnerst du dich?«

Caitlin lachte. »NINO oder sterben! Du bist also wirklich über ihn hinweg?«

»Ja, ein für allemal!« Sie war selbst überrascht, wie selbstsicher das klang, wenn man bedachte, daß sie ihn erst vor wenigen Wochen angerufen hatte, in einer Nacht, als sie sich so traurig und allein gefühlt hatte, daß sie es kaum ertragen konnte. Ihre Hände hatten gezittert, und ihr Mund war ganz trocken gewesen, als er sich meldete. Sie hätte gleich wieder auflegen sollen. Statt dessen sagte sie, gequält von der Vorstellung, er könnte denken, daß Harvard eine elitäre Ziege aus ihr gemacht hatte: »Nur damit du's weißt … ich hasse Snobs!« Sie hatte die Worte noch nicht ganz ausgesprochen, da bereute sie sie schon.

»Soll das heißen, du hast es dir anders überlegt?« fragte er.

Als sie nicht antwortete, fragte er: »Victoria?«

»Tut mir leid«, flüsterte sie.

»Tu mir einen Gefallen … ruf nicht mehr an.«

Bis sie herausbrachte »Bestimmt nicht«, hatte er schon aufgelegt.

An diesem Abend tanzte Caitlin für sie in voller Flamenco-Aufmachung – einem rot-schwarzen Kleid, so weit ausgeschnitten, daß man den Brustansatz sah, geschlitzt bis weit über die Oberschenkel, die Haare zurückgebunden, eine Blume hinter dem Ohr, mit klackenden Absätzen und Kastagnetten. Sie tanzte einen feurigen, verführerischen Tanz, bis sie schließlich am Boden lag, die Hände ausgestreckt zu ihrem Publikum – Vix. Als die Musik verstummte, wartete Caitlin auf Vix' Reaktion. Schließlich räusperte sich Vix und sagte: »Ich glaube, wir sollten ausgehen.«

»Bist du sicher?«

»Ganz sicher.«

»Das war also Caitlin«, sagte Maia, als Vix am Sonntag nachmittag aus dem Carlyle zurückkam. Sie und Paisley strichen gerade die Küchenschränke dunkelblau. »Man braucht keinen Psychologen, um zu sehen, daß sie eifersüchtig auf uns ist ... auf Paisley und mich. Sie will nicht, daß irgend jemand in deinem Leben wichtiger ist als sie.«

»Das hast du alles in zehn Minuten erkannt?« fragte Vix und warf ihre Tasche aufs Bett.

»Das hab ich schon gesehen, als sie zur Tür reinkam. Wie sie dann den Wein abgelehnt hat, den Paisley ihr angeboten hat ... «

»Caitlin ist ein komplizierter Mensch«, meinte Vix und zog ein T-Shirt und eine Sweathose an.

»Wir sind alle kompliziert«, entgegnete Maia. »Und wir hatten alle Freundinnen wie sie.«

»Das glaube ich nicht«, widersprach Vix. Als sie in die Küche kam, nahm sie einen Pinsel, tunkte ihn in die dunkelblaue Farbe und machte sich an die Arbeit.

»Oh, bitte ...«, sagte Maia. »Auf jeder Schule gibt es eine Caitlin. Du mußt über sie wegkommen und dein Leben weiterleben.«

»Ich lebe mein Leben weiter.«

Paisley

Sie findet es bewundernswert, daß Victoria dieser Schattenfreundin gegenüber so loyal ist, das muß sie zugeben. Und daß sie so mutig war, Bru zu sagen, sie sei noch nicht soweit. Sie sprechen nicht über ihn, das Thema ist tabu. Victoria meint, es sei leichter so. Paisley ist klar, daß ihre eigene Schwärmerei für Bru nur ein Strohfeuer war.

Schon längst wünscht sie sich nicht mehr, mit ihm auf einer einsamen Insel zu sein. Außerdem ist da dieser Typ, der ihrem Boss eine neue Sitcom verkaufen will …

KAPITEL 36

Die Wohnung in Chelsea, die sie sich teilten, hatte nur ein Badezimmer, eine winzige Küche und – zweihundertsechzig Quadratmeter offene Wohnfläche. »Betrachten Sie es als eine Art Loft«, hatte der Makler gemeint, »in einer Gegend, die absolut im Kommen ist.«

Noch in derselben Woche, in der sie eingezogen waren, hatte jede ihren persönlichen Schlafbereich abgetrennt, mit indischen Tüchern, die an Schnüren von der Decke hingen, so daß die Wohnung binnen kurzem wie eine provisorisch eingerichtete fremdländische Krankenstation aussah. An Privatsphäre war nicht zu denken. Aber da jeder von Aids und Safer Sex sprach, waren in dieser Hinsicht sowieso alle eher zurückhaltend.

Paisley war die einzige von ihnen, die kein sexuelles Abenteuer ausließ, denn sie weigerte sich, ihre Jugend zu verschwenden, aus Angst vor einer Krankheit, die sie sowieso nicht kriegen würde, weil die Männer in ihrem Leben Ivy-League-Typen waren, samt und sonders aus guten Familien.

»Sieh wenigstens zu, daß sie Kondome benutzen«, predigte Maia regelmäßig. Sie war inzwischen so vorsichtig, daß sie neuerdings sogar den Toilettensitz regelmäßig mit Alkohol abrieb, ehe sie sich darauf setzte, denn sie war überzeugt, daß Paisley irgendwann einen Herpes oder das Papilloma-Virus oder zumindest Trichomonaden einschleppen würde. »Man weiß doch nie, wer bi ist und was mit wem treibt ...«

Jeden Dienstag aßen sie abends zusammen vor der Glotze und sahen sich die Serie »Thirtysomething« über Freud und Leid von Menschen um die Dreißig an. Sah so das Leben aus, auf das sie zusteuerten?

Vix' Stelle bei Squire-Oates war ganz anders, als sie es sich vorgestellt hatte. Die Zusammenarbeit mit den »Koryphäen der Branche« lief darauf hinaus, daß sie Videoaufnahmen von Führungskräften und leitenden Angestellten, die während eines dreitägigen Intensivkurses in Rhetorik entstanden waren, bearbeitete. Jeder Kurs war speziell auf die Bedürfnisse des jeweiligen Teilnehmers zugeschnitten, damit er oder sie – meistens er – sich anschließend voller Selbstvertrauen einer Pressekonferenz stellen konnte, in der man ihn – oder sie – wegen der neuesten Panne, der neuesten Strafanzeige, der neuesten Fusion oder was auch immer in die Mangel nehmen würde.

Vix' Aufgabe war es, die Schwächen des jeweiligen Sprechers auf dem Band zu entdecken und zu markieren. Faßte er sich an die Eier, kratzte er sich am Kinn, verrenkte er sich fast den Unterkiefer vor Anspannung? Wedelte er unkontrolliert mit den Händen? Sprach er klar und präzise oder stotterte und murmelte er ... Wie war es mit den langgezogenen Aaahhhhs, die klangen, als drückte man ihm mit dem Spatel auf die Zunge, wenn er nach einer Antwort auf eine besonders unangenehme Frage suchte? Fummelte sie an ihrem Schmuck herum, leckte sich die Lippen, strich sich ständig die Haare aus dem Gesicht?

Innerhalb von drei Tagen lernten die meisten dieser »Koryphäen der Branche« in endlosen Übungen und unter Anleitung eines Spezialisten der Agentur, wie man sich vor der Kamera vertrauenswürdig und glaubhaft präsentierte. Vix war verblüfft, und sie fragte sich, warum Dinah nicht selbst daran teilnahm.

Dinah war genauso ehrgeizig und zielstrebig wie alle anderen, aber sie war oft unfähig, Entscheidungen zu treffen. Manchmal lud sie eine Akte einfach auf Vix' Schreibtisch ab. »Victoria, ich laß Ihnen das hier«, sagte sie dann, wickelte sich eine Haarsträhne um den Finger oder kaute, wenn sie besonders unter Druck stand, sogar darauf herum. »Enttäuschen Sie mich nicht.«

Squire-Oates hatte eine beeindruckende Kundenliste, und Vix entdeckte, daß ihr fast immer gute Strategien für deren PR-Kampagnen einfielen, egal ob es um Politik, Personen oder Produkte ging. Sie kam zu dem Schluß, daß sie eher kreativ als technisch begabt war, und sie freute sich schon auf den Tag, an dem Dinah das erkennen und anfangen würde, Vix' Karriere zu fördern, wie sie es in Aussicht gestellt hatte.

In der Zwischenzeit heimste Dinah ohne jeden Skrupel die Lorbeeren für Vix' Ideen ein. Doch Vix waren die Hände gebunden, sie konnte es sich nicht leisten, sich zur Wehr zu setzen und möglicherweise ihren Job zu verlieren. Manchmal, wenn sie darüber nachdachte, bekam sie Angst, daß sie vielleicht nicht ehrgeizig, nicht entschlossen genug war, um sich in New York durchzusetzen. Manchmal fühlte sie sich alt und müde. Sie haßte es, wenn Dinah sie »Kleines« nannte und sie daran erinnerte, wie jung sie war, daß sie das Leben noch vor sich hatte.

Als Kind hatte Vix eine ziemlich verschrobene Vorstellung vom Erwachsensein gehabt. Damals bedeutete es für sie, daß man einen Job hatte und alleine lebte, daß niemand einem vorschreiben konnte, was man aß, welche Kleider man trug oder wie man sich benahm. Es bedeutete, daß es in Ordnung war, Sex zu haben. Was für ein Witz! Als sie nach New York kam, war sie sicher gewesen, daß Erwachsensein etwas mit Verantwortung zu tun hatte, aber dann fiel ihr ihre Schwester ein. Lanie konnte man kaum erwachsen nennen, und dennoch lastete auf ihren Schultern weiß Gott genug Verantwortung.

In Lanies Augen war Vix ungeheuer erfolgreich. Sie nannte Vix nur noch ihre »reiche große Schwester«. Sie hatte sich eine Vorstellung vom

Leben im Big Apple zurechtgelegt, die mehr zu Beverly Hills als zu New York paßte. Sie war überzeugt, daß Vix in einer fabelhaften Wohnung lebte, sich teure Haarschnitte leistete und die Designerklamotten aus der *Cosmopolitan* trug. Lanie, mit ihren beiden kleinen Kindern und einem Mann, der zu gar nichts taugte, erschien das Leben ihrer Schwester wie das von Aschenputtel nach dem Ball – lediglich ohne Märchenprinz. Sie kapierte nicht, daß Vix auch kämpfen mußte. Es war nur eben ein anderer Kampf, auf einer anderen Ebene.

Vix' Erfahrung nach wurde man nicht unbedingt erwachsen, wenn man Kinder hatte. Wie war das mit den Leuten, die sich entschlossen, nie welche zu bekommen? Sie war sich nie sicher gewesen, ob sie selbst irgendwann Kinder haben wollte – wegen Nathan. Nicht, daß sie damit rechnete, zwangsläufig ein körperbehindertes Kind auf die Welt zu bringen, aber sie wußte, was es bedeutete, mit einer solchen Belastung zu leben, welche Opfer einem abverlangt wurden, wieviel Kraft und Liebe. Bru wünschte sich ein Haus voller Kinder. Caitlin schwor, sie würde nie Kinder haben wollen. »Nicht jede Frau muß Mutter sein«, sagte sie immer. »Man kann auch ohne Kinder ein glückliches und erfülltes Leben führen.«

Von Caitlin kam eine Postkarte aus Seattle, datiert am 2. Dezember 1987.

Vergiß Madrid. Ich hab endlich den richtigen Ort für mich gefunden. Seattle ist jung, Seattle ist cool … und ich meine damit nicht nur das Wetter. Pack Deine Koffer.

Abby

Sie versucht, mit allen in Kontakt zu bleiben, verschickt Adressen und Telefonnummern in alle Welt, damit jeder weiß, wo die anderen sich gerade rumtreiben. Sie wünscht sich, Daniel und Vix würden zueinander finden. Vielleicht, irgendwann … In der Zwischenzeit gibt sie den Söhnen aus ihrem Bekanntenkreis Vix' Telefonnummer.

Lamb zieht sie damit auf und sagt, sie soll eine Heiratsvermittlung aufmachen. Eigentlich keine schlechte Idee. Es macht ihr Freude, anderen bei der Suche nach dem Glück zu helfen. Aber momentan hat sie zuviel um die Ohren. Sie hat die Leitung der Somers Foundation übernommen. Genau zum richtigen Zeitpunkt – sie organisiert alles neu, von Grund auf. Nie hätte sie sich träumen lassen, daß ihr Leben ausgerechnet in diese Richtung führen würde.

Er entscheidet sich gegen den Job in Albuquerque. Er ist einfach zu gern am Wasser – wahrscheinlich wegen der Sommerferien auf Martha's Vineyard. Zum Glück kommt noch ein zweites Angebot, und er ergreift die Chance, für den Oregonian zu schreiben. Das ganze chauvinistische Gewäsch, daß die Leute in Portland Fremden gegenüber so verschlossen sind, ist absoluter Schwachsinn. Sie sind nett und die Frauen frisch und natürlich.

Als er im März nach Seattle geschickt wird, um für eine Geschichte über Microsoft zu recherchieren, ruft er Caitlin an und verabredet sich mit ihr auf einen Drink. Abby hat ihm ihre Telefonnummer geschickt; bei Abby laufen alle Daten über das Leben von jedem einzelnen von ihnen zusammen; sie ist die Chronistin. Caitlin taucht mit zwei Männern im Schlepptau auf. James und Donny.

Könnt ihr euch vorstellen, daß ich diesen Kerl vor langer Zeit mal verführen wollte? erzählt sie den beiden und preßt ihren Schenkel an seinen. Sie und James und Donny kugeln sich vor Lachen, als wäre es der größte Witz, ausgerechnet ihn verführen zu wollen. Schon tut es ihm leid, daß er angerufen hat. So was hat er nicht nötig.

Und wie geht's Hustenbonbon? fragt er, um das Thema zu wechseln.

Ach, du hast es noch nicht gehört?

Was denn?

Sie ist mit Bru durchgebrannt. Letzte Woche.

Das ist nicht möglich!

Überrascht es dich?

Ja, es überrascht ihn.

Das sollte ein Witz sein, Schätzchen! erklärt sie ihm und nimmt seine Hand. Und prustet schon wieder los.

Bei der erstbesten Gelegenheit macht er sich aus dem Staub. Und er erzählt niemandem, daß er sich mit ihr getroffen hat.

KAPITEL 37

Die nächste Präsidentschaftswahl stand ins Haus, aber diesmal waren Vix und Paisley von den Kandidaten weniger begeistert. »Na ja, Barbara ist immer noch besser als Nancy«, meinte Paisley, als wäre die Wahl schon vorüber, wären die Stimmen ausgezählt. »Sie hat wenigstens Humor. Und trägt dieselbe Perlenkette wie meine Großmutter.«

Maia fand die politischen Diskussionen ihrer Freundinnen ausgesprochen amüsant.

»Ich verstehe nicht, wie du die Republikaner verteidigen kannst, nach allem, was dir passiert ist«, sagte Paisley.

»Also bitte«, entgegnete Maia, »wenn eure Leute am Ruder gewesen wären, säßen wir jetzt in einer tiefen Wirtschaftskrise.«

Das Telefon klingelte, aber Vix fand den Apparat nicht. »Sieh mal im Bad nach«, rief Paisley. »Neben dem Klo.«

Es war Caitlin. »Vix ... wo bist du?«

»Im Badezimmer.«

»Ich meine, wo bleibst du, wann kommst du endlich? Ich hab das perfekte Haus für uns gefunden. Möbliert mit alten Korbmöbeln. Und ein kleiner Garten gehört dazu. Mit Rosen, Vix ... das ganze Jahr über. Aber du mußt mir sagen, wann du kommst! Wir müssen uns entscheiden, sonst vermitteln sie das Haus an jemand anders.«

Was redete sie da?

»Vix ...?«

»Moment, die Verbindung ist total schlecht.« Vix ging mit dem Telefon zurück in die Küche. »Ich hab nie davon gesprochen, nach Seattle zu ziehen, oder?«

»Nein ...«, begann Caitlin. »Aber du hast gesagt, dein Job kotzt dich an, deshalb hab ich gedacht ...« Sie machte eine Pause. »Anscheinend war es ein Mißverständnis.«

»Außerdem«, sagte Vix, »außerdem bleibst du sonst nie lange genug an einem Ort ...« Warum versuchte sie sich zu rechtfertigen?

»Im November bin ich ein Jahr hier.«

»Na ja, ich würde dich gern besuchen.«

»Großartig. Wie wäre es mit nächster Woche?«

Vix lachte. »Ich kann nicht einfach abhauen, wann es mir paßt. Vielleicht nächsten Sommer. Wenn du dann noch da bist. Ich muß mir erst das Geld zusammensparen.«

»Ich schick dir ein Ticket.«

»Nein ... lieber nicht.«

»Du bist ganz die alte, Vix.«

Aber sie war nicht mehr die alte Vix. Sie war keine vierzehn und auch keine siebzehn mehr. Sie hatte ihren Abschluß in Harvard gemacht, ein Jahr allein in New York gelebt, ein Jahr für Dinah Renko gearbeitet.

Von Squire-Oates hatte sie tatsächlich die Nase voll. Letzte Woche hatte sie versucht, mit Dinah über ihren Job zu sprechen, aber Dinah war nicht in der Stimmung gewesen, ihr zuzuhören. »Ihre Generation hat nicht gelernt, daß es nun mal Lehrjahre gibt, Victoria«, hatte sie gesagt. »Nur weil Sie einen Abschluß in Harvard gemacht haben, bedeutet das nicht, daß Sie die Firma leiten können.«

»Das will ich doch auch gar nicht. Ich würde nur gern noch etwas anderes versuchen, als die Videoaufnahmen anderer Leute zu bearbeiten. Ich bin schon ein ganzes Jahr hier. Beim Einstellungsgespräch haben Sie mir gesagt, ich könnte mich hier weiterentwickeln.«

Seit ihrer ersten Begegnung hatte Dinah zwanzig Pfund zugenommen, die sich jedoch nur an Oberkörper und Gesicht zeigten. Deshalb trug sie mit Vorliebe kurze Röcke und weite Oberteile darüber, und Vix fragte sich, wie sie sich auf ihren hohen roten Absätzen halten konnte, die ihre Beine – das Beste an ihr – am vorteilhaftesten zur Geltung brachten. Sie hatte zwei Kinder, beide gingen auf Privatschulen, und ihr Mann, der seine Stelle bei einem Verlag verloren hatte, schrieb zu Hause an einem Roman. Einmal hatte sie die Kinder zur Arbeit mitgebracht und bei Vix abgeladen. »Sie finden doch bestimmt was, um sie zu beschäftigen«, hatte sie gesagt. Innerhalb einer Stunde sah der Raum aus wie ein Schlachtfeld.

»Dieser Job an sich ist schon eine Riesenchance!« Dinahs Stimme wurde laut. »Mit mir zu arbeiten ist eine Riesenchance! Allerdings nicht, wenn man keine Geduld hat.«

Vix hatte Geduld, aber inzwischen war ihr klar, daß Dinah sie nie fördern würde, weil sie sie für sich selbst brauchte. Aber ein Umzug nach Seattle war nicht die Lösung.

Am nächsten Morgen blieb Vix auf dem Weg zur Arbeit an der Ecke Fifty-sixth Street und Sixth Avenue stehen und hörte einer Pennerin zu, die »Lullaby of Broadway« sang. Als Vix ein paar Münzen in ihren Becher warf, sah die Frau ihr direkt in die Augen und nickte. Zum ersten Mal sah Vix den Menschen in der Bettlerin, und plötzlich bekam sie Angst, daß, was auch immer dieser Pennerin widerfahren sein mochte, auch ihr passieren könnte.

Sie begann, sich diskret nach einem neuen Job umzuhören. Drei Wochen später nahm sie ein Angebot von Marstello an, einer PR-Firma mit einer erlesenen Klientel aus der Boutiquenszene, und am nächsten Tag warf sie, als sie an der Pennerin vorbeikam, einen Dollarschein in den Becher. Die Frau bedankte sich mit »You Got a Friend.«

Dinah war empört. »Ich habe Sie entdeckt! Warum haben Sie nicht mit mir gesprochen, wenn Sie unzufrieden sind?«

»Ich habe mit Ihnen gesprochen.«

»Wann soll das gewesen sein?«

»Es ist noch gar nicht lange her.«

»Ich erinnere mich nicht.«

Hatte sie so wenig Eindruck gemacht?

»Sie schulden mir eine Erklärung«, meinte Dinah und kaute auf einer Haarsträhne herum.

Na gut, dachte Vix. Wenn sie es wissen will. »Dieser Job bringt mich nicht weiter. Und ich habe ein Angebot bekommen, wo ich direkt mit den Kunden arbeite.«

»Sie gehen zu einer anderen PR-Firma?«

»Ja.«

»Zu welcher?«

Vix zögerte. Sollte sie das Dinah wirklich verraten?

»Ich finde es sowieso raus«, sagte Dinah.

»Marstello.«

Dinah lachte. »Marstello! Da haben Sie Glück, wenn Ihr Gehaltsscheck nicht platzt.«

»Tut mir leid, Dinah. Ich hab mein Bestes gegeben. Meine Entscheidung hat nichts mit Ihnen persönlich zu tun.«

»Spätestens um fünf sind Sie hier verschwunden!« schrie Dinah.

»Aber was ist mit ...«

»Um fünf, Sie undankbares kleines Miststück!« Sie packte einen Briefbeschwerer in der Form des Empire State Buildings, und Vix duckte sich rasch. War das die Welt der Profis?

»Vix ... ich muß dir was furchtbar Aufregendes erzählen! Hab ich dich geweckt? Tut mir leid.«

Es war nach Mitternacht, mitten im Oktober, draußen regnete es. Caitlin konnte sich den Zeitunterschied einfach nicht merken, ganz egal, wie oft Vix sie daran erinnerte. Und sie konnte sich einfach nicht dazu durchringen aufzulegen, wie Maia es immer vorschlug – »um Caitlin eine Lehre zu erteilen«. Maia studierte inzwischen Jura an der Columbia University. Weißt du eigentlich, was passiert, wenn man nicht genug Schlaf bekommt?

»Ich steige ins Geschäftsleben ein«, sagte Caitlin. »Wir machen ein Restaurant auf. Ich glaube, ich habe endlich meine wahre Berufung gefunden. Und meine Partner sind einfach großartig. James und Donny – ich denke, ich hab sie schon einmal erwähnt. Sie sind ein Paar. Das Haus liegt unten an der Bucht, direkt am Wasser, mit viel Glas und ganz schlicht. Wir haben einen sagenhaften Innenarchitekten angeheuert. Und wir holen uns einen der besten Köche der Stadt. Aber das Beste ist der Name … Wir nennen es *Eurotrash.* Ist das nicht toll? Wir hoffen, wir können im Juni eröffnen. Das klingt nach einer Menge Zeit, aber das stimmt eigentlich nicht. Also fang an, bei den Fluggesellschaften nach den besten Angeboten Ausschau zu halten! Ich werde hinter der Theke arbeiten. Ganz in Schwarz, sehr chic, sehr dezent. Wenn du nach Seattle ziehen würdest, könntest du unsere PR machen. Aber das nur nebenbei. Was hältst du davon?«

Sie klang so glücklich und aufgeregt, daß Vix ihr von Herzen das Beste wünschte. »Und rate, was noch passiert ist? Ich hab dem Sex abgeschworen! James und Donny helfen mir dabei. Sie machen mich glücklicher als diese ganzen Heteros. Ich war regelrecht süchtig, weißt du. Wie ein Mann, der seinem Pimmel durchs Leben folgt. Aber jetzt bin ich frei.«

Vix hatte dem Sex eigentlich nicht abgeschworen, aber es war eine Weile her, seit sie das letzte Mal mit Bru zusammengewesen war. Pflichtbewußt ging sie zu Blind Dates mit den Söhnen von Abbys Freunden, konnte sie aber kaum auseinanderhalten, so ähnlich waren sie sich alle. An einem Abend war sie mit Jocelyn auf einer Party in Downtown gewesen und war mit einem etwas schmuddeligen, aber sehr attraktiven Filmemacher im Badezimmer gelandet. Er küßte ihre Brüste, während sie ihn mit der Hand befriedigte. Sie hatten weder Namen noch Telefonnummern ausgetauscht, und am nächsten Tag war Vix ganz froh darüber gewesen. Viel zu gefährlich. Ein Herzensbrecher. Sie nahm statt dessen lieber Zuflucht zu Phantasieliebhabern, wenn sie sich selbst befriedigte; manchmal rief sie sich dabei die Szene im Truck mit Bru und den Pfingstrosen ins Gedächtnis. Und einmal, aber nur ein einziges Mal, stellte sie sich vor, wie es in der Nacht nach Caitlins Flamenco hätte weitergehen können.

Paisley flirtete seit einiger Zeit mit einem älteren Mann bei ABC, und Maia ... Maia sorgte sich jedesmal, wenn sie einem neuen Mann begegnete, wie es diesmal enden würde, wie schlecht sie sich fühlen würde, wie lange es dauern würde, bis sie darüber hinwegkam, und ob es die ganze Mühe überhaupt wert war. Sie hatte weder Zeit noch Energie für schlechte Beziehungen. Enthaltsamkeit war der Schlüssel zum juristischen Erfolg.

»Warum denkst du eigentlich darüber nach, wie es enden wird, wenn es gerade erst anfängt?« wollte Paisley wissen.

»Frag doch mal Victoria«, antwortete Maia.

Aber Paisley fragte nicht. Statt dessen sagte sie: »Manche Leute kommen nie über ihre erste Liebe hinweg. Sie versuchen ihr ganzes Leben, diesen ersten Rausch wiederzufinden. Manchmal kommen sie nach fünfzig Jahren wieder zusammen, treffen sich bei irgendeinem Jubiläum und erkennen, daß sie füreinander bestimmt waren.«

»Denkst du dabei an jemand Bestimmten?« fragte Vix. »Oder meinst du es rein hypothetisch?«

»Hypothetisch natürlich«, antwortete Paisley. »Rein hypothetisch. Obwohl es kein schlechtes Konzept für eine Fernsehserie wäre. Vielleicht schreibe ich einen Entwurf und verkaufe ihn meinem Boss.«

Als sie eines Nachmittags beisammen saßen, die Weihnachtsferien planten, Geschenke einpackten und Paisleys Plätzchen einen angenehmen Duft verbreiteten, hörte Vix eine vertraute Stimme im Fernsehen und erkannte einen der Industriebosse, die man ihr als »Koryphäen der Branche«

vorgestellt hatte, einen internationalen Flugfahrtexperten, der eine Katastrophe kommentierte. *PanAm ... Lockerbie, Schottland ... Amerikaner auf der Heimreise ... viele davon Studenten ...* Vix winkte Paisley und Maia zu sich. Gemeinsam lauschten sie dem erschütternden Bericht. Der Experte machte im Gespräch mit den Repräsentanten der Fluggesellschaft einen ehrlichen, aufrichtigen, mitfühlenden Eindruck, aber Vix erinnerte sich noch genau an ihn. Diejenigen mit den meisten Schwierigkeiten bleiben einem immer im Gedächtnis.

Ed

Er sieht sich gerade die Nachrichten an, als sie anruft. Als er ihre Stimme hört, wird ihm ganz flau im Magen. Sonst ruft sie höchstens einmal im Monat an, und das nächste Gespräch hat er erst an Weihnachten erwartet. Ob sie schlechte Nachrichten hat? Womöglich von Lewis? Er weiß nicht genau, wo Lewis steckt. Vermutlich in Deutschland. Aber es gibt eigentlich keinen Grund anzunehmen, daß er mit der PanAm fliegt, wo er doch eine Militärmaschine nehmen kann. Und Tawny? Himmel, die könnte irgendwo sein, wo die Gräfin ist, aber die reist nicht mehr, oder? Nein. Da ist er ziemlich sicher.

Vix beruhigt ihn. Alles in Ordnung, sagt sie. Ich wollte eigentlich erst Weihnachten anrufen, aber dann hab ich gedacht, es könnte schwierig sein, durchzukommen. Er weiß, daß sie die Nachrichten gesehen hat. Genau wie er. Er kennt doch seine Tochter. Sie reden nicht lange. Er war noch nie ein Freund langer Gespräche. Hier ist alles mehr oder weniger beim alten, berichtet er. Keine Neuigkeiten sind gute Neuigkeiten, hat deine Mutter immer gesagt. Er sagt ihr nicht, daß er sie vermißt. Daß er hofft, daß sie ihn bald mal wieder besucht. Wie sieht's bei dir aus? fragt er. Sie erzählt, daß ihr neuer Job interessant ist. Mehr kann man nicht erwarten, oder? sagt er.

Als er aufhängt, fragt Frankie, wer angerufen hat. Er sagt ihr, daß es Vix war. Wie kriegt man dieses College-Girl bloß dazu, daß es dich mal besucht? fragt sie.

KAPITEL 38

Abby machte Vix auf ähnliche Weise mit dem Freiwilligen-Programm der Schule bekannt, wie sie ihr sonst die heiratsfähigen jungen Männer vorstellte. Vix erklärte sich bereit und betreute schon bald jeden Mittwochabend von sechs bis acht eine Sechzehnjährige namens D'Nisha Cross, die die Schule abgebrochen hatte und ihr High-School-Diplom nachmachen wollte.

»Cooler Name, was?« meinte D'Nisha bei ihrem ersten Treffen. »Klingt wie ein Filmstar oder ein Rapper, stimmt's?«

»Sehr cool«, bestätigte Vix.

Als D'Nisha zum ersten Mal in Vix' Wohnung kam, sah sie sich gründlich um. »Hier könnte man ja Inline-skaten«, meinte sie. Einen Moment lang hatte Vix ein schlechtes Gewissen, daß sie mit zwei Freundinnen auf zweihundertsechzig Quadratmetern wohnte, während D'Nisha mit wer weiß wie vielen Verwandten auf engstem Raum im Ghetto hauste. Sie mußte sich daran erinnern, daß es okay war, vielleicht nicht gerade fair, aber okay.

»Hast du die ganzen Bücher gelesen?« fragte D'Nisha und fuhr mit den Fingerspitzen über die Buchrücken.

»Nicht alle, aber eine ganze Menge.«

»Ich lese gern, bloß nicht das Zeug, das sie uns in der Schule vorschreiben.«

»Von heute an kannst du dir aussuchen, was du lesen willst.«

»Cool.« Sie überflog einen Augenblick lang die aufgereihten Buchrücken. »Bist du verheiratet?«

»Nein.«

»Hast du 'nen Freund?«

»Nein.«

»'nen Computer?«

»Im Büro.«

»Ich muß unbedingt Computer lernen. Wer sich mit Computern auskennt, kriegt 'nen Job.«

Vix machte sich eine Notiz, für D'Nisha ein paar Computerlehrbücher mitzubringen.

»Hast du Glück?« fragte D'Nisha.

War das irgendein Code? Eine neue Droge vielleicht? »Was meinst du mit Glück?« fragte Vix vorsichtig zurück.

»Ach du Scheiße ...« D'Nisha sah Vix an, als wäre sie ein hoffnungsloser Fall, ein Mensch, der es nicht blickte. »Na, du weißt schon ... Wenn man Glück hat, passieren einem gute Sachen. Wenn man keins hat, passiert gar nichts.«

»Ach, *das* Glück.«

»Kennst du ein anderes?«

»Eigentlich nicht.«

»Und?«

»Manchmal hab ich's«, antwortete Vix, »aber nicht immer. Und du?«

»Bis jetzt nicht. Aber ich warte, ich geb nicht auf.«

Glück. War es nicht Glück gewesen, das ihr Leben verändert hatte? Manchmal, wenn Vix nicht schlafen konnte, spielte sie das »Was-wäre-wenn?«-Spiel. Was wäre, wenn Caitlin sie nicht zu ihrer Sommerschwester auserkoren hätte? Wenn Abby und Lamb sich nicht für sie interessiert hätten? Wenn Nathan nicht gestorben wäre, wenn sie nicht nach Harvard gegangen wäre, wenn sie Bru geheiratet hätte? Wie würde ihr Leben jetzt aussehen? Wäre sie glücklich und zufrieden?

Sie glaubte an das Glück. Jede Woche kaufte sie am Zeitschriftenkiosk in der Nähe des Büros einen Lottoschein, denn – wie sagte der Junge aus der Werbung immer – man kann nie wissen ... Anfang April schrieb sie sich sogar für eine als Dienstreise deklarierte Vergnügungsfahrt nach Atlantic City ein, nur um zu sehen, was es mit dem ganzen Gerede über Glücksspiel auf sich hatte. In dem Sommer, als sie siebzehn geworden war, hatte Gus ihr Poker beigebracht; es war der letzte Sommer gewesen, den sie gemeinsam mit den Chicago Boys verbracht hatten. Gus war von ihrer ausdruckslosen Miene sehr beeindruckt gewesen.

Du läßt dir nichts anmerken, was, Hustenbonbon?

Niemals, hatte sie geantwortet.

Manchmal träumte sie davon, reich zu werden.

Wie sie das ganze Geld dann ausgeben würde. Aber jetzt wußte sie es nicht mehr so genau wie damals mit vierzehn.

Für die Reise hob sie an einem Geldautomaten in der Nähe ihres Büros hundert Dollar ab. Sie nahm weder ihr Scheckbuch noch die Kreditkarte mit, damit sie auf keinen Fall nicht Gefahr lief, mehr Geld auszugeben, als sie sich leisten konnte. Genaugenommen waren die hundert Dollar schon mehr, als ihr Gehalt und die Fixkosten es ihr erlaubt hätten, aber einmal über die Stränge zu schlagen konnte nicht schaden.

Maia und Paisley wollten über das Wochenende raus in die Hamptons fahren und sich nach einem Sommerhäuschen umsehen. Eigentlich sollte Vix mitkommen, aber sie lehnte ab. »Dieses Wochenende hab ich keine Zeit.«

»Wahrscheinlich hat sie irgendeine heiße Verabredung und will uns nichts davon erzählen«, witzelte Maia.

»So ungefähr«, lachte Vix.

Als zusätzlichen Glücksbringer schlang sie sich Caitlins Tuch über dem Regenmantel um die Schultern. Wenn sie es trug, fühlte sie sich immer ein wenig exotisch, fast als wäre sie selbst eine Flamencotänzerin. Und wenn sie in Atlantic City vielleicht auch nicht das Glück fand, so fand sie immerhin Luke. Sie erzählte Maia und Paisley nicht, daß sie ihn am Würfeltisch kennengelernt hatte. Niemand brauchte je die Wahrheit zu erfahren, es sei denn, sie und Luke würden irgendwann tatsächlich zusammenbleiben. Dann würde Maia sagen: Kaum zu glauben, aber Vix hat Luke in einem Casino in Atlantic City kennengelernt! Am Würfeltisch.

Sie würden es bestimmt nicht glauben, denn Vix verbarg die impulsive Seite ihres Wesens gut. Einmal hatte sie gehört, wie Maia einer Freundin am College erzählte: Ich kenne niemanden, der so wenig spontan ist wie Victoria, aber ich würde ihr mein Leben anvertrauen.

Eigentlich lernte sie Luke nicht wirklich am Würfeltisch kennen. Sie hatte ihn dort nur beobachtet. Er hatte eine Glückssträhne, die Chips stapelten sich vor ihm, und nach jedem Durchgang waren es doppelt oder dreimal soviel. Luke war ein jungenhafter Typ, ein leidenschaftlicher Spieler. Vix wußte nicht, daß es ein Zwanzig-Dollar-Tisch war, bis sie selbst versuchte mitzuwetten und abgewiesen wurde. Verlegen zog sie ihre Dollarchips zurück. Aber sie blieb in der Nähe, während die umstehenden Leute Luke anfeuerten und mit ihm wetteten. Einmal sah er auf, ihre Blicke begegneten sich, und er lächelte ihr zu.

Als sie gegen Abend an einem Automaten ihr Glück versuchte, trat Luke hinter sie, warf einen Vierteldollar in den Schlitz, legte seine Hand auf ihre und bediente mit ihr den Hebel. Drei Kirschen erschienen, es klingelte, und dann spuckte der Automat Vierteldollars aus im Wert von zwanzig ... dreißig ... fünfzig Dollar! Er fing sie in einem Becher auf, während Vix nur dastand, die Hände vor den Mund geschlagen, und gegen den Impuls ankämpfte, Luftsprünge zu machen und laut zu kreischen. »An manchen Tagen kann man einfach nicht verlieren!«

Er war schlank, nur etwa so groß wie Vix, mit verführerischen Schlafzimmeraugen. »Essen Sie mit mir zu Abend«, sagte er. Als sie nicht sofort antwortete, zog er die Brieftasche hervor, angelte seinen Führerschein mit Paßbild heraus und hielt ihn ihr unter die Nase. »Luke Garden«, verkündete er. »New York City. Einunddreißig, ledig, hetero, Abschlußjahrgang '80 in Cornell, Sportmanagement. Und ich hab gerade ganz groß abgesahnt!«

Also ging sie mit ihm zum Essen. Vix erzählte ihm, ihr Name sei D'Nisha Cross und sie arbeite in der Projektentwicklung bei ABC. Zwei kleine Anleihen, nichts Schlimmes.

»Bleib doch noch«, sagte er nach dem Essen. »Ich hab eine Suite. Zwei Schlafzimmer, zwei Badezimmer. Du kannst schlafen, wo du möchtest. Wirklich. Hier ...« Er schob ihr einen Schlüssel hin. »Sieh selbst nach.«

Sie sah nach. Während er den Jacuzzi vollaufen ließ, Musik auflegte und das Licht dämpfte, schlang sie Caitlins Tuch um ihren nackten Körper wie ein schulterfreies Kleid. Als die Szenerie stimmte, löste er den Schal ganz langsam und ließ ihn zu Boden fallen.

Am nächsten Morgen war er verschwunden. Sie fand ihn im Casino –, er spielte Blackjack. Sie nahm den nächsten Bus nach New York und erzählte niemandem von der Geschichte. An Paisleys Stelle hätte sie seinen Namen auf ihre Liste geschrieben. Aber sie brauchte keine solche Liste. Für sie gab es immer noch nur einen, der zählte. Nur einen, den sie liebte.

Wieder kam eine Postkarte von Caitlin aus Seattle, datiert am 4. April 1989:

> *Hatte eine Pechsträhne. Donny ist krank. Restaurantpläne erst mal verschoben. Rufe an, sobald ich kann.*

Abby

Sie will mit Lamb den erstbesten Flug nach Seattle nehmen und selbst sehen, was los ist. Aber Lamb meint, sie müßten Caitlin genau wie ihre anderen erwachsenen Kinder ihr eigenes Leben führen lassen. Die Kinder müssen ihre Probleme selbst lösen. Wie sonst sollen sie lernen, ihren eigenen Weg in dieser Welt zu finden?

Dieser Freund von ihr, Donny, liegt in einer Sterbeklinik. Er hat Aids. Caitlin hat nichts gesagt, aber Abby kann zwischen den Zeilen lesen. Sie bewundert Caitlin, daß sie bei ihrem sterbenden Freund sein will, trotzdem macht sie sich Sorgen. Sie hat alles gelesen, was sie über das Thema auftreiben konnte – eine grausame Krankheit, selbst wenn die Ansteckungsgefahr wohl relativ begrenzt zu sein scheint. Und woher wollen sie wissen, daß Caitlin nicht mit jemandem geschlafen hatte, der …

Wieder kommt eine Postkarte. Caitlin bittet sie zu respektieren, daß sie sich ausschließlich um Donny kümmern will. Bitte keine Nachrichten auf dem Anrufbeantworter. Sie kann zur Zeit nicht zurückrufen. Abby soll Vix sagen, daß Caitlin sich im Moment nicht melden kann – sie hat einfach keine Zeit.

Vix arbeitete bei Marstello an drei Projekten – eine ehemalige Miss America, die sich in der Kosmetikbranche etablieren wollte, ein politischer Berater, der seine Memoiren geschrieben hatte, und eine Off-off-Broadway-Theatergruppe, die von der Firma gesponsert wurde. Mit Earl, der Autor, Produzent und Regisseur in einem war, hatte sie sich angefreundet; manchmal verbrachte sie den Abend im Theater und sah sich die Proben an. Earl war gnadenlos, was Änderungen anging. Er warf die Manuskripte der gestrichenen Szenen nie einfach in den Papierkorb wie ein normaler Mensch, sondern kaufte sich einen Mini-Reißwolf im Sonderangebot bei Staples, weil er so paranoid war, zu glauben, jemand könnte sein verworfenes Material zufällig finden und für sich verwenden. In den winzigen Reißwolf paßte immer nur eine Seite auf einmal. Wenn Vix ihm dabei zusah, fragte sie sich, wie es wäre, wenn man so etwas mit dem wirklichen Leben machen könnte. Umschreiben und alle mißlungenen Szenen in den Reißwolf stecken.

Sie schrieb ein paarmal an Caitlin – daß sie an sie dachte und Donny alles Gute wünschte. Earl hatte schon zwei seiner engsten Freunde verloren und glaubte, daß auch seine Tage gezählt waren. Doch davon schrieb Vix nichts; sie versuchte, möglichst wenig daran zu denken.

Vix vermittelte der Agentur ihren ersten größeren Klienten, eine Modedesignerin, die sie angerufen hatte. Als Vix sie fragte, wie sie von ihr erfahren hatte, antwortete sie: »Von Caitlin Somers.«

»Sie kennen Caitlin?«

»Wir haben uns in Mailand getroffen. Ich habe bei Gucci gelernt, und Caitlin hat für uns gemodelt. Wir haben uns angefreundet. Dann bin ich ihr in Seattle wiederbegegnet, und sie hat mir geraten, jetzt, wo ich mein eigenes Geschäft habe, sollte ich Sie aufsuchen …, weil Sie die Beste sind. Stimmt doch, oder?«

Gus

Am 5. Juni ruft Caitlin ihn an. Verdammte Scheiße, Gus, du bist doch Reporter, oder? Warum schreibst du nicht endlich über dieses Massaker?

Das Massaker ist in China passiert, erinnert er

sie, aber selbst wenn es hier wäre, was soll ich denn tun?

Ich meine nicht den Platz des Himmlischen Friedens, du bescheuerter Idiot! Ich rede von hier. Die Menschen sterben. Ist dir das denn egal?

Okay ... noch mal von vorn, sagt er.

Wozu? Sie knallt den Hörer auf die Gabel.

Was ist denn los? Ob er jemandem Bescheid sagen soll? Abby und Lamb? Nein. Kein Grund, sie aufzuregen. Vielleicht Vix? Aber was soll er ihr sagen?

KAPITEL 39

Es war Herbst, und Paisley wollte Vix zu einer Wohltätigkeitsveranstaltung in der Stadtbücherei schleppen, um die leeren Plätze am ABC-Tisch zu füllen. Paisley wurde in karitativen Kreisen allmählich sehr bekannt und erklärte Vix und Maia, solche Veranstaltungen wären eine wunderbare Gelegenheit, Kontakte zu knüpfen. Schließlich gab Vix nach und kaufte sich im Ausverkauf bei Bloomingdale's ein Kleid. Mit einem schwarzen Spitzenoberteil. Elegant und doch sexy, meinte die Verkäuferin.

Will kam ihr auf der großen Freitreppe entgegen, wo sie stehengeblieben war, um den Tanzenden unter ihr zuzusehen. »Tolle Wangenknochen«, sagte er.

»Das Erbe eines Cherokee-Ahnen«, erklärte Vix. Sie hatte schon lange auf eine passende Gelegenheit gewartet, diese Antwort anzubringen.

»Ein Tropfen Cherokee-Blut bedeutet, der Stamm hat ein Anrecht auf Sie, bis an Ihr Lebensende. Aber das kann er frühestens morgen geltend machen – heute abend möchte ich Sie für mich.« Er streckte ihr die Hand entgegen. »C. Willard Trenholm. Meine Freunde nennen mich Will.«

»Victoria Leonard.«

»Freut mich, Sie kennenzulernen, Victoria.« Er führte sie die Treppe hinunter aufs Tanzparkett. Er war groß, ein gutes Stück über eins neunzig, und selbst mit Absätzen reichte sie ihm nur bis zur Brust. Er tanzte gut, Foxtrott, Walzer und Lindy Hop, gespielt von Peter Duchin höchstpersönlich. Wenn meine Familie mich so sehen könnte! dachte Vix.

Sie hörte Brus tadelnde Stimme, verdrängte sie aber, so schnell sie konnte, und konzentrierte sich aufs Tanzen. Sie wollte ja nicht, daß ihre Füße plattgetreten würden oder – schlimmer noch – daß sie selbst auf Wills Füße trat; sie konnte sich nicht erinnern, jemals so getanzt zu haben.

Später kam Paisley zu ihr, um ihr zu sagen, daß sie jemanden kennengelernt hatte und das Fest mit ihm verlassen würde. »Nimm ein Taxi nach Hause, Victoria … okay? Ich meine es ernst – keine U-Bahn heute.«

Vix nickte und kehrte mit Will aufs Parkett zurück. Ums Nachhausekommen machte sie sich keine Sorgen. Will führte sie in den Rainbow Room, auf einen Gutenachtdrink und um die Aussicht zu genießen. Im Taxi zurück zu Vix' Wohnung schmusten sie wie zwei Teenager. Als das Taxi vor dem Haus hielt, sagte Will dem Fahrer, er solle noch eine Runde um den Block drehen.

In dieser Woche traf sich Vix dreimal mit ihm. Und am darauffolgenden Wochenende. Er schickte ihr Blumen nach Hause und Godiva-Pralinen ins Büro.

»Man könnte sich daran gewöhnen«, meinte Maia.

Vix begann mit der Idee zu liebäugeln, reich zu sein, sich niemals wieder Geldsorgen machen zu müssen. Du hast dich geirrt, als du mir gesagt hast, ich würde nicht reinpassen …, sagte sie zu Tawny.

Geld war Wills Lieblingsthema Nummer eins, dicht gefolgt von Sex. Er jagte Vix durch die Maisonette seiner Familie in der Park Avenue, spielte mit ihr Verstecken auf der Galerie, die mit Rüstungen gesäumt war wie ein Museum. In der Bibliothek, die ganz in Waldgrün gehalten war, knöpfte er ihr die Bluse auf und bewunderte ihre Brüste. »Wunderschön«, sagte er. »Sind die echt?« Sie versicherte ihm, daß sie durch und durch echt waren. »Hab ich eigentlich gedacht«, meinte er, »aber heutzutage kriegt man so was ja kaum noch geboten.«

Er lud sie ins Ballett ein. Sie war noch nie im Ballett gewesen und lieh sich zu diesem Anlaß von Paisley einen Hosenanzug aus Pannesamt. In der folgenden Woche war es Shakespeare im Public Theater, danach ein Dinner im Chanterelle.

Maia gab ihr den Spitznamen »Die Erbin«.

»Sie würde aber nicht erben«, wandte Paisley ein. »Sie wäre ja nur angeheiratet.«

»Kommt doch auf dasselbe raus …«, sagte Maia.

An diesem Abend saßen sie zu dritt um den Couchtisch, aßen chinesisches Essen aus Pappschachteln und sahen sich »Wenn die Gondeln Trauer tragen« auf Video an. Während Julie Christie und Donald Sutherland durch Venedig hetzten, meinte Maia: »Ich hoffe doch, Vix wird uns nach Venedig einladen ... in ihren Palazzo am Canal Grande.«

»Hmmm ...« Paisley schaufelte sich eine Ladung Huhn mit Cashewkernen in den Mund. »Ich wollte schon immer mal nach Venedig.«

»Und wie wär's mit Cincinatti?« fragte Vix. »Da ist nämlich die Hauptniederlassung seines Unternehmens. Dort hat der Patriarch seinen Palazzo.«

Will hatte seine eigene Wohnung in der Eastside, mit Blick auf das russische Konsulat. »Ich denke jede Nacht an dich, Victoria«, sagte er schweratmend, als sie sich das erste Mal dort trafen. Seine Hand lag unter ihrem Rock. »Hast du auch an mich gedacht? Ja?«

Hmm, na ja ...

Will hatte ein großes Doppelbett, eine silbergraue Steppdecke, Daunenkissen. Als er über ihr kniete mit seinem grellrosa Kondom, dachte Vix plötzlich, daß sein Penis wie Malibu-Barbie aussah, und konnte ein Lachen kaum unterdrücken. Vielleicht hatte ihre Mutter doch recht. Vielleicht waren die Reichen anders.

Sie fühlte sich von seinen Aufmerksamkeiten geschmeichelt und war neugierig auf seine Welt, aber sie konnte nicht behaupten, daß sie in ihn verliebt war. Sie fand ihn arrogant, und manchmal langweilte sie sich schlichtweg mit ihm. Einmal verbrachten sie ein langes, verregnetes Wochenende in den Berkshire Hills in einem vornehmen Landgasthaus. Während er *Forbes, Barrons* und *The Financial Times* las, erwischte Vix sich dabei, wie sie von Bru träumte.

Beim Sonntagsbrunch sagte Will: »Erzähl mir von deiner Familie, Victoria. Außer daß sie aus Santa Fe kommt, weiß ich überhaupt nichts über sie.«

»Was du vor dir siehst, ist alles, was zählt, Will.«

»Aber was *macht* deine Familie denn da unten?«

»Mein Vater leitet ein Restaurant, und meine Mutter ist Privatsekretärin bei der Gräfin de Lowenhoff.«

»Ein Restaurant ...«, wiederholte er mit hochgezogenen Augenbrauen. »Privatsekretärin. Bezaubernd. Und deine Großeltern?«

»Ich habe keine Großeltern.« Sie lächelte ihn an. »Betreibst du Ahnenforschung, Will?«

»Ich interessiere mich für alles, was mit dir zusammenhängt, Victoria.«

»Tja ... Meine Schwester lebt von der Sozialhilfe, und mein Bruder ist mit achtzehn zum Militär abgehauen. Alles, was ich heute bin, habe ich den Leuten, die mich unterstützten, zu verdanken. Sie haben in meine Zukunft investiert, damit ich gegen Snobs wie dich eine Chance habe.«

Will lachte, applaudierte und rief: »Brillant!« Er küßte sie. »Du solltest Schriftstellerin werden. Mit deiner Phantasie, deinem Flair ...«

Was hatte sie bei diesem Mann zu suchen?

Auf der Rückfahrt nach New York beschloß sie, Schluß zu machen. »Ich habe unsere gemeinsame Zeit sehr genossen, Will ..., aber ich glaube, wir sollten uns lieber nicht mehr sehen.«

Sie wartete auf seine Reaktion und merkte plötzlich, daß er kein Wort gehört hatte. Sie knipste den CD-Player aus.

»Was?« fragte er.

»Das war's, Will.«

»Nein, als nächstes kommt ›Say You Say Me‹.«

»Ich spreche nicht von Lionel Ritchie. Ich spreche von uns.«

»Was ist mit uns?«

»Es ist vorbei ... Wir trennen uns. *Fini, finis, finito.*«

»Aber wir fangen doch gerade erst an«, entgegnete Will.

»Das macht es um so leichter.«

»Nenn mir einen Grund, warum wir Schluß machen sollten.«

»Wir haben nichts gemeinsam.«

Er nahm ihre Hand und preßte sie in seinen Schoß. »Aber wir haben das hier.«

Sie schüttelte den Kopf.

»Ach komm schon, Victoria ... nur noch einmal ... damit du dich an mich erinnerst.«

Sie hatte nicht erwartet, daß er sie so ohne weiteres gehen ließ, und ärgerte sich, daß sie darüber enttäuscht war.

»Fühl doch mal, wie scharf er auf dich ist! Er war so ein guter Junge, hat den ganzen Tag brav gewartet.«

»Tut mir leid, Will. Sag ihm viele Grüße ... Ich meine, sag ihm, es tut mir leid.« An der nächsten roten Ampel machte sie ihre Tür auf, packte ihre Tasche und stieg aus dem Wagen.

»Also wirklich, Victoria ..., du bist ein hoffnungsloser Fall«, stöhnte Paisley. »Ich dräng ja niemanden zu heiraten, und ich bin sehr dafür, daß jeder erst mal sein eigenes Leben führt, aber wenn das Glück dir direkt vor die Füße fällt, dann kannst du nicht einfach weitergehen und so tun, als wäre nichts geschehen, vor allem dann nicht, wenn dir eine derart glänzende finanzielle Zukunft mitgeliefert wird. Ich meine, weißt du eigentlich, wie viele heterosexuelle, gesunde, ledige Männer es in dieser Stadt noch gibt ... ganz zu schweigen von solchen, die sich als Ehemann eignen? Man kann sie an den Fingern einer Hand abzählen.«

»Deine Südstaatenwurzeln machen sich bemerkbar, Paisley«, sagte Maia.

»Vielleicht«, erwiderte Paisley. »Vielleicht gibt es aber auch Menschen, die nie über die erste Liebe hinwegkommen.«

»Nicht schon wieder diese alte Leier«, seufzte Vix.

Ihr Leben war erfüllt. Es war interessant. Man brauchte doch nicht unbedingt verliebt zu sein. Sie schrieb sich in einen Yogakurs ein, nahm eine weitere Schülerin aus dem Freiwilligen-Programm an, schwor sich, ihre Beitrittsgutscheine für das Fitneßstudio nicht verfallen zu lassen. Sie traf sich ein paarmal mit Jocelyn zum Essen und gestand ihr, daß sie in ihrem Job nie mehr ein solches kreatives Hochgefühl von »Fünf Minuten im Himmel« erreicht hatte. Sie sprachen darüber, zusammen einen Dokumentarfilm zu drehen und eine eigene Produktionsgesellschaft zu gründen. »Man darf seine Träume nicht aus den Augen verlieren«, sagte Jocelyn.

Die nächste Postkarte von Caitlin, datiert am 20. Dezember 1989, kam aus Zacatecas, Mexiko.

> *Ich habe den Tod gesehen, und er ist häßlich. Häßlich und furchteinflößend.*

Kein Wort über James oder Donny. Vix rief die Nummer in Seattle an, erfuhr aber, daß der Anschluß auf Antrag des Kunden abgestellt worden war. Sie schluckte ihre Sorge hinunter, rief Abby an und sagte ihr, sie habe Caitlins Nummer verlegt. »Caitlin ist in Mexiko, Vix«, sagte Abby. »In einem Kloster. Du kannst sie dort nicht anrufen, keiner von uns.«

Silvester. Maia, Paisley und Vix beschlossen, zu Hause zu bleiben und gemeinsam zu feiern. Sie ließen sich Essen bringen, liehen sich den »Stadtneurotiker« aus, und Vix lachte, begann aber dann plötzlich zu weinen, weil sie der Film an den Abend erinnerte, als Lamb mit Caitlin und ihr im Kino gewesen war. Und wie sie danach gebettelt hatten, auf den Flying Horses fahren zu dürfen, und statt dessen Von in einer dunklen Gasse entdeckt hatten, mit einem Mädchen, das die Hand auf seinem Päckchen liegen hatte.

Es war zehn, als die ersten Freunde eintrafen – Jocelyn, Earl, Debra. Jeder brachte noch ein paar eigene Freunde mit. Sie ließen noch mehr Essen kommen. Abby und Lamb riefen aus Mexico City an, um Vix ein gutes neues Jahr zu wünschen. Sie waren auf dem Weg zum Kloster und hofften, Caitlin zu treffen. »Sagt ihr liebe Grüße«, bat Vix. »Und wünscht ihr alles Gute zum neuen Jahr von mir!« Daniel und Gus riefen aus Chicago an, wo Gus seine Familie besuchte. Sie klangen reichlich angeheitert. Warum auch nicht – es war schließlich Silvester. Die beiden hatten an Vix gedacht, so wie Vix an sie. Alte Freunde. Gemeinsam waren sie erwachsen geworden. Ein Jahrzehnt ging zu Ende, ein neues begann.

KAPITEL 40

An einem Mittwochmorgen Ende März, als Vix gerade aus der Dusche kam, klingelte das Telefon. Es war eine Frau namens Frankie, aus Santa Fe. Vix' Vater hatte in der Nacht Schmerzen in der Brust gehabt und war jetzt im Krankenhaus. Man wußte noch nicht, wie ernst es war. Konnte Vix so schnell wie möglich kommen? Sie rief ihre Chefin Angela an, erklärte ihr die Situation, warf das Nötigste in eine Tasche und machte sich auf den Weg zum Flughafen.

Zum Glück war der Zustand ihres Vaters besser, als sie befürchtet hatte. Er hatte einen schweren Angina-pectoris-Anfall gehabt, aber zum Glück keinen Herzinfarkt. Als Vix ankam, war bereits eine Angioplastie vorgenommen worden, um der Gefäßverengung entgegenzuwirken. Jetzt schlief er. Frankie, eine üppige Frau im Jogging-Anzug, mit rotbraunen Haaren, Sommersprossen und Mokassins, umarmte Vix. »Danke, daß du gekommen bist, Schätzchen. Wir haben mächtig Glück gehabt.«

Vix entschuldigte sich, ging zum Münztelefon auf dem Korridor und rief Tawny an. »Ich bin in Santa Fe«, erklärte sie. »Dad ist krank … Es ist das Herz.« Tawny antwortete nicht gleich, und Vix dachte schon, die Verbindung wäre unterbrochen. »Hallo …«, rief sie. »Bist du noch da?«

»Ja«, antwortete Tawny leise. »Sieht es sehr schlimm aus?«

»Was sonst? Ich hab dir doch gerade gesagt, es ist das Herz.«

»Reiß dich zusammen, Vix. Heutzutage kann man da einiges machen. Es gibt Behandlungsmöglichkeiten …«

»Er wird schon behandelt.«

»Gut.«

»Kommst du? Das ist alles, was ich wissen möchte.«

»Ich bin nicht mehr mit ihm verheiratet und damit nicht mehr für ihn verantwortlich.«

»Ich wußte nicht, daß die Trennung endgültig ist.«

»Endgültig genug.«

»Na ja, mich hat niemand benachrichtigt.«

»Wie soll ich dir irgend etwas erzählen, wenn du nie anrufst?«

»Ich hab auch ein Telefon, genau wie du, und in letzter Zeit hab ich auch keine Anrufe aus Key West bekommen.« Sie wartete, daß Tawny etwas sagen würde. Irgend etwas. Doch sie schwieg. Schließlich sagte Vix: »Das war's dann, ja? Mehr hast du nicht zu sagen über den Mann, mit dem du verheiratet warst – wie viele Jahre?« Vix wußte es nicht mehr.

»Sag deinem Vater gute Besserung, Victoria.«

»Sag es ihm doch selbst.« Sie knallte den Hörer auf die Gabel und sah sich dann betroffen um. Die anderen Leute, die hier warteten, wandten schnell die Augen ab. Sie hatten ihre eigenen Probleme. Da Vix nicht wußte, wie sie Lewis erreichen konnte, wählte sie Lanies Nummer. Amber nahm den Hörer ab. »Mommy ist mit Ryan auf dem Klo. Er hat Durchfall. Wer ist dran?«

»Tante Victoria aus New York.«

»Mom ...«, schrie Amber ins Telefon, »es ist Tante Vix!« Eine kurze Pause trat ein, dann sagte sie: »Mommy sagt, du sollst dranbleiben. Sie kommt gleich.«

»Na, das ist aber eine Überraschung«, hörte Vix kurz darauf Lanies Stimme.

»Ich bin in Santa Fe. Im Krankenhaus. Dad hat Probleme mit dem Herzen, aber es kommt hoffentlich wieder in Ordnung.

»Sie haben dich als erste angerufen?«

»Streiten wir uns nicht darüber, bitte, ja? Kannst du herkommen?«

»Ja ..., ich denke schon.«

»Gut.«

»Glaubst du, er übersteht die Nacht?«

»Das hoffe ich doch sehr!«

»Dann komme ich morgen.«

Als Lanie am nächsten Tag eintraf, saß Ed im Bett und aß Apfelmus. Er sah schon wesentlich besser aus; kurz vorher war der Arzt bei ihm gewesen. In ein bis zwei Tagen könnte er wieder nach Hause, mit einer neuen Diät, einem Bewegungsplan und Betablockern. Frankie machte sich an den Kissen zu schaffen und bot Wasser an. Amber und Ryan waren fasziniert von den Monitoren, die Eds Herz überwachten, bis sie den Knopf entdeckten, mit dem man das Bett höher und tiefer stellen konnte. Lanie packte sie am Arm und schleppte sie auf den Flur; man hörte sie mit den Kindern schimpfen, sie sollten sich benehmen oder sie könnten was erleben.

Vix bot an, auf die beiden aufzupassen, solange Lanie bei Ed war. Sie ging mit ihnen in den Coffee Shop und bestellte Schokoladeneis mit Erdbeersirup, Schlagsahne und Schokostreuseln. Amber bettelte, Vix solle ihr ein Pony schenken oder wenigstens Spielzeug von F. A.O. Schwarz. Sie sagte Fa-oh.

»Woher weißt du denn, was F. A.O. Schwarz ist?« fragte Vix.

»Aus dem Film ›Big‹, den haben wir auf Video. Ich hab ihn tausendmillionenmal gesehen.«

»Oh, stimmt ... «

»Mommy sagt, du bist reich. Wieso kaufst du uns dann kein Pony?«

»Ich bin eigentlich nicht reich.«

»Wieso nicht?«

»Ich verdiene einfach nicht soviel Geld.«

»Mommy sagt, du gibst alles nur für dich aus, wo du uns doch helfen könntest.«

»Da irrt sich deine Mommy.« Sie mußte sich klarmachen, daß Amber gerade mal sechs Jahre alt war und Ryan noch nicht mal fünf.

»Grandpa gibt seins für die Kuh aus«, verkündete Ryan.

»Für welche Kuh?« fragte Vix.

»Die in Grandpas Zimmer sitzt«, antwortete Amber für ihren Bruder.

»Frankie? Meint ihr Frankie?« fragte Vix.

»Mhmm.« Ryan grinste.

»Es ist aber nicht nett, daß ihr Kuh zu ihr sagt«, meinte Vix.

»Aber es ist lustig«, erklärte ihr Ryan. Jetzt strahlte er über sein ganzes mit Schokolade und Erdbeersauce verschmiertes Gesicht.

»Frankie kümmert sich sehr nett um euren Grandpa«, sagte Vix.

»Frankie kümmert sich sehr nett um sich selbst«, entgegnete Amber.

Vix konnte kaum glauben, was Lanie ihren Kindern eintrichterte.

»Meine Mom hat drei Jobs«, sagte Amber stolz. »Sie kümmert sich um die Pferde, sie putzt Häuser, und sie zapft Benzin. Und sie sorgt für uns. Wie viele Jobs hast du?«

»Nur einen im Moment.«

»Mein Dad hat keinen Job«, sagte Ryan. »Aber er schreit uns auch nicht an, so wie Mom.«

»Nimmst du mich mit nach New York?« fragte Amber.

»Vielleicht irgendwann mal«, antwortete Vix. »Wenn du älter bist.« Sehr viel älter …

Am nächsten Tag wurde Ed entlassen, und schon

am übernächsten Tag drängte er Frankie, sie solle wieder zur Arbeit gehen.

»Bist du ganz sicher, Schnuckelchen?« fragte sie.

»Geh ruhig«, versicherte Ed. »Ich hab ja meine private Krankenschwester hier.«

Frankie sah Vix fragend an. Vix nickte. »Das ist okay … ehrlich.«

Als sie schließlich allein waren, sagte ihr Vater: »Ganz schöne Überraschung, was? Dachte, das gute alte Herz würde einfach immer weiterticken.«

»Na ja, jetzt tut es das ja auch.«

»Bis zum nächsten Mal.«

»Das nächste Mal ist vielleicht in zwanzig Jahren. Frühestens.«

»Zwanzig Jahre. Wie alt bist du dann?«

»Vierundvierzig, fast fünfundvierzig.« Sie konnte sich nicht vorstellen, über vierzig zu sein.

»Meinst du, daß du dann verheiratet bist und Kinder hast?«

»Ich weiß nicht. Vielleicht.«

»Oder du wirst eine von diesen Karrierefrauen.«

»Heutzutage ist doch jede Frau eine Karrierefrau, Dad.«

Sie setzte sich zu ihm und nahm seine Hand. »Eine meiner Mitbewohnerinnen studiert Jura, die andere klettert bei ABC so schnell die Erfolgsleiter empor, daß sie mit dreißig wahrscheinlich an der Spitze des Senders steht.«

Ed lächelte. »Du bist ein gutes Mädchen, Vix. Warst du schon immer. Ich hab zu Frankie gesagt: ›Auf Vix ist Verlaß. Sie kommt, wenn du sie brauchst.‹«

Vix schluckte.

»Wie geht's Caitlin? Hast du sie in letzter Zeit mal gesehen?«

Sie schüttelte den Kopf. »In letzter Zeit nicht.«

»Schade. Man muß alte Freundschaften pflegen. Die alten Freunde kennen einen am besten.«

Sie nickte.

»Hast du Tawny angerufen?«

»Ja.«

»Wie hat sie es aufgenommen?«

»Sie hofft, daß es dir bald bessergeht. Sie läßt dir liebe Grüße ausrichten.«

»Liebe Grüße, ja? Das ist stark.« Er lachte. Und Vix lachte mit ihm.

Vix ging bei Kaune's einkaufen, um für ihren Vater einen Vorrat gesunder Lebensmittel zu besorgen. Als sie ihren Einkaufswagen um die Ecke zur Obst-und-Gemüse-Theke schob, stand plötzlich Phoebe vor ihr. Sie suchte Avocados aus. »Ich will Salat mit Hühnchen und Guacamole machen«, sagte sie, als wären sie mitten in einem Gespräch. »Was meinst du?«

»Jede Menge Fett. In den Avocados, meine ich.« Vix versuchte sich zu erinnern, wann sie Phoebe zum letzten Mal gesehen hatte, aber sie wußte es einfach nicht. Phoebe sah phantastisch aus; man hätte sie ohne weiteres für Caitlins große Schwester halten können. Vix fragte sich, ob sie wohl geliftet war und die berühmten Heftklammern in der Kopfhaut hatte.

»Vermutlich weißt du schon, daß Caitlin auf Martha's Vineyard ist«, bemerkte Phoebe.

Vix ließ die Honigmelone fallen, die sie in der Hand gehalten hatte. Sie platzte auf, und das wäßrige Fruchtfleisch spritzte über den Boden.

Doch Phoebe erzählte weiter, als hätte sie nichts bemerkt. »Sie sagt, sie will zurück zu den ursprünglichen Dingen des Lebens. Sie will Schafe züchten und Wolle spinnen und ein einfaches Leben führen. Sie glaubt, sie ist Rumpelstilzchen«, meinte sie. »Oder war es Rapunzel? Ich verwechsle die beiden immer.«

»Rapunzel ist die mit den langen Haaren«, hörte Vix sich sagen, als ein junger Mann mit einem Wischmop erschien, um die Spuren des Mißgeschicks zu beseitigen.

Phoebe schnüffelte an einer Schale Erdbeeren. »Mmm ... schön süß! Möchtest du welche?«

»Mein Vater reagiert allergisch auf Erdbeeren.«

»Schade. Wie geht es ihm?«

»Ziemlich gut – unter den gegebenen Umständen.«

»Sag ihm viele Grüße.«

»Mach ich.«

Als sie den Wagen weiterschieben wollte, drehte sich Phoebe noch einmal um. »Vix ..., ruf Caitlin bald an, ja?«

Sie wollte Vix nicht überrumpeln. Dieser Gesichtsausdruck! Und wie ihr die Melone aus der Hand gerutscht ist. Zack! Dabei war sie sich sicher gewesen, daß Vix Bescheid wußte. Schließlich waren die beiden doch unzertrennlich, oder? Sie kann sich nicht vorstellen, was für ein Spielchen Caity diesmal wieder abzieht. Nicht daß Caity ihr je irgendwas erzählen würde. Hat sie noch nie. Diesen Teil der Mutter-Tochter-Beziehung haben sie versäumt. Wie es scheint, geht es Vix genauso. Na ja … vielleicht machen die beiden ihre Sache besser, wenn sie selbst mal Töchter haben. Bei der Vorstellung, Caity könnte eine Tochter haben, muß sie lachen, bis ihr klar wird, daß sie dann Großmutter wäre! Also, auf diese Erfahrung kann sie gut noch zehn Jahre verzichten. Mindestens.

»Ich versuche, meinem Leben einen Sinn zu geben«, sagte Caitlin, als Vix anrief. »Verstehst du das?« Als Vix nicht gleich antwortete, fügte Caitlin hinzu: »Warum frage ich dich das? Dein Leben war schon immer sinnvoll.«

»Bist du sicher, daß du *sinnvoll* nicht mit *anstrengend* verwechselst?«

»Woher soll ich das wissen? Meinst du, ich bin neurotisch geworden, nur weil ich versucht habe, nicht normal zu sein?«

»Machst du eine Therapie …? Geht es darum?«

»Natürlich mache ich eine Therapie. Kennst du jemanden, der keine macht – außer dir?«

»Ich kann mir keine Therapie leisten.«

»Abby würde dir bestimmt unter die Arme greifen.«

»Soll das ein Seitenhieb sein?«

»Klingt es so?«

»Ja.« Nach einer langen Pause sagte Vix: »Es tut mir leid wegen deinem Freund.«

»Meiner Freunde.«

»Beide?«

»Ich möchte lieber nicht darüber sprechen. Mein Therapeut hilft mir zu verstehen, warum mein Engagement unangemessen war. Auf der Suche nach einer Familie habe ich gedacht, sie wären ...

Ach, was soll's? Erinnerst du dich, als John Lennon ermordet wurde – wie Lamb da zusammengebrochen ist?«

»Nicht genau.«

»Er war fix und fertig, hat mich aus New Mexico einfliegen lassen, damit ich mit ihm Totenwache halten konnte. Auch nicht gerade angemessen, wenn man es sich überlegt.«

»Bist du sicher, daß der Therapeut ... gut ist?«

»Kann sich irgend jemand jemals sicher sein? Das hängt vom Ergebnis ab, oder?«

»Wahrscheinlich ...« Wieder trat eine lange Pause ein, dann sagte Vix: »Ich dachte, du wärst in Mexiko, in einem Kloster. Warum hast du mir nicht gesagt, daß du auf Martha's Vineyard bist?«

»Du klingst, als wärst du wütend. Bist du wütend?«

»Warum sollte ich wütend sein?«

»Sag du's mir! Ich meine, das letzte, was ich von dir gehört habe, war, daß du nicht auf der Insel leben möchtest.«

»Du doch auch nicht ... Du hast keinen Fuß mehr auf die Insel gesetzt, seit du ...«

»Seit ich siebzehn war«, ergänzte Caitlin.

Vix konnte keine der Fragen stellen, die ihr durch den Kopf gingen. Hast du ihn gesehen? Hat er eine Freundin? Fragt er nach mir? »Und ... hast du Von gesehen?«

Caitlin lachte. Sie wußte ganz genau, wonach Vix wirklich fragte. »Selbstverständlich. Von und seine alberne Ehefrau. Und Bru und Trisha und alle anderen auch. Ich bin ja keine Einsiedlerin geworden. Ich mache nur eine Pause ..., einen Realitäts-Check sozusagen.« Sie schwieg einen Augenblick. »Es tut mir leid wegen deinem Vater.«

»Er müßte eigentlich wieder in Ordnung kommen.«

»Das freut mich.«

»Er hat ... er hat eine Freundin«, erzählte Vix. »Frankie. Sie nennt ihn Schnuckelchen.«

»O Gott ...« Sie lachten beide. »Ich vermisse dich, Vix.«

»Ich dich auch. Komm doch mal über ein Wochenende nach New York.«

»Komm du doch auf die Insel.«
»Lieber nicht. Noch nicht.«
»Vielleicht im Sommer?«
»Vielleicht.«

KAPITEL 41

Es war Ende Juni, als sie wieder voneinander hörten. Caitlin rief Vix im Büro an.

»Du mußt unbedingt herkommen«, hauchte Caitlin mit dem Prinzessinnenstimmchen, das sie sich in Europa angeeignet hatte, einer Mischung aus Jackie O. und Princess Di. »Ich heirate, in Lambs Haus auf Martha's Vineyard.«

»Du heiratest?«

»Ja. Und du mußt meine Brautjungfer sein. Das ist doch das mindeste, findest du nicht?«

»Kommt ein bißchen darauf an, wen du heiratest.«

»Bru«, sagte Caitlin, und plötzlich klang ihre Stimme wie früher. »Ich heirate Bru. Ich dachte, das wüßtest du.«

Victoria schluckte, zwang sich, tief durchzuatmen, aber sie spürte, wie ihr der kalte Schweiß auf der Stirn ausbrach; ihr war auf einmal flau im Magen. Sie griff zu der eisgekühlten Cola-light-Dose vor ihr auf dem Schreibtisch und preßte sie sich an die Stirn. Langsam ließ sie sie die Schläfen entlang zum Hals runterrollen, während sie dabei mechanisch Datum und Uhrzeit der Hochzeitsfeier notierte. Während Caitlin erzählte und erzählte, kritzelte sie das Blatt voll mit Pfeilen,

Mondsicheln und Dreiecken, als wäre sie wieder in der sechsten Klasse.

»Vix?« fragte Caitlin schließlich. »Bist du noch dran? Ist die Verbindung so schlecht oder was?«

»Nein, alles okay.«

»Du kommst also?«

»Ja.« Kaum hatte Vix aufgelegt, hetzte sie wie eine Verrückte zur Toilette und kotzte sich die Seele aus dem Leib. Sie mußte Caitlin sofort zurückrufen und ihr sagen, daß sie das nicht tun könne – was dachte sie sich bloß dabei? Und was hat sie selbst sich nur dabei gedacht zuzusagen?

Als sie aus der Kabine kam, stand Angela, ihre Chefin, am Waschbecken und nahm ihre Kontaktlinsen heraus. Vix spritzte sich kaltes Wasser ins Gesicht und spülte den Mund aus. »Victoria ...«, begann Angela, und betrachtete sie mit zusammengekniffenen Augen an, »Sie sehen furchtbar aus. Sie kriegen doch nicht etwa eine Grippe, oder?«

»Ich weiß nicht ... Vielleicht.«

»Dann gehen Sie lieber heim«, meinte Angela, »ehe Sie die ganze Firma anstecken.«

Sie schleppte sich durch die Bruthitze nach Hause. Ihre Pennerin sang: *I'm a woman, hear me roar* ... und hielt Vix ihren Papierbecher direkt unter die Nase, aber Vix schob ihre Hand weg, und ein paar Münzen fielen klappernd auf den Gehweg. »Miststück ...«, rief die Pennerin ihr nach.

»Ich geb dir jeden Tag Geld«, rief Vix zurück,

»also paß lieber auf, wen du beschimpfst!« Die Pennerin zeigte ihr den ausgestreckten Mittelfinger, während ein Passant stehenblieb und ihr half, die Münzen wieder einzusammeln.

Ein paar Stunden später kamen Maia und Paisley heim und fanden Vix auf dem Boden sitzend, bekleidet lediglich mit einem Unterhemd und einem Calvin-Klein-Slip, umgeben von Fotoalben und Stapeln loser Fotos. Der Ventilator war auf höchste Stufe gestellt, blies aber in die andere Richtung, damit die Fotos nicht durcheinanderflogen. Dazu sang Pat Benatar *Heartbreaker ... love taker ...*

»Was ist los?« fragte Maia.

»Sie heiratet Bru«, antwortete Vix.

»Wer heiratet Bru?«

»Caitlin.«

»Himmel!«

»Sie möchte mich als Brautjungfer.«

Paisley und Maia sahen einander an. »Das meint sie nicht ernst«, sagte Maia.

»Doch«, entgegnete Vix.

»Ich bestell uns was zu essen beim Thailänder«, sagte Paisley und fand das Telefon nach einigem Suchen in dem Korb, in dem sie immer die Bananen nachreifen ließen.

Als das Essen kam, setzten sie sich um den Couchtisch, alle drei in Unterwäsche, mit hochgesteckten Haaren. »Darf ich ganz ehrlich sein?« fragte Maia, während sie eine Frühlingsrolle aß.

»Bitte ...«, antwortete Paisley.

Aber Maia wollte es auch von Vix hören. »Sag schon«, forderte Vix sie auf, obwohl sie wußte, was kommen würde.

»Es ist an der Zeit, daß du über ihn hinwegkommst, Victoria. Ein für allemal.«

»Ich dachte, ich sollte über sie hinwegkommen.«

»Über ihn, über sie ..., über diesen ganzen blöden Schlamassel.«

Vix schob ihre Stäbchen ins Essen.

Maia nahm es als Aufforderung fortzufahren. »Und ruf sie um Himmels willen an, und sag ihr, daß du nicht zur Hochzeit kommst. Du hast was anderes vor. Du ... Ich weiß auch nicht ... Du fährst mit einem tollen Mann nach Hawaii. Und das nächste Mal, wenn sie heiraten will und dich als Brautjungfer braucht, soll sie dir früher Bescheid geben.«

Vix aß weiter, probierte das Gemüsecurry, dann die Ananas-Shrimps.

»Du bist keine dreizehn mehr«, fügte Maia hinzu, allmählich frustriert. »Sie hat keine Macht über dich. Und ich weiß wirklich nicht, was das hier alles soll.« Sie deutete auf die herumliegenden Alben und Fotostapel. »Warum wühlst du in all diesen ... diesen Erinnerungen?«

Paisley legte die Hand auf Maias Arm. »Sieh mal ...«, sagte sie, »man könnte es auch als eine Art Therapie für Vix betrachten, wenn sie an der Hochzeit teilnimmt. Es könnte ihr helfen, einen Schlußstrich zu ziehen, verstehst du?«

»Was für einen Schlußstrich?« fragte Maia. »Alles, was dabei herauskommt, sind noch mehr Erinnerungsfotos und noch mehr Kummer.« Kopfschüttelnd sah sie Vix an.

Maia

Sie hat immer gewußt, daß Victorias Faszination für das NINO-Mädchen kein gutes Ende nehmen würde. Von dem Tag an, als Victoria in ihr Zimmer in Weld South eingezogen ist und diese Fotos aufgestellt hat. Du kannst ruhig lachen, sagt sie zu Paisley, als sie darüber sprechen. Ich wußte es!

Sie ist ganz anderer Meinung als Paisley. Victoria sollte nicht zu dieser Hochzeit gehen. Und überhaupt – was für ein Mann heiratet denn die beste Freundin seiner Freundin? Maia wird alles tun, was in ihrer Macht steht, damit Victoria nicht nach Martha's Vineyard fährt, außer sie anbinden vielleicht; obwohl, wenn sie es sich genau überlegt, ist das keine schlechte Idee.

Paisley

Ein echter Hammer, das muß sie zugeben. Andererseits, solche Dinge passieren nun mal. Wahrscheinlich öfter, als man denkt. Nur normalerweise nicht den eigenen Freunden. Sie ist hundertprozentig anderer Meinung als Maia. Victoria muß zu dieser Hochzeit fahren. Sie muß das durchstehen, das ist ihre einzige Chance, sich endlich davon zu befreien. Natürlich hört Victoria nicht auf das, was sie oder Maia zu dem Thema zu sagen haben. Victoria hat längst einen Entschluß gefaßt, vermutlich schon in dem Moment, als Caitlin sie eingeladen hat.

Vier Wochen später stand Caitlin, die Haare vom Wind zerzaust, auf dem winzigen Flughafen von Martha's Vineyard, um Victoria abzuholen. Victoria hatte Caitlin gleich nach der Landung von ihrem Fenster aus entdeckt, fühlte sich aber plötzlich unfähig, aufzustehen und ihr entgegenzugehen.

»Fliegen Sie mit uns weiter nach Nantucket?« fragte die Stewardeß, und auf einmal wurde Victoria bewußt, daß sie der letzte Passagier an Bord war. Hastig packte sie ihre Tasche und eilte die Treppe hinunter. Als Caitlin sie in der Menge entdeckte, winkte sie heftig. Victoria ging auf sie zu und schüttelte den Kopf – Caitlin trug ein T-Shirt mit dem Aufdruck: *simplify, simplify, simplify.* Wie üblich war sie barfuß, und Victoria hätte wetten können, daß ihre Füße genauso schmutzig waren wie in jenem ersten Sommer. Caitlin hielt sie einen Moment auf Armeslänge von sich. »Himmel, Vix ...«, sagte sie, »du siehst so ... so erwachsen aus!« Sie lachten beide, dann fielen sie sich in die Arme. Caitlin roch nach Meer, Sonnenmilch und noch nach etwas anderem. Victoria schloß die Augen, atmete den vertrauten Duft ein, und für einen Moment war es, als wären sie nie getrennt gewesen. Noch immer waren sie Vixen und Cassandra, Sommerschwestern auf ewig. Alles andere war ein Versehen gewesen, ein schlechter Scherz.

TEIL FÜNF

»Steal the Night«

1990–1995

KAPITEL 42

Wenn du stirbst, so sagt man, läuft das Leben wie ein Film in Zeitlupe vor deinen Augen ab. Am Vorabend von Caitlins Hochzeit, beim Dinner im Black Dog, hat Vix das Gefühl, als würde ihr Leben an ihr vorüberziehen, und sie fragt sich, ob das nun alles gewesen sein soll. Ist das hier wirklich das Ende – sie wird in Caitlins Schatten stehen und ihre Hochzeit mit Bru feiern?

Maia und Paisley haben sich geirrt. Caitlin ist kein Mensch, über den man hinwegkommen kann, sie ist jemand, mit dem man zurechtkommen muß, wie mit den eigenen Eltern oder Geschwistern. Man kann ihre Existenz nicht einfach leugnen. Man kann nicht ignorieren, daß man sie geliebt hat und vielleicht immer noch liebt, selbst wenn es weh tut.

Bei der Ankunft wird jedem Gast zur Erinnerung ein T-Shirt mit einem Bild von Braut und Bräutigam überreicht: Die beiden blicken mit einem breiten Grinsen über die Schulter, ein Handtuch über den nackten Hinterteilen. Darunter steht:

Caitlin und Bru – 31. Juli 1990

Nett, daß sie Vix' fünfundzwanzigsten Geburtstag als Hochzeitstermin ausgesucht haben. »Damit du unseren Jahrestag nie vergißt«, hat Caitlin gesagt. Als ob …

Am Vormittag hatte Abby Vix in deren Zimmer im Bed & Breakfast besucht, wo einige der Gäste untergebracht sind. »Darf ich reinkommen?« fragte sie, nachdem sie angeklopft hatte. Vix zog sich rasch einen Bademantel über und öffnete. Abby nahm sie fest in die Arme. »Oh, Vix … Ich hoffe, es ist nicht zu schwer für dich!«

»Ich hab schon Schlimmeres überstanden«, sagte Vix.

Abby ging im Zimmer umher, rückte das Muschelbild an der Wand gerade, strich über die Lampe, nahm die Taschenlampe vom Nachttisch. »Glaubst du, sie weiß, was sie tut?«

»Keine Ahnung«, antwortete Vix.

Unruhig klickte Abby die Taschenlampe ein paarmal an und aus. »Wird es ihr genügen? Wird die Insel ihr genügen? Oder spielt sie nur ein Spiel?«

»Auch das weiß ich nicht.«

Abby ließ die Taschenlampe aufs Bett fallen und nahm Vix' Hand. »Und was ist mit dir – wirst du den Abend überstehen?«

»Aber sicher.«

»Und morgen … die Hochzeit?«

Vix nickte. »Mach dir keine Sorgen.«

Abby gab ihr einen Kuß. »So kenn ich dich, mein Mädchen.«

Abby

Was kann sie schon tun? Man muß sich für seine Kinder freuen, auch wenn man ihre Entscheidungen nicht versteht. Lamb ist genauso überrascht wie sie, aber er ist zufrieden. Nach all den Experimenten der letzten Jahre findet er diesen Entschluß gar nicht übel. Und sie ist in der Nähe. Nach der Tragödie mit ihren Freunden, nach dem Kloster, scheint es endlich ein Schritt nach vorne zu sein. Außerdem, erinnert er sie, haben sich Vix und Bru vor Jahren getrennt. Er ist überzeugt, daß Vix den beiden ihren Segen gegeben hat.

Phoebe entdeckt Vix auf der gegenüberliegenden Seite des Raums und winkt sie zu sich. Sie macht Vix mit ihrem derzeitigen Freund, Philippe, einem älteren, vornehmen Franzosen, bekannt. »Geschmacklos, n'est-ce pas?« meint sie, während sie sich das T-Shirt über den Kopf zieht. Dann beugt sie sich vor, daß ihre langen Haare fast den Boden berühren, und richtet sich rasch wieder auf, um sie nach hinten zu schleudern. Schließlich rafft sie das T-Shirt mit ihrem Gürtel über ihren langen Jeansrock. Mit ihrem Santa-Fe-Silber sieht sie immer noch sehr chic aus.

Auch Vix ist von dem T-Shirt nicht gerade begeistert, denn sie hat für den heutigen Abend extra ein Kleid mit einem auffallend tiefen Ausschnitt gewählt. Es ist wichtig, daß sie heute gut aussieht. Andererseits will sie auch kein Spielverderber sein. Lambs Schwester Dorset ist die einzige, die sich standhaft weigert, das T-Shirt anzuziehen, und keiner fängt deshalb mit ihr Streit an.

Brus weitläufige Familie begrüßt Vix – die Onkel, die Tanten, die zahlreichen Cousins, unter anderem auch Von mit der hochschwangeren Patti und zwei kleinen Mädchen, von denen eines lautstark heult.

»Na, was sagst du dazu, Vix?« fragt Von. »Ich war mir nicht so sicher, daß du auftauchen würdest.«

»Also bitte ... Ich bin immerhin die Brautjungfer.« Sie bemühte sich um einen lockeren Ton. Sie ist doch nicht nachtragend. Schließlich ist sie diejenige gewesen, die Brus Heiratsantrag abgelehnt hat, die sich noch nicht binden wollte. Und genau das wird sie auch jedem sagen, der danach fragt. Vielleicht ist es leichter zu ertragen, wenn sie es nur oft genug ausspricht.

»Und wie geht's im Big Apple?« fragt Von weiter.

»Viel los ...« Eigentlich will sie noch mehr sagen, aber dann überlegt sie es sich anders. Warum sollte sie ausgerechnet Von gegenüber ihre Entscheidung rechtfertigen?

»Bestimmt mehr los als hier«, meint Patti.

»Meckern, immer nur meckern ...« Von wirft

Patti einen Blick zu, so voller Verachtung, daß Vix innerlich zusammenzuckt. Wortlos drückt Patti ihm das brüllende Kleinkind in den Arm und verschwindet in Richtung Damentoilette. Vix folgt ihr.

»Wenn man das nur immer vorher wüßte«, sagt Patti. »So ist er die ganze Zeit. Es kotzt ihn an, daß ich überhaupt existiere.« Sie geht in eine Kabine, während Vix Lipgloss aufträgt und sich die Haare bürstet.

»Hier auf der Insel werden alle verrückt«, fährt Patti aus der Kabine fort. »Jeden Winter bettle ich: ›Fahr doch mal mit mir nach Boston‹. Meinst du, das interessiert ihn? Aber du solltest ihn mal sehen, wenn jemand ihm Tickets für ein Bruins-Spiel schenkt, da ist er weg wie der Blitz. Heute hier, morgen dort.« Die Wasserspülung rauscht, Patti kommt heraus und zieht sich das T-Shirt über ihrem Schwangerschaftskleid zurecht. »Das ist alles, was die Kerle im Winter interessiert. Jeden Abend Hockey, Hockey, Hockey ..., dann ein paar Bier mit den Kumpels und Gott weiß, was noch ...«

Patti wäscht sich die Hände und fährt sich durch die Haare. Vix erinnert sich daran, als sie Patti zum ersten Mal mit Von gesehen hat, damals auf der Landwirtschaftsmesse, der Ag Fair. Vix und Caitlin waren vierzehn, Patti wahrscheinlich ein paar Jahre älter, punkig, gepierct und grell geschminkt, mit einer knallrosa Strähne im Haar. Von hatte sie als seine Lieblingsbraut vorgestellt.

»Schenkt er dir Fischköpfe?« hatte Caitlin gefragt.

»Er schenkt mir was Besseres als das«, antwortete Patti, schob ihr Bein zwischen seine und küßte ihn mit weit geöffnetem Mund.

Caitlin applaudierte. »Ich wußte gar nicht, daß man dieses Jahr hier auch Live-Sex geboten kriegt.«

Die Jungs lachten. Sie lachten immer, wenn Caitlin so redete.

Jetzt haben Pattis Haare wieder ihre natürliche Farbe. »Er hält sich für ein Geschenk Gottes an alle Frauen.« Sie findet kein Ende mit ihrem Gejammer. »Er kann es nicht aushalten, daß sie Bru heiratet. ›Himmel‹, sagt er, ›das viele Geld und dann auch noch diesen tollen Arsch. Und das Mädchen ist auch noch große Klasse im Blasen!‹ Als würde ich ihm nicht seinen blöden Schwanz lutschen, seit ich sechzehn bin!«

Vix tut so, als müßte sie sich aufs Schminken konzentrieren. Sie will das alles nicht hören. Schließlich hat sie heute abend selbst genug Probleme.

»Sie sind doch alle gleich, oder?« fragt Patti. »Meinst du etwa, mit Bru ist es anders, nur weil er heiratet? Ha! Der wird sich auch davonschleichen zum Hockeyspielen und Mädels aufreißen wie die anderen. Schlau von dir, wegzugehen und dein eigenes Leben aufzubauen.« Auf einmal verzerrt sich Pattis Gesicht, und sie beginnt leise zu weinen. Ihre Schultern zucken.

Vix streicht ihr beruhigend über den Rücken. »Geht's wieder?«

Patti nickt und fischt ein Taschentuch aus der Tasche. »Ich brauch nur 'nen Moment ...«

»Dann geh ich schon mal vor«, sagt Vix.

Von wartet schon, ein kleines Mädchen auf dem Arm, das andere hängt an seinem Bein. »Ich wette, sie hat dir die Ohren vollgeschwallt.«

»Nichts, was ich nicht schon wüßte«, entgegnet Vix.

»Weißt du, es war von Anfang an ein Fehler. Aber ich hätte nie gedacht, daß es so schlimm werden würde ... Verstehst du?«

Vix hatte es damals gar nicht glauben können, als Bru ihr erzählte, daß Von und Patti heiraten. Heiraten! Daß Patti schwanger war. Er hatte sie im College angerufen, in ihrem ersten Studienjahr.

»Du siehst toll aus«, sagt Von und kommt einen Schritt näher. »Sehr sexy ... Aber das warst du ja schon immer, stimmt's?« Sein Gesicht ist direkt neben ihrem, und er flüstert ihr ins Ohr. Seine freie Hand liegt auf ihrem Nacken. Seine Tochter, die auf seinem anderen Arm sitzt, zieht ihn an den Haaren. »Erinnerst du dich an deine Geburtstagsparty auf Chappy?« sagt er. »Daran muß ich oft denken ...«

Vix macht sich los. Inzwischen sind Bru und Caitlin eingetroffen. Braut und Bräutigam. Das glückliche Paar. Bru sieht ihr direkt ins Gesicht. Verdammt, sieht er gut aus! Sie hat gehofft, er hätte mit den Jahren verloren, wäre vielleicht etwas schlaff geworden, so daß sie nichts als Erleichterung darüber empfinden würde, daß nicht sie ihn morgen heiratet. Aber ihr Körper reagiert unwillkürlich, mit all den bekannten Symptomen, ihre Knie werden weich, ihre Hände schweißnaß. Der Augenblick der Wahrheit ist gekommen, Victoria! Verdirb die Sache nicht! Ihre Blicke begegnen sich. Seine seelenvollen Augen, dieser Blick, der ihr Inneres zum Schmelzen bringen kann: Du bist mein Mädchen, Victoria, du wirst immer mein Mädchen sein. Sie hat keine Ahnung, was er wirklich denkt. Vielleicht: Seht euch Victoria an! Himmel ... Hat sie zugenommen, oder ist es nur dieses alberne T-Shirt?

Schnell nimmt sie sich ein Glas Champagner von dem Tablett, das gerade herumgereicht wird, hebt es, als wollte sie ihm zuprosten, und kippt es runter. Er lächelt, als er sieht, wie sie sich Vons Annäherungsversuchen entzieht. So, es ist vorbei ... Sie haben sich in die Augen gesehen, und sie hat es überlebt.

Sie bahnt sich einen Weg zu Sharkey, den sie seit Lambs fünfzigstem Geburtstag nicht mehr gesehen hat. Neben ihm steht eine Frau mit einem kleinen Kind, das ihr am Rücken hängt wie ein Koala. Er stellt sie Vix als Wren vor, das Kind als ihre Tochter Natasha. Wren trägt ein Kopftuch und einen langen, mit indianischen Mustern bedruckten Rock. Sind die beiden zusammen? Gibt es eine Frau in Sharkeys Leben? Du kannst gleich einheiraten, Victoria. Wie wär's mit ihrem Bruder? Am liebsten möchte sie laut loslachen – oder weinen, aber sie ist die Tochter ihrer Mutter, sie wäscht ihre Wäsche nicht öffentlich.

Sharkey umarmt Vix vorsichtig, so daß keine wichtigen Körperteile einander berühren. »Alles in Ordnung bei dir?« fragt er, und sie weiß, daß die Frage nichts mit ihrer Gesundheit zu tun hat.

»Mir geht's gut, ehrlich ...«, antwortet sie und nimmt sich ein zweites Glas Champagner.

»Gut. Freut mich.« Sharkey hat seinen Doktor in Philosophie gemacht und ist dann an die Ostküste zurückgekehrt; jetzt arbeitet er in der Computerentwicklung am M.I.T. »Daniel und Gus sind auch hier«, sagt er und deutet mit einem Kopfnicken in ihre Richtung.

Vix folgt seinem Blick, und da sind die beiden. Die Chicago Boys, endlich wieder vereint. Vix fühlt sich wie Alice, die durchs Kaninchenloch fällt. Ihre ganze Vergangenheit ist mit diesen Partygästen verknüpft. Daniel ist groß und schlank, sein Haar wird schon etwas schütter, er ist makellos in Polo Sport gekleidet, aber er trägt den gleichen gelangweilten Gesichtsausdruck zur Schau wie an dem Tag, als Vix ihn kennenlernte. Er ist inzwischen Anwalt in der Firma seines Vaters in Chicago. Vix weiß, daß Abby sich insgeheim wünscht, Daniel und sie würden zusammenkommen. Sie fragt sich, ob Daniel auch davon weiß.

Gus ist groß und breitschultrig, mit einem Stiernacken und dunklen Haaren. Vix hat ihn seit acht

Jahren nicht mehr gesehen, seit dem Sommer, als sie morgens weggelaufen ist. Durch das Meer von T-Shirts, von denen Caitlins und Brus Konterfeis in alle Richtungen grinsen, bahnt sie sich einen Weg und überrumpelt die Chicago Boys von hinten.

»Hustenbonbon!« Gus umarmt sie fest. Im Gegensatz zu Sharkey hat er keinerlei Angst, seinen Körper zu eng an ihren zu drücken oder sie auf den Mund zu küssen. »Schön, dich zu sehen!« Und ausnahmsweise freut sie sich wirklich, ihn zu sehen. Sommerschwester und Sommerbruder. Daniel legt die Hände auf ihre Schultern und gibt ihr ein Küßchen neben das Ohr. »Wie geht's dir, Vix?«

Dieses ganze Mitgefühl macht sie wahnsinnig. Sie erträgt die Vorstellung nicht, daß jemand denkt, sie sei betrogen worden. Es ist wichtig, die Tatsachen klarzustellen, alle ein für allemal wissen zu lassen, daß alles, was zwischen ihr und Bru war, offiziell beendet ist, und zwar schon seit längerer Zeit. Er ist frei zu heiraten, wen immer er will. Auch Caitlin. Okay, vielleicht ist es ein bißchen peinlich. Aber was soll das hier – verliert sie etwa die Fassung? Nein, verdammt noch mal! Sieht man denn nicht, daß es ihr gutgeht? Hundertprozentig!

»Also …«, sagt Gus, »ist dein Freund auch hier?«

»Mein Freund?« Sie hält inne. Vielleicht hätte sie jemanden mitbringen sollen. Warum hat sie nicht daran gedacht? Earl wäre bestimmt gern mitgekommen – hier hätte er genug Material für mindestens zwei neue Theaterstücke sammeln können. Aber sie antwortet nur: »Nein … Er hatte keine Zeit. Und was ist mit deiner Freundin?«

»Mit welcher Freundin?« fragt Gus. »Ich versuche immer noch, dich zu vergessen. Du warst meine erste Liebe.«

Diesmal ist ihr Lachen echt.

»Du glaubst mir nicht? Dann frag Baumer, ob es stimmt.«

Daniel mustert sie mit seinem arroganten Blick. »Gott steh uns bei …, ja, es ist die Wahrheit.«

»Tja, Gus …, dann trinken wir auf das, was hätte sein können«, sagt Vix und trinkt ihr drittes Glas Champagner leer. Ein Fehler, das wird ihr in dem Augenblick klar, als sie das Glas auf das Tablett zurückstellt. Der Champagner steigt ihr zu Kopf, ihr ist schwindlig und leicht übel. Die Chicago Boys geleiten sie nach draußen. Zu dritt setzen sie sich auf einen Baumstamm am Strand.

Daniel

Vix sieht gut aus. Hat den Babyspeck verloren, und ihre Wangenknochen kommen jetzt richtig zur Geltung. Nicht sein Typ allerdings. Er bevorzugt kühle Blondinen. Glatt. Die letzte hat ihm gesagt: Du stürzt dich viel zu sehr rein, Daniel. Ich brauch einen Mann, der die Sache ganz entspannt angeht, weißt du.

Er gibt sich alle Mühe, aber wenn man seine Gene in Betracht zieht, sieht er keine große Chance, daß er auch nur ansatzweise locker wird. Nicht wie Gus mit seinem saloppen Humor. Die Frauen finden ihn unwiderstehlich. Sein ungepflegtes Äußeres stört sie nicht. Vielleicht träumen sie davon, ihn auf Vordermann zu bringen, ihm schicke Klamotten zu kaufen. Bei Frauen weiß man das nie so genau.

Seht euch Abby an … Wer hätte gedacht, daß in seiner Mutter soviel steckt? Es macht seinen Vater wahnsinnig, daß sie so gut zurechtkommt. Nicht nur wegen Lamb und seinem Geld. Auch das andere Zeug, die ganzen Wohltätigkeitsprojekte, der humanitäre Kram. Sie sitzt im Vorstand von vier großen Organisationen. Lamb hat sich als anständiger Mensch entpuppt. Hat Abbys Eltern ein Haus am Longboat Key gekauft. Grandma ist die Königin der Wohnanlage.

Er ist sich nicht sicher, ob er weiterhin in der Firma seines Vaters arbeiten will. Seit sein Vater sich von Babe hat scheiden lassen, steckt er in einer Art persönlicher Krise. Hat Depressionen. Eine Weile hat ihm der Arzt Prozac verschrieben. Vielleicht sollte Daniel weiterziehen. Miami soll ein heißes Pflaster sein, in vielerlei Hinsicht.

Eine Minute später läßt sich Vix in den Sand rutschen und lehnt den Kopf gegen das Holz. Sie schließt die Augen. Während Gus und Daniel in Erinnerungen schwelgen, läßt sie sich treiben; die Stimmen der beiden Männer dringen nur von fern an ihr Ohr, aber sie spürt die beiden direkt neben sich.

»Sie konnte den Inseljungs nie widerstehen«, sagt Gus.

Falsch, denkt Vix. Sie konnte nur Bru nicht widerstehen.

»Da waren wir geil wie der Teufel, und sie geht hin und bumst den Kerl mit dem Pferdeschwanz«, fährt Gus fort.

Ach so, Caitlin ... Er redet von Caitlin.

»Sie ist immer noch toll«, meint Daniel.

»Aber ziemlich fertig«, entgegnet Gus.

»Findest du?« fragt Daniel.

»Das sieht man doch an ihren Augen.«

Sie unterhalten sich, als wäre Vix gar nicht da, als wäre sie unsichtbar. Vielleicht ist sie tot und weiß es nur noch nicht.

»Da war diese Geschichte«, erzählt Gus gerade, »als ich einmal an ihrem Zimmer vorbeigekommen bin, und sie zieht mich rein und schließt die Tür. ›Gus ..., kannst du mir mal den Rücken einreiben?‹ sagt sie und drückt mir eine Flasche Sonnenöl in die Hand. Sie hatte diesen gelben Badeanzug an – erinnerst du dich an den? – und zieht die Träger runter ... Allmächtiger, sie zieht den ganzen Badeanzug runter! Ich bin ungefähr neunzehn oder so ..., ein Junge mit Hormonen.«

Vix ist nicht sicher, ob sie sich übergeben muß.

Sie versucht die Augen aufzumachen, aber da dreht sich gleich wieder alles, und sie schließt sie schnell wieder.

Die Chicago Boys haben sie anscheinend doch nicht vergessen, sie spürt, wie sie zu ihr herunterschauen, um sich zu vergewissern, daß sie ungestört reden können. Gus sagt: »Unser Hustenbonbon ist echt weggetreten.«

Daniel antwortet: »Wenn du mir jetzt erzählen willst, daß du es mit Caitlin getrieben und es die ganzen Jahre für dich behalten hast ...«

»Nicht mal annähernd«, entgegnet Gus. »Ich durfte ihre perfekten kleinen Titten grade mal zwei Sekunden anfassen, dann sagte sie: ›Ich möchte dir dabei zusehen.‹ ›Wobei?‹ frage ich. ›Wie du dein Päckchen rubbelst‹, sagt sie ...«

»Dein Päckchen?« unterbricht Daniel.

»Ja, mein Päckchen«, erklärt Gus. Vix vermutet, daß er sich an die Eier faßt, um Daniel zu zeigen, was er meint, denn die beiden lachen.

Vix möchte mitlachen. Möchte darüber lachen, wie Cassandra Vixens Schamhaare gezählt hat: Sechzehn. Du Glückspilz! Aber statt dessen ist sie den Tränen nahe.

»Ich hab immer gedacht, sie würde was aus ihrem Leben machen«, sagt Daniel. »Etwas Bedeutendes.«

Ein Gong ruft alle zum Essen, und Gus schüttelt Vix. »Okay, Hustenbonbon ... Zeit zum Aufstehen.« Er hilft ihr auf die Beine. »Wie fühlst du dich? Wirst du das überleben?«

Sie ist ein wenig unsicher auf den Beinen, aber sie schafft es runter ans Wasser, wo sie das blöde T-Shirt auszieht, es naß macht und sich Gesicht und Nacken damit abtupft. »Na, das ist doch schon viel besser«, sagt Gus und beäugt Vix' Ausschnitt – er ist immer noch ein großer Junge mit einer Menge Hormonen.

»Und nur, um das richtigzustellen«, sagt sie. »Ich war die mit dem gelben Badeanzug.«

Beim Dinner sitzt sie zwischen Daniel und Gus. Als Gus Phoebes Freund dabei erwischt, wie er Vix schläfrig, aber ziemlich gierig mustert, sagt er zu Daniel: »Hustenbonbon zieht die Männer an wie ein Magnet.«

Caitlin war der Magnet. Sie war nur ein winziges Teilchen in ihrem Magnetfeld.

Nach dem Essen versammeln sich alle am Strand, um das Feuerwerk zu Ehren von Braut und Bräutigam anzusehen. Daniel legt Vix sein Jackett um die Schultern. Sie lehnt sich an Gus, der – so glaubt sie zu spüren – den Duft ihrer Haare in sich aufsaugt, während der Himmel ringsum erstrahlt und sie sich zurückversetzt fühlt zu anderen Feuerwerken, an anderen Stränden. Du hast doch keine Angst vor mir, oder? Nein, ich hab nur Angst vor diesen Gefühlen.

Als die Party sich auflöst, bietet Caitlin ihr an, sie zum Bed & Breakfast zurückzufahren. »Gehst du nicht mit Bru nach Hause?« fragt Vix.

»Heute nicht. Es bringt Unglück, wenn Braut und Bräutigam die Nacht vor der Hochzeit zusammen verbringen.«

Zwar hat Vix noch nie von diesem Aberglauben gehört, aber sie steigt in Caitlins weißen Jeep. Das Verdeck ist offen, und ihre Haare flattern im Wind, als sie aus der Stadt fahren. »Ist es nicht zu hart für dich?« will Caitlin wissen. »Ich meine, uns zusammen zu sehen?«

Vix ist froh über die Dunkelheit und den Champagner.

»Es war zwischen euch schon so lange vorbei ...«

Vix möchte gern großmütig sein, Caitlin beruhigen, aber sie findet nicht die richtigen Worte, also sagt sie lieber nichts.

»Ich hasse es, wenn du dich so einigelst!« schreit Caitlin. Der Jeep gerät ins Schlingern. Vix schließt die Augen und hält sich fest; sie ist sicher, daß Caitlin sie beide umbringen wird. Aber nein, sie hat nur den plötzlichen Entschluß gefaßt, auf den Tashmoo Overlook einzubiegen. Dort stellt sie den Motor ab und legt den Kopf aufs Lenkrad. »O Gott ...«, stöhnt sie. »Dabei weiß ich nicht mal, ob ich ihn heiraten will.«

Vix wird stocksteif.

»Jetzt bist du vermutlich geschockt, stimmt's?« sagt Caitlin. »Du hast noch nie was bereut, oder?«

In diesem Augenblick spürt Vix eine Welle von ... ja, wovon? Sie ist sich nicht sicher. Sie ist nicht sicher, ob sie Caitlin haßt oder sich selbst oder vielleicht Bru, der die Situation überhaupt erst verschuldet hat.

»Ach, zum Teufel ...« Caitlin wischt sich mit dem Handrücken die Nase ab. »Auf jeden Fall gibt's eine super Party.« Ohne ein weiteres Wort läßt sie den Wagen wieder an, fährt weiter und läßt Vix vor dem Bed & Breakfast aussteigen. »Schlaf gut ...«, ruft sie und wirft Vix eine Kußhand zu.

»Du auch.«

KAPITEL 43

Sie weiß, sie wird nicht schlafen können. Sie versucht zu lesen, kann sich aber nicht konzentrieren. Schließlich zieht sie ihren Pullover über, nimmt die Taschenlampe in die Hand und geht wieder nach draußen. Der Wind ist stärker geworden. Sie leuchtet mit der Taschenlampe die waldige Straße zum Strand hinunter. Sie sieht die Gestalt, die aus dem Schatten tritt, erst, als sie zupackt. Vor Angst ist sie wie gelähmt. Sie kann nicht schreien, sie kann nicht weglaufen. So wird es also enden. Das nennt man eine Hochzeit versauen!

Er dreht sie um ... Aber Moment mal ..., das ist kein Wahnsinniger, jedenfalls keiner von der Sorte, die sie vermutet hat.

Es ist Bru. »Wir müssen miteinander reden«, sagt er. Sie schüttelt ihn ab und geht schneller.

Er hält Schritt. »Ich weiß nicht, wie es soweit gekommen ist. Ich weiß nicht, was ich bei ihr suche. Was wir zusammen machen.«

Vix bleibt stehen und richtet die Taschenlampe in sein Gesicht. »Ihr zwei werdet sicher eine sehr glückliche Ehe führen!«

»Hör zu, Victoria, es ist ein Fehler ... Ich geb's zu ... okay?«

»Verschone mich«, entgegnet Vix und hebt die

andere Hand. Er packt sie und zieht Vix zu sich, so daß ihr die Luft wegbleibt.

Sie ist wieder siebzehn und schwimmt um ihr Leben ..., aber diesmal wird sie nach unten gesogen ..., diesmal ertrinkt sie. Sie läßt die Taschenlampe fallen.

Er beginnt sie zu küssen. Zarte Küsse auf die Mundwinkel, dann tiefe, hungrige Küsse. Er nimmt ihre Hand und führt sie schnell, schnell die Straße hinunter zu seinem Truck, und ohne ein Wort machen sie sich auf den Weg zu seiner Hütte.

Kurz vor der Morgendämmerung erwacht sie vom Klang des Nebelhorns, ihr Herz hämmert wie wild, ihr Schädel pocht. Sie sucht die Klamotten zusammen, die sie in der Eile auf dem Boden finden kann, geht auf Zehenspitzen barfuß zur Tür und schleicht hinaus, ganz leise, damit sie ihn nicht weckt.

Draußen streift sie die Schuhe über, zieht das Kleid über den Kopf, und dann rennt sie los ..., rennt durch Lorbeer- und Strandpflaumengestrüpp, bis sie die Straße erreicht, wo sie das erste Auto anhält, das vorbeikommt, zwei Frauen auf dem Weg zur Frühfähre.

Vielleicht sollte sie einfach mit ihnen fahren, auf die Fähre steigen, die Insel verlassen. Abby würde sagen: Seht, ihr Bett ist unberührt. Etwas Schreckliches ist passiert ..., ich weiß es. Sie würden die Polizei rufen, die ihre Unterwäsche in Brus Truck, oder wo auch immer sie sie gelassen hatte, entdecken, und ihm noch etwas Schlimmeres vorwerfen als die Wahrheit. Die Hochzeit müßte verschoben werden.

»Können Sie von hier aus laufen?« fragt die Fahrerin, als sie beim Schild des Bed & Breakfast ankommen.

»Ja, vielen Dank.« Auf dem Weg begegnet Vix ausgerechnet Philippe – Scheiße! –, der einen frühmorgendlichen Dauerlauf macht. Ob ihm auffällt, daß sie die gleichen Sachen anhat wie gestern abend?

»Ah, Victoria ... Machen Sie gerade einen Morgenspaziergang?«

»Ja«, antwortet sie und geht schneller. »Jeden Morgen vor dem Frühstück.«

Philippe mustert sie von oben bis unten, und sie weiß, daß er weiß, daß sie nicht in ihrem Zimmer geschlafen hat. Aber er hat natürlich keine Ahnung, wo sie die Nacht verbracht hat und mit wem.

KAPITEL 44

Kurz vor zehn ist die Sonne durchgekommen; Vix döst in dem alten Korbsessel auf der Terrasse von Lambs Haus, atmet tief durch, und der Duft der Lilien aus Abbys Garten steigt ihr in die Nase. In einer Stunde ist es soweit. In Gedanken sieht sie sich selbst, wie sie durch den Gang der Kirche schreitet, auf dem Kopf den Strohhut, der jetzt auf ihrem Schoß liegt, in dem hauchdünnen elfenbeinfarbenen Kleid, das ihr bis an die Knöchel reicht. Sie wird Sonnenblumen tragen, und sie wird lächeln müssen. Immerhin ist sie ja Caitlins Brautjungfer. Eine seltsame Bezeichnung für das, was sie getan hat. Wenn doch nur die gute Fee, die sie zu Caitlins Freundin gemacht hat, wiederkommen und sie retten, sie von dieser Insel entführen könnte, dieser Insel der Erinnerungen – den schönsten und den schlimmsten ihres Lebens.

Sie hört Caitlins Stimme. »Vix ..., beweg deinen Arsch hier rauf! Eine Brautjungfer hat Pflichten, weißt du das nicht?« Caitlin lacht, ein paar Gäste lachen mit.

Phoebe rüttelt sie sanft. »Vix ...« Als Vix die Augen aufschlägt, fragt Phoebe: »Schlecht geschlafen?«

Vix fächelt sich mit dem Strohhut Luft ins Gesicht. Vermutlich hat Philippe Phoebe erzählt, daß er Vix heute früh gesehen hat, daß sie ausgesehen hat, als hätte sie die Nacht nicht in ihrem Zimmer verbracht. Sie schickt ein Stoßgebet zum Himmel, daß niemand je die Wahrheit herausfindet.

Inzwischen hat Abby Caitlins Zimmer doch renoviert. Die Wände sind weiß getüncht, die alten Doppelbetten sind einem antiken Eisenbettgestell mit einem Berg von Spitzenkissen gewichen. Auf den Regalen stehen jetzt Bücher anstelle der kaputten Spielsachen. Ihre Steinsammlung ist nach Farben getrennt in Glasbehältern verstaut – lavendel, schildplatt, grau. Die Vergrößerung eines Schwarzweißfotos hängt an der Wand, aus dem ersten Sommer, als Caitlin und Vix zwölf waren. Sie sehen einander in die Augen, als teilten sie ein wundervolles Geheimnis.

Caitlin tanzt in ihrem elfenbeinfarbenen Brautkleid durchs Zimmer; sie sieht so exquisit und strahlend aus, als wäre sie soeben dem Titelbild eines Brautmagazins entsprungen. »Es ist das Kleid meiner Großmutter«, erklärt sie Vix. »Ich hab dir mal ihr Grab gezeigt …, weißt du noch?«

»Ja, ich erinnere mich.«

»Dorset hat mir das Kleid geschickt. Es sitzt perfekt. Ich mußte es nicht mal ändern lassen. Ob Großmutter Somers es wohl erkennt? Wahrscheinlich nicht. Inzwischen ist sie ja über neunzig und sieht nicht mehr so gut.« Vor dem Spiegel bleibt sie stehen. Ihr Gesicht ist erhitzt. »Ich kann mir nicht vorstellen, so lange zu leben. Du etwa?«

Vix kann sich überhaupt nichts vorstellen, was über den heutigen Tag hinausgeht, und selbst damit hat sie Schwierigkeiten. Sie hebt den Hochzeitsschleier aus seinem Seidenpapiernest, aber ehe sie ihn Caitlin aufsetzen kann, packt Caitlin sie am Arm. »Warte ...« Sie dreht sich zu Vix um. »Wegen gestern abend ...«, beginnt sie.

Gott ..., sie weiß Bescheid ... Er hat es ihr erzählt! Vielleicht sollte sie jetzt sofort gestehen, es hinter sich bringen, um Verzeihung bitten ...

»Was ich dir im Jeep gesagt habe?« fährt Caitlin fort, und es klingt wie eine Frage. »Daß ich mir nicht sicher bin, ob ich Bru heiraten will – erinnerst du dich?«

Vix wird schwindlig.

»Ich bin nicht fertig geworden mit dem, was ich sagen wollte, was ich sagen muß ...«

»Du brauchst mir nichts zu erklären«, versichert Vix und hofft, daß Caitlin auf sie hört. »Jeder kriegt doch in letzter Sekunde das Zittern.«

»Nein, es geht mir nicht darum«, entgegnet Caitlin. »Es geht um Bru und mich ...«

Vix hält den Atem an. Noch nie hat sie etwas so bereut, wie sie die letzte Nacht bereut. Wenn sie doch nur die Zeit zurückdrehen könnte!

»Ich wollte immer das, was du hattest«, sagt Caitlin.

»Aber du warst doch diejenige, die alles hatte.«

»So hab ich es nicht gesehen. Du warst die

Tochter, die Abby sich immer gewünscht hat. Du hast die Stipendien der Somers Foundation gekriegt – verdientermaßen. Du hattest sogar Brüste. Deshalb mußte ich beweisen, daß ich attraktiver war. Ich mußte beweisen, daß ich jeden Mann haben konnte, den ich wollte ..., sogar Bru, auch wenn du die erste warst.«

»Na ja, jetzt hast du ihn.«

»Ich meine nicht jetzt, obwohl es irgendwie auch komisch ist, deinen ersten Freund zu heiraten.«

Vix ist vollkommen verwirrt. »Vergißt du da nicht den Skilehrer ... in Italien ... im ersten Jahr in Mountain Day?«

Caitlin schüttelt den Kopf. »Den habe ich für dich erfunden.«

»Du hast den Skilehrer erfunden?«

»Damit du denkst, ich war die erste.«

Vix brauchte eine Weile, um das zu verdauen. »Du meinst, du hast mich angelogen?«

»Könnten wir vielleicht sagen, ich hatte viel Phantasie?«

»Phantasie?«

»Okay ... Ich hab gelogen.«

»Und was ist mit Von? Hast du den auch erfunden?« Und mit den anderen hundert oder so, von denen sie im Lauf der Jahre gehört hat?

»Oh, Von ... na ja, wir haben unsere Affäre nie ... nie richtig vollzogen. Er wollte kein Kondom benutzen. Man sieht ja jetzt, wohin das geführt hat. Außerdem mochte er alles andere sowieso lieber.«

Sie stehen sich gegenüber und starren einander an, bis Caitlin sagt: »Du meinst, du wußtest das nicht ... Du hast es nicht mal vermutet?«

Vix hat das Gefühl, jemand schnürt ihr die Kehle zu. Sie hält sich am Bett fest.

Caitlins Stimme wird ganz leise. »Nachdem Nathan ... Nach seiner Beerdigung, als ich auf die Insel zurückgekommen bin ... «

Vix wendet sich ab. Nein! Sie weigert sich, das zu glauben. Sie sieht aus dem Fenster: Draußen stellen sich die Blumenmädchen der Größe nach auf, jede einen Strauß Gänseblümchen in der Hand.

»Du hast mich gebeten, ich soll es ihm erklären«, fährt Caitlin fort. »Du hast gesagt, ich soll ihm beibringen, warum du nicht zurückkommen kannst.« Sie tritt hinter Vix und legt ihr die Hand auf den Arm. »Es ist einfach passiert. Es hatte nichts zu bedeuten. Ehrlich.«

Vix rührt sich nicht. Caitlin packt sie, zwingt sie, weiter zuzuhören. »Ich gebe zu, ich war eifersüchtig, weil er dich so sehr geliebt hat ..., aber noch mehr, weil du ihn geliebt hast. Ich wollte dir beweisen, daß er ist wie alle anderen, daß er seinem Pimmel durchs Leben folgt.«

»Bru war nie so.« Sie kann selbst nicht glauben, daß sie ihn verteidigt, nach allem, was letzte Nacht passiert ist. Sie wird Caitlin die Wahrheit sagen. Jetzt sofort. Sie wird die Rechnung begleichen.

Aber Caitlin ist noch nicht fertig. »Was glaubst

du, warum ich so lange weggeblieben bin?« fragt sie. »Hast du dich das nie gefragt?«

Man glaubt, man kennt einen Menschen durch und durch, und dann erfährt man …

»Es ist nie wieder passiert«, fügt Caitlin hinzu. »Wir haben uns überhaupt erst wieder vor ein paar Monaten gesehen, als ich zurückgekommen bin.«

Vix sieht zufällig auf ihr Spiegelbild und stellt schockiert fest, daß ihr Gesicht keine Regung verrät, nichts.

Die Fotografin klopft an die Tür. »Los geht's«, sagt sie und schiebt die Tür mit dem Fuß auf. Sie bittet Vix, sich über Caitlins Schulter zu beugen, während sie beide in den Spiegel schauen. »Gut …«, instruiert sie die beiden, »ein bißchen näher ran, daß die Gesichter sich fast berühren. Ja!«

Vix legt Caitlin den Haarreif mit dem Schleier auf den Kopf, rückt ihn zurecht und plustert ihn auf, daß die Spitzen und Staubperlen Caitlins hübsches Gesicht locker umrahmen. Die Fotografin knipst auch das.

Ehe sie das Haus verlassen, führt Caitlin Vix zu einem Tisch im Wohnzimmer, wo Abby die Hochzeitsgeschenke aufgebaut hat. »Schau dir das an«, sagt sie und hält eine Porzellanfigur in einem Ballettröckchen hoch, die auf einem Pferd balanciert. Auf der Karte steht:

Liebstes Mädchen, wenn alles andere scheitert, geh zum Zirkus!

Vix fängt an zu lachen, Caitlin stimmt ein. Sie halten sich in den Armen und biegen sich vor Lachen, bis Phoebe sie trennt. »Zeit zu gehen«, sagt sie zu Caitlin, »wenn du dir sicher bist, daß du es durchziehen willst.«

In der Kirche erkundigt sich Großmutter Somers mit lauter Stimme: »Welchen heiratet sie eigentlich?« Dorset zeigt auf Bru. »Oh, er sieht ja ganz gut aus, oder? Wer sind seine Eltern? Was machen sie?«

Sharkey führt Phoebe durch den Mittelgang. Sie lächelt entspannt. Daniel führt Abby, der die Nervosität ins Gesicht geschrieben steht, so sehr sie auch versucht, sie zu verbergen. Die beiden Frauen sitzen nebeneinander. Vix kann Bru nicht ansehen. Sie betet, daß er nichts verrät ... nie. Wie kann er sicher sein, daß sie das Geheimnis für sich behält?

Caitlin schwebt den Gang an Lambs Arm herunter. Lamb sieht so stolz aus, so liebevoll, daß Vix die Tränen in die Augen steigen. Sie hat das Gefühl, daß Caitlin irgend etwas im Schilde führt, sie weiß aber nicht, was. Fast erwartet sie, daß Caitlin ihr den Strauß, der ausschließlich aus Blumen von der Insel bestand – Cosmeen, Glockenblumen und Gänseblümchen –, in den Arm drücken und sagen wird: Heirate du ihn. Ihr habt einander verdient!

Gestern nacht war er total übergeschnappt. Hatte den Verstand verloren. Was hat er getan? Hat er versucht, im letzten Moment zu kneifen? Aber da kommt Caitlin an Lambs Arm, schwebt den Gang entlang wie ein Engel. Und lächelt ihn an. Scheiße! Was soll er jetzt bloß machen?

Er denkt an den Abend, als sie zu ihm kam mit einer Nachricht von Victoria, kurz nachdem Nathan gestorben war. Caitlin, wunderschön mit ihren siebzehn Jahren, und sie sah traurig aus, so traurig ... Er hat sie in den Arm genommen, um ihre Tränen zu stillen. Er hatte nicht daran gedacht, sie zu küssen. Aber wie sie zu ihm aufsah, die Lippen leicht geöffnet und feucht! Er hatte auch nicht daran gedacht, mit ihr zu schlafen. Und Himmel ..., sie war Jungfrau! Danach war alles blutig. Eine echte Überraschung nach den ganzen Geschichten, die Von ihm erzählt hatte. Es war ein Versehen, hat er ihr danach gesagt. Konnte sie das verstehen? Weil es nie wieder passieren würde. Sie hatte verstanden. Und sie blieb weg von der Insel, weg von ihm ... bis jetzt. Plötzlich wird ihm klar, daß er nicht nur Victorias erster Liebhaber ist, sondern auch der von Caitlin. Vielleicht ist da das Problem. Er liebt sie beide. Er ist froh, daß er nicht wählen muß. Froh, daß sie das für ihn erledigt haben.

Caitlin und Bru stehen vor dem jungen Pfarrer,

der montags und donnerstags mit den anderen Jungs Hockey spielt. Sie verspricht, Joseph Brudegher zu lieben und zu ehren, bis daß der Tod sie scheidet, und er verspricht ihr dasselbe. Sie stecken einander die Ringe an. Der Pfarrer erklärt sie zu Mann und Frau. Sie küssen sich, die Gäste applaudieren, und das kleinste Blumenmädchen hebt das Kleid, um sich am Popo zu kratzen.

Auf dem Rasen ist ein Zelt aufgebaut, mit Tischen für hundertfünfzig Leute. Vix sinkt mit den Absätzen tief in den weichen Boden, als sie mit den anderen Ehrengästen zu ihrem Platz am Brauttisch geht. Es wird getanzt zu den Klängen der Martha's Vineyard Swing Band auf einem etwas unebenen Tanzboden. Vix trinkt nur Mineralwasser, fühlt sich aber dennoch wie beschwipst. *Fini, finis, finito …* Vielleicht hatte Paisley doch recht, als sie Maia gesagt hat, auf diese Weise könnte Vix einen Schlußstrich ziehen. Jetzt sind sie alle erwachsen, oder nicht?

Einmal tanzt sie mit Bru. »Wegen gestern nacht …«, sagt er.

»Vergiß letzte Nacht«, unterbricht sie ihn. »Die letzte Nacht hat's nie gegeben.« Ihre Knie werden nicht weich. Ihr Magen rebelliert nicht. Letzte Nacht war das Ende, das wissen sie beide. Sie kann seine Erleichterung spüren.

»Sie ist wunderschön, nicht wahr?« fragt Bru, während sie beide zusehen, wie Caitlin mit Lamb

Walzer tanzt. »Ich kann gar nicht glauben, daß sie jetzt meine …«

»Deine Frau ist«, ergänzt Vix. Die Musik verstummt, aber sie gehen noch nicht auseinander. Vix überlegt, ob sie ihn fragen soll, ob er und Caitlin wirklich … Aber was soll's? Im Grunde könnte Caitlin diese Geschichte genauso erfunden haben wie den Skilehrer. Oder wie die Frau, die in Paris Caitlins Slip zerschnitten hat, wie Tim Castellano in L. A., wie den verheirateten Mann, von dem sie in London schwanger geworden ist. Das alles spielt ja jetzt keine Rolle mehr.

Gus tritt hinter sie und legt ihr den Arm um die Taille. »Ich denke, der nächste Tanz gehört mir, Hustenbonbon.«

Trisha und Arthur wirbeln an ihnen vorbei. Von der jüngeren Generation weiß keiner, wie man zu dieser Musik tanzt, aber sie folgen alle dem Vorbild der Älteren und tun so, als würden sie tanzen. »Na«, sagt Gus, »die hübsche Prinzessin heiratet den Märchenprinzen, und wenn sie nicht gestorben sind, leben sie noch heute auf der Zauberinsel. Richtig oder falsch?«

»Richtig«, antwortet sie.

»Angenommen, er verwandelt sich in einen Frosch – was dann?«

»Angenommen, sie verwandelt sich in einen Frosch?«

Gus lacht und zieht sie enger an sich.

Die Cousins von Bru klatschen Beifall, als die

Band zu Rockmusik übergeht. Abby verteilt Ohrstöpsel an alle, die welche brauchen. Die kleineren Kinder spielen Fangen auf der Wiese. Von trinkt zuviel und bringt einen unsinnigen Toast nach dem anderen auf das junge Paar aus. Lamb will ihm zur Hilfe kommen, kann aber nicht mehr verhindern, daß Patti das Fest wutschnaubend verläßt, die beiden kleinen Mädchen im Schlepptau. Jetzt ist Dorset am Zug und stürzt sich auf Von. Sie hat ihm schon am Abend zuvor schöne Augen gemacht.

Spät am Nachmittag, nachdem der Kuchen angeschnitten worden ist, nachdem die obligatorischen Bilder gemacht sind – Braut füttert den Bräutigam und umgekehrt –, tragen die Cousins Bru zum Tashmoo Pond hinunter und werfen ihn ins Wasser. Als einer von ihnen auch Caitlin packt und sie über die Schulter legt, trommelt sie auf seinen Rücken und schreit: »Nicht in meinem Hochzeitskleid, du Arschloch …, das ist antik!« Er setzt sie ab; sie zieht das Kleid aus und läßt es auf der Wiese am Ufer liegen. Die jungen Männer werfen sie vom Dock, nur mit ihrem langen elfenbeinfarbenen Unterrock bekleidet. Bru fängt sie im Wasser auf. Sie küssen sich. Bru trägt sie auf den Armen aus dem Wasser, wie über eine Türschwelle. Die Fotografin ist sofort zur Stelle.

»Du bist die nächste, Victoria«, ruft einer der Cousins, schwingt sie über die Schulter und wirft sie vom Dock. Dann springt einer nach dem anderen hinterher, die Cousins, ihre Frauen und Freundinnen, die meisten jungen Gäste und ein Teil der nicht so jungen, alle in ihren Festkleidern. Alle bis auf Sharkey – er ist mit Wren im Schlauchboot hinausgefahren. Daniel und Gus warten, daß Vix wieder herauskommt. »Du kannst nicht den ganzen Tag im Wasser bleiben«, ruft Gus lachend.

Sie fühlt sich unbeholfen und unsicher, wie jemand, der unfreiwillig in einen Wettbewerb für nasse T-Shirts geraten ist, und als sie endlich aus dem Wasser steigt, verschränkt sie die Arme über der Brust. Gus hüllt sie sofort in ein Handtuch. »Du warst schon immer ein bißchen schüchtern, Hustenbonbon.«

»Willst du mich eigentlich ewig Hustenbonbon nennen?«

»Wie denn sonst?«

»Zum Beispiel Vix?«

»Vix ...«, sagt er zur Probe.

Oben gibt Caitlin ihr ein Paar Shorts und ein T-Shirt, damit sie die nassen Sachen ausziehen kann. Caitlin selbst trägt bereits Jeans und zieht gerade den Reißverschluß ihres Rucksacks zu; als Hochzeitsreise wollen die beiden einen Campingtrip nach Maine machen. »Danke, Vix ..., daß du da warst.« Sie sieht zu dem Foto hinauf, auf dem sie beide zwölf sind. »Wer sagt denn, daß ein Foto keine hundert Worte wert ist?«

»Tausend«, meint Vix. »Ich glaube, es sind tausend Worte.«

Caitlin lacht. »Wir waren ein starkes Team, stimmt's?«

»Ja.«

Caitlin umarmt sie. »Ich werde dich immer lieben. Versprichst du, daß du mich auch immer lieben wirst?«

»Das weißt du doch.« Und das ist die Wahrheit, denkt Vix – egal, was geschieht, sie wird Caitlin immer lieben.

Caitlin hievt ihren Rucksack hoch. »Hast du Bru gefragt … wegen dem Sommer damals?«

»Ja«, lügt Vix.

Caitlin nickt. »Hat er dir die Wahrheit gesagt?«

»Ja.« Noch eine Lüge.

Caitlin nickt wieder. »Hab ich mir gedacht.«

KAPITEL 45

Im darauffolgenden Mai bringt Caitlin ein Mädchen zur Welt. Sie geben ihr den Namen Somers Mayhew Brudegher, aber jeder nennt sie Maizie. Vix kommt mit Gus, der nach New York gezogen ist und für *Newsweek* schreibt, zur Taufe. Seit der Hochzeit sehen sie sich regelmäßig, sie gehen zusammen ins Kino oder mitten in der Nacht essen, fahren sonntags im Central Park gemeinsam Inliner. Sie sind Freunde, aber weder Vix noch er wollen das Risiko eingehen, alles zu verderben, indem sie ihre Beziehung verändern.

Eines Abends, als sie aus einem Kino in Greenwich Village kommen, werden sie von einem Platzregen überrascht. Weit und breit kein Taxi. Da seine Wohnung in der Tenth Street näher liegt als ihre in der Twenty-sixth, rennen sie dorthin. Im Badezimmer zieht Vix die nassen Sachen aus und will gerade ein Sweatshirt von Gus überziehen, als ihr Blick auf den Bademantel fällt, der an der Tür hängt. Während sie ihn anzieht, den Gürtel umbindet und die Ärmel aufrollt, wünscht sie sich, er wäre aus Seide statt aus Flanell. Sie fährt mit dem Kamm durch ihre nassen Haare und kramt dann das Probenfläschchen Obsession aus ihrer Handtasche, das sie immer für besondere

Gelegenheiten dabeihat. Sie tupft ein bißchen zwischen ihre Brüste, hinter die Ohren und die Knie, die zu zittern anfangen. Gus hat John Coltrane aufgelegt.

Er hat Jeans und ein T-Shirt angezogen. Zuerst begreift er nicht, was sie vorhat. Sie sieht ihm seine Verwirrung an und lächelt. Sein Blick wandert zur Öffnung des Bademantels. Er wendet sich ab. »Tu das nicht, wenn du dir nicht ganz sicher bist, Vix.«

»Das gleiche könnte ich dir sagen.«

»Ich war mir in meinem ganzen Leben noch nie so sicher.«

Die Anziehung zwischen ihnen ist so stark, daß Vix denkt, es müßten Funken sprühen, wenn sie sich berühren.

Ein Jahr später treffen sie sich zu Maizies erstem Geburtstag auf der Insel. Caitlin wirkt distanziert und geistesabwesend. Bru ist sehr vorsichtig und sehr fürsorglich. Als Maizie zu weinen anfängt, ist es Abby, die sie hochnimmt und tröstet.

Am nächsten Tag fliegt Vix mit Gus nach Florida, um Tawny zu besuchen. Sie haben sich seit Jahren nicht gesehen, aber Tawny hat angerufen und sie gebeten zu kommen. Sie möchte Vix jemanden vorstellen. Und Vix hat ebenfalls Neuigkeiten für sie.

In Key West sitzt Tawny vor dem Fernseher und sieht sich die Sendungen auf den Einkaufskanälen an. Sie sagt, sie träumt gern davon, so viel Geld zu haben, daß sie sich alles kaufen kann, was sie sieht, obwohl sie genau weiß, daß das meiste Ramsch ist, den sie gar nicht will. Jeder Mensch hat seine Träume, denkt Vix. Tawny macht einen entspannten, fast glücklichen Eindruck. Sie wohnt in Old Town, in einem winzigen gelben Häuschen mit einem Kuppeldach, davor steht ein Jacarandabaum, der Schatten auf die Veranda wirft. Wenn sie Lust hat, kann sie jeden Tag ans Meer. Der *jemand*, mit dem sie Vix bekannt machen will, ist Myles, ein bulliger, braungebrannter Mann mit einer Kapitänsmütze. Vix ist nicht sicher, ob Myles sein Vor- oder sein Nachname ist. »Er war bei der Navy«, berichtet Tawny stolz. »Und kriegt eine gute Pension.« Sie zeigt Vix ein Foto von ihm in voller Montur. »Er sah gut aus, stimmt's? Natürlich ist das Bild schon älter, aber man merkt es immer noch.«

Vix weiß, wie wichtig es für Tawny ist, daß sie gleicher Meinung ist. Also sagt sie: »Ja ..., du hast recht, man sieht es noch.«

Myles werkelt tagsüber in einem kleinen Holzboot herum. Tawny arbeitet immer noch für die Gräfin, die einen Block weiter, in der Francis Street, in einem schicken rosaroten Haus wohnt. Sie muß fast permanent am Sauerstoffgerät angeschlossen bleiben und kann kaum ein paar Schritte allein machen. Tawny organisiert und überwacht die Pfleger, die sich rund um die Uhr abwechseln. Die Gräfin hat eine Schwäche für gutaussehende junge Männer. Und die jungen Männer beten sie an.

Tawny sagt Vix, die Gräfin werde den größten Teil ihres Vermögens einer Tierschutzorganisation vermachen, aber für sie würde ein kleines Fondsvermögen eingerichtet werden. »Ich werde nicht reich davon, aber ich brauche hier unten auch nicht viel, und ich will hierbleiben, auch wenn die Gräfin … nicht mehr bei uns ist. Dann kann dein Vater seine Ersparnisse für sich und Frankie behalten. Wenn alles gutgeht, brauchst du dich nicht um uns zu kümmern, wenn wir alt sind. Soviel können wir wenigstens für dich tun.«

Vix ist verblüfft. Sie hat gedacht, Tawny hätte sie alle restlos abgeschrieben.

Tawny

Sie hat es tatsächlich geschafft! Seit einer Woche hat sie geübt, und jetzt hat sie Victoria endlich gesagt, daß sie eine gute Tochter ist und das Beste verdient. Na ja, vielleicht nicht genau in diesen Worten, aber Victoria hat es bestimmt verstanden. Netter junger Mann. Hoffentlich werden die beiden glücklich miteinander. Sie sollen nur nichts von ihr erwarten. Sie hat schon alles gegeben, was sie zu geben hatte.

Tawny mag Gus. Alle mögen ihn. Vix ist glücklich darüber. Klar, manchmal bringt er sie zur Raserei, aber mit seinem Humor schafft er es immer wieder, sie da rauszuholen. Er weiß einfach, wie er sie zum Lachen bringen kann. Sie fühlt sich wohl bei ihm, und gleichzeitig prickelnd sexy. Sie haben keine Angst, miteinander zu spielen. Einmal wollte er, daß sie sich in der Badewanne auf ihn setzt. Beiß mich in den Hals ..., hat er geflüstert, zieh mich an den Haaren ... Ein andermal fuhren sie auf einer Landstraße, als Vix der Duft von Pfingstrosen in die Nase stieg und sie plötzlich solche Lust auf ihn bekam, daß sie seinen Reißverschluß aufzog und ihre Hand in seine Hose steckte. Er fuhr auf einen Feldweg, und sie liebten sich im Auto, mit weit offener Beifahrertür, ihr Kopf vom Sitz herabhängend. Wenn sie sich in seine Arme kuschelt, weiß sie, daß die anderen nur Vorbereitung auf ihn waren. Das hier ist das Richtige. Er wird ihr nicht langweilig, und sie wird dafür sorgen, daß sie ihm auch nicht langweilig wird.

Als sie zusammen zur Gräfin gehen, werden sie von einem alten Hund begrüßt, der Gus beschnüffelt, Vix aber völlig in Ruhe läßt. Die Gräfin klopft mit der Hand neben sich aufs Bett und sagt zu Gus: »Kommen Sie her und lassen Sie sich anschauen.« Er tut, wie ihm geheißen. Sie hält seine Hand und sieht ihm in die Augen. Schließlich nickt sie und sagt: »Die Liebe ist ein schwieriges Spiel, meine Süßen. Gebt euch Mühe.«

»Stevie Nicks«, sagt Vix.

»Wer?« fragt die Gräfin.

»Das ist der Titel von einem Song, den ich früher mal sehr gern mochte.«

»Dieser Stevie wußte anscheinend, wovon er redet.«

Vix korrigiert die Gräfin nicht, daß Stevie eine Sie ist und kein Er. Sie küßt die alte Frau auf die Wange. Die Haut fühlt sich dünn an wie Papier.

Sie haben beschlossen, im September zu heiraten, dem schönsten Monat auf der Insel. Es soll eine Feier im kleinen Kreis werden, bei Abby und Lamb, nur Familie – Vix' Vater und Frankie, Gus' Eltern, sein Bruder und dessen Frau, seine Schwester und ihr Freund – und nur ein paar gute Freunde. Maia und Paisley machen Witze, daß eine von ihnen sich vielleicht in Daniel verliebt. Vix meint, sie sollten lieber nicht damit rechnen.

Sie werden im Garten getraut von einem Richter aus Boston, von demselben, vor dem sich auch Abby und Lamb vor fünfzehn Jahren das Jawort gegeben haben.

Eine Woche nach Maizies erstem Geburtstag, ungefähr zur gleichen Zeit, als Vix und Gus von Key West zurückkommen, fährt Caitlin auf die Fähre nach Woods Hole und von dort mit Maizie weiter nach Cambridge. Sie bittet Abby und Lamb, die Kleine den Tag über zu nehmen, damit sie in Ruhe einkaufen gehen kann. Um sechs ruft sie an, um zu fragen, ob die Kleine bei ihnen übernachten kann. Sie hat zufällig einen alten Freund getroffen und würde gern mit ihm essen gehen. Daß das Essen in einem Flugzeug in Richtung Paris stattfindet, erwähnt sie nicht. Aber als sie das nächste Mal anruft, ist sie bereits dort. Sie verspricht, in einer, spätestens zwei Wochen zurückzukommen. Aus den zwei Wochen werden zwei Monate, aus den zwei Monaten zwei Jahre.

Bru

Er hätte es wissen müssen. Vielleicht wollte er es einfach nicht wahrhaben. Vielleicht war es das. Würde ihm jedenfalls ähnlich sehen. Alle Anzeichen zu ignorieren. Aber irgend etwas lief von Anfang an falsch. Gleich nach der Hochzeit hat sie sich total verändert. Erst dachte er, es läge an der Schwangerschaft. Vielleicht war es zu früh – jeden Tag war ihr schlecht. Aber er wußte, sie würde das Gefühl, Mutter zu sein, lieben. Babys! Das wollen sie doch alle. Seine Cousins beschwerten sich immer darüber. Sobald ein Baby da sei, kämen sie nicht mehr zum Zug … Sex sei einfach abgeschrieben.

Das Problem ist nur, daß Caitlin eigentlich nie wie andere Frauen war. Mit der Mutterrolle konnte sie sich nicht anfreunden. Irgendwie unnatürlich, oder? Was Sex anging …, den wollte sie immer noch. Sogar mehr als vorher. Jeden Tag, manchmal zweimal. Aber weil er sich nachts um das Baby kümmern mußte, war er völlig ausgepumpt. Nicht, daß sie was davon gemerkt hätte. Honey, fick mich … fick mich, fick mich hart. Tu mir weh, Honey …

Was hatte das alles zu bedeuten? Das war doch nicht richtig. Sie waren verheiratet. Sie war Mutter. Er mochte es nicht, wenn sie so redete. Am wenigsten die Tu-mir-weh-Nummer. Er wollte ihr nicht weh tun. Er wollte keiner Frau weh tun.

Was willst du? fragte er sie.

Es geht nicht darum, was ich will. Es geht darum, was ich brauche.

Was … was brauchst du?

Eine Menge Liebe.

Gebe ich dir nicht genug Liebe?

Sie hatte ihn angelächelt, herausfordernd. Doch das tust du, Honey … Du gibst mir eine Menge Liebe.

Was dann? Was verlangst du?

Alles.

Du hast alles.

Sie schenkte ihm ein trauriges Lächeln.

Du brauchst Vitamine, erklärte er ihr. Vitamine und Mineralstoffe.

Sie lachte.

Er machte sich nichts daraus. Und du solltest mehr rauskommen. Vielleicht einen Job annehmen …

Ich hab einen Job. Ich bin deine Frau. Ich bin Maizies Mutter.

Sie hätte mehr Zeit mit Caitlin verbringen sollen, nachdem Maizie auf die Welt gekommen ist, aber sie war so beschäftigt, zusammen mit Arthur ihr Traumhaus zu bauen. Lamb hat recht gehabt. Kaum hatte er sich von ihr getrennt, hatte sich das Blatt für Trisha gewendet. Natürlich, wenn Lamb sich damals für sie entschieden hätte und nicht für Phoebe, wenn sie seine Kinder bekommen hätte, wäre alles ganz anders gekommen. Aber es bringt nichts, jetzt darüber nachzugrübeln.

Bru sieht irgendwie durcheinander aus. Wie damals in der Kirche bei seiner Hochzeit. Aber mußte er unbedingt wieder was mit Star anfangen ... und dann auch noch so schnell? Als hätte es keine Caitlin gegeben, als würde es keine Maizie geben?

Allmählich wird es ihr zuviel ... Lamb und seine Familie. Aber Maizie ist so süß. Sie hätte gern ein Baby mit Arthur. Ob es schon zu spät ist? Vielleicht kann sie ein Kind adoptieren. Angenommen, Caitlin hätte Maizie bei ihr und Arthur gelassen?

Alle gehen davon aus, daß Vix mehr weiß, als sie zugeben will, daß Caitlin ihr immer noch alles anvertraut. Sie merkt genau, daß keiner ihr recht glaubt, als sie schwört, daß sie keine Ahnung hat, daß sie genauso entsetzt ist wie alle. Zumindest wissen sie, daß mit Caitlin alles in Ordnung ist, mehr oder weniger. Lamb hat einen Detektiv angeheuert, der sie in Barcelona aufgestöbert hat. Sie hat die Scheidungspapiere unterschrieben und Bru damit ermöglicht, Star zu heiraten, die im siebten Monat schwanger ist. Er hat keine Zeit verschwendet. Vix haßt ihn dafür.

Welch Ironie, daß Caitlin ihr Baby ausgerechnet bei Abby gelassen hat. Aber vielleicht war es ja genau das, was sie sich immer für sich selbst gewünscht hat – mit Lamb und Abby zu leben, eine richtige Familie zu haben –, was sie aus Loyalität Phoebe gegenüber nie verwirklichen konnte.

Wann immer Gus und sie auf die Insel fahren, wohnen sie in Caitlins Zimmer. Gegenüber, in dem Zimmer, das sich die Chicago Boys einst geteilt haben, schläft jetzt Maizie, ein rosarotes Plüschschwein im Arm.

Phoebe

Offen gesagt kann sie es nicht glauben. Nicht, daß sie wirklich erwartet hat, daß die Ehe funktionieren würde. Sie hat gewußt, daß es wieder nur eins von Caitys Spielchen ist. Aber Maizie! Um Himmels willen. Nicht mal sie hat ihre Kinder im Stich gelassen. Und daß sie Maizie ausgerechnet bei Lamb und Abby abgeladen hat. Wie war das zu verstehen?

Und bitte ..., keiner soll ihr erzählen, Caity

wäre nicht genügend geliebt worden! Solche simplen Erklärungen können ihr gestohlen bleiben. Vielleicht war sie nicht die mütterlichste Mutter in der Geschichte des Universums, aber sie war da, verdammt noch mal! Und Caity wußte, daß Lamb sie vergötterte. Nein, es muß etwas anderes sein. Wenn sie doch nur genau sagen könnte, was. Vix weiß es bestimmt, aber sie sagt nichts.

Im Sommer will sie versuchen, sich mit Caity zu treffen. Sie hat ihre Reiseroute schon so gelegt, daß Barcelona auf der Strecke liegt. Ausgerechnet Barcelona. Warum nicht wenigstens Venedig oder Paris?

Lamb

Sein Magen spielt vierundzwanzig Stunden am Tag verrückt. Ständig schluckt er Maloxantabletten. Beim geringsten Anlaß beginnt er zu weinen. Er versteht nicht, was passiert ist.

Abby achtet darauf, weder ihn noch irgend jemand anders verantwortlich zu machen. Phoebe nennt es Wanderlust. Manche Menschen langweilen sich eben schneller als andere, sagt sie. Vielleicht hat sie recht, aber er weiß nicht, ob er es ertragen kann.

Sie hat sich geweigert, sich in Barcelona mit ihm zu treffen, hat statt dessen einen Boten in sein Hotel geschickt, der ihm Namen und Adresse eines Anwalts in New York überbrachte. Sie wollte ihn nicht sehen! Seine geliebte Tochter. Wie kann er ihr helfen, wenn sie sich nicht helfen läßt? Er verzeiht ihr doch alles. Er möchte nur, daß sie heimkommt. Komm nach Hause, Caitlin, und sei deinem Baby eine Mutter!

Sharkey

Was haben sie denn bloß erwartet?

Abby

Sie denkt an Großmutter Somers, die sich – selbst schon Mitte Vierzig – um Dorset und Lamb gekümmert hat. Sie ist schon über fünfzig und in den Wechseljahren, aber sie fühlt sich jung, so jung wie seit Jahren nicht mehr. Und viel entspannter. Vielleicht liegt es an den Hormonen. Vielleicht an Maizie.

Es ist, als hätten sie und Lamb die Plätze getauscht. Jetzt ist er der Ängstliche, der ständig ein Babyphon mit sich herumträgt, der drei-, viermal pro Nacht nach Maizie sieht. Manchmal findet sie ihn am Kinderbettchen. Er beugt sich über das Kind und beobachtet es beim Atmen, und die Tränen laufen ihm dabei über das Gesicht.

Er hört wieder die Beatles, zum ersten Mal seit John Lennon umgebracht wurde. Sie versucht, ihn zu beruhigen. Maizie wird es gutgehen. Sie wird stark und optimistisch sein, umgeben von liebevollen Erwachsenen, mit Cousins und Stiefgeschwistern. Sie werden ihr Grenzen setzen, ihr helfen, sie zu einem verantwortungsbewußten Menschen erziehen. Aber wie er sie ansieht, wenn sie über Maizies Zukunft spricht – das bricht ihr fast das Herz.

Ihr graut vor dem Tag, an dem Caitlin wieder in ihr Leben wirbeln wird, überzeugt davon, Maizie einfach mitnehmen zu können. Obwohl Caitlin alle Papiere unterschrieben, alle Rechte an dem Kind aufgegeben hat – Abby und Lamb haben das Sorgerecht, im juristischen Sinn teilen sie es sich mit Bru. Aber Abby weiß doch, daß die biologische Mutter bei einem Prozeß immer im Vorteil ist. Aber sie wird Maizie nicht so leicht aufgeben!

Tja, Abby ..., sagt ihre eigene Mutter, jetzt hast du endlich dein kleines Mädchen.

KAPITEL 46

Kurz vor ihrem dreißigsten Geburtstag bekommt Vix mit der Post ein Flugticket nach Mailand mit Zugverbindung nach Venedig, und dazu eine Notiz:

Feiere die große Drei-Null mit mir!

Vix ist außer sich. Gus fragt: »Hast du Lust, sie zu sehen?«

Vix ist schwanger, Ende des fünften Monats. Sie kann sich nicht entschließen. Kann sie Caitlin je verzeihen, daß sie Maizie im Stich gelassen hat? »Ich weiß nicht«, sagt sie. »Vielleicht. Ich glaube schon. Ja.«

»Wenn der Arzt meint, daß es kein Problem gibt«, sagt er und küßt ihren Nacken, »dann bin ich auch einverstanden. Ich habe keine Angst, daß du nicht zurückkommst.«

In Venedig holt Caitlin sie am Bahnhof ab, ganz in Weiß, die Haare unter einen breitkrempigen Strohhut gestopft. Sie hat eine riesige Sonnenbrille auf und einen zweiten Hut in der Hand, für Vix, die in einem Umstandskleid aus Jeansstoff fast umkommt vor Hitze. Der Schaffner hilft ihr mit dem Gepäck. »Mein Gott, Vix ...«, sagt Caitlin und umarmt sie, »du bist so ...« Vix wartet auf das Wort »erwachsen«, aber statt dessen sagt Caitlin »schwanger«. Sie lachen beide.

Caitlin stülpt ihr den Strohhut auf den Kopf und trägt die Tasche zu einem Boot, das auf sie gewartet hat und sie im Nu zum Palazzo Gritti am Canal Grande befördert.

Ihr Zimmer ist riesig, mit Blick auf den Kanal und Bettwäsche aus echtem Leinen. Sie haben zwei Badezimmer, eins für jede. Der Fußboden aus Stein hält das Zimmer kühl. Alles ist sauber, schlicht und doch ungeheuer luxuriös. Wahrscheinlich wird es Jahre dauern, bis Gus und sie sich so etwas leisten können – falls überhaupt jemals. Als sie an ihn denkt, daran, daß er in New York jeden Tag zur Arbeit muß, während sie hier in der romantischsten Stadt der Welt ist, überfällt sie ein richtig schlechtes Gewissen.

Caitlins Italienisch klingt echt. Keiner, mit dem sie spricht, reagiert, als wäre sie eine amerikanische Touristin, man behandelt sie wie eine Einheimische, eine Blondine aus Norditalien. Vergessen sind die schmutzigen Füße, vergessen ist der Dingleberry Award. Caitlin ist elegant, und auf der Straße drehen sich die Leute nach ihr um.

Sie bestimmt die Regeln. »Ich darf Fragen stellen, du nicht.« Vix nickt. Wenn Caitlin es so will ... Außerdem hat sie schon immer am meisten erfahren, wenn sie einfach zugehört hat. Caitlin will alles über ihr jetziges Leben wissen, über ihre Ehe, ihre Arbeit. Vix wartet darauf, daß Caitlin sich nach Maizie erkundigt.

Nur morgens und abends wagen sie sich nach draußen. Vix merkt schnell, daß die Italiener schwangere Frauen lieben. Sie überschlagen sich förmlich, einschließlich Caitlin, die ihre private Reiseführerin spielt. Die beiden jungen Frauen fahren Gondel, wie Paisley in New York Taxi fährt. Sie besichtigen Kirchen, das alte Judenviertel, das Peggy-Guggenheim-Museum, wo Caitlin Vix auf dem Rücken der Statue eines anatomisch großzügig ausgestatteten Esels fotografiert. Caitlin nimmt sie sogar im Privatboot mit auf die andere Seite des Kanals, zum Schwimmen im Hotel Cipriani. Der Manager des Hotels ist ein Bekannter von ihr. Abends wandern sie durch enge Pflastergassen zu winzigen Restaurants, wo sie frisch zubereiteten Fisch und köstliche Pasta essen.

Nachmittags schließen sie die alten hölzernen Fensterläden ihres Zimmers und machen eine ausgiebige Siesta. An einem jener Nachmittage wacht Vix auf und sieht Caitlin neben sich sitzen. »Was ist?« fragt sie.

Caitlin lächelt. »Du.« Sie legt die Hand behutsam auf Vix' Bauch. »Das.«

»Ich bin furchtbar gern schwanger«, sagt Vix.

»Erzähl mir von Maizie«, sagt Caitlin mit weicher Stimme.

»Sie ist wunderbar … süß, aufgeweckt … «

»Sieht sie mir ähnlich?«

»Sie ist wunderschön, falls du das meinst. Ich habe Bilder mitgebracht ...«

Vix greift nach ihrer Tasche, aber noch ehe sie sie öffnen kann, sagt Caitlin: »Noch nicht. Ich bin noch nicht soweit ... Okay?«

Vix formt mit den Lippen tonlos das Wort. *Okay.*

Am letzten Morgen von Vix' Besuch sagt Caitlin: »Jetzt möchte ich die Bilder gerne sehen.« Sie frühstücken in ihrem Zimmer, die Läden sind weit geöffnet, so daß sie die Boote sehen können, die anmutig auf dem Kanal vorübergleiten.

Vix gibt Caitlin die Fotos von Maizie und beobachtet sie, als sie jedes einzelne genau studiert. »Ist sie ein trauriges Kind?« fragt Caitlin. »Auf diesem Bild sieht sie traurig aus.«

»Traurig? Nein. Sie ist still, sensibel, aber traurig würde ich sie bestimmt nicht nennen. Sie hört schrecklich gern Geschichten über dich.«

»Was erzählst du ihr?«

»Von uns ..., als wir jung waren. Ich nehme sie mit zu den Flying Horses. Ihr Lieblingspferd nennt sie immer Schlammkopf.«

Caitlin sieht weg. »Geht es ihr gut bei Abby und Lamb?«

»Abby ist eine ...« Sie will sagen, daß Abby eine gute Mutter ist, eine liebevolle Mutter, aber damit würde sie indirekt ausdrücken, daß Caitlin eben all dies nicht ist. Sie gerät ins Stocken.

»Ich hab mir schon immer gedacht, daß Abby eine gute Mutter ist, wenn sie nur nicht jede Kleinigkeit so wichtig nehmen würde.«

»Mit Maizie ist sie viel entspannter.«

Caitlin nickt. »Und was ist mit Bru?«

»Er holt sie öfter mal zu sich, vor allem im Sommer.«

»Das meine ich nicht.«

»Er hat Star geheiratet, die Frau vom Bioladen. Er hatte immer eine Schwäche für Vitamine.«

Sie lachen beide, dann wird Caitlin wieder ernst. »Haben sie ...«

»Einen Jungen, und sie ist wieder schwanger.«

Caitlin nippt an ihrem Cappuccino. Bestimmt ist das alles nicht leicht für sie, aber Vix macht sich klar, daß *Caitlin* diejenige war, die gegangen ist.

»Und was ist mit dir ...?« will Caitlin wissen. »Bist du glücklich?«

Vix streicht sich über den Bauch und denkt, wieviel Glück sie gehabt hat: Gus, das Baby, das unterwegs ist. Ihr Leben ist voller Freundschaft und Liebe. Plötzlich wird ihr weinerlich zumute, und sie bekommt Heimweh. »Ja, ich bin glücklich«, antwortet sie.

»Du bedauerst nichts?«

»Bedauern?«

»Wegen Bru.«

Bru? Es ist seltsam, wenn sie ihn jetzt trifft, ist er viel eher ein alter Freund als ein ehemaliger Liebhaber. Sie reden über Maizie, über den Bauboom Ende der achtziger und Anfang der neunziger Jahre. Die Geschäfte gehen wieder besser, seit der Präsident zwei Sommer hintereinander auf der Insel Urlaub gemacht hat. Die Inselbewohner jammern zwar, daß sie von den Reichen und Berühmten überschwemmt werden, aber die Reichen und Berühmten sind nun mal gut fürs Geschäft.

»Wegen Bru bedaure ich nichts, nein«, antwortet sie. Aber sie bedauert andere Dinge. Daß Nathans Leben so kurz war, daß sie zu Lanie und Lewis kein engeres Verhältnis hat. Vor allem aber bedauert sie, daß Caitlin sich ihr nicht anvertraut hat, sie nicht um Hilfe bitten konnte, denn jetzt begreift sie, in welcher Verfassung Caitlin gewesen sein muß, als sie Bru und Maizie verlassen hat. Deshalb fügt sie hinzu: »Aber wegen dir tut mir manches leid.«

»Wegen mir?« fragt Caitlin.

»Daß du nicht zu mir kommen konntest, als du Probleme hattest«, erklärt Vix, »als du nicht weiter wußtest.«

»Du glaubst also, ich hatte Probleme? Ich wußte nicht weiter?«

Vix nickt.

»Warum kannst du mich nicht so sehen, wie ich bin?« fragt Caitlin. »Eine egozentrische Hexe, die nichts interessiert als das eigene Vergnügen, die sich aus dem Staub macht, wenn es Schwierigkeiten gibt, die lügt und betrügt, nur um das zu kriegen, was sie will ..., die sogar ihre beste Freundin anlügt, nur um die Nummer eins zu sein.«

»Nein«, entgegnet Vix, »das bist du nicht.«

»Ich hab Maizie den größten Gefallen getan, als ich sie verlassen habe.«

Vix schüttelt den Kopf.

»Willst du mich nicht fragen, wie ich das tun konnte ..., wie ich es fertiggebracht habe, mein eigenes Kind im Stich zu lassen? Willst du mir nicht erzählen, was für ein beschissener Mensch ich bin?«

»Nein, das will ich nicht«, antwortet Vix leise.

Caitlins Gesicht verzerrt sich, und sie beginnt zu weinen. »Ich bin zu nichts nütze, ich bin noch viel schlimmer als Phoebe.«

Vix hält sie in den Armen, streichelt ihr übers Haar, versucht sie zu trösten.

»Wie kann ich dir noch immer wichtig sein, nach allem, was ich dir angetan habe?«

»Mir? Ich denke nicht, daß es darum geht ...«

»Aber genau darum geht es. Ich hab dich benutzt. Ich hab dir alles weggenommen, was ich kriegen konnte.«

»So hab ich es nie gesehen. Ich war einfach nur dankbar, deine Freundin zu sein.«

»Dann bist du ein Vollidiot«, sagt Caitlin. Sie fischt ein Taschentuch aus der Tasche ihres Leinenkleids und putzt sich die Nase. »Ich will vielleicht wieder heiraten.«

Vix staunt.

»Seine Familie kommt aus der Toskana. Weinbergbesitzer.« Caitlin lacht. »Paßt das nicht hervorragend? Außerdem haben sie eine Firma in Mailand. Dort hab ich Antonio kennengelernt. Er sieht gut aus, siebenunddreißig, noch nie verheiratet gewesen. Er ist perfekt, nur leider ein Muttersöhnchen. Andererseits sind das alle italienischen Männer. Natürlich will er jede Menge Bambini haben. Von Maizie weiß er nichts. Aber wie lange kann ich sie geheimhalten?«

Vix kann sich nicht vorstellen, wie man Maizie geheimhalten soll. Eines Tages wird sie Caitlin kennenlernen wollen. Sie wird losziehen und sie suchen.

»Heute nachmittag werde ich mich entscheiden«, sagt Caitlin, »sobald ich dich in den Zug nach Mailand gesetzt habe. Ich fahre mit dem Segelboot raus, um es mir durch den Kopf gehen zu lassen. Auf dem Wasser konnte ich schon immer klarer denken. Und bis du wieder zurück in New York bist, werde ich bereits einen Entschluß gefaßt haben. Ich rufe dich an und sage ja oder nein …, mehr nicht.«

Vix wartet auf eine Nachricht auf ihrem Anrufbeantworter. Sie wartet darauf, daß Caitlin *ja* oder *nein* sagt. Aber es kommt keine Nachricht.

EPILOG

Sommer 1996

Ein Jahr später versammeln sich alle auf Martha's Vineyard, um Caitlin eine Wiese mit Wildblumen und Blick übers Meer zu widmen. Es ist die magische Stunde vor Sonnenuntergang, mit diesem unglaublichen Licht, bei dem Vix versucht ist, an Gott zu glauben. Sie sind eine kleine Gruppe – Abby und Lamb mit Maizie; Sharkey mit Wren – die schwanger ist – und ihrer kleinen Tochter Natasha; Bru und Star mit ihren Babys; Von und Patti mit ihrem Trio; Trisha und Arthur.

Daniel, der aus Chicago gekommen ist, wohnt bei Gus und Vix in dem kleinen Haus in West Tisbury, das sie übers Wochenende gemietet haben. Sie überlegen, ob sie ganz auf die Insel ziehen, falls ihnen etwas einfällt, wie sie sich – mit dem, was sie gern tun – ihren Lebensunterhalt verdienen können.

Daniel ist immer noch allein und wartet immer noch auf die perfekte Frau. Abby hat ihn gebeten, während der Zeremonie sein Handy abzustellen.

Phoebe läßt sich entschuldigen, sie ist im Ausland. Dorset kann auch nicht kommen, verspricht aber, in ihrem Haus in Mendocino an sie alle zu denken. Sie wohnt dort, seit Großmutter kurz vor ihrem neunundneunzigsten Geburtstag gestorben ist.

Abby beginnt mit einem Gedicht von Shelley. Wren, die so schüchtern ist, daß einem Sharkey vergleichsweise gesellig erscheint, überrascht alle, indem sie mit klarer, voller Sopranstimme »Yesterday« singt. Schon beim ersten Refrain verliert Sharkey die Fassung. Lamb nimmt ihn in den Arm; auch sein Gesicht ist tränenüberströmt – die beiden Männer trösten einander.

Hat sie nicht gewußt, wie sehr man sie liebte? War es ihr gleichgültig? Vix überlegt, ob irgendwo in der Toskana ein gutaussehender junger Mann um sie trauert. Oder war er wieder nur eine von Caitlins Erfindungen?

Vix hat sich vorgenommen, den Aufsatz vorzulesen, den sie für ihre College-Bewerbung geschrieben hat – *Caitlin Somers, der Mensch, der mein Leben am stärksten beeinflußt hat –*, aber in letzter Sekunde merkt sie, daß sie es nicht fertigbringt. Gus liest den Aufsatz für sie, während sie Nate, ihr Baby, auf dem Arm hält. Nate versucht, die Türkisperlen in den Mund zu stecken, die Vix um den Hals trägt.

Maizie, die inzwischen fünf ist, hüpft in einem Trägerkleid auf und ab und wirft Blumenblätter in den Wind. Sie sagt, sie erinnert sich an Caitlin, aber Vix hält das nicht für möglich. Wahrscheinlich erinnert sie sich an die Geschichten, die Vix ihr erzählt hat, die Geschichten, die Maizie »Caitlin Summers« nennt. Und von den Fotoalben, die sie mit Vix ansieht. Für Maizie ist Caitlin eine Phantasiegestalt, jemand, von dem man träumt, jemand aus einer anderen Zeit, von einem anderen Ort. Sie versteht nicht genau, was sie hier eigentlich tun, nur daß es eine Art Party ist, eine Party für Caitlin, ihre andere Mutter. Die sie geboren hat. Vix versteht es auch nicht. Sie versucht, irgendeinen Sinn darin zu erkennen, aber es gelingt ihr nicht. Niemand hat eine Erklärung dafür, was an jenem Tag geschehen ist. Es hat kein Unwetter in der Gegend gegeben. Der Wind war leicht bis mäßig. Man fand ihr Boot zwei Tage später, es trieb auf dem Meer, ohne Anzeichen irgendwelcher Schwierigkeiten. Es gibt keinen Beweis, daß Caitlin auf dem Meer geblieben ist, nur ihr kleines Boot und ihre Absicht, segeln zu gehen. Sie werden niemals die Wahrheit erfahren. Die Wahrheit hat Caitlin mitgenommen, wo immer sie auch sein mag.

Manchmal hört Vix Caitlins Stimme, die sagt: Ganz gleich, wie viele Kerle kommen und gehen, wir beide werden immer zusammenbleiben. Sie hört ihr ansteckendes Lachen, ihre verführerische Stimme, die flüstert: Ich werde dich immer lieben. Versprichst du, daß du mich auch immer lieben wirst?

Zwei Tage später fährt Vix auf dem Fahrrad allein zu der Wiese hinaus. Sie kniet nieder vor dem Stein, den sie sehr vorsichtig eine »Erinnerung«

genannt haben, anstatt Gedenkstein. Sie läßt ihre Finger über die Inschrift gleiten:

Zu Ehren von Caitlin Somers
August 1996

Allein auf der Klippe, das Tosen der Wellen unter sich, läßt Vix ihrer Wut freien Lauf: »Ich hasse dich! Warum bist du einfach abgehauen? Warum hast du so wenig an uns gedacht?« Sie schreit und beschimpft Caitlin, sie redet endlos über Freundschaft und Liebe, sie weigert sich zu glauben, daß Caitlin für immer weg ist, sie weigert sich aber auch zu glauben, daß sie, die doch solche Angst hatte, übersehen zu werden, ihr eigenes Verschwinden inszeniert haben könnte. So grausam kann sie nicht gewesen sein!

Vix gibt sich auch selbst Schuld. Wieso ist ihr Caitlins Verzweiflung entgangen? Sie war als letzte bei ihr. Bestimmt hätte sie etwas tun können. Sie bricht in Tränen aus. Sie weint, wie sie damals geweint hat, als sie Caitlin am Morgen nach ihrem siebzehnten Geburtstag verließ. Sie weint, wie sie auf dem Rückweg von Santa Fe mit Bru geweint hat, ein abgrundtiefes Schluchzen schüttelt sie, bis irgendwann ihre Kräfte erschöpft sind. Schließlich legt sie sich neben den Stein und schläft ein.

Als sie erwacht, ist sie durstig. Ihre Brüste spannen, Milch läuft aus den Brustwarzen. Sie muß zurück, sie muß Nate stillen. Aus ihrer Handtasche zieht sie einen ganz weißen Strandkiesel und legt ihn auf Caitlins Stein. »Das nächste Mal, wenn ich dich sehe, werde ich aber die Fragen stellen.« Dann lacht sie. Sie lacht, als sie sich vorstellt, daß Caitlin zuhört, wie sie von Freundschaft und Liebe faselt.

Manchmal denkt Vix, wenn die große Vier-Null ansteht, wird sie einen Brief von irgendeinem exotischen Ort bekommen, mit einem Flugticket und einem Zettel – *Komm und feiere mit mir.* Gus würde sagen: »Fahr ruhig … Mach dir wegen der Kinder keine Sorgen.« Sie würde ins Flugzeug steigen, und Caitlin würde sie am Flughafen abholen, die Haare vom Wind zerzaust. Vix würde Caitlin auf Armeslänge von sich weg halten und sagen: Mein Gott, Caitlin. Du siehst so … so erwachsen aus.

Und Caitlin würde lachen und antworten: Wurde ja wohl auch Zeit, oder?

DANKSAGUNG

Ein herzliches Dankeschön an Randy Blume, Larry Blume, Amanda Cooper und ihre Freunde für die ausgedehnten Gespräche über Musik und die Vergangenheit, die wir bei zahlreichen gemütlichen Abendessen auf der Veranda auf Martha's Vineyard wiederaufleben ließen. Ganz besonders danke ich Kate Schaum für ihre geduldige Manuskriptlektüre, ebenso Gloria DeAngelis, Kaethe Fine und Robin Standefer. Außerdem geht mein Dank an meine Verbindungsleute in Harvard: Nicky Weinstock, Ted Rose und Seng Dao Yang (der mich ganz inoffiziell in Weld South einführte).